W9-ALX-622

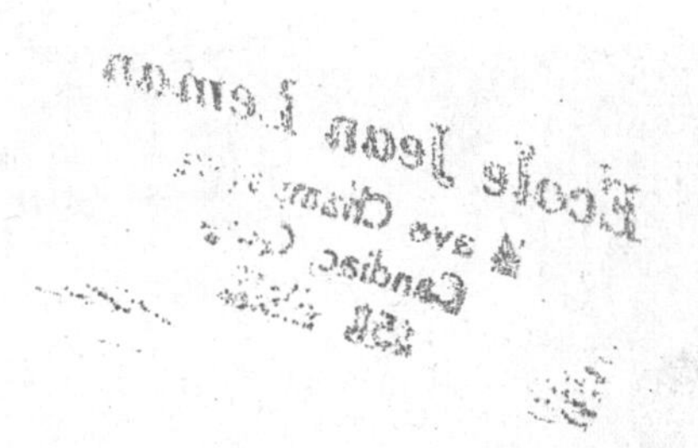

folio
junior

Artemis Fowl

1. Artemis Fowl

2. Mission polaire

3. Code éternité

4. Opération Opale

5. Colonie perdue

Le dossier Artemis Fowl

Titre original : *The Lost Colony*

Édition originale publiée par The Penguin Group, 2006

Eoin Colfer

Colonie perdue

Artemis Fowl / 5

Traduit de l'anglais
par Jean-François Ménard

GALLIMARD JEUNESSE

Pour Badger.
L'homme.
La légende.

Chapitre 1
Passé dans le passé

BARCELONE, ESPAGNE

« Heureux » n'était pas le mot qu'on utilisait le plus souvent pour qualifier le garde du corps d'Artemis. Il était également assez rare qu'on emploie les termes « joyeux » ou « satisfait » en parlant de lui ou des membres de son entourage immédiat. Butler n'était pas devenu l'un des hommes les plus dangereux du monde en devisant gaiement avec le premier venu, à moins que la conversation ne porte sur les issues de secours ou des armes cachées.

Cet après-midi-là, Butler et Artemis se trouvaient en Espagne et le visage aux traits eurasiens du garde du corps paraissait encore plus fermé qu'à l'ordinaire. Son jeune protégé, une fois de plus, lui rendait la tâche plus compliquée qu'il n'était nécessaire. Artemis avait insisté pour qu'ils attendent plus d'une heure en plein soleil, plantés sur le trottoir du passeig de Gràcia, à Barcelone, avec seulement quelques arbres au tronc mince pour les abriter de la chaleur ou d'éventuels ennemis.

C'était le quatrième voyage mystérieux qu'ils faisaient dans un pays étranger, en autant de mois. Ils étaient d'abord allés à Édimbourg, puis dans la Vallée de la Mort, dans l'Ouest américain, ensuite, ils s'étaient lancés dans une expédition particulièrement éprouvante en Ouzbékistan, un pays fermé à double tour. Et maintenant Barcelone. Tout cela pour attendre un mystérieux visiteur qui n'avait pas encore daigné apparaître.

Ils formaient un couple étrange sur cette artère animée. Un homme d'une taille immense, à la carrure impressionnante, la quarantaine, vêtu d'un costume Hugo Boss, le crâne rasé. Et un adolescent frêle au teint pâle, les cheveux d'un noir de jais, avec de grands yeux bleu-noir au regard perçant.

– Pourquoi tournez-vous sans cesse autour de moi ? demanda Artemis, irrité.

Il connaissait la réponse à sa propre question mais, selon ses calculs, le visiteur qu'il attendait aurait déjà dû être là depuis une minute et il reportait sur son garde du corps l'agacement que ce retard lui inspirait.

– Vous le savez parfaitement, Artemis, répliqua Butler. C'est au cas où il y aurait sur l'un des toits un tireur embusqué ou un dispositif d'écoute. Je tourne autour de vous pour assurer une protection maximale.

Artemis était d'humeur à donner une démonstration de son génie. Une humeur qu'il éprouvait fréquemment. Mais toutes satisfaisantes qu'elles soient pour le jeune Irlandais de quatorze ans, ces démonstrations pouvaient paraître singulièrement exaspérantes à celui qui devait les subir.

– Premièrement, il est très peu probable qu'un tireur embusqué s'intéresse à moi, dit-il. J'ai liquidé quatre-vingts pour cent de mes entreprises illégales et réparti le capital obtenu dans un portefeuille d'actions extrêmement lucratif. Deuxièmement, tout dispositif d'écoute qui tenterait de nous espionner ferait mieux de retourner dans sa mallette et de rentrer chez lui car le troisième bouton de votre veston émet une impulsion de solinium qui efface tout enregistrement, que le support soit de fabrication humaine ou féerique.

Butler jeta un coup d'œil à un couple visiblement ensorcelé par l'Espagne et la passion d'un amour juvénile. L'homme avait une caméra accrochée au cou et Butler tripota son troisième bouton d'un air coupable.

– Nous avons peut-être gâché quelques vidéos de lune de miel, remarqua-t-il.

Artemis haussa les épaules.

– Un prix bien modeste à payer pour préserver mon intimité.

– Y avait-il un troisième point ? demanda Butler d'un ton innocent.

– Oui, dit Artemis, légèrement agacé.

On ne voyait toujours aucun signe de l'individu qu'il attendait.

– J'allais ajouter que, s'il devait y avoir un tueur à gages au sommet de l'un de ces immeubles, ce serait sur celui situé juste derrière moi. Vous devriez donc rester dans mon dos.

Butler était le meilleur garde du corps de la profession et même lui était incapable de déterminer avec une totale certitude sur quel immeuble aurait pu se trouver un éventuel tireur.

– Allez-y. Dites-moi comment vous le savez. Je suis sûr que vous en mourez d'envie.

– Très bien, puisque vous me le demandez. Aucun tireur ne se posterait sur le toit de la casa Milà, juste de l'autre côté de l'avenue, car c'est un bâtiment ouvert au public et donc l'entrée et la sortie du tueur seraient sans doute enregistrées.

– Du tueur ou de la tueuse, rectifia Butler. La plupart des tueurs à gages sont des femmes, de nos jours.

– Du tueur ou de la tueuse, admit Artemis. Les deux immeubles de droite sont en partie cachés par le feuillage des arbres, et donc pourquoi se compliquer la tâche ?

– Très bien. Continuez.

– Les bâtiments situés derrière nous, sur notre gauche,

abritent des entreprises financières protégées par des services de sécurité privés, comme l'indiquent les autocollants affichés sur les fenêtres. Or, un professionnel évitera toujours une confrontation non prévue dans son contrat.

Butler acquiesça d'un signe de tête. C'était vrai.

– Par conséquent, j'en conclus en toute logique que votre ennemi imaginaire choisirait le bâtiment de quatre étages qui se trouve derrière nous. C'est un immeuble résidentiel, d'accès facile. Le toit assurerait au tueur, ou *à la tueuse*, une ligne de tir directe et il est fort possible que la sécurité des lieux soit déplorable, ou même inexistante.

Butler renifla. Artemis avait sans doute raison. Mais dans le métier de la protection, la notion de probabilité était beaucoup moins rassurante qu'un gilet pare-balles.

– Vous avez *probablement* raison, reconnut le garde du corps. Mais seulement si l'ennemi est aussi intelligent que vous.

– C'est vous qui avez raison sur ce point, répondit Artemis.

– Et j'imagine que vous pourriez tenir un raisonnement tout aussi convaincant à propos de n'importe lequel de ces autres immeubles. Vous avez simplement choisi celui-là pour que je disparaisse de votre champ de vision, ce qui me conduit à penser que la personne dont vous attendez la venue apparaîtra devant la casa Milà.

Artemis sourit.

– Bravo, vieux frère.

La casa Milà était une construction du début du XXe siècle, conçue par Antoni Gaudí, un architecte de l'Art nouveau. Les murs de la façade dessinaient des courbes qu'épousaient des balcons aux balustrades contournées. À l'entrée, une foule de touristes attendait de visiter l'extraordinaire édifice.

– Allons-nous reconnaître notre visiteur parmi tous ces gens ? Êtes-vous sûr qu'il n'est pas déjà là ? À nous observer ?

Artemis sourit, les yeux étincelants.

– Croyez-moi, il n'est pas encore arrivé. Sinon, vous entendriez des hurlements.

Butler se renfrogna. Une fois, rien qu'une fois, il aurait aimé avoir connaissance de tous les éléments avant de monter dans l'avion. Mais Artemis ne procédait pas de cette manière. Pour le jeune génie irlandais, la *révélation* était une partie essentielle de ses entreprises.

– Dites-moi au moins si notre contact sera armé.

– J'en doute, répondit Artemis. Et même s'il l'est, il ne restera pas avec nous plus d'une seconde.

– Une seconde ? Il va descendre sur terre en surgissant de l'espace, c'est ça ?

– Pas de l'espace, vieux frère, déclara Artemis en consultant sa montre. Du temps.

Le jeune homme soupira.

– De toute façon, le moment est passé. Il semble bien que nous soyons venus ici pour rien. Notre visiteur ne s'est pas matérialisé. Les chances étaient minces. De toute évidence, il n'y avait personne de l'autre côté de la brèche.

Butler ne savait pas de quelle brèche il voulait parler, il était simplement soulagé de quitter cet endroit trop exposé à son goût. Plus vite ils retourneraient à l'aéroport de Barcelone, mieux cela vaudrait.

Le garde du corps sortit un téléphone mobile de sa poche et composa l'un des numéros en mémoire. À l'autre bout, quelqu'un décrocha dès la première sonnerie.

– Maria, dit Butler. La voiture, *pronto*.

– *Si*, répondit simplement Maria.

Maria travaillait dans une agence espagnole de location de limousines pour une clientèle fortunée. Elle était d'une beauté exceptionnelle et pouvait casser un parpaing en deux d'un coup de tête.

– C'était Maria ? demanda Artemis en imitant à la perfection le ton d'une conversation banale.

Mais Butler n'était pas dupe. Artemis posait rarement des questions banales.

– Oui, c'était Maria. Vous le saviez déjà car je l'ai appelée par son nom. D'habitude, vous ne posez pas autant de questions sur les chauffeurs de limousine. Ça fait la quatrième en un quart d'heure. Est-ce que *Maria* va venir nous chercher ? D'après vous, où se trouve *Maria* en ce moment ? À votre avis, quel âge a *Maria* ?

Artemis se massa les tempes.

– C'est à cause de cette maudite puberté, Butler. Chaque fois que je vois une jolie fille, je perds une précieuse partie de mon cerveau à penser à elle. Cette fille à la terrasse du restaurant, par exemple. J'ai regardé dans sa direction une bonne douzaine de fois en quelques minutes.

Butler observa la jeune beauté en question d'un œil professionnel de garde du corps.

Elle avait douze ou treize ans, une crinière de cheveux blonds et bouclés et ne semblait pas armée. Elle était occupée à faire son choix parmi un assortiment de *tapas* tandis que l'homme qui l'accompagnait, peut-être son père, lisait un journal. Un autre homme assis à la même table se débattait avec une paire de béquilles qu'il essayait de glisser sous sa chaise. Butler estima que la fille ne représentait pas une menace directe pour leur sécurité bien que, indirectement, elle puisse causer des ennuis à Artemis en l'empêchant de se concentrer sur son plan.

Butler tapota l'épaule de son jeune protégé.

– Il est tout à fait normal d'être distrait par les jeunes filles. Très naturel. Si vous n'aviez pas consacré autant de temps à sauver le monde ces dernières années, cela se serait produit plus tôt.

– Peut-être, mais il faut quand même que je parvienne à contrôler le phénomène, Butler. J'ai des choses à faire.

– Contrôler la puberté ? ironisa le garde du corps. Si vous y parvenez, vous serez bien le premier.

– En général, c'est le cas, répliqua Artemis.

Et c'était vrai. Il était le seul adolescent à avoir jamais kidnappé une fée, sauvé son père de la Mafiya russe et contribué à écraser une révolution de gobelins, à l'âge tendre de quatorze ans.

Deux coups de klaxon retentirent. De l'autre côté du carrefour, une jeune femme leur faisait signe par la vitre ouverte d'une limousine.

– Voilà Maria, lança Artemis.

Puis il se reprit :

– Je veux dire, allons-y. Nous aurons peut-être plus de chance la prochaine fois.

Butler ouvrit la voie, arrêtant la circulation d'un geste de sa paume massive.

– Nous devrions emmener Maria avec nous. Un chauffeur à plein temps me faciliterait grandement la tâche.

Artemis mit un moment à se rendre compte qu'il se moquait de lui.

– Très drôle, Butler. Il s'agissait d'une plaisanterie, n'est-ce pas ?

– En effet.

– C'est bien ce que je pensais, mais je n'ai guère

d'expérience en matière d'humour. À part celui de Mulch Diggums.

Mulch était un nain kleptomane qui avait, en diverses occasions, exercé ses talents de voleur au détriment d'Artemis ou au contraire pour son compte. Diggums aimait à se considérer comme un comique du monde des fées et la source principale de son humour résidait dans ses fonctions digestives.

– Si on peut appeler ça de l'humour, dit Butler qui sourit malgré lui au souvenir du nain odorant.

Soudain, Artemis se figea sur place. En plein milieu de la circulation.

Butler lança un regard noir en direction des voitures qui roulaient sur trois files, une centaine d'automobilistes exaspérés écrasant leurs klaxons.

– Je sens quelque chose, murmura Artemis. De l'électricité.

– Ne pourriez-vous pas la sentir de l'autre côté de l'avenue ? demanda Butler.

Artemis tendit les bras, ses paumes parcourues de picotements.

– Il a fini par venir, mais à plusieurs mètres de l'endroit prévu. Il y a quelque part une constante qui n'est pas constante.

Une forme se dessina dans les airs. Une gerbe d'étincelles surgit de nulle part et une odeur de soufre se répandit. Au cœur des étincelles apparut une chose verdâtre avec des yeux aux reflets d'or, d'épaisses écailles et de longues oreilles en forme de cornes. Elle sortit du néant et atterrit sur la chaussée. La silhouette d'un mètre cinquante qui se tenait debout devant eux était humanoïde, mais on ne pouvait s'y tromper : il ne s'agissait pas d'un être humain. L'apparition renifla l'air à travers des narines semblables à des fentes, puis ouvrit une gueule de serpent et parla :

– Mes hommages à Lady Heatherington Smythe, dit-elle d'une voix qui évoquait du verre pilé frotté contre une plaque d'acier.

D'une main à quatre doigts, la créature saisit la paume tendue d'Artemis.

– Curieux, commenta le jeune Irlandais.

Butler ne s'intéressait pas le moins du monde à ce qui pouvait sembler *curieux*. La seule chose qui lui importait, c'était d'arracher Artemis à cette créature le plus rapidement possible.

– Allons-y, dit-il d'un ton brusque en attrapant Artemis par l'épaule.

Mais son protégé était déjà parti. La créature avait disparu aussi vite qu'elle était venue, emportant l'adolescent avec elle. Plus tard, ce jour-là, l'incident ferait les titres des médias mais étrangement, malgré la présence de centaines de touristes équipés d'appareils photo, il n'y aurait aucune image.

La créature était sans consistance, comme si elle n'avait aucune prise sur ce monde. Artemis sentait sur sa main une étreinte molle avec un noyau dur, comme un os enveloppé de mousse. Il n'essaya pas de se dégager. Il était fasciné.

– Lady Heatherington Smythe ? répéta la créature, et Artemis entendit au son de sa voix qu'elle avait peur. Est-ce là de cette dame le domaine ?

« La syntaxe n'est pas très moderne, songea Artemis. Mais en tout cas, c'est de l'anglais. Comment un démon exilé dans les limbes a-t-il pu apprendre à parler anglais ? »

L'air bourdonnait d'une puissante énergie et, autour de la créature, des éclairs blancs d'électricité craquaient en fendant l'espace.

« Une déchirure temporelle. Un trou dans le temps. »

Artemis n'était pas impressionné outre mesure – après tout, il avait vu les Forces Armées de Régulation du monde souterrain *arrêter* véritablement le temps pendant le siège du manoir des Fowl. Ce qui le préoccupait davantage, c'était qu'il risquait de se volatiliser avec la créature, auquel cas ses chances de revenir dans sa propre dimension seraient minces. Et ses chances d'être rendu à son propre temps infimes.

Il essaya d'appeler Butler mais il était trop tard. Si le mot « tard » peut être employé dans un endroit où le temps n'a pas d'existence. La déchirure s'était élargie pour les envelopper tous les deux, le démon et lui. L'architecture et la population de Barcelone s'effacèrent lentement, tels des esprits, pour laisser place à un brouillard pourpre, puis à une galaxie d'étoiles. Artemis ressentit une chaleur fébrile, suivie d'un froid mordant. Il était convaincu que si son corps se rematérialisait pleinement, il serait calciné, puis ses cendres se congèleraient avant d'être dispersées dans l'espace.

Leur environnement changea en un instant ou peut-être en un an, il était impossible de le dire. Les étoiles furent remplacées par un océan dans lequel ils se trouvèrent plongés. D'étranges créatures marines se dessinaient dans les profondeurs, des tentacules lumineux battant l'eau autour d'eux. Il y eut ensuite un champ de glace puis un paysage rougeâtre, l'atmosphère remplie d'une fine poussière. Enfin, ils virent à nouveau Barcelone. Mais différemment. La ville était plus jeune.

Le démon hurlait et faisait grincer ses dents pointues, abandonnant toute tentative de parler anglais. Par chance, Artemis était l'un des deux humains qui, dans cette dimension ou dans l'autre, connaissaient le gnomique, la langue des fées.

– Calmez-vous, cher ami, dit-il. Notre destin est scellé. Profitez donc de cette vue magnifique.

Les hurlements du démon cessèrent brusquement et il lâcha la main d'Artemis.

– Toi parles langue des fées ?

– Le gnomique, rectifia Artemis. Et mieux que vous, devrais-je ajouter.

Le démon resta silencieux, considérant Artemis comme s'il s'agissait d'une créature fantastique. Ce qu'il était, bien sûr. Artemis, pour sa part, passa ce moment, qui était peut-être le dernier de sa vie, à contempler le spectacle qu'il avait sous les yeux. Ils se matérialisèrent sur un chantier de construction. C'était la casa Milà, mais pas encore terminée. Des ouvriers s'affairaient sur l'échafaudage dressé devant la façade et un homme barbu au teint basané fronçait les sourcils en examinant un plan d'architecte.

Artemis sourit. Il s'agissait de Gaudí en personne. Stupéfiant.

Le décor se solidifia, les couleurs devenant plus brillantes, comme si elles se peignaient elles-mêmes. Artemis sentait à présent l'air sec de l'Espagne et des odeurs acides de sueur et de peinture.

– Excusez-moi... dit Artemis en espagnol.

Gaudí leva les yeux du dessin et son froncement de sourcils laissa place à une expression de totale incrédulité. Un jeune homme venait d'apparaître en sortant de nulle part avec, à côté de lui, un démon apeuré.

Le brillant architecte absorba chaque détail de la scène, la gravant à jamais dans sa mémoire.

– *Sí ?* répondit-il, hésitant.

Artemis montra du doigt le sommet de l'édifice.
– Vous avez prévu des mosaïques sur le toit. Vous devriez peut-être y repenser. Elles manquent d'originalité.
Puis le garçon et le démon disparurent.

Butler ne céda pas à la panique lorsqu'il vit une créature surgir d'une brèche temporelle. Il faut dire qu'il était *entraîné* à ne pas paniquer, même dans les situations les plus extrêmes. Malheureusement, personne d'autre, au carrefour du passeig de Gràcia, n'avait suivi les cours de l'académie de protection rapprochée de Mme Ko et, de ce fait, tout le monde se laissa gagner par l'affolement, dans un désordre frénétique et bruyant. Tout le monde sauf la fille aux cheveux bouclés et les deux hommes qui l'accompagnaient.

Lorsque le démon apparut, la foule se figea, comme gelée par un grand froid. Lorsqu'il disparut, elle se dégela dans une explosion de cris et de hurlements qui déchirèrent l'atmosphère. Des automobilistes abandonnaient leurs voitures ou fonçaient dans des vitrines de magasins en essayant de prendre la fuite. Une vague de passants reflua du point où le démon s'était matérialisé comme si une force invisible la repoussait. Cette fois encore, la fille et ses deux compagnons réagirent à contre-courant, se ruant vers le lieu où le démon avait surgi. L'homme aux béquilles manifesta une remarquable agilité pour un prétendu blessé.

Butler resta indifférent au tumulte, se concentrant sur sa main droite. Ou plutôt sur l'endroit où sa main droite s'était trouvée une seconde plus tôt. Juste avant qu'Artemis ne se dissolve dans une autre dimension, Butler avait réussi à lui saisir l'épaule. À présent, le phénomène de disparition se répandait à la manière d'un virus et lui avait déjà emporté la main. Il suivait Artemis là où il était parti, sentant encore sous son étreinte l'épaule osseuse de son protégé.

Butler s'attendait à voir son bras se volatiliser mais ce ne fut pas le cas. Seulement sa main. Elle était restée sensible, comme plongée dans l'eau, les doigts parcourus de fourmillements. Et elle n'avait pas lâché Artemis.

– Non, ça ne se passera pas comme ça, grogna-t-il en resserrant son étreinte invisible. J'ai subi suffisamment d'épreuves au cours de ces dernières années pour ne pas vous laisser disparaître sous mes yeux.

Ainsi, Butler plongea à travers les décennies et arracha son protégé au passé.

Il ne fut guère aisé de ramener Artemis. C'était comme traîner un rocher dans une mer de boue, mais Butler n'était pas du genre à abandonner facilement. Il planta ses pieds sur le sol, raidit les muscles de son dos et Artemis jaillit enfin du XXe siècle pour atterrir les bras en croix dans le XXIe.

– Je suis de retour, dit le jeune Irlandais comme s'il revenait d'une simple course. Très inattendu.

Butler ramassa son protégé et l'examina pour un contrôle de routine.

– Tout est en place. Rien de cassé. Maintenant, Artemis, dites-moi combien font vingt-sept multipliés par dix-huit virgule cinq ?

Artemis rajusta la veste de son costume.

– Je vois, vous voulez vérifier si mes capacités intellectuelles sont intactes. Très bien. Il est concevable en effet qu'un voyage dans le temps puisse affecter les facultés mentales.

– Contentez-vous de répondre à ma question ! insista Butler.

– Quatre cent quatre-vingt-dix-neuf virgule cinq, si vous voulez vraiment le savoir.

– Je vous crois sur parole.

Le gigantesque garde du corps pencha la tête de côté.

– J'entends des sirènes. Il faut quitter le secteur, avant que je ne sois obligé de provoquer un incident international.

Il entraîna Artemis de l'autre côté de l'avenue, vers la seule voiture qui se trouvait toujours là, le moteur au ralenti. Maria paraissait un peu pâle mais au moins, elle n'avait pas abandonné ses clients.

– Bien joué, dit Butler en ouvrant la porte arrière à

la volée. À l'aéroport. Évitez l'autoroute dans toute la mesure du possible.

Maria attendit à peine que Butler et Artemis aient bouclé leurs ceintures avant de démarrer en trombe, sans s'occuper des feux de signalisation. La fille blonde et ses compagnons étaient restés sur la chaussée, derrière eux.

Maria jeta un coup d'œil à Artemis dans le rétroviseur.

– Qu'est-ce qui s'est passé, là-bas ?

– Pas de questions, répliqua sèchement Butler. Regardez la route et roulez.

Lui-même savait qu'il valait mieux ne pas poser de questions. Artemis lui expliquerait tout sur l'étrange créature et la brèche étincelante lorsqu'il y serait prêt.

Artemis demeura silencieux tandis que la limousine filait en direction de Las Ramblas puis s'enfonçait dans le labyrinthe des petites rues du centre de Barcelone.

– Comment suis-je arrivé là ? dit-il enfin, réfléchissant à haute voix. Ou plutôt, pourquoi ne sommes-nous pas là-bas ? Ou plus précisément *à ce moment-là* ? Qu'est-ce qui nous a ancrés dans cette partie du temps ?

Il regarda Butler.

– Avez-vous un objet en argent sur vous ?

Butler fit une grimace un peu gênée.

– Vous savez, il n’est pas dans mes habitudes de porter des bijoux, mais j’ai quand même ceci.

D’un geste sec, il remonta une manche. Il avait au poignet un bracelet en cuir incrusté en son centre d’une pépite d’argent.

– Juliet me l’a envoyé. Du Mexique. Apparemment, ça sert à éloigner les mauvais esprits. Elle m’a fait promettre de le porter.

Artemis afficha un large sourire.

– C’est donc Juliet qui nous a ancrés ici.

Il tapota la pépite d’argent sur le poignet de Butler.

– Vous devriez passer un coup de fil à votre sœur. Elle nous a sauvé la vie.

Pendant qu’il tapotait le bracelet, Artemis remarqua quelque chose en voyant ses doigts. C’étaient bien *ses* doigts, aucun doute sur ce point. Mais ils paraissaient différents. Il lui fallut un moment pour comprendre ce qui s’était passé.

Bien entendu, il avait mené une réflexion théorique sur les résultats hypothétiques des voyages interdimensionnels et en avait conclu qu’ils pouvaient entraîner une certaine détérioration de l’original, comme dans un logiciel informatique qui a été copié une fois de trop. Des flux d’informations risquaient de se perdre dans l’éther.

Autant qu’Artemis pouvait le savoir, il n’avait rien perdu mais, à présent, l’index de sa main gauche était plus long que le majeur. Ou plus exactement, l'index avait changé de place avec le majeur.

Il plia les doigts à titre expérimental.

– Mmm, je suis vraiment unique, remarqua Artemis.

Butler poussa un grognement.

– Ce n'est pas à moi qu'il faut dire cela, répliqua-t-il.

Chapitre 2
Doudadais

HAVEN-VILLE, MONDE SOUTERRAIN

La carrière d'elfe détective de Holly Short ne se déroulait pas aussi bien qu'elle l'avait espéré. Cela était surtout dû au fait que l'émission d'actualités la plus regardée du monde souterrain lui avait consacré non pas un mais deux dossiers spéciaux au cours des derniers mois. Il était difficile de passer inaperçue alors que son visage apparaissait sans cesse dans les rediffusions des chaînes câblées.

– Chirurgie esthétique ? suggéra une voix dans sa tête.

Cette voix n'était pas un premier signe de folie. C'était celle de son associé, Mulch Diggums, qui lui parlait dans son écouteur.

– Quoi ? dit-elle, sa propre voix retransmise par une puce minuscule, couleur chair, collée à sa gorge.

– J'ai sous les yeux une affiche de votre célèbre visage

et je pense que vous devriez subir une opération de chirurgie esthétique si vous voulez continuer à travailler. Et je parle d'un vrai travail, pas de ces petites affaires de chasse à la prime. Rien n'est plus méprisable qu'un chasseur de primes.

Holly soupira. Son nain d'associé avait raison. Même les délinquants étaient considérés comme plus dignes de confiance que les chasseurs de primes.

– Quelques implants, un nouveau nez, et vos meilleurs amis eux-mêmes ne vous reconnaîtront pas, poursuivit Mulch Diggums. De toute façon, vous n'êtes pas vraiment un prix de beauté.

– Laisse tomber, répliqua Holly.

Elle aimait beaucoup son visage tel qu'il était. Il lui rappelait sa mère.

– Vous pourriez vous teindre la peau. En vert, par exemple, pour avoir l'air d'un lutin volant.

– Mulch ? Tu es en position ? lança sèchement Holly.

– Ouais, répondit le nain. Vous avez repéré l'individu ?

– Non, il n'est pas encore levé, mais ça ne va pas tarder. Alors, cesse de bavarder et tiens-toi prêt.

– Hé, nous sommes associés, maintenant. Ce n'est plus une relation délinquant-policier. Je n'ai pas d'ordres à recevoir de vous.

– Tiens-toi prêt, *s'il te plaît.*

– D'accord. Communication terminée pour Mulch Diggums, méprisable chasseur de primes.

Holly soupira à nouveau. Parfois, la discipline des Forces Armées de Régulation lui manquait. Lorsqu'un ordre était donné, il était exécuté. L'honnêteté l'obligeait cependant à reconnaître qu'elle avait eu plus d'une fois de sérieux ennuis pour avoir désobéi à un ordre direct. Elle n'avait réussi à se maintenir dans les rangs des FARfadet que grâce à quelques arrestations spectaculaires. Et grâce *aussi* à son mentor, le commandant Julius Root.

Holly sentit son cœur se serrer en se répétant, pour la millième fois, que Julius était mort. Elle pouvait passer des heures sans y penser puis, soudain, son souvenir la frappait de plein fouet. Et chaque fois, c'était comme la première fois.

Elle avait démissionné des FAR à cause du remplaçant de Julius, qui l'avait accusée d'avoir assassiné le commandant. Holly estimait qu'avec un tel chef, elle serait plus utile au Peuple des fées en restant hors du système. À présent, elle commençait à croire qu'elle s'était lourdement trompée. Au temps où elle était capitaine dans les FARfadet, elle avait participé à l'écrasement d'une révolution de gobelins, déjoué un plan qui devait révéler la culture du monde souterrain aux humains, et récupéré du matériel technologique féerique volé par un Homme de Boue de Chicago. Aujourd'hui, elle traquait un trafiquant de poissons qui s'était enfui au cours de sa détention provisoire. On était loin des affaires de sécurité nationale.

– Et si vous vous faisiez rallonger les tibias ? dit Mulch, interrompant ses pensées. Vous pourriez grandir en quelques heures.

Holly sourit. Si agaçant qu'il fût, son associé arrivait toujours à l'amuser. Et puis, en tant que nain, Mulch disposait de talents particuliers fort utiles dans les nouvelles activités de Holly. Jusqu'à une date récente, il avait employé ses dons pour entrer par effraction dans des maisons et pour *sortir* de prison, mais maintenant il était passé du côté des anges, tout au moins le jurait-il. Malheureusement, les fées savent bien que le serment d'un nain à un non-nain ne vaut pas plus que la salive dont il s'est humecté la paume avant de vous serrer la main pour conclure le marché.

– Et toi, tu pourrais peut-être te faire rallonger le cerveau, répondit Holly.

Mulch pouffa de rire.

– Brillante repartie. Je vais la noter dans mon carnet de répliques spirituelles.

Holly essaya de trouver une autre réplique vraiment spirituelle mais, au même instant, leur cible apparut à la porte de sa chambre de motel. C'était un fée lutin (ou *félutin* en gnomique), apparemment inoffensif, qui mesurait à peine cinquante centimètres, mais on n'avait pas besoin d'être grand pour conduire un camion chargé de poissons. Les organisateurs du trafic employaient des félutins comme chauffeurs ou messagers en raison de leur apparence enfantine et de leurs airs innocents. Mais Holly avait lu le dossier de celui-ci et elle savait qu'il était tout sauf innocent.

Doudadais avait fourni poissons et crustacés de contrebande à des restaurants illégaux pendant plus d'un siècle. Dans les milieux du trafic, il était une sorte de légende. Étant donné son passé de repris de justice, Mulch connaissait intimement le folklore de la pègre et pouvait ainsi fournir à Holly toutes sortes d'informations utiles qui n'auraient jamais figuré dans un rapport des FAR. Par exemple, Doudadais avait un jour fait le chemin hautement surveillé entre Haven et l'Atlantide en moins de six heures sans perdre un seul des poissons que contenait son vivier.

Il avait été arrêté dans la tranchée de l'Atlantide par une escouade de lutins d'eau des FAR. Alors qu'on l'amenait de sa cellule au tribunal, il avait réussi à s'échapper et Holly avait fini par le retrouver ici. La prime offerte pour la capture de Doudadais suffirait à payer six mois de loyer de son bureau. La plaque apposée sur la porte indiquait : « Short et Diggums, détectives privés ».

Doudadais sortit de sa chambre, en ayant l'air de faire la grimace au monde entier. Il remonta la fermeture à glissière de son blouson et prit la direction du sud, vers le quartier commerçant. Holly resta à une vingtaine de mètres derrière lui, son visage dissimulé sous son capuchon. Cette rue était connue pour être mal fréquentée mais le Grand Conseil investissait des millions de lingots pour rénover entièrement le quartier. Dans cinq ans, il n'y aurait plus de ghetto des gobelins. D'énormes machines à malaxer broyaient les anciens trottoirs en laissant derrière elles des passages tout neufs. Au-dessus, des lutins du service public ôtaient les tubes solaires accrochés au plafond du tunnel et les remplaçaient par de nouveaux modèles à molécules.

Doudadais prit le même chemin que ces trois derniers jours. Il parcourut l'avenue d'un pas tranquille jusqu'à un centre commercial, s'offrit une portion de curry de rat des champs à un comptoir, puis acheta un billet d'entrée au cinéma permanent. S'il se conformait à ses habitudes, il resterait dans la salle pendant au moins huit heures.

« Sauf si je peux l'en empêcher », songea Holly. Elle était décidée à boucler l'affaire avant l'heure de fermeture des bureaux. Ce ne serait pas facile. Doudadais était petit mais rapide. Sans arme de neutralisation, il serait presque impossible de le capturer. *Presque* impossible, mais il y avait un moyen.

Holly acheta à son tour un billet d'entrée au gnome de la caisse puis s'installa dans un fauteuil, deux rangs derrière sa cible. La salle était assez calme à cette heure de la journée. Il devait y avoir une cinquantaine d'autres spectateurs. La plupart ne portaient même pas de lunettes de spectacle. Ils cherchaient simplement à occuper quelques heures entre deux repas.

Le cinéma projetait une trilogie intitulée *La Colline de Taillte*. C'était une version cinématographique des événements liés à la bataille de la colline de Taillte, à l'issue de laquelle les humains avaient fini par obliger les fées à se réfugier sous terre. La dernière partie de la trilogie avait remporté tous les trophées de l'académie du Cinéma, deux ans auparavant. Les effets spéciaux étaient éblouissants et il y avait même une version interactive dans laquelle le joueur pouvait devenir un personnage secondaire de l'histoire.

En regardant le film aujourd'hui, Holly éprouvait toujours le même sentiment de regret. Normalement, le Peuple aurait dû vivre à la surface de la terre au lieu de rester coincé dans ce concentré de haute technologie souterraine.

Holly regarda pendant quarante minutes les grandioses vues aériennes et les batailles au ralenti puis elle se glissa dans l'allée latérale et enleva son capuchon. Au temps des FAR, elle se serait simplement approchée derrière le félutin et lui aurait enfoncé dans le dos le canon de son Neutrino 3000 mais les civils n'avaient pas le droit de porter quelque arme que ce soit et il fallait employer une tactique plus subtile.

Sans quitter l'allée latérale, elle l'appela par son nom :

– Hé toi, tu ne serais pas Doudadais ?

Le félutin bondit de son fauteuil, ce qui ne le rendit pas plus grand. Il imprima sur les traits de son visage son expression la plus féroce et regarda en direction de Holly.

– Qui demande ça ?

– Les FAR, répondit Holly.

D'un point de vue strictement formel, elle ne s'était pas présentée comme un membre des FAR, ce qui aurait constitué un délit d'usurpation de fonction.

Doudadais l'observa en plissant les yeux.

– Je vous connais, dit-il. Vous êtes cette fameuse elfe. Celle qui a maté les gobelins. Je vous ai vue à la télé. Vous n'appartenez plus aux FAR.

Holly sentit son rythme cardiaque s'accélérer. Elle était contente de passer de nouveau à l'action. N'importe quelle action.

– Peut-être bien, Douda, mais je suis quand même venue t'arrêter. Tu acceptes de me suivre sans faire d'histoires ?

– Pour moisir pendant quelques siècles dans une prison d'Atlantide ? Qu'est-ce que vous croyez ? répliqua Doudadais en se laissant tomber à genoux.

Le petit félutin disparut comme un caillou lancé par une fronde, rampant et zigzaguant sous les fauteuils.

Holly, le visage toujours découvert, se rua vers l'issue de secours. C'était sûrement par là que Douda comptait s'échapper. Il empruntait toujours ce genre de sortie.

Tout bon délinquant repère immédiatement les possibilités de fuite chaque fois qu'il entre quelque part.

Douda atteignit l'issue de secours avant elle, poussant la porte avec la précipitation d'un jeune chien pressé de sortir dans le jardin. Holly eut tout juste le temps d'apercevoir la couleur bleue de son jogging.

– Cible en fuite, dit-elle, sachant que le micro collé contre sa gorge transmettrait la moindre de ses paroles. Il se dirige vers toi.

« Tout au moins, je l'espère », songea Holly, mais elle garda cette réflexion pour elle.

Théoriquement, Douda devrait se réfugier dans sa cachette, une petite resserre sur Crystal Street, équipée d'un lit de camp et d'un climatiseur. Lorsque le félutin arriverait là-bas, Mulch y serait pour le cueillir. Une technique classique de chasse à l'homme. Comme dit le proverbe : « Pour attraper l'oiseau, il faut être à l'affût. » Bien sûr, quand on est un humain, on tire sur l'oiseau et on le mange. La méthode qu'employait Mulch pour capturer sa proie était moins définitive, mais tout aussi répugnante.

Holly suivit le fugitif, mais pas de trop près. Elle entendait les petits pieds du félutin marteler la moquette, mais elle ne voyait pas sa minuscule silhouette. D'ailleurs, elle ne voulait surtout pas la voir. Il était essentiel que Douda soit persuadé d'avoir réussi à s'échapper, sinon il n'irait pas se cacher dans son refuge.

Au temps des FAR, elle n'aurait pas eu besoin de se livrer à cette poursuite. Elle aurait eu libre accès aux cinq mille caméras de surveillance disséminées dans tout Haven-Ville, sans parler de la centaine d'autres gadgets de détection dont les FAR disposaient dans leur arsenal. Aujourd'hui, il n'y avait qu'elle et Mulch. Deux paires d'yeux et les talents du nain.

Les panneaux de la porte d'entrée battaient encore lorsque Holly arriva à leur hauteur. Derrière, un gnome scandalisé était étendu sur le dos, couvert de nectar d'ortie.

– Un enfant ! gémissait-il en s'adressant à une ouvreuse. Ou un félutin. Il avait une grosse tête. C'est tout ce que j'ai pu voir. Il m'a donné un coup dans le ventre.

Holly contourna le gnome et l'ouvreuse, se frayant un chemin à coups d'épaule jusqu'au centre commercial qui se trouvait au-dehors. Au-dehors est une façon de parler. Car tout est à l'intérieur lorsqu'on vit sous terre. Au-dessus de sa tête, les tubes solaires étaient réglés sur le milieu de la matinée. Elle pouvait suivre Douda à la trace grâce au désordre qu'il laissait sur son passage. Le comptoir qui vendait du curry de rat des champs était renversé. Des grumeaux verdâtres se figeaient sur les dalles et de petites traces de pas, tout aussi grumeleuses et de la même couleur, menaient vers la partie nord de l'esplanade. Jusqu'à présent, Douda se comportait d'une manière très prévisible.

Holly, les yeux fixés sur les traces du félutin, fendit la foule des clients qui attendaient leur curry.

– Deux minutes, dit-elle, s'adressant à Mulch.

Il n'y eut pas de réponse mais il n'était pas nécessaire que le nain réponde s'il se trouvait en position.

En principe, Douda allait prendre la première voie de service pour couper vers Crystal Street. La prochaine fois, ils iraient capturer un gnome. Les félutins étaient trop rapides. Le Grand Conseil n'aimait pas vraiment les chasseurs de primes et s'efforçait de leur rendre la vie la plus difficile possible. On ne pouvait pas obtenir de permis de port d'arme en dehors des FAR et quiconque était pris en possession d'une arme sans un badge de représentant de l'ordre était envoyé en prison.

Holly tourna l'angle du mur en espérant apercevoir une vague image du fugitif. Mais elle ne vit qu'une machine à malaxer de dix tonnes, d'une couleur jaune vif, qui fonçait vers elle. De toute évidence, Doudadais avait cessé d'être prévisible.

– Nom de nom ! s'exclama Holly en plongeant de côté.

Le rotor du malaxeur broyait le revêtement de l'esplanade, le recrachant à l'arrière en pavés impeccables calibrés au centimètre près.

Elle roula par terre et s'accroupit, tendant la main vers la crosse du Neutrino qu'elle portait encore récemment à la ceinture, mais elle ne trouva que le vide.

Le malaxeur effectuait un demi-tour pour une nouvelle tentative. Il se cabrait et sifflait comme un carnivore mécanique tout droit surgi du jurassique. Des pistons géants cognaient à grands coups et les lames du rotor tranchaient à la manière d'une faux tout ce qu'elles rencontraient sur leur passage. La machine engloutissait dans son ventre toutes sortes de débris, transformés et modelés par des plaques brûlantes.

« Ça me rappelle un peu Mulch », songea Holly. C'est drôle, les pensées qui vous traversent la tête quand on est en danger de mort.

Elle s'éloigna à reculons du malaxeur. La machine était énorme, sans nul doute, mais lente et difficile à manier. Holly leva les yeux vers la cabine et vit Douda qui manipulait l'engin avec des gestes d'expert. Ses mains couraient sur les poignées et les leviers, traînant le mastodonte de métal en direction de Holly.

Tout autour, c'était le chaos. Les passants hurlaient, des sirènes d'alarme résonnaient. Mais Holly n'avait pas le temps de s'en soucier. Priorité absolue : rester vivante. Aussi terrifiante que pût paraître la situation aux yeux du public, Holly avait derrière elle des années d'entraînement et d'expérience au sein des FAR. Elle s'était tirée des griffes d'ennemis infiniment plus rapides que cet engin.

Lorsqu'il eut fait demi-tour, cependant, Holly se laissa surprendre. Le malaxeur était lent dans son ensemble mais certains accessoires fonctionnaient à la vitesse de l'éclair. Les palettes de protection, par exemple, deux parois d'acier de trois mètres de hauteur, fixées à l'avant, de chaque côté de la machine, et destinées à contenir les débris que projetaient les lames du rotor.

Doudadais savait d'instinct conduire tous les véhicules. Voyant aussitôt l'occasion qui lui était offerte, il sauta dessus. Il désactiva la sécurité et déploya les palettes. Quatre pompes pneumatiques furent immédiatement mises sous pression et soufflèrent littéralement les plaques d'acier dans le mur, de chaque côté de Holly. Sous la force de l'impact, elles s'enfoncèrent d'une quinzaine de centimètres dans la pierre.

Holly sentit sa confiance en elle s'évaporer. Elle était prise au piège, face à une centaine de lames longues et tranchantes qui déchiraient le sol devant elle.

– Il me faudrait des ailes, dit Holly, mais seule sa combinaison des FAR en était équipée et elle avait renoncé au droit d'en porter une.

Les palettes confinaient le vortex provoqué par l'action des lames et rabattait sur lui-même le tourbillon de débris. Les vibrations étaient terrifiantes. Holly sentait ses dents trembler dans ses gencives. Elle avait l'impression que tout ce qu'elle voyait était multiplié par dix. On aurait dit une mauvaise réception d'image sur l'écran d'un téléviseur défectueux. À ses pieds, les lames de la machine broyaient avidement le trottoir.

Holly bondit sur la palette de gauche pour essayer de s'y hisser mais elle était bien lubrifiée et n'offrait aucune prise. Elle n'eut pas plus de chance avec la palette de droite. La seule autre issue se trouvait devant elle, mais il était impossible de s'enfuir par là avec le rotor mortel qui l'attendait.

Holly cria quelque chose à Douda. Ses lèvres avaient peut-être réussi à former les mots, mais elle ne pouvait en être certaine avec ce bruit et ces trépidations. Les lames mordaient l'air, essayant de la saisir. À chaque rotation, elles arrachaient des morceaux à la surface du sol. Il ne restait plus grand-chose du revêtement. Bientôt, elle-même serait engloutie par le malaxeur, lacérée, dévorée, digérée dans ses entrailles pour ressortir sous forme de pavé. Désormais, Holly Short ferait littéralement partie de la ville.

Il n'y avait plus rien à espérer. Rien. Mulch était trop loin pour lui être d'aucun secours et il était peu probable qu'un civil tente d'escalader un malaxeur déchaîné, même en sachant qu'elle était coincée entre ses palettes.

Tandis que les lames se rapprochaient, Holly observa le faux ciel programmé par ordinateur. Elle aurait été contente de mourir à la surface. De sentir la chaleur du soleil sur son front. Oui, cela lui aurait fait plaisir.

Soudain, le rotor s'arrêta de tourner. Holly fut criblée d'une pluie de débris à moitié digérés par l'estomac de l'engin. Quelques éclats de pierre lui écorchèrent la peau mais ses blessures s'arrêtèrent là.

Holly essuya son visage sali par les projections de terre et leva la tête. Ses oreilles résonnaient encore du vacarme de la machine et la poussière qui retombait sur elle comme une neige sale lui faisait monter les larmes aux yeux.

Dans la cabine, Douda la regardait. Il avait le teint pâle mais l'expression de son visage était féroce.

– Laissez-moi tranquille ! cria-t-il.

À travers les tympans endommagés de Holly, sa voix paraissait faible et métallique.

– Laissez-moi tranquille, c'est tout !

Et il disparut, dévalant l'échelle d'accès à la cabine, courant peut-être vers sa cachette.

Holly s'appuya contre l'une des palettes, s'accordant quelques instants pour récupérer. De petites étincelles magiques surgissaient autour de ses nombreuses égratignures pour les refermer. Elle sentit ses oreilles se déboucher, bourdonner, se contracter, tandis que la magie se concentrait automatiquement sur ses tympans. En quelques secondes, elle retrouva une ouïe normale.

Il fallait sortir d'ici. Et il n'y avait qu'une seule issue. Monter sur le rotor en passant sur les lames. Avec précaution, elle en effleura une du bout d'un doigt. Une goutte de sang suinta aussitôt d'une minuscule coupure avant de disparaître dans une étincelle bleue de magie.

Si jamais elle glissait, les lames la trancheraient en lanières et aucune magie au monde ne parviendrait à recoudre les morceaux. Mais c'était sa seule possibilité de fuite, sinon elle devrait attendre l'arrivée des agents de la circulation. Causer de tels dégâts lui aurait déjà valu pas mal d'ennuis au temps où elle était couverte par l'assurance responsabilité des FAR, mais maintenant qu'elle travaillait à son compte, elle serait probablement jetée en prison pendant deux bons mois avant que les tribunaux décident d'un motif d'inculpation.

Holly faufila ses doigts entre les lames et attrapa la première pale du rotor. Ce serait comme monter à une échelle. Une échelle très coupante, potentiellement mortelle. Elle posa le pied sur une pale inférieure puis grimpa. Le rotor émit un grincement et retomba de quinze centimètres. Holly tint bon : c'était plus sûr que de lâcher prise. Les lames frémirent à deux centimètres de ses membres. Il fallait des gestes lents, bien assurés. Pas de faux mouvements.

Pale après pale, Holly escalada le rotor. À deux reprises, une des lames l'écorcha mais les blessures étaient bénignes et furent rapidement guéries par les étincelles bleues. Après une brève éternité de concentration absolue, Holly parvint à se hisser sur le capot de la machine. La tôle était crasseuse et brûlante mais, au moins, elle n'était pas plus acérée qu'une langue de centaure.

– Il est parti par là, dit une voix au niveau du sol.

Holly baissa la tête et vit un grand gnome aux sourcils froncés, vêtu d'un uniforme des services municipaux. Il lui indiquait la direction de Crystal Street.

– Il est parti par là, répéta le gnome. Le félutin qui m'a jeté par terre pour me prendre mon malaxeur.

Holly regarda le gnome à la forte carrure.

– Ce minuscule félutin vous a jeté par terre, *vous* ?

Le gnome faillit rougir.

– Je m'apprêtais à descendre de ma cabine. Il m'a simplement fait perdre l'équilibre.

Soudain, l'expression gênée de son visage s'effaça.

– Hé, vous ne seriez pas Polly Machin ? Polly Glotte ! C'est ça ! L'héroïne des FAR.

Holly descendit l'échelle d'accès à la cabine.

– Polly Glotte, en effet, c'est moi.

Holly sauta sur le sol et courut à toutes jambes, dans le crissement de ses bottes qui écrasaient les petits cailloux du revêtement broyé par le malaxeur.

– Mulch, dit-elle dans son micro. Douda arrive dans ta direction. Fais attention. Il est beaucoup plus dangereux qu'on ne le croyait.

Dangereux ? Peut-être, peut-être pas. Il ne l'avait pas tuée lorsqu'il en avait eu l'occasion. Apparemment, le félutin n'avait pas assez d'estomac pour commettre un meurtre.

Les exploits de Douda avec le malaxeur avaient créé un véritable chaos. La police de la route, qu'on surnommait les Tranche-Bitume, envahissait l'esplanade tandis que les civils la désertaient. Holly compta au moins six magnéto-motos et deux voitures de patrouille des brigades de circulation des FAR. Elle garda la tête baissée lorsque l'un des agents sauta de sa moto et la saisit par l'épaule.

– Vous avez vu ce qui s'est passé, mam'zelle ?

Mam'zelle ? Holly fut tentée de tordre la main posée sur son épaule et d'expédier le policier dans le recycleur le plus proche. Mais ce n'était pas le moment de s'indigner. Elle devait détourner son attention sur autre chose.

– Ah, Dieu merci, vous êtes là, monsieur l'agent, lança-t-elle d'une petite voix flûtée d'au moins une octave plus aiguë que sa tonalité habituelle. Là-bas, près du malaxeur. Il y a du sang partout.

– Du sang ! s'exclama le Tranche-Bitume, ravi d'entendre la nouvelle. Partout ?

– Absolument partout.

L'agent lâcha l'épaule de Holly.

– Merci, mam'zelle. Je prends les opérations en main.

Il s'avança d'un pas décidé en direction du malaxeur puis se retourna.

– Excusez-moi, mam'zelle, dit-il, une lueur dans les yeux, comme si la mémoire lui revenait soudain. Je ne vous ai pas déjà vue quelque part ?

Mais l'elfe encapuchonnée avait disparu.

« Bah, songea le Tranche-Bitume, je ferais mieux d'aller voir le sang partout. »

Holly courait en direction de Crystal Street, même si elle était convaincue qu'il n'y avait pas lieu de se précipiter. Ou bien Douda avait estimé la situation trop dangereuse pour rejoindre sa cachette, ou bien Mulch l'avait déjà capturé. Dans l'un et l'autre cas, elle ne pouvait plus faire grand-chose. Une fois encore, elle regretta amèrement d'être privée de l'aide des FAR. Du temps où elle était au service de Détection, il lui aurait suffi de donner un ordre bref dans le micro de son casque pour que toutes les rues du secteur soient bouclées.

Elle contourna un robot balayeur et s'engagea dans Crystal Street. La rue étroite, utilisée comme voie de service par le principal centre commercial, était essentiellement constituée de quais de déchargement. Les autres locaux étaient loués comme entrepôts. Holly fut surprise de voir juste en face d'elle Douda qui fouillait dans sa poche, sans doute pour y trouver la puce d'accès à son refuge. Quelque chose avait dû le retenir pendant quelques instants. Peut-être s'était-il caché derrière des caisses pour échapper aux Tranche-Bitume. En tout cas, elle avait une nouvelle occasion de l'arrêter.

Douda leva les yeux vers elle et Holly se contenta de lui adresser un signe de la main.

– Bonjour, dit-elle.

Douda brandit un poing minuscule.

– Vous n'avez donc rien de mieux à faire, elfe ? Tout ce qu'on peut me reprocher, c'est la contrebande de poissons.

La question toucha Holly au plus profond d'elle-même. Était-ce ainsi qu'elle pouvait le mieux aider le Peuple ? Le commandant Root attendait sûrement beaucoup plus d'elle. Au cours des derniers mois, elle était passée de missions en surface d'une importance vitale à la traque de petits trafiquants de poissons dans des ruelles obscures. Quelle dégringolade !

Elle montra ses mains ouvertes à Douda.

– Je ne veux pas te faire de mal, alors, reste tranquille.

Douda pouffa de rire.

– Du mal ? Vous ? ça m'étonnerait.

– Moi, je ne t'en ferai pas. Mais lui, oui, répliqua-t-elle en montrant le sol boueux sous les pieds de Douda.

– Lui ?

Douda baissa les yeux d'un air méfiant, soupçonnant un piège. Ses soupçons étaient fondés. La terre sous ses pieds émit un léger sifflement tandis que la surface frémissait et s'affaissait.

– Quoi ? s'exclama Douda en levant une jambe.

Il aurait certainement fait un pas de côté s'il en avait eu le temps. Mais les événements s'enchaînèrent avec une extraordinaire rapidité.

Le sol ne se contenta pas de se dérober sous ses pieds, il fut littéralement aspiré dans un bruit de succion à donner la nausée. Un cercle de dents surgit de la boue, suivi d'une bouche immense. Derrière la bouche apparut un nain qui jaillit du sol à la manière d'un dauphin sautant à la surface de l'eau, apparemment propulsé par des gaz postérieurs. L'anneau de dents se referma sur Douda, l'engloutissant jusqu'au cou.

Mulch Diggums – c'était lui, bien entendu – replongea dans son tunnel, entraînant avec lui l'infortuné félutin. Douda, il convient de le préciser, paraissait beaucoup moins outrecuidant qu'un instant auparavant.

– Un... un n... nain... balbutia-t-il. Je croyais que les gens de votre espèce n'aimaient pas la police.

– En général, non. Mais Mulch est une exception. Ça ne t'ennuie pas qu'il ne te réponde pas lui-même ? Il risquerait de te trancher la tête sans le vouloir.

Douda se tortilla soudain.

– Qu'est-ce qu'il fabrique ?

– J'imagine qu'il est en train de te lécher. La salive de nain durcit au contact de l'air. Dès qu'il aura ouvert la bouche, tu auras à peu près autant de liberté de mouvement qu'un poussin dans son œuf.

Mulch adressa un clin d'œil à Holly. C'était la seule manière dont il pouvait exprimer sa satisfaction pour le moment, mais Holly savait qu'il passerait les jours suivants à se vanter de ses talents.

« Les nains sont capables de parcourir des kilomètres sous terre. Les nains ont un postérieur à réaction. Les nains peuvent produire toutes les heures deux litres de salive dure comme le roc. Et vous, qu'est-ce que vous avez comme don ? À part un visage célèbre qui nous trahit chaque fois qu'on essaye de passer inaperçus ? »

Holly regarda dans le trou, la pointe d'une de ses bottes bien plantée au bord de l'ouverture.

– Parfait, cher associé. Beau travail. Et maintenant, veux-tu bien recracher le fugitif ?

Mulch fut heureux de s'exécuter. Il se racla la gorge, expédiant Douda sur la chaussée puis sortit lui-même du trou en raccrochant sa mâchoire.

– C'est dégoûtant, marmonna Douda, alors que la salive visqueuse commençait à se solidifier autour de ses membres. Et en plus, ça sent horriblement mauvais.

– Holà, protesta Mulch, vexé. Je ne suis pas responsable de l'odeur. Si tu louais un local dans une rue plus propre...

– Vraiment, nain fétide ? Eh bien, voilà ce que je pense de toi.

Douda amorça un geste pour lancer une malédiction de félutin mais, heureusement, la salive pétrifiée immobilisa son bras avant qu'il n'ait pu l'achever.

– Bon, ça suffit, vous deux, trancha Holly. Nous avons une demi-heure pour livrer ce petit bonhomme aux FAR avant que la salive ne se ramollisse.

Par-dessus l'épaule de Holly, Mulch lança un coup d'œil vers l'extrémité de la rue. Soudain, il devint très pâle sous la couche de terre humide qui lui recouvrait le visage, et les poils de sa barbe furent parcourus de frémissements nerveux.

– Si vous voulez mon avis, chère associée, dit-il, je pense qu'il nous faudra beaucoup moins d'une demi-heure.

Holly se retourna, quittant son prisonnier des yeux. Une demi-douzaine d'elfes bloquaient l'entrée de la rue. Ils appartenaient certainement aux FAR ou à quelque chose de très proche. Habillés en civil, ils ne portaient aucune marque ou insigne distinctifs, mais c'étaient des officiels à en juger par l'artillerie lourde qu'ils tenaient au creux de leurs bras. Holly fut toutefois rassurée en constatant qu'aucune des armes n'était pointée sur elle ou sur Mulch.

L'un des elfes s'avança et releva la visière de son casque. C'était une fille.

– *Hello*, Holly, lança-t-elle. Nous vous avons cherchée toute la matinée. Comment ça va ?

Holly ravala un soupir de soulagement. Elle venait de reconnaître le lieutenant-colonel Vinyaya, qui les avait toujours soutenus, Julius Root et elle. Vinyaya avait été une pionnière en devenant le premier membre féminin des FAR. Au cours de ses cinq cents ans de carrière, ses activités avaient couvert tous les secteurs, depuis le commandement d'une équipe de Récupération sur la face cachée de la lune jusqu'au siège qu'elle occupait au Grand Conseil où elle dirigeait la tendance progressiste. En plus, elle avait été l'instructeur de vol de Holly à l'académie des FAR.

– Ça va très bien, colonel, répondit Holly.

Vinyaya hocha la tête en regardant se durcir la salive de nain.

– Je vois que vous êtes toujours très occupée.

– Oui. C'est Doudadais. Le trafiquant de poissons. Une bonne prise.

Le lieutenant-colonel fronça les sourcils.

– Il faut le laisser partir, Holly. Nous avons d'autres chats à fouetter.

Holly posa sa botte sur le ventre de Douda. Elle n'avait pas l'intention de laisser les FAR la mener par le bout du nez, même si elle avait affaire à un lieutenant-colonel en civil.

– Quel genre de chats ?

Le froncement de sourcils de Vinyaya s'accentua, creusant une ride profonde sur son front.

– Pourrions-nous parler dans la voiture, capitaine ? Les troupes régulières sont en route.

« Capitaine ? » Vinyaya s'était adressée à elle en employant son ancien grade. Que se passait-il ? Si les « troupes régulières » étaient celles des FAR, qui étaient ces gens-là ?

– Je n'ai pas la même confiance qu'avant dans les

forces armées, colonel. Il faut m'en dire davantage avant d'aller plus loin.

Vinyaya soupira.

– Premièrement, capitaine, nous ne représentons pas les forces armées. Ou en tout cas, pas celles auxquelles vous pensez. Deuxièmement, vous voulez que je vous en dise plus ? Je vais prononcer un nom. Voulez-vous vous risquer à deviner lequel ?

Holly connut tout de suite la réponse. Elle la sentait.

– Artemis Fowl, murmura-t-elle.

– Exactement, confirma Vinyaya. Artemis Fowl. À présent, consentez-vous à me suivre, vous et votre associé ?

– Où est garée la voiture ? demanda Holly.

De toute évidence, Vinyaya et son mystérieux groupe disposaient d'un sérieux budget. Non seulement ils étaient équipés d'armes du dernier modèle mais leurs moyens de transport dépassaient de très loin le matériel habituel des FAR. Après avoir passé quelques secondes à essuyer Douda de sa salive de nain et à lui glisser une balise dans la botte, Holly et Mulch se retrouvèrent sanglés dans des fauteuils club, à l'arrière d'un long véhicule blindé. Ils n'étaient pas vraiment prisonniers mais Holly sentait malgré tout qu'elle venait de perdre le contrôle de son destin.

Vinyaya ôta son casque, secouant la tête pour libérer une masse de longs cheveux argentés. Holly parut surprise.

Le lieutenant-colonel sourit.

– La couleur vous plaît ? J'en avais assez de les teindre.

– Ça vous va très bien.

Mulch leva un doigt.

– Désolé d'interrompre les conversations capillaires, mais qui sont exactement les gens qui vous accompagnent ? Je suis prêt à parier mon rabat postérieur que vous n'appartenez pas aux FAR.

Vinyaya se tourna vers le nain.

– Que savez-vous des démons ?

Mulch ouvrit le réfrigérateur du véhicule et fut enchanté d'y trouver du similipoulet et de la bière d'ortie. Il les libéra de leur prison.

– Les démons ? Pas grand-chose. Je n'en ai jamais vu.

– Et vous, Holly ? Vous avez des souvenirs d'école ?

Holly fut intriguée. Où cette conversation pouvait-elle bien mener ? S'agissait-il d'une sorte de test ? Elle repensa à ses cours d'histoire à l'académie des FAR.

– Les démons. La huitième famille du Peuple des fées. Il y a dix mille ans, après la bataille de Taillte, ils ont refusé d'habiter sous terre, décidant plutôt d'expédier leur île en dehors du temps et d'y vivre dans l'isolement.

Vinyaya acquiesça d'un signe de tête.

– Très bien. Ils ont donc rassemblé un cercle de sorciers et ont lancé un sortilège temporel sur leur île de Hybras.

– Ils ont disparu de la surface de la terre, récita Mulch. Et depuis, plus personne n'a jamais vu de démons.

– Ce n'est pas tout à fait vrai. Quelques-uns sont apparus au cours des siècles. En fait, l'un d'eux s'est même manifesté très récemment. Et devinez qui était là pour l'attendre ?

– Artemis, répondirent Holly et Mulch d'une même voix.

– Exactement. Il a réussi, j'ignore comment, à prévoir les choses mieux que nous. Nous savions à quel moment le phénomène se produirait mais nous nous sommes trompés de plusieurs mètres sur l'endroit.

Holly se pencha en avant, intéressée. Elle était de nouveau dans la course.

– Artemis a été filmé ?

– Pas vraiment, répondit Vinyaya, énigmatique. Si vous le voulez bien, je confierai à quelqu'un de mieux qualifié que moi le soin de vous fournir toutes les explications. Cette personne se trouve à notre base.

Et elle n'ajouta rien à ce sujet. Exaspérant.

Mulch n'était pas réputé pour sa patience.

– Et puis quoi ? Vous avez l'intention de faire une sieste, maintenant ? Allons, Vinyaya, dites-nous ce que mijote le petit Arty.

Vinyaya ne se laissa pas fléchir.

– Du calme, Mr Diggums. Prenez donc une autre bière d'ortie ou un peu d'eau de source.

Le lieutenant-colonel sortit deux bouteilles du réfrigérateur et en offrit une à Mulch.

Le nain examina l'étiquette.

– Du Derrier ? Non, merci. Vous savez comment ils s'y prennent pour mettre des bulles là-dedans ?

Les lèvres de Vinyaya esquissèrent un sourire.

– Je croyais que c'était du gaz naturel.

– Oui, c'est aussi ce que je pensais jusqu'à ce qu'on m'envoie travailler chez Derrier quand j'étais en détention. Ils emploient tous les nains incarcérés dans la prison des Profondeurs et leur font signer un contrat de confidentialité.

Vinyaya voulut savoir la suite.

– Allez-y, racontez. Comment s'y prennent-ils *vraiment* pour mettre les bulles dans l'eau ?

Mulch se tapota le bout du nez.

– Je n'ai pas le droit de le révéler. Ce serait une rupture de contrat. Tout ce que je *peux* dire, c'est qu'il faut pour cela un immense réservoir d'eau et plusieurs nains qui utilisent leurs… heu…

Mulch montra du doigt la partie postérieure de son individu.

– … leurs talents naturels.

Vinyaya reposa avec précaution sa bouteille dans le réfrigérateur.

Tandis que Holly, confortablement installée dans son fauteuil à gel, écoutait avec plaisir une de ces histoires extravagantes dont Mulch avait le secret, un détail insistant s'insinua dans son esprit. Elle se rendit compte que le lieutenant-colonel Vinyaya avait évité de répondre à la première question du nain. « Qui sont les gens qui vous accompagnent ? »

Dix minutes plus tard, la réponse était donnée.

– Bienvenue au quartier général de la Section Huit, dit Vinyaya. Excusez mes manières un peu théâtrales mais nous n'avons pas souvent l'occasion d'*épater* les gens.

Holly ne se sentait pas très *épatée*. Ils avaient pénétré dans un parking à plusieurs étages, à quelques pâtés de maisons du centre de police. Le véhicule blindé suivit les flèches arrondies jusqu'au septième étage, coincé sous la surface déchiquetée du plafond de la caverne. Le chauffeur se gara dans l'espace le plus sombre et le moins accessible, puis coupa le moteur.

Ils restèrent assis pendant quelques instants dans l'obscurité humide, écoutant les gouttes d'eau de roche tomber des stalactites sur le toit du véhicule.

– *Épatant*, dit Mulch. Ça, c'est vraiment quelque chose. J'imagine que tout votre argent est passé dans la voiture ?

Vinyaya sourit.

– Attendez un peu.

Sur le scanner du tableau de bord, le chauffeur fit un rapide contrôle de proximité qui ne signala aucune anomalie. Il prit alors une télécommande à infrarouge et cliqua à travers le toit de plastique transparent en direction du plafond rocheux, au-dessus de leurs têtes.

– Des rochers télécommandés, lança Mulch d'un ton narquois, ravi de pouvoir exercer à la manière d'un muscle ses dons pour le sarcasme.

Vinyaya ne répondit pas. Elle n'en avait pas besoin. Ce qui se passa ensuite suffit à réduire Mulch au silence. La place de parking s'éleva grâce à une plateforme hydraulique, catapultant la voiture vers le plafond rocheux de la caverne, mais la roche ne s'écarta pas pour les laisser passer. Dans l'esprit de Holly, il ne faisait aucun doute qu'en cas de collision entre métal et roc, c'est le roc qui gagne. Il était bien entendu absurde de penser que Vinyaya les avait amenés là dans le seul but d'écraser tout le monde. Mais elle n'eut guère le temps de réfléchir pendant la demi-seconde que mit le véhicule à atteindre la surface dure et implacable de la pierre.

En fait, le roc n'avait rien de dur ni d'implacable. C'était une image numérique. Ils la traversèrent sans dommage et se retrouvèrent dans une cavité plus petite, taillée dans la roche pour abriter une voiture.

– Un hologramme, murmura Holly.

Vinyaya adressa un clin d'œil à Mulch.

– Des rochers télécommandés, répéta-t-elle.

Elle releva le hayon arrière et sortit dans le couloir à l'air conditionné.

– Le quartier général tout entier a été creusé dans la pierre. En réalité, la caverne existait déjà dans sa plus grande partie. Nous avons simplement découpé au laser quelques espaces supplémentaires ici ou là. Pardonnez-moi le côté film d'espionnage, mais il est vital que les activités de la Section Huit demeurent secrètes.

Holly suivit le lieutenant-colonel à travers des portes automatiques et le long d'un couloir aux parois lisses et impeccables. Il y avait partout des détecteurs et des caméras et Holly sut que son identité avait été vérifiée au moins une douzaine de fois avant qu'ils n'atteignent la porte d'acier, tout au bout du couloir.

Vinyaya plongea la main dans un bac de métal liquide, au centre de la porte.

– Flux de métal, expliqua-t-elle en retirant sa main. Le métal est saturé de nanocapteurs. Impossible de tricher pour essayer de franchir cette porte. Les nanocapteurs lisent tout, depuis l'empreinte de ma main jusqu'à mon ADN. Même si quelqu'un me coupait la main et la mettait là-dedans, les capteurs détecteraient l'absence de pouls.

Holly croisa les bras.

– Ce concentré de paranoïa me laisse deviner qui est votre consultant technique.

La porte s'ouvrit dans un chuintement. De l'autre côté se tenait la personne que Holly s'attendait précisément à voir.

– Foaly, lança-t-elle d'un ton affectueux en s'avançant d'un pas pour étreindre le centaure.

Foaly la serra chaleureusement contre lui et frappa le sol de ses sabots postérieurs en signe de joie.

– Holly, dit-il en la tenant par les épaules, les bras tendus. Qu'est-ce que vous devenez ?

– Beaucoup de travail, répondit-elle.

Foaly fronça les sourcils.

– Vous m'avez l'air un peu maigre.

– Aussi étonnant que cela puisse paraître, vous aussi, répliqua Holly avec un grand rire.

Foaly avait perdu quelques kilos depuis la dernière fois qu'elle l'avait vu. Et son pelage était brillant et bien brossé.

Holly lui tapota le flanc.

– Hum, murmura-t-elle d'un air pensif, vous utilisez du conditionneur et vous ne portez plus le chapeau d'aluminium antilecture de pensées. Ne me dites pas que vous cachez une petite dame centaure quelque part ?

Foaly rougit.

– C'est encore un peu tôt, mais j'ai de bons espoirs.

La pièce était remplie du sol au plafond d'appareils électroniques les plus perfectionnés. Certains étaient même intégrés dans le sol et le plafond, y compris des écrans à gaz de la taille d'un mur et une imitation de ciel incroyablement réaliste au-dessus d'eux.

À l'évidence, Foaly était très fier de son installation.

– La Section Huit a un budget suffisant. Je peux avoir ce qu'il y a de mieux dans tous les domaines.

– Et vos anciennes fonctions ?

Le centaure se renfrogna.

– J'ai essayé de travailler pour Sool mais ça n'a pas marché. Il détruit tout ce que le commandant Root avait mis sur pied. La Section Huit a discrètement pris contact avec moi lors d'un week-end de rencontres. Ils m'ont fait une offre et j'ai accepté. Ici, je suis l'objet d'une adoration éperdue, sans parler de la colossale augmentation de salaire qui m'a été accordée.

Mulch fureta rapidement autour de la pièce et s'aperçut avec mauvaise humeur qu'il n'y avait pas la moindre miette à manger.

– Vous n'avez pas jugé bon de consacrer une petite partie de ce salaire à l'achat d'un curry de rat des champs, j'imagine ?

Foaly haussa un sourcil en se tournant vers le nain qui était toujours couvert de terre.

– Non, mais nous disposons d'une salle de douche. Vous savez sans doute ce qu'est une douche, Diggums ?

Les poils de la barbe de Mulch se hérissèrent.

– Oui, je sais. Et je sais aussi reconnaître un âne quand j'en ai un en face de moi.

Holly se plaça entre eux.

– Ça suffit, vous deux. Pas besoin de reprendre là où vous en étiez restés. Oublions les traditionnelles insultes jusqu'à ce que nous sachions où nous sommes et pourquoi nous y sommes.

Mulch se laissa tomber avec délices sur un canapé couleur crème, sachant très bien qu'un peu de la boue qui le recouvrait s'incrusterait dans les coussins. Holly s'assit à côté de lui, mais pas trop près.

Foaly activa un écran mural puis l'effleura légèrement pour accéder au programme qu'il cherchait.

– J'aime beaucoup ces nouveaux écrans à gaz, dit-il avec un petit rire. Des pulsions électriques chauffent les particules à différentes températures qui modifient les couleurs du gaz et forment ainsi des images. Bien sûr, c'est beaucoup plus compliqué que ça, mais j'essaye de simplifier pour le bagnard.

– J'ai été complètement blanchi, protesta Mulch. Vous le savez très bien.

– Les charges ont été abandonnées, fit remarquer Foaly, mais vous n'avez pas été blanchi. C'est différent. Légèrement.

– Oui, tout comme un âne et un centaure sont différents. Légèrement.

Holly soupira. C'était presque comme autrefois. Foaly, au temps où il était consultant technique des FAR, l'avait guidée dans de nombreuses opérations et Mulch avait été leur collaborateur réticent. Quelqu'un d'extérieur aurait eu du mal à croire que le nain et le centaure étaient en fait de très bons amis. Holly pensa que ces agaçantes chamailleries devaient être un moyen pour les mâles de toutes les espèces de se manifester leur affection.

L'image grandeur nature d'un démon jaillit sur l'écran. Il avait les yeux fendus et ses oreilles étaient couronnées de pointes.

Mulch se leva d'un bond.

– Nom de nom !

– Du calme, dit Foaly. C'est une image de synthèse. D'une qualité stupéfiante, je vous l'accorde.

Le centaure agrandit la tête de la créature jusqu'à ce qu'elle occupe toute la largeur de l'écran.

– Démon mâle adulte. Après distorsion.

– Après distorsion ?

– Oui, Holly. Les démons ne grandissent pas comme les autres fées. Ils sont très mignons jusqu'à leur puberté, puis leur corps subit un spasme violent et douloureux, qu'on appelle distorsion. Au bout de huit ou dix heures, ils émergent d'un cocon de substance visqueuse composée d'éléments nutritifs et sont alors devenus des démons adultes. Avant cela, il ne s'agit que de diablotins. Le cas des démons sorciers est toutefois différent. Eux ne connaissent jamais la distorsion. Elle est remplacée par leur magie qui grandit en eux. Et je ne les envie pas. Au lieu de poussées d'acné et de sautes d'humeur, un sorcier pubescent voit des éclairs lui sortir du bout des doigts. S'il a de la chance.

– Et s'il n'a pas de chance, d'où sortent-ils ? De toute façon, en quoi tout cela peut-il nous intéresser ? demanda Mulch qui essayait d'en arriver au but.

– Cela nous intéresse parce qu'un démon est apparu récemment en Europe et que ce n'est pas nous qui l'avons vu en premier.

– On en a entendu parler. Les démons reviendraient-ils de Hybras ?

– Peut-être, Holly.

Foaly tapota l'écran, le fractionnant en plusieurs fenêtres. Des images de démons apparurent dans chacune d'elles.

– Les démons que vous voyez ici se sont momentanément matérialisés au cours des cinq derniers siècles. Heureusement, aucun d'eux n'est resté suffisamment longtemps pour qu'un Homme de Boue puisse le capturer.

Foaly sélectionna la quatrième image.

– Mon prédécesseur a réussi à retenir celui-ci pendant douze heures. Il lui a accroché un médaillon d'argent et c'était la pleine lune.

– Quel moment extraordinaire cela a dû être, ironisa Mulch.

Foaly soupira.

– Vous n'avez donc rien appris à l'école ? Les démons sont uniques parmi toutes les créatures de la terre. Hybras, leur île, est formée d'un énorme roc lunaire tombé sur la terre à l'ère triasique, lorsque la lune a été heurtée par une météorite. D'après cc que nous pouvons déduire des peintures rupestres féeriques et des modèles virtuels que nous avons réalisés, ce morceau de lune s'est enfoncé dans un flux de magma en se soudant plus ou moins à la surface de la terre. Les démons sont issus de micro-organismes lunaires qui vivaient à l'intérieur de ce roc. Ils sont sujets à une forte attraction de la lune, physique et mentale – ils entrent même en état de lévitation au moment de la pleine lune. Et c'est cette attraction qui les ramène dans notre dimension. Pour la neutraliser, ils doivent porter un objet en argent. L'argent est l'ancre dimensionnelle la plus efficace. L'or marche aussi, mais il arrive alors qu'on laisse dans son sillage des morceaux de soi.

– En admettant que l'on croie à toutes ces fariboles sur l'attraction lunaire interdimensionnelle, dit Mulch en faisant de son mieux pour exaspérer Foaly, en quoi cela nous concerne-t-il ?

– Cela nous concerne directement, répliqua sèchement Foaly. Si les humains parviennent à capturer un démon, qui seront les prochains à passer sous leurs microscopes, à votre avis ?

Vinyaya aborda l'aspect historique :

– C'est pourquoi, il y a cinq cents ans, Nan Burdeh, présidente du Grand Conseil, a fondé la Section Huit pour surveiller les activités des démons. Par chance,

Burdeh était milliardaire et, à sa mort, elle a laissé toute sa fortune à la Section Huit. De là l'impressionnante installation que vous avez vue. Nous sommes une petite unité secrète des FAR, rattachée au Grand Conseil, mais nous disposons du matériel le plus perfectionné. Au cours des années notre domaine de compétence s'est étendu à des missions secrètes trop sensibles pour les confier directement aux FAR. Mais la démonologie reste notre priorité. Pendant cinq siècles, nos plus brillants esprits ont étudié les textes anciens des démons pour essayer de prévoir le lieu de la prochaine apparition. En général, nos calculs sont exacts et nous parvenons à maîtriser la situation. Mais il y a une douzaine d'heures, quelque chose s'est produit à Barcelone.

– Que s'est-il passé ? demanda Mulch, posant pour une fois une question raisonnable.

Foaly ouvrit une autre fenêtre sur l'écran. La plus grande partie de l'image était blanche.

– Il s'est passé ceci.

Mulch examina l'écran.

– Une minuscule tempête de neige ?

Foaly agita l'index sous son nez.

– Je vous jure que si je n'étais pas moi-même un grand amateur de persiflage, je vous aurais déjà fait jeter dehors, sur votre derrière à réaction.

Mulch accepta le compliment d'un gracieux signe de tête.

– Non, ce n'est pas une minitempête de neige. Il s'agit d'un voile blanc. Quelqu'un a bloqué nos scopes.

Holly hocha la tête. « Scope » était le terme professionnel qui désignait les détecteurs invisibles attachés aux satellites de communication des humains.

– On peut constater que ce qui s'est produit à l'endroit de notre petite tempête de neige a dû être singulièrement inhabituel, à en juger par la précipitation avec laquelle les Hommes de Boue cherchent à s'en éloigner.

Sur l'écran, les humains, en bordure de la zone blanche, s'enfuyaient à toutes jambes ou jetaient leurs voitures contre les murs.

– Les journaux télévisés humains rapportent des témoignages de gens qui ont vu pendant plusieurs secondes une créature en forme de lézard surgir du néant. Bien entendu, il n'y a pas de photo. Selon mes calculs, l'apparition devait avoir lieu trois mètres plus à gauche et nous avions installé en conséquence une Déelle, excusez-moi, un projecteur de distorsion de lumière. Malheureusement, bien qu'il n'y ait pas eu d'erreur sur la date et l'heure, l'endroit précis, en revanche, n'était pas celui prévu. Je ne sais comment, la personne qui se trouvait derrière ce voile blanc a réussi à déterminer avec exactitude le lieu du phénomène.

– Et donc, Artemis nous a sauvés, remarqua Holly.

Vinyaya parut déconcertée.

– Nous a sauvés ? Comment cela ?

– S'il n'y avait pas eu cette interférence, notre ami le démon serait partout sur l'Internet à l'heure qu'il est. Et *vous*, vous pensez qu'Artemis était au centre de ce voile blanc.

Foaly sourit, visiblement ravi de sa propre ingéniosité.

– Le petit Arty croyait être plus malin que moi. Il sait que les FAR le tiennent sous surveillance constante.

– Bien qu'on lui ait promis de ne pas le faire, remarqua Holly.

Sans prêter attention à ce détail, Foaly poursuivit :

– Donc, Artemis a envoyé des leurres au Brésil et en Finlande, mais nous avons mis un satellite sur chacun des trois. Ce qui m'a coûté une grosse partie de mon budget, je peux vous l'assurer.

Mulch grogna :

– J'ai l'impression que je vais vomir, ou m'endormir, ou bien les deux.

Vinyaya tapa du poing dans sa paume.

– Bon, ça suffit. J'en ai assez de ce nain. Bouclons-le dans une cellule pendant quelques jours.

– Vous ne pouvez pas faire ça, objecta Mulch.

Vinyaya lui adressa un sourire mauvais.

– Oh mais si, je peux. Vous ne vous imaginez pas l'étendue des pouvoirs de la Section Huit. Alors, taisez-vous ou bien vous n'entendrez plus que l'écho de votre propre voix renvoyé par des murs d'acier.

Mulch verrouilla ses lèvres et jeta la clé.

– Nous savons qu'Artemis était à Barcelone, continua Foaly. Et nous savons qu'un démon est apparu. Il s'est également rendu dans plusieurs autres lieux possibles de matérialisation, mais aucun démon ne s'y est montré. Il est donc impliqué dans cette histoire, d'une manière ou d'une autre.

– Comment pouvons-nous en être sûrs ? interrogea Holly.

– Voici comment, répondit Foaly.

Il tapota l'écran, agrandissant une partie du toit de la casa Milà.

Holly scruta l'image pendant plusieurs secondes, à la recherche de ce qu'elle était censée voir.

Foaly lui donna un indice :

– Cet édifice a été construit par Gaudí. Vous aimez Gaudí ? Il a réalisé de très belles mosaïques.

Holly regarda encore mieux.

– Oh, mon Dieu, dit-elle soudain. Ce n'est pas possible.

– C'est pourtant ainsi, s'esclaffa Foaly qui agrandit un peu plus l'une des mosaïques du toit jusqu'à ce qu'elle occupe toute la surface de l'écran mural.

Sur l'image, on voyait deux silhouettes sortant d'une ouverture dans le ciel. L'une d'elles était de toute évidence un démon, l'autre était manifestement celle d'Artemis Fowl.

– C'est impossible ! Ce bâtiment doit avoir plus de cent ans.

– Le temps est la clé de toute cette histoire, expliqua Foaly. Hybras a été expédiée hors du temps. Un démon arraché à son île dérive à travers les siècles tel un nomade temporel. Ce démon s'est emparé d'Artemis et l'a emmené dans son voyage. Ils ont dû apparaître à l'un des artistes de Gaudí, ou peut-être même au maître en personne.

Holly devint pâle.

– Vous voulez dire qu'Artemis est…

– Non, non, Artemis est chez lui dans son lit. Nous avons dévié un satellite de son orbite pour le surveiller vingt-quatre heures sur vingt-quatre, sept jours sur sept.

– Comment tout cela a-t-il pu se passer ?

Foaly garda le silence et ce fut Vinyaya qui répondit à sa place :

– Je vais vous le dire moi-même car Foaly n'aime pas prononcer les mots que je vais devoir employer. Nous ne savons pas, Holly. Cette affaire laisse de nombreux points d'interrogation. Et c'est là que vous intervenez.

– Comment cela ? Je ne connais rien aux démons.

Vinyaya hocha la tête d'un air rusé.

– Peut-être, mais vous savez beaucoup de choses sur Artemis Fowl. Je crois que vous avez gardé le contact avec lui.

Holly haussa les épaules.

– Je ne peux pas dire que nous soyons vraiment...

Foaly s'éclaircit la gorge puis ouvrit un fichier audio sur son ordinateur.

– *Hello*, Artemis, dit la voix enregistrée de Holly. J'ai un petit problème que vous pourriez peut-être m'aider à résoudre.

– Je serais enchanté de vous être utile, Holly, répondit la voix d'Artemis. C'est quelque chose de difficile, j'espère.

– Il s'agit d'un félutin. Je suis sur sa piste mais il est rapide.

Foaly referma le fichier.

– Je pense qu'on peut raisonnablement affirmer que vous êtes en contact.

Holly eut un sourire penaud, espérant que personne ne demanderait qui avait donné à Artemis un émetteur-récepteur du monde des fées.

– D'accord, je l'appelle de temps en temps, simplement pour le tenir à l'œil. Dans l'intérêt général.

– Quelles que soient vos raisons, répliqua Vinyaya, nous avons besoin que vous le contactiez à nouveau. Montez en surface et essayez de savoir comment il peut prévoir les apparitions de démons avec une telle précision. D'après les calculs de Foaly, la prochaine n'aura pas lieu avant six semaines mais nous aimerions connaître l'endroit exact où elle se produira.

Holly prit son temps pour réfléchir.

– À quel titre devrai-je contacter Artemis ?

– À titre de capitaine, votre ancien grade. Bien entendu, désormais vous travaillerez pour la Section Huit. Et tout ce que vous ferez pour nous sera top secret.

– Je deviens une espionne ?

– Une espionne, mais avec des heures supplémentaires très bien payées et une excellente couverture médicale.

Holly désigna Mulch d'un mouvement du pouce.

– Et mon associé ?

Le nain se leva d'un bond.

– Je ne veux pas être un espion. Beaucoup trop dangereux.

Il adressa un clin d'œil malicieux à Foaly.

– Mais je pourrais être consultant, si on me paye bien.

Vinyaya fronça les sourcils.

– Nous ne sommes pas disposés à accorder à Diggums un visa de voyage en surface.

Mulch haussa les épaules.

– Tant mieux. Je n'aime pas la surface. Elle est trop proche du soleil et j'ai la peau sensible.

– Mais nous sommes disposés à lui verser une indemnité pour compenser ses pertes de revenu.

– Je ne sais pas si je me sens prête à remettre l'uniforme, dit Holly. J'aime bien travailler avec Mulch.

– Considérons cette mission comme un essai. Accomplissez-la pour nous. Vous verrez alors si notre façon d'opérer vous convient.

Holly réfléchit.
– De quelle couleur est l'uniforme ?
Vinyaya sourit.
– Noir mat.
– OK, je marche, répondit Holly.
Foaly la serra à nouveau contre lui.
– Je savais que vous accepteriez. Je le savais. Holly Short ne peut résister à l'aventure. Je le leur ai dit.
Vinyaya la salua avec raideur.
– Bienvenue à bord, capitaine Short. Foaly va achever de vous mettre au courant et vous fournira votre équipement. Je souhaite que vous entriez en contact avec le sujet le plus vite possible.
Holly lui rendit son salut.
– Oui, mon colonel. Merci, mon colonel.
– Maintenant, si vous voulez bien m'excuser, j'ai un *debriefing* avec un félutin qui a réussi à infiltrer la triade des gobelins. Il a porté une combinaison d'écailles pendant six mois et il souffre d'une petite crise d'identité.
Vinyaya sortit, sa crinière argentée ondulant derrière elle. Les portes automatiques se refermèrent dans un murmure à peine audible.
Foaly prit Holly par le bras.
– J'ai tellement de choses à vous montrer, dit-il d'un ton surexcité. Les gens sont très gentils, ici, mais un peu coincés. Bien sûr, tout le monde s'extasie devant moi mais personne ne sait m'apprécier comme vous.

Figurez-vous que nous avons notre propre terminal de surface. Et vous allez voir notre équipement de terrain ! Vous n'en croirez pas vos yeux. Attendez de contempler la nouvelle combinaison à scintillement. Et le casque ! Holly, je vous assure que cette chose pourrait rentrer à la maison toute seule. Je l'ai équipé d'une série de micropropulseurs intégrés dans le revêtement. Il ne peut pas voler mais il peut se déplacer par bonds jusqu'à l'endroit désiré. Cet objet va au-delà du génie.

Mulch se boucha les oreilles.

– Sacré Foaly, toujours le même. La modestie à ce point devient un défaut.

Foaly lança son sabot vers Mulch, retenant son coup à la dernière seconde.

– Continuez comme ça, Diggums, et je vais peut-être craquer d'un moment à l'autre. N'oubliez pas que je suis à moitié animal.

Mulch écarta d'un doigt le sabot qui menaçait son visage.

– Je n'y peux rien, gémit-il. Tout ce mélodrame. Il fallait bien que quelqu'un plaisante un peu.

Foaly se tourna à nouveau vers son précieux écran mural. Il sélectionna et agrandit un tableau qui représentait l'île de Hybras.

– Je sais bien que tout cela semble sortir d'un film d'espionnage et que j'ai l'air de transformer un simple ver gluant en anaconda, mais croyez-moi, il y a quelque part dans cette île un démon qui va se retrouver sur terre contre son gré et nous causer de graves ennuis.

Holly s'approcha de l'écran. Où était ce démon qui allait leur rendre visite malgré lui ? se demanda-t-elle. Soupçonnait-il le moins du monde qu'il serait bientôt arraché à sa propre dimension pour être expédié dans une autre ?

En réalité, les questions de Holly étaient mal posées pour deux raisons. Premièrement, le démon en question n'était pas vraiment un démon mais un simple diablotin. Deuxièmement, ce diablotin n'allait pas visiter la terre *contre son gré*. C'était au contraire son désir le plus cher.

Chapitre 3

Monde de démons

ÎLE DE HYBRAS, LIMBES

Une nuit, diablotin N° 1 rêva qu'il était un démon. Il rêva qu'il avait des cornes recourbées et pointues. Sa peau rêche avait l'épaisseur d'une cuirasse et ses griffes étaient suffisamment tranchantes pour lacérer le dos d'un sanglier sauvage. Il rêva que les autres démons tremblaient devant lui et s'enfuyaient à toutes jambes, de peur d'être victimes de ses assauts belliqueux.

Mais après s'être réveillé de ce rêve magnifique, il dut constater qu'il n'était toujours qu'un simple diablotin. Bien sûr, au sens littéral du terme, ce ne fut pas vraiment la nuit qu'eut licu ce rêve. Car le ciel au-dessus de Hybras était à tout jamais teinté des lueurs rouges de l'aube. Pourtant, même s'il n'en avait jamais vu une, N° 1 continuait d'appeler « nuits » ses moments de sommeil.

Diablotin N° 1 s'habilla rapidement et se précipita dans le couloir pour se regarder dans la glace du dortoir, au cas où il aurait subi sa distorsion au cours de son sommeil. Mais il ne remarqua aucun changement. Il voyait toujours devant lui la même silhouette qui n'avait rien d'impressionnant. Cent pour cent diablotin.

– Grr, dit-il à son reflet.

Mais le N° 1 du miroir n'eut pas l'air effrayé. S'il ne parvenait pas à s'effrayer lui-même, cela signifiait qu'il n'était pas une créature redoutable et qu'il pouvait tout aussi bien chercher un travail de baby-sitter pour changer les langes des bébés diables.

On pouvait cependant déceler un *certain* potentiel dans l'image que renvoyait le miroir. Diablotin N° 1 avait la charpente habituelle d'un vrai démon et la taille d'un mouton dressé sur ses pattes de derrière. Sa peau, parsemée de plaques dures, était d'une couleur grise comme de la poussière de lune. Des runes rougeâtres serpentaient autour de sa poitrine et remontaient le long de son cou jusqu'en travers de son front. La couleur orange de ses iris était frappante et il y avait de la noblesse dans sa mâchoire saillante – c'était tout au moins ce qu'il aimait à croire, car les autres disaient tout simplement qu'il avait le menton en galoche. Ses deux bras étaient légèrement plus longs que ceux d'un humain de dix ans et ses jambes légèrement plus courtes. Il avait huit doigts et huit orteils. Donc, rien d'anormal. Il avait aussi une queue ou plutôt un moignon, mais très pratique pour creuser des trous quand il cherchait des larves. L'un dans l'autre, c'était le diablotin typique. Mais, à quatorze ans, il était le diablotin le plus âgé de Hybras. Quatorze ans en gros, bien sûr. Il est difficile d'être précis quand on vit dans une aube éternelle. « L'heure de la puissance », comme les démons sorciers avaient coutume de l'appeler avant qu'ils ne soient aspirés dans les profondeurs de l'espace glacé. « L'heure de la puissance. » Une bonne formule.

Hadley Shrivelington Basset, un démon déjà entièrement formé, bien qu'il fût un peu plus jeune que N° 1, avançait d'un pas nonchalant le long du couloir dallé qui menait à la salle de bains. Ses cornes avaient une forme impressionnante en tire-bouchon et ses oreilles se terminaient par au moins quatre pointes. Hadley prenait plaisir à parader sous sa nouvelle apparence devant les autres diablotins. En général, les démons ne devaient pas dormir dans le bâtiment des diablotins, mais Basset ne semblait pas pressé de déménager.

– Hé, petit diable, dit-il en donnant un brusque coup de serviette sur le derrière de N° 1.

La serviette claqua comme un fouet.

– Tu as l'intention de te distordre, un de ces jours ?

Tu y arriveras peut-être si je te mets suffisamment en colère.

N° 1 ressentit une douleur cuisante à l'endroit où la serviette l'avait atteint mais il ne se mit pas en colère pour autant. Il se sentait simplement mal à l'aise. Tout le rendait mal à l'aise. C'était son problème essentiel.

Il était temps de changer de sujet.

– Bonjour, Basset. Tu as vraiment de belles oreilles.

– Je sais, dit Hadley en effleurant ses pointes l'une après l'autre. Déjà quatre pointes et je crois qu'il m'en pousse une cinquième. Abbot lui-même n'a que six pointes.

Léon Abbot, le héros de Hybras. Celui qui se présentait comme le sauveur des démons.

Hadley redonna un cinglant coup de serviette à N° 1.

– Ça ne te fait pas mal quand tu te regardes dans la glace, petit diable ? Parce que moi, ça me fait mal quand je te vois.

Il posa les mains sur ses hanches, rejeta la tête en arrière et éclata de rire. Il prenait des poses très théâtrales. On aurait dit un artiste répétant ses mimiques en coulisses.

– Dis donc, Basset, tu ne portes pas d'argent sur toi.

Le rire s'interrompit aussitôt pour laisser place à un coassement de grenouille. Shrivelington Basset renonça à tyranniser sa victime et se rua dans le couloir. N° 1 savait que terroriser quelqu'un n'a rien de très glorieux et, en général, il n'en retirait aucune satisfaction. Mais dans le cas de Basset, il faisait une exception. Pour un démon ou un diablotin, ne pas porter sur soi d'objet en argent n'est pas seulement une désastreuse faute de goût. Cela peut être fatal, ou pire : les plonger dans une souffrance éternelle. D'habitude, cette règle ne s'appliquait que lorsqu'on approchait le cratère du volcan, mais heureusement Basset avait eu bien trop peur pour s'en souvenir.

N° 1 se réfugia dans le dortoir des grands diablotins, espérant que ses compagnons de chambre étaient encore endormis. Mais il n'eut pas cette chance. Frottant leurs yeux ensommeillés, ils cherchaient déjà la cible de leurs railleries quotidiennes, c'est-à-dire, bien sûr, lui. Il était de très loin le plus âgé du dortoir – personne d'autre n'avait atteint quatorze ans sans avoir subi sa distorsion. Il finissait par devenir une figure folklorique. Chaque nuit, ses pieds dépassaient de son lit et sa couverture cachait à peine les signes lunaires inscrits en spirale sur sa poitrine.

– Hé, Nabot, lança l'un de ses camarades. Tu crois que tu vas te distordre aujourd'hui ? Il y a plus de chance pour que des roses me poussent sous les bras.

– Je regarderai sous tes bras demain, dit un autre.

Encore des insultes. Cette fois, elles venaient de deux diablotins de douze ans, si débordants d'énergie qu'ils risquaient bien de se distordre avant le début des cours. Mais ils avaient raison. Lui aussi aurait parié pour les roses.

Nabot était son surnom de diablotin. Ils n'avaient jamais de vrais noms avant leur distorsion. Après, on leur en donnait un tiré des textes sacrés. En attendant, il serait condamné à s'appeler N° 1 ou Nabot.

Il sourit de bon cœur. Il n'avait aucun intérêt à se bagarrer avec ses camarades de dortoir. Même s'ils étaient plus petits que lui aujourd'hui, ils pouvaient devenir beaucoup plus grands demain.

– Je suis en pleine forme, assura-t-il en gonflant ses biceps. Aujourd'hui sera un grand jour pour moi.

Tout le monde dans le dortoir se sentait surexcité. Demain, ils quitteraient peut-être cette pièce pour de bon. Après leur distorsion, ils étaient transférés dans des lieux d'habitation plus décents et avaient alors le droit d'aller où ils voulaient sur Hybras.

– Qui est-ce qu'on hait ? cria l'un d'eux.

– Les humains ! répondirent les autres.

Pendant une minute environ, tout le monde se mit à hurler, la tête levée vers le plafond. N° 1 se joignit à eux mais sans grande conviction.

On ne devrait pas dire : « Qui est-ce qu'on hait ? » songea-t-il, mais : « Qui haïssons-nous ? »

Le moment était toutefois mal choisi pour aborder la question.

Parfois N° 1 aurait bien voulu avoir connu sa mère. Mais ce n'était pas un désir souvent exprimé chez les démons et il préférait le garder pour lui. Les démons naissaient égaux et se hissaient dans la vie à la force de leurs dents et de leurs griffes. Dès que la femelle avait pondu un œuf, il était jeté dans un seau de boue enrichie de divers minéraux jusqu'à son éclosion. Les diablotins ne savaient jamais qui était leur famille et par conséquent ils étaient en famille avec tout le monde.

Pourtant, certains jours, lorsque sa fierté avait été malmenée, N° 1 ne pouvait s'empêcher, sur le chemin de l'école, de contempler avec mélancolie l'enceinte réservée aux femmes en se demandant laquelle d'entre elles pouvait bien être sa mère.

L'une des démones avait des marques rouges semblables aux siennes et son visage exprimait la bienveillance. Souvent, elle lui souriait derrière la clôture. Elle devait chercher son fils, comprit un jour N° 1. Et désormais, il lui rendit son sourire. Ainsi, ils pouvaient tous deux faire mine de s'être retrouvés.

N° 1 n'avait jamais éprouvé de sentiment d'appartenance. Il aurait voulu de tout son cœur se réveiller un matin avec le désir de découvrir ce que la vie lui réservait. Mais ce temps n'était pas encore venu et il était peu probable qu'il vienne jamais, tant qu'ils vivraient dans les limbes. Rien ne changerait. Rien ne *pouvait* changer. Ce qui n'était pas absolument vrai. Il était possible que les choses empirent.

L'école des diablotins était un bâtiment bas aux murs de pierre, mal aéré et à peine éclairé. Parfait pour la plupart des élèves. La pestilence et le feu qui dégageait une épaisse fumée leur donnaient l'impression d'être des durs et de vivre comme à la guerre.

N° 1 avait envie de lumière et d'air frais. Il était différent des autres, unique en son genre, comme un nouveau point apparu sur le cadran d'une boussole. Ou peut-être un ancien point qu'on aurait oublié. N° 1 pensait souvent qu'il pourrait bien être un démon sorcier. Depuis qu'ils s'étaient transportés hors du temps, il était vrai qu'il n'y avait plus eu de sorciers dans la horde des démons, mais peut-être était-il le premier, ce qui expliquerait pourquoi il se sentait si différent dans tous les domaines, ou presque. N° 1 avait soulevé cette hypothèse devant maître Rawley, mais le professeur lui avait donné une claque sur l'oreille et l'avait envoyé déterrer des larves pour les autres diablotins.

Autre chose l'intriguait. Pourquoi ne pourraient-ils pas, juste une fois, se cuisiner un repas ? Qu'y avait-il de si horrible dans un ragoût, peut-être même accompagné de quelques épices ? Pourquoi les diablotins prenaient-ils tant de plaisir à mastiquer leurs proies quand elles se tortillaient encore sous leurs dents ?

Comme d'habitude, N° 1 fut le dernier à arriver à l'école. La douzaine d'autres élèves étaient déjà dans le hall, ravis à l'idée de passer une nouvelle journée à chasser, écorcher, massacrer, et même éventuellement se distordre. N° 1, lui, n'avait guère d'espoirs. Peut-être aujourd'hui serait-il son jour, mais il en doutait. Le spasme de la distorsion était provoqué par le goût du sang et, pour sa part, il n'avait jamais ressenti le moindre besoin de faire du mal à quelque créature que ce soit. Il était même triste pour les lapins qu'il mangeait et rêvait parfois que leurs frêles esprits venaient le hanter.

Maître Rawley, assis à son banc, aiguisait une épée à la lame recourbée. De temps en temps, il en donnait un coup sur le banc, arrachant un morceau de bois, et grognait de satisfaction. La surface de son bureau était parsemée d'armes diverses destinées à tailler, scier et couper. Et, bien sûr, il y avait également un livre. Un exemplaire de *La Haie de Lady Heatherington Smythe*. Le livre que Léon Abbot avait rapporté de l'ancien monde. Le livre qui les sauverait tous, selon Abbot lui-même.

Lorsque Rawley eut aiguisé la lame jusqu'à ce qu'elle devienne un croissant argenté, il donna des coups sur le banc avec la garde de l'épée.

– Asseyez-vous, rugit-il à l'adresse des diablotins. Et dépêchez-vous, bande de résidus de peau de lapin. J'ai là une nouvelle lame que je rêve d'essayer.

Ses élèves se précipitèrent à leurs places. Rawley n'aurait pas été jusqu'à les blesser mais il était très capable de leur donner des coups sur le dos avec le plat de son épée. En fait, à y bien réfléchir, peut-être même aurait-il été jusqu'à leur taillader la peau.

N° 1 se tassa à l'extrémité du quatrième rang. « Prends l'air féroce, se dit-il. Affiche un petit sourire méprisant. Tu es un diablotin ! »

Rawley planta sa lame dans le bois et la laissa vibrer. Les autres diablotins grognèrent. Impressionnés. N° 1, lui, pensa : « Il fait son malin. » Et : « Il a abîmé ce banc. »

– Alors, sacs à purin, reprit Rawley. Vous voulez devenir des démons, c'est ça ?

– Oui, maître Rawley ! rugirent les diablotins.

– Et vous croyez en être capables ?

– Oui, maître Rawley !

Rawley écarta largement ses bras musclés. Il rejeta en arrière sa tête verdâtre et vociféra :

– Très bien, donnez-m'en la preuve !

Les diablotins se mirent aussitôt à hurler, à taper du pied, à cogner leurs pupitres avec leurs armes, à se donner les uns aux autres de grands coups sur les épaules. N° 1 évita autant qu'il le put de se mêler à cette consternante exhibition, tout en faisant de son mieux pour avoir l'air d'y participer. Un exercice difficile.

Enfin, Rawley les calma.

– Bon, on va voir ça. Cette matinée va être très importante pour certains d'entre vous mais pour les autres, ce sera une fois de plus un jour de déshonneur passé à chasser les larves avec les femelles.

Il regarda N° 1 avec insistance.

– Mais avant de foncer, il faut pioncer.

Les diablotins grognèrent abondamment.

– Eh oui, les filles. C'est l'heure de l'histoire. Rien à tuer, rien à manger, rien que du savoir pour le savoir.

Rawley haussa ses gigantesques épaules noueuses.

– Une belle perte de temps, si vous voulez mon avis. Mais je dois obéir aux ordres.

– Exact, maître Rawley, dit une voix à l'entrée de la salle de classe. Vous devez obéir aux ordres.

La voix était celle de Léon Abbot en personne, qui faisait une de ses visites surprises à l'école. Abbot fut aussitôt entouré de diablotins en adoration, demandant à grands cris qu'il leur donne une tape amicale sur l'oreille ou qu'il les laisse toucher son épée.

Abbot laissa ces marques de vénération s'exprimer quelques instants puis il écarta les diablotins. Prenant la place de Rawley sur le devant de l'estrade, il attendit que le silence s'installe. Il n'eut pas longtemps à attendre. Abbot était un spécimen impressionnant, même quand on ne savait rien de son passé. Il faisait presque un mètre cinquante de haut, avec des cornes de bélier incurvées qui pointaient sur sa tête. Ses écailles impénétrables avaient une couleur rouge foncé et couvraient entièrement son torse et son front. Très impressionnantes et, bien sûr, difficiles à entamer. On pouvait passer une journée à donner de grands coups de hache dans sa poitrine sans obtenir aucun résultat. Dans les soirées entre amis, un de ses exercices favoris consistait à défier quiconque de lui faire mal.

Abbot rejeta en arrière sa cape de cuir brut et se frappa la poitrine.

– Bien. Qui veut essayer ?

Plusieurs diablotins faillirent se distordre sur-le-champ.

– Mettez-vous en rang, mesdemoiselles, dit Rawley comme si c'était toujours lui qui commandait.

Les diablotins se pressèrent autour d'Abbot, le martelant à coups de poing, de pied et de tête. Ils rebondissaient sur lui, les uns après les autres. Pour le plus grand amusement d'Abbot lui-même.

« Idiots, songea N° 1. Comme s'ils avaient la moindre chance. »

En fait, N° 1 avait une théorie sur les écailles protectrices. Quelques années auparavant, il avait joué avec une vieille écaille de bébé et avait remarqué qu'elle était constituée de dizaines de couches superposées, ce qui la rendait impossible à pénétrer directement. Mais si on la prenait de côté, en choisissant bien l'angle d'attaque et avec un objet brûlant…

– Et toi, Nabot ?

Le rire bruyant et grossier de ses camarades étouffa ses pensées.

N° 1 éprouva un tel choc qu'il fut secoué d'un soubresaut en se rendant compte que non seulement Léon Abbot lui avait adressé la parole mais qu'en plus il l'avait appelé par son surnom de dortoir.

– Oui, monsieur, pardon, excusez-moi ?

Abbot se frappa à nouveau la poitrine.

– Tu crois que tu pourrais transpercer les écailles les plus épaisses de Hybras ?

– Je ne pense pas que ce soient les plus épaisses, répliqua la bouche de N° 1 avant que son cerveau n'ait eu le temps de réagir.

– Raarhh ! rugit Abbot – ou quelque chose dans ce genre-là. Tu m'insultes, diablounet ?

Être traité de *diablounet* était pire que recevoir le surnom de Nabot. On réservait généralement ce terme aux bébés récemment éclos.

– Non, non, bien sûr que non, maître Abbot. Je pensais simplement qu'en toute logique, certains démons plus âgés doivent avoir davantage de couches sur leurs écailles. Mais les vôtres sont sans doute plus dures – sans peaux mortes à l'intérieur.

Les yeux fendus d'Abbot fixèrent N° 1.

– Tu sembles en savoir long sur les écailles. Pourquoi n'essaierais-tu pas de percer celles-ci ?

N° 1 s'efforça de prendre les choses sur le ton de la plaisanterie.

– Oh, je ne crois vraiment pas que…

Mais Abbot ne souriait pas le moins du monde.

– Et moi, je crois *vraiment* que tu devrais, Nabot. Amène donc ton moignon de queue jusqu'ici, avant que je ne donne à maître Rawley toute liberté de te faire ce dont il rêve depuis si longtemps.

Rawley arracha son épée du banc dans lequel elle était toujours plantée et lança un clin d'œil à N° 1. Mais ce n'était pas un clin d'œil complice. Il signifiait plutôt : « On va voir la couleur de tes entrailles. »

N° 1 s'avança à contrecœur en passant devant les braises encore rougeoyantes du feu de la veille. Des broches à rôtir dépassaient des charbons de bois. Il s'arrêta un bref instant, regardant les longues tiges pointues. En songeant que s'il avait suffisamment de cran, l'une d'elles pourrait sans doute faire l'affaire.

Abbot suivit son regard.

– Quoi ? Tu crois qu'une broche va pouvoir t'aider ? ricana le démon. Une fois, je me suis retrouvé plongé dans de la lave fondue, Nabot, et je suis toujours ici pour le raconter. Prends-en une. Montre ce que tu peux faire de pire.

– Montre ce que tu peux faire de pire, répétèrent en écho plusieurs camarades de N° 1, inflexibles dans leur loyauté.

N° 1 prit à contrecœur dans les braises l'une des tiges en bois. La poignée était solide mais la pointe noircie s'effritait. N° 1 tapota la broche contre sa cuisse pour la débarrasser des cendres qui la recouvraient.

Abbot arracha la broche des mains de N° 1 et la leva devant lui.

– C'est l'arme que tu as choisie, dit-il d'un ton moqueur. Le nabot croit qu'il part à la chasse aux lapins.

N° 1 avait l'impression que les quolibets et les huées frappaient comme une vague son visage aux sourcils froncés. Il sentit venir l'un de ses fréquents maux de tête qui ne manquaient jamais de se manifester aux moments les plus mal choisis.

– C'est sans doute une mauvaise idée, admit-il. Je devrais me contenter de marteler vos écailles comme les autres crétins… je veux dire, mes camarades.

– Non, non, répliqua Abbot en lui rendant la broche. Vas-y, petite abeille, pique-moi avec ton dard.

« Pique-moi avec ton dard », chantonna N° 1 dans une imitation particulièrement insultante du maître de la horde. Bien sûr, il ne chantonna pas à voix haute. Il était rare que N° 1 affronte les autres aillcurs que dans sa tête.

À voix haute, il annonça :

– Je ferai de mon mieux, maître Abbot.

– Je ferai de mon mieux, maître Abbot, chantonna

Abbot dans une imitation particulièrement insultante de N° 1, en parlant aussi fort que possible.

N° 1 sentit des gouttes de sueur serpenter le long de son moignon de queue. Il n'y avait aucun moyen de se tirer de cette situation. S'il échouait, il aurait droit à une nouvelle volée de quolibets et subirait une légère blessure personnelle. Mais s'il gagnait, c'est là qu'il aurait *vraiment* perdu.

Abbot se frappa le haut du crâne.

– Allez, Nabot. On y va. Il y a des diablotins ici qui attendent leur distorsion.

N° 1 regarda fixement la pointe de la broche et se concentra sur le problème à résoudre. Il plaqua la paume de sa main droite sur la poitrine d'Abbot puis, serrant fermement la poignée, fit tourner la broche dans l'une des écailles protectrices, la pointe vers le haut.

Il continua de tourner lentement, fixant son attention sur le point de contact. L'écaille devint légèrement plus grise sous l'effet de la cendre mais la tige de bois ne la pénétra pas. Une fumée âcre s'éleva en volutes autour de la broche.

Abbot eut un petit rire réjoui.

– Tu essayes d'allumer un feu, Nabot ? Tu veux que j'appelle les pompiers ?

L'un des diablotins lança son déjeuner sur N° 1. Un gros morceau de gras, d'os et de cartilage dégoulina à l'arrière de sa tête.

N° 1 insista, faisant rouler la broche entre le pouce et l'index. Il la tournait de plus en plus vite à présent et il sentit la broche entamer l'écaille en y produisant une légère brûlure.

N° 1 éprouva un sentiment d'excitation. Il essaya de le réprimer, de penser aux conséquences, mais il n'y parvint pas. Il était sur le point de réussir, d'accomplir grâce à son cerveau ce que tous ces idiots n'avaient pas pu faire avec leurs muscles. Bien sûr, ils allaient lui tomber dessus à bras raccourcis et Abbot inventerait une excuse pour minimiser son exploit, mais N° 1 saurait qu'il avait gagné. Et Abbot aussi le saurait.

La broche s'enfonça un peu. N° 1 sentit l'écaille céder, sur une épaisseur qui devait correspondre à la couche supérieure. Le petit diablotin éprouva alors une sensation qu'il n'avait jamais connue auparavant. Celle du triomphe. La sensation grandit en lui, irrésistible, insatiable. Elle se transforma bientôt en une véritable force, reconstituant des circuits nerveux oubliés, libérant en lui une énergie ancienne.

« Que se passe-t-il ? se demanda N° 1. Dois-je m'arrêter ? Puis-je m'arrêter ? »

Les deux réponses à ces questions étaient respectivement *oui* et *non*. Oui, il aurait dû s'arrêter mais non, il ne le pouvait pas. La force parcourait ses membres, augmentant sa température. Il entendait des voix scander des paroles dans sa tête. N° 1 se rendit compte qu'il les scandait avec elles. Quelles paroles ? Il n'en avait aucune idée mais, d'une certaine manière, sa mémoire le savait.

L'étrange force palpitait dans les doigts de N° 1, au rythme des battements de son cœur, puis elle jaillit hors de son corps, dans la broche elle-même. La pointe se changea en pierre. Sous ses yeux, le bois se métamorphosa en granite. La pétrification se répandit à la manière d'un virus, remontant le long de la tige, telle une onde à la surface de l'eau. En un éclair, la broche fut transformée en pierre et s'élargit légèrement dans la fente pratiquée à la surface de l'écaille.

La pointe ainsi dilatée fissura l'écaille protectrice sur une longueur de deux centimètres. Il y eut un craquement qu'Abbot entendit, comme tout le monde dans la classe. Le maître de la horde des démons baissa les yeux et comprit aussitôt ce qui se passait.

– De la magie, siffla-t-il.

Il avait prononcé le mot sans avoir pu s'en empêcher. D'un geste mauvais, il arracha la broche de sa poitrine et la jeta dans le feu.

N° 1 contempla sa main frémissante. Le pouvoir magique continuait d'émettre des ondes au bout de ses doigts, comme une minuscule brume de chaleur.

– De la magie ? répéta-t-il. Cela signifie que je dois être un…

– Tais-toi, imbécile, l'interrompit Abbot en recouvrant de sa cape l'écaille fendue. Je ne parle pas de vraie magie. C'est un simple tour de passe-passe. Tu tournes la broche pour la faire craquer et ensuite tu t'extasies, comme si tu avais véritablement réussi quelque chose.

N° 1 écarta la cape d'Abbot.

– Mais votre écaille ?

Abbot resserra la cape autour de lui.

– Quoi, mon écaille ? Elle ne porte pas la moindre marque. Pas même une tache de cendre. Tu me crois, j'espère ?

N° 1 soupira. C'était Léon Abbot tout craché. Pour lui, la vérité ne signifiait rien.

– Oui, maître Abbot, je vous crois.

– Je devine d'après le ton insolent de ta voix que ce n'est pas vrai. Très bien, voici la preuve.

D'un geste brusque, Abbot ouvrit sa cape, révélant une écaille intacte. Pendant un instant, N° 1 crut voir une étincelle bleue danser à l'endroit où se trouvait bel et bien l'entaille, mais elle disparut aussitôt. Des étincelles bleues. Pouvait-il s'agir de magie ?

Abbot tapota la poitrine du diablotin de son doigt raide.

– Nous en avons déjà parlé, N° 1. Je sais que tu te prends pour un sorcier. Mais il n'y a plus de sorciers, ils ont disparu depuis que nous avons quitté le temps. Tu n'en es pas un. Oublie cette idée stupide et concentre-toi sur ta distorsion. Tu es la honte de notre race.

N° 1 était sur le point de risquer une protestation lorsque quelqu'un lui saisit brutalement le bras.

– Espèce de petit escargot gluant, s'écria Rawley en lui postillonnant au visage. Essayer de tromper le maître de la horde. Retourne à ta place. Je m'occuperai de toi plus tard.

Il ne restait plus à N° 1 qu'à revenir s'asseoir à son banc et subir les insultes de ses camarades. Elles furent nombreuses, généralement accompagnées de projectiles ou de coups. Mais N° 1 préféra ignorer ces nouvelles humiliations et contempla sa propre main. Celle qui avait changé le bois en pierre. Était-ce possible ? Était-il véritablement un sorcier ? Et si oui, se sentirait-il mieux pour autant, ou moins bien ?

Un cure-dents rebondit sur son front et tomba sur le banc. Un reste de viande grisâtre était collé à son extrémité. N° 1 leva la tête et vit Rawley qui le regardait avec un sourire.

– Il y a des semaines que j'essaye de me décoller ça des dents. Je crois que c'est du sanglier. Maintenant, écoute-moi bien, Nabot. Maître Abbot essaye de t'instruire.

Ah oui, la leçon d'histoire. Les efforts de Léon Abbot pour s'inclure lui-même dans l'histoire des démons étaient étonnants. À l'entendre, on aurait dit qu'il avait sauvé à lui seul la huitième famille, en dépit de l'ingérence des sorciers.

Abbot contempla les griffes crochues au bout de ses doigts. Chacune d'elles aurait pu éventrer un gros sanglier. Si les histoires qu'il racontait sur lui-même étaient vraies, il s'était distordu à huit ans, au cours d'un combat contre l'un des chiens sauvages qui vivaient sur l'île. Pendant la bagarre, ses ongles s'étaient changés en griffes et il avait pu ainsi lacérer les flancs de l'animal.

N° 1 estimait son histoire très peu vraisemblable. La distorsion durait des heures, parfois des jours, mais Abbot voulait leur faire croire que la sienne avait été instantanée. Des balivernes. Pourtant, les autres diablotins gobaient sans discuter ces légendes à sa propre gloire.

– De tous les démons qui ont combattu lors de la dernière bataille de Taillte, ânonna Abbot – d'une voix qu'il croyait sans doute adaptée aux leçons d'histoire mais que N° 1 trouvait tellement ennuyeuse qu'elle aurait fait tourner un bol de lait –, je suis, moi, Léon Abbot, le seul survivant.

« Pratique, songea N° 1. Personne n'est plus là pour contester. » Il pensa aussi : « Tu parais ton âge, Léon. Trop de barils de saindoux. »

N° 1 n'était pas un diablotin très charitable lorsqu'il lui arrivait d'être de mauvaise humeur.

Par nature, les sortilèges d'*intemporalité* ralentissent considérablement le processus de vieillissement. Abbot était un jeune mâle à l'époque où les sorciers avaient expédié Hybras hors du temps et ainsi, le sortilège combiné à un bon patrimoine génétique l'avait maintenu en vie, lui et son ego démesuré, pendant des siècles. Peut-être même un millier d'années. Bien sûr, il s'agissait de mille ans de temps normal. À l'échelle de Hybras, un millénaire ne signifiait pas grand-chose. Sur l'île, deux siècles passaient en un clin d'œil. Parfois, un diablotin se levait un matin et découvrait qu'il s'était métamorphosé. Quelque temps auparavant, tous les démons et diablotins de Hybras s'étaient aperçus un beau jour que la queue longue et magnifique dont ils avaient été dotés jusqu'alors s'était transformée en moignon. Et pendant longtemps, les bruits qu'on entendit le plus fréquemment sur l'île étaient ceux de démons qui tombaient par terre, déséquilibrés, et se relevaient en jurant.

– Après cette grande bataille, durant laquelle les démons se montrèrent les plus braves et les plus féroces au sein de l'armée du Peuple, poursuivit Abbot, salué par les hurlements d'approbation des diablotins, nous avons été vaincus par la trahison et la lâcheté. Les elfes ne voulurent pas combattre et les nains refusèrent de creuser des pièges. Nous n'avions plus d'autre choix que de jeter notre sortilège temporel et de nous regrouper jusqu'à ce que vienne le temps de notre retour.

De nouvelles acclamations fusèrent, accompagnées de trépignements.

« À chaque fois, songea N° 1. Faut-il vraiment entendre cela à chaque fois ? Tous ces diablotins font comme s'ils n'avaient encore jamais entendu cette histoire. Quand donc quelqu'un se lèvera-t-il pour dire : "Excusez-moi mais il n'y a rien de nouveau là-dedans. Si on passait à la suite ?" »

– Et ainsi nous nous sommes multipliés. Multipliés et renforcés. À présent, notre armée compte plus de cinq mille guerriers – sûrement assez pour vaincre les humains. Je le sais parce que moi, Léon Abbot, je suis revenu vivant à Hybras après avoir vu le monde.

C'était le morceau de bravoure d'Abbot. C'était là que quiconque aurait eu envie de s'opposer à lui ne pouvait que reculer et s'avouer vaincu. Abbot n'était pas arrivé directement dans les limbes avec les autres habitants de Hybras. Pour une raison inconnue, il avait été détourné vers le temps des hommes avant d'être aspiré sur l'île. Il avait vu les campements des humains et avait rapporté un témoignage réel de son savoir. La façon dont tout cela s'était produit restait un peu floue. D'après Abbot, il y avait eu une grande bataille au cours de laquelle il avait vaincu à lui tout seul une cinquantaine d'hommes avant qu'un mystérieux sorcier le ramène hors du temps. Mais il avait pu au passage s'emparer de deux objets qu'il conservait avec lui.

Depuis que les sorciers avaient été brutalement arrachés à la huitième famille, plus personne ne savait rien de la magie. Les démons normaux ne disposaient pas eux-mêmes de pouvoirs surnaturels. On pensait que tous les sorciers avaient été aspirés dans l'espace pendant le transfert de Hybras de la terre vers les limbes mais à en croire Abbot, l'un d'eux avait survécu. Ce sorcier s'était allié aux humains et avait seulement aidé le chef des démons à échapper à de graves blessures.

N° 1 était très sceptique devant cette version des événements. Tout d'abord parce qu'elle venait d'Abbot, ensuite parce que les sorciers y étaient décrits une fois de plus sous un mauvais jour. Les démons semblaient oublier que, sans eux, Hybras aurait été vaincue par les humains.

Ce jour-là, N° 1 éprouva une sympathie particulière pour les sorciers et n'apprécia guère que ce fanfaron braillard salisse leur mémoire. Il se passait rarement un jour sans que N° 1 prie pour le retour du mystérieux sorcier qui avait secouru Abbot. Et à présent qu'il avait la certitude que la magie coulait dans son propre sang, il prierait avec d'autant plus de ferveur.

– La lune m'a séparé de l'île au cours du long voyage, continua Abbot, les yeux mi-clos, comme s'il tombait en pâmoison à l'évocation de ce souvenir. Je n'ai pu résister à ses charmes. J'ai donc traversé l'espace et le temps jusqu'à ce que j'arrive enfin dans le monde nouveau. Qui est aujourd'hui celui des hommes. Les humains m'ont mis aux pieds des chaînes d'argent, ils ont essayé de me soumettre, mais je n'ai pas cédé.

Les puissantes épaules d'Abbot s'arrondirent et il lança vers le ciel d'une voix rugissante :

– Car j'appartiens à la race des démons ! Et nous ne nous soumettrons jamais !

Inutile de le préciser, l'enthousiasme des démons passa à la vitesse supérieure et toute la salle s'enfla de leurs acclamations. Pour N° 1, le spectacle donné par Abbot se réduisait à de la langue de bois. Le passage sur « Nous ne nous soumettrons jamais » était le plus éculé. N° 1 se massa les tempes, essayant de soulager son mal de tête. Le pire était à venir, il le savait. D'abord, le livre, puis l'arbalète, si toutefois Abbot s'en tenait au scénario habituel. Mais pourquoi s'en écarterait-il ? Il n'y avait rien changé depuis son retour du monde nouveau.

– J'ai donc combattu ! s'écria Abbot. Je me suis débarrassé de leurs chaînes et Hybras m'a rappelé auprès d'elle, mais avant de prendre congé de ces horribles humains, j'ai réussi par la force des armes à m'approcher de leur autel pour voler deux de leurs objets sacrés.

– Le livre et l'arbalète, marmonna N° 1, ses yeux orange levés au ciel en signe d'exaspération.

– Dites-nous ce que vous leur avez volé, supplièrent les autres, en lui donnant la réplique attendue.

Comme s'ils ne le savaient pas.

– Le livre et l'arbalète ! s'exclama Léon Abbot qui sortit les deux objets de dessous sa robe, comme par magie.

« Comme par magie, songea N° 1. Mais pas de la vraie magie, car dans ce cas, Abbot aurait été un sorcier et c'était impossible puisqu'il s'était déjà distordu, ce qui n'arrive jamais aux sorciers. »

– Maintenant, nous savons ce que pensent les humains, reprit Abbot en brandissant le livre. Et nous savons comment ils combattent, ajouta-t-il en brandissant l'arbalète.

« Je ne crois pas une seconde à tout cela, songea N° 1. Bien qu'il n'y ait pas de secondes dans les limbes. Oh, comme je voudrais être sur terre, avec le dernier des sorciers. Nous serions alors deux et je saurais enfin ce qui s'est vraiment produit lorsque Léon Abbot est arrivé ici. »

– Ainsi armés de ce savoir, nous pourrons retourner sur terre lorsque les effets du sortilège se seront évanouis et reprendre notre ancien pays.

– Quand ? s'écrièrent les diablotins. Quand ?

– Bientôt, répondit Abbot. Bientôt. Et il y aura assez d'humains pour nous tous. Ils seront écrasés comme l'herbe que nous foulons de nos bottes. Nous leur arracherons la tête comme nous arrachons les fleurs des pissenlits.

« Oh non, pitié, songea N° 1. Plus de métaphores botaniques. »

Selon toute probabilité, N° 1 devait être la seule créature de Hybras capable d'avoir en tête le mot humain de « métaphore ». Le prononcer à haute voix lui aurait sûrement valu une volée de coups. Si les autres diablotins avaient su que son vocabulaire humain comportait également des termes tels que « salle de bains » ou « décoration », ils l'auraient certainement pendu. Paradoxalement, il avait appris ces mots dans *La Haie de Lady Heatherington Smythe*, qui était censé être un manuel d'école.

– Qu'on leur arrache la tête ! hurla un diablotin.

Toute la classe se mit à scander le slogan.

– Oui, qu'on leur arrache la tête, lança à son tour N° 1, s'efforçant d'imiter les autres, mais la voix dépourvue de toute conviction.

« Pourquoi dire cela ? se demanda-t-il. Je n'ai même jamais rencontré un humain. »

Les diablotins montèrent sur leurs bancs, sautant sur place à un rythme primaire.

– Qu'on leur arrache la tête ! Qu'on leur arrache la tête !

Abbot et Rawley les encourageaient, hurlant et montrant leurs griffes. Une odeur douceâtre, écœurante, satura l'atmosphère. Du résidu de distorsion. Le spasme de la transformation avait saisi l'un d'eux. L'excitation avait provoqué le phénomène.

N° 1 ne ressentit rien. Pas le moindre petit frémissement. Il essaya de faire de son mieux, serrant les paupières, laissant la pression monter dans sa tête, pensant à des images violentes. Mais ses véritables sentiments balayèrent les fausses visions de sang et de carnage.

« Cela ne sert à rien, songea-t-il. Je ne suis pas ce genre de démon. »

N° 1 cessa de scander et resta immobile à son banc, la tête dans les mains. Inutile de simuler – il avait raté une fois encore un nouveau cycle de transformation.

Ce n'était pas le cas des autres diablotins. La grandiloquence théâtrale d'Abbot avait déclenché un flot de testostérone, une soif de sang et un débordement de liquides organiques. L'un après l'autre, ils succombèrent au spasme de la distorsion. Une substance visqueuse, verdâtre, coula de leurs pores, lentement au début, puis en jets bouillonnants. Tous y passèrent, sans exception. Ce devait être un record, dans le genre, un si grand nombre de diablotins se distordant simultanément. Et bien sûr, Abbot s'en attribuerait le mérite.

Le spectacle de ce ruissellement physiologique provoqua une nouvelle vague de hurlements. Et plus les diablotins hurlaient, plus la substance visqueuse jaillissait de leurs corps. N° 1 avait entendu dire que les humains mettaient plusieurs années à passer de l'enfance à l'âge adulte. Pour les diablotins, il ne fallait que quelques heures, quelques jours tout au plus. Et un changement aussi rapide ne pouvait se dérouler sans souffrance.

Les cris de joie se transformèrent en grognements de douleur tandis que les os s'étiraient et que les cornes se courbaient, les membres recouverts d'humeurs gluantes s'allongcant déjà. L'odeur était si douceâtre que N° 1 eut un haut-le-cœur.

Les diablotins tombaient par terre tout autour de lui. Ils se débattaient pendant quelques secondes puis leurs propres fluides les momifiaient. Ils se retrouvaient dans un cocon, tels d'énormes insectes verdâtres, étroitement serrés dans leurs sécrétions durcies. La salle de classe devint soudain silencieuse. On n'entendait plus que le craquement des substances nutritives qui se desséchaient et le ronflement des flammes dans l'âtre de pierre.

Abbot rayonnait. Le sourire qui découvrait ses dents semblait lui fendre le visage en deux.

– Beau travail, ce matin, n'est-ce pas Rawley ? Ils se sont tous distordus grâce à moi.

Rawley approuva d'un grognement, puis il remarqua N° 1.

– Sauf le nabot, dit-il.

– Bien sûr, c'est normal, commença Abbot, puis il se rattrapa et rectifia aussitôt : Oui, vous avez raison, sauf le nabot.

N° 1 sentait son front le brûler sous le regard scrutateur de Rawley et d'Abbot.

– Je veux me distordre, affirma-t-il en contemplant ses doigts. Je le veux vraiment. Mais je n'arrive pas à éprouver de la haine. Et puis, cette immondice visqueuse.

La simple pensée d'en être recouvert me rend un peu nauséeux.

– Un peu quoi ? dit Rawley, méfiant.

N° 1 comprit qu'il fallait parler plus simplement pour son professeur.

– Un peu malade.

– Ah ?

Rawley hocha la tête d'un air dégoûté.

– L'immondice te rend malade ? Qu'est-ce que c'est que ce diablotin ? Tous les autres ne vivent que pour cela.

N° 1 prit une profonde inspiration et déclara à voix haute ce qu'il savait depuis longtemps :

– Je ne suis pas comme les autres.

Sa voix tremblait. Il était au bord des larmes.

– Tu vas te mettre à pleurer ? demanda Rawley, les yeux écarquillés. Léon, c'en est trop. Voilà qu'il va pleurer, maintenant, comme une femelle. J'abandonne.

Abbot se gratta le menton.

– Je vais faire un essai.

Il fouilla dans une poche de sa cape et glissa subrepticement quelque chose sur sa main.

« Oh, non, songea N° 1. Non, par pitié. Pas Stony. »

Abbot leva un bras recouvert d'un pan de sa cape, formant comme une miniscène de théâtre. Une marionnette humaine passa alors la tête par-dessus le cuir brut. C'était une grotesque boule d'argile peinte avec un front proéminent et des traits grossiers. N° 1 doutait que les humains soient aussi laids dans la réalité, mais les démons n'étaient pas réputés pour leurs dons artistiques. Abbot utilisait souvent Stony comme un stimulant visuel à l'usage des diablotins qui avaient du mal à se distordre. Inutile de dire que N° 1 avait déjà eu l'occasion de lui être présenté.

– Grr, dit la tête d'argile, ou plutôt dit Abbot en agitant la marionnette. Grr, je m'appelle Stony, l'Homme de Boue.

– Bonjour, Stony, répondit N° 1 d'une voix faible. Comment vas-tu ?

La marionnette tenait dans sa main une minuscule épée de bois.

– Peu importe comment je vais. Moi, je me fiche de savoir comment tu vas parce que je hais toutes les fées, dit Abbot d'une petite voix grinçante. Je les ai chassées de chez elles et si jamais elles reviennent, je les tuerai toutes.

Abbot fit disparaître la marionnette.

– Et maintenant, qu'est-ce que tu sens ?

« Je sens que les démons auraient intérêt à remplacer le maître de la horde », songea N° 1. Mais, à haute voix, il répondit :

– Heu... de la colère ?

Abbot cligna des yeux.

– De la colère ? Vraiment ?

– Non, avoua N° 1 en se tordant les mains. En fait,

je ne sens rien du tout. C'est une simple marionnette. Je vois vos doigts à travers le tissu.

Abbot remit Stony dans sa poche.

– Ça suffit, cette fois, j'en ai assez de toi, N° 1. Jamais tu ne mériteras de porter un nom tiré du livre.

Après leur distorsion, on donnait aux démons le nom d'un des personnages de *La Haie de Lady Heatherington Smythe*. La logique étant qu'apprendre la langue des hommes et porter un nom humain aiderait l'armée des démons à penser comme les hommes et donc à les vaincre. Pour Abbot, le fait de haïr les hommes ne voulait pas dire qu'il ne les admirait pas. Et puis, d'un point de vue politique, il était bon que les démons de Hybras s'appellent les uns les autres par le nom qu'Abbot leur avait procuré.

Rawley saisit N° 1 par l'oreille, l'obligea à se lever de son banc et le traîna au fond de la salle. Sur le sol, une grille de métal recouvrait une fosse peu profonde, remplie d'excréments qui dégageaient une odeur âcre.

– Au travail, Nabot, dit-il d'un ton brutal. Tu sais ce que tu as à faire.

N° 1 soupira. Il ne le savait que trop bien. Ce n'était pas la première fois, ni la deuxième, qu'on lui imposait cette tâche répugnante. Il décrocha une longue gaffe suspendue au mur et souleva la grille. L'odeur était fétide mais pas insupportable, car une croûte s'était formée sur le tas d'excréments. Des scarabées rampaient sur cette surface dure et rugueuse, leurs pattes cliquetant comme des griffes sur du bois.

N° 1 enleva complètement la grille, puis choisit son camarade de classe le plus proche. Il était impossible de savoir de qui il s'agissait à cause du cocon visqueux. Le seul mouvement perceptible se réduisait à de petites bulles d'air autour de la bouche et du nez. Tout au moins espérait-il que c'étaient bien la bouche et le nez.

N° 1 se pencha et fit rouler le cocon sur le sol jusqu'à ce qu'il tombe dans la fosse. Le diablotin en pleine distorsion brisa la croûte et s'enfonça dans la fange qu'elle recouvrait, entraînant avec lui une douzaine de scarabées. Une bouffée pestilentielle submergea N° 1. Il savait que sa peau resterait imprégnée de l'odeur pendant des jours. Les autres seraient fiers d'empester ainsi mais pour N° 1, ce serait un nouveau signe de honte.

C'était un rude labeur. Les diablotins ne restaient pas tous immobiles. Certains se débattaient à l'intérieur de leur cocon, et à deux reprises des griffes transpercèrent la chrysalide verdâtre, à quelques centimètres de la peau de N° 1.

Il poursuivit sa tâche, poussant des grognements sonores dans l'espoir que Rawley ou Léon Abbot lui donneraient un coup de main. Mais son espoir était vain. Les deux démons, assis côte à côte à l'autre bout de la salle, étaient absorbés dans la lecture de *La Haie de Lady Heatherington Smythe*.

Enfin, N° 1 roula son dernier camarade de classe dans la fosse. Ils étaient empilés là, comme des morceaux de viande dans un ragoût. Les excréments riches en éléments nutritifs allaient accélérer leur distorsion et leur permettre de réaliser pleinement leur potentiel. Assis sur le sol de pierre, N° 1 reprit son souffle.

« Vous en avez de la chance, songea N° 1. Un bain de bouse... »

N° 1 essaya d'éprouver de l'envie à l'égard des autres. Mais le simple fait de se trouver à côté de la fosse lui donnait des haut-le-cœur. À la pensée d'y être immergé, entouré de diablotins dans leurs cocons, son estomac se retournait.

Devant ses yeux, une ombre se dessina sur les dalles, tremblant à la lueur des flammes.

– Ah, N° 1, dit Abbot. Toujours diablotin, jamais démon, hein ? Qu'est-ce que je vais faire de toi ?

N° 1 contempla ses propres pieds, faisant cliqueter sur la pierre ses ergots de bébé.

– Maître Abbot, ne croyez-vous pas... N'y aurait-il pas une toute petite chance ?

Il respira profondément et leva les yeux pour croiser le regard d'Abbot.

– Ne serait-il pas possible que je sois un sorcier ? Vous avez vu ce qui s'est passé avec la broche. Je ne veux pas vous mettre mal à l'aise, mais vous l'avez vu.

Le visage d'Abbot changea aussitôt d'expression.

Il avait essayé de se donner l'air d'un maître bienveillant, mais ses véritables pensées apparaissaient à présent.

– Je n'ai rien vu du tout, siffla-t-il en saisissant l'épaule de N° 1 pour le remettre debout. Il ne s'est rien passé, espèce de monstrueuse petite erreur de la nature. La broche était recouverte de cendres, rien de plus. Il n'y a eu aucune transformation. Aucune magie.

Abbot l'attira contre lui, si près que N° 1 pouvait voir les résidus de viande coincés entre ses dents jaunies. Lorsqu'il parla à nouveau, sa voix avait quelque chose de différent. Elle était devenue multiple. Comme si tout un chœur avait chanté en harmonie. Une voix qu'il était impossible de ne pas remarquer. Magique ?

– Si tu es un sorcier, tu devrais véritablement passer de l'autre côté, avec ton semblable. Ne serait-ce pas mieux ? Il suffirait d'un pas en avant. Tu comprends ce que je veux te dire, Nabot ?

N° 1, hébété, acquiesça d'un signe de tête. Quelle voix merveilleuse. D'où venait-elle ? De l'autre côté, bien sûr, là où il devrait aller. Un petit pas pour un diablotin.

– Je comprends, monsieur.

– Très bien. La discussion est close. Comme le dirait Lady Heatherington Smythe : « Allez de l'avant, mon jeune monsieur, le monde vous attend. »

N° 1 hocha la tête. Il savait qu'Abbot attendait ce signe d'approbation. Mais son cerveau était aussi remué que son estomac. Sa vie ici ne changerait donc jamais ? Toujours moqué, toujours différent. Jamais un moment de lumière ou d'espoir. À moins qu'il ne franchisse le pas.

La suggestion d'Abbot était sa seule espérance. « Franchir le pas. » N° 1 n'avait jamais eu très envie de sauter dans un cratère mais, à présent, cette perspective lui semblait presque irrésistible. Il était un sorcier, on ne pouvait plus en douter. Et quelque part de l'autre côté, dans le monde des humains, il y avait quelqu'un comme lui. Un frère des temps anciens, qui pourrait lui enseigner le savoir de leurs semblables.

N° 1 regarda Abbot s'éloigner à grands pas. Parti exercer son autorité dans une autre partie de l'île, peut-être en allant humilier les femelles sur leur territoire – un autre de ses passe-temps favoris. Mais finalement, Abbot était-il entièrement mauvais ? Après tout, c'était à lui que N° 1 devait cette formidable suggestion.

« Je ne peux plus rester ici, songea-t-il. Je dois monter sur le volcan. »

Cette pensée s'installa dans son esprit. En quelques minutes elle avait submergé toutes les autres.

« Monter sur le volcan. »

L'idée l'assaillait dans sa tête comme des vagues qui se brisent sur le rivage.

« Obéis à Abbot. Monte sur le volcan. »

N° 1 essuya la poussière de ses genoux.

– Vous savez ce que je vais faire ? marmonna-t-il pour lui-même, au cas où Rawley aurait pu l'entendre. Je vais monter sur le volcan.

Chapitre 4

Mission diablement impossible

THÉÂTRE MASSIMO BELLINI, CATANE, EST DE LA SICILE

Artemis Fowl et Butler, son garde du corps, se détendaient dans une loge privée, située côté cour de la scène, dans le célèbre théâtre Massimo Bellini, en Sicile. Peut-être n'est-il pas tout à fait exact de dire que Butler se *détendait*. Il *paraissait* se détendre, comme le tigre semble détendu avant de bondir sur sa proie.

Butler était encore moins heureux ici qu'à Barcelone. Au moins avait-il disposé de quelques jours de préparation pour le voyage en Espagne mais pour la présente excursion, il n'avait même pas eu le temps de rattraper le retard pris dans ses exercices d'arts martiaux.

Dès que la Bentley s'était arrêtée devant le manoir des Fowl, Artemis avait disparu dans son bureau, allumant tous ses ordinateurs. Butler avait profité de l'occasion pour se consacrer à son entraînement, se rafraîchir, puis préparer le dîner : tartelettes à la marmelade d'oignons, carré d'agneau au gratin d'ail et crêpes aux fruits rouges pour le dessert.

Artemis annonça la nouvelle au moment du café.

– Nous devons aller en Sicile, dit-il en jouant avec les *biscotti* posés sur sa soucoupe. J'ai fait une importante découverte dans mes calculs du sortilège temporel.

– Quand faut-il partir ? demanda le garde du corps, qui passa mentalement en revue les contacts qu'il avait sur l'île méditerranéenne.

Lorsqu'il vit Artemis consulter sa montre Rado, Butler émit un grognement.

– Ne regardez pas votre montre, Artemis, mais plutôt le calendrier.

– Désolé, vieux frère, le temps est limité, comme vous le savez. Je ne peux pas prendre le risque de rater une matérialisation.

– Dans l'avion, vous m'avez dit qu'il n'y en aurait pas d'autre avant six semaines.

– Je me suis trompé ou, plutôt, c'est Foaly qui s'est trompé. Il a négligé quelques nouveaux facteurs de l'équation temporelle.

Lorsque l'avion qui les avait ramenés survolait la Manche, Artemis avait donné à Butler quelques détails sur la huitième famille.

– Je vais procéder à une petite démonstration, dit-il.

Il posa une salière en argent sur son assiette.

– Admettons que cette salière soit Hybras. Mon assiette représente l'endroit où elle se trouve : notre dimension. Et votre assiette représente l'endroit où elle veut se rendre : les limbes. Vous me suivez ?

Butler acquiesça à contrecœur. Il savait que mieux il comprendrait, plus Artemis lui en dirait, mais il n'y avait guère de place dans la tête d'un garde du corps pour la physique quantique.

– Donc, les démons sorciers voulaient déplacer l'île de l'assiette A à l'assiette B, non pas à travers l'espace, mais à travers le temps.

– Comment le savez-vous ?

– Tout se trouve dans le *Livre des fées*, répondit le jeune Irlandais. C'est décrit en détail, quoique dans un style un peu fleuri.

Le Livre était la bible des fées. Il contenait leur histoire et leurs commandements. Quelques années auparavant, Artemis avait réussi à en obtenir un exemplaire à Hô Chi Minh-Ville, auprès d'une vieille femme qui était en fait un lutin ivre. L'ouvrage s'était révélé une source inépuisable d'informations.

– Je doute que le Livre comporte beaucoup de schémas et de graphiques, fit remarquer Butler.

Artemis sourit.

– Non, j'ai obtenu les détails grâce à Foaly, mais il ne le sait pas.

Butler se frotta les tempes.

– Artemis, je vous mets en garde : n'essayez pas de jouer au plus fin avec Foaly. L'histoire des leurres est déjà assez dangereuse.

Artemis savait parfaitement que Foaly le suivait à la trace, ainsi que les leurres qu'il envoyait pour brouiller les pistes. En réalité, les leurres avaient surtout pour but d'obliger Foaly à puiser dans ses fonds. À ses yeux, il s'agissait simplement d'une bonne plaisanterie.

– Ce n'est pas moi qui ai mis en place le système de surveillance, objecta Artemis. C'est Foaly. J'ai découvert une douzaine de systèmes, rien que dans mes ordinateurs. Je me suis contenté de les inverser pour pénétrer quelques-uns de ses dossiers partagés. Rien de top secret. Sauf un ou deux, peut-être. Foaly est très occupé depuis qu'il a quitté les FAR.

– Et que vous ont révélé les dossiers de Foaly ? interrogea Butler, résigné.

– Ils m'ont appris des choses sur la magie. Dans son principe, la magie est à la fois une énergie et une capacité à manipuler cette énergie. Pour déplacer Hybras de A à B, les sorciers ont domestiqué la puissance de leur volcan afin de créer une brèche temporelle, ou tunnel.

Artemis roula sa serviette pour former un tube, y propulsa la salière et la déposa dans l'assiette de Butler.

– Aussi simple que cela ? dit Butler d'un air dubitatif.

– Pas vraiment, répondit Artemis. En fait, les sorciers ont réussi un exploit extraordinaire, si l'on considère les instruments dont ils disposaient à l'époque. Il leur a fallu calculer la puissance du volcan, la taille de l'île, l'énergie de chaque démon qui s'y trouvait, sans parler de la résistance due à l'attraction lunaire. Il est déjà stupéfiant que le sortilège ait pu fonctionner, même imparfaitement.

– Il y a eu une anomalie ?

– Oui. D'après le Livre, les sorciers ont chargé le volcan par induction mais la force était trop grande. Ils n'ont pas pu la contrôler et le cercle magique s'est brisé. Hybras et les démons ont bien été transportés mais les sorciers, eux, ont été catapultés dans l'espace.

Butler émit un sifflement.

– Grosse anomalie, en effet.

– Pire que ça. Les démons sorciers ont tous été tués et maintenant la horde est coincée dans les limbes, prisonnière d'un sortilège magique qui, au début, ne devait pas être permanent. Il n'existe plus un seul sorcier pour les ramener dans leur dimension d'origine.

– Foaly ne pourrait-il pas aller les chercher ?

– Non, ce serait une mission diablement impossible de recréer des circonstances identiques. Imaginez qu'on essaye de diriger une plume dans un désert en pleine tempête, puis qu'on veuille la faire atterrir sur un grain de sable en particulier, sans savoir où se trouve ce grain. D'ailleurs, même si on le savait, la magie démoniaque ne peut être contrôlée que par des démons. Ce sont de très loin les plus puissants des sorciers.

– Compliqué, admit Butler. Dans ce cas, expliquez-moi pourquoi ces démons apparaissent ici et maintenant ?

Artemis le corrigea en agitant l'index :

– Pas seulement ici et pas seulement maintenant. Les démons se sont toujours sentis attirés par leur monde d'origine, une combinaison de radiations lunaires et terrestres. Mais pour qu'un démon soit ramené en arrière, il faut qu'il se trouve à l'entrée du tunnel temporel, c'est-à-dire le cratère du volcan, et qu'il ne porte pas d'ancre dimensionnelle.

Butler montra son bracelet.

– De l'argent.

– Exactement. De nos jours, en raison de l'augmentation massive des radiations dans le monde entier, l'attraction qui s'exerce sur les démons est beaucoup plus puissante et atteint plus fréquemment des niveaux critiques.

Butler faisait des efforts pour suivre. Parfois, il n'était pas facile d'être le garde du corps d'un génie.

– Artemis, je croyais que nous ne devions pas entrer dans les détails.

Artemis poursuivit malgré tout. Il n'allait pas s'interrompre en plein milieu de son exposé.

– Restez avec moi, vieux frère. Nous sommes presque au bout. Donc, de nos jours, les pics d'énergie se produisent plus souvent que ne le croit Foaly.

Butler leva le doigt.

– Oui, mais il ne peut rien arriver aux démons tant qu'ils restent à l'écart du cratère.

Artemis leva lui aussi un doigt d'un geste triomphant.

– Oui ! s'exclama-t-il. C'est ce qu'on pourrait penser. Et c'est ce que pense Foaly. Mais lorsque notre dernier démon s'est trouvé dévié de sa dimension, j'ai établi une équation inverse, et ma conclusion c'est que le sortilège temporel se détériore. Le tunnel est en train de se défaire.

Artemis relâcha la pression sur sa serviette roulée qui s'élargit dans sa main.

– À présent, la zone d'aspiration est plus grande ainsi que la zone d'arrivée. Bientôt, les démons ne seront plus en sécurité nulle part sur Hybras.

Butler posa la question évidente :

– Que se passera-t-il lorsque le tunnel sera entièrement désintégré ?

– Juste avant que cela n'arrive, tous les démons de Hybras seront arrachés de leur île, argent ou pas. Lorsque le tunnel s'effondrera, certains seront déposés sur terre, un nombre beaucoup plus grand sur la lune et les autres se retrouveront dispersés dans l'espace et le temps. La seule chose certaine, c'est que les survivants seront peu nombreux et très vite enfermés dans des laboratoires ou des zoos.

Butler fronça les sourcils.

– Il faut que nous en parlions à Holly.

– En effet, approuva Artemis. Mais pas tout de suite. J'ai besoin d'un jour de plus pour confirmer mes calculs. Je ne veux pas aller voir Foaly avec une simple théorie.

– Ne me dites rien, l'interrompit Butler. Direction la Sicile, n'est-ce pas ?

Ils se trouvaient donc à présent dans le théâtre Massimo Bellini, mais Butler n'avait qu'une très vague idée des raisons de leur présence dans cette salle. Si un démon se matérialisait sur scène, Artemis aurait vu juste et le Peuple des fées serait en grand danger. Et si les fées étaient en danger, il appartiendrait à Artemis de leur porter secours. En fait, Butler était très fier que son jeune protégé s'intéresse aux autres, pour changer. Mais ils ne disposaient que d'une semaine pour accomplir leur tâche et rentrer au manoir des Fowl car, dans sept jours, les parents d'Artemis reviendraient de Rhode Island où Artemis Fowl senior avait finalement pris possession d'une jambe artificielle bio-hybride pour remplacer celle qu'il avait perdue lorsque la Mafiya russe avait fait couler son bateau.

Butler contempla les dizaines de petites arcades dorées qui délimitaient les loges et les treize cents personnes venues assister à cette représentation de *Norma* de Bellini.

– D'abord, une maison de Gaudí et maintenant ce théâtre, commenta le garde du corps, dont les paroles n'étaient audibles que pour Artemis, grâce à l'isolation de leur loge et au volume sonore de l'opéra qui se déroulait sur scène. Ces démons ne pourraient-ils pas se matérialiser dans des endroits moins fréquentés ?

– Laissez-vous emporter par cette musique sublime, répondit Artemis dans un murmure. Profitez du spectacle. Vous ne savez donc pas à quel point il est difficile d'obtenir une loge pour un opéra de Vincenzo Bellini ? Surtout *Norma*. Le rôle exige une voix de soprano dramatique *coloratura*. Et la soprano est excellente, comparable à la Callas elle-même.

Butler grogna. Peut-être était-il difficile pour des gens *ordinaires* d'obtenir une loge dans ce théâtre, mais Artemis s'était contenté d'appeler Giovanni Zito, son ami milliardaire environnementaliste. Le Sicilien lui avait très volontiers cédé sa propre loge en échange de deux caisses du meilleur bordeaux. Guère surprenant quand on savait qu'Artemis avait récemment investi plus de dix millions d'euros dans le programme de recherche sur la purification de l'eau dirigé par Zito.

« Un Sicilien qui boit du bordeaux ? lui avait dit Artemis au téléphone en pouffant de rire. Vous devriez avoir honte. »

– Pointez votre montre sur la scène, ordonna Artemis, interrompant les pensées de Butler. Il y a très peu de chances qu'un démon se laisse surprendre sans objet en argent sur lui, même à bonne distance du cratère, mais si l'un d'eux se montre, je veux que nous ayons un film pour prouver à Foaly que ma théorie est exacte. Si nous n'avons pas de preuve incontestable, le Grand Conseil n'entreprendra jamais rien.

Butler vérifia que le cristal de sa montre, qui faisait office d'objectif, était dirigé vers la scène.

– La caméra est en place mais, avec votre permission, je ne me laisserai pas emporter par cette musique sublime. Je suis suffisamment occupé à assurer votre sécurité.

Le théâtre Bellini était un cauchemar pour un garde du corps. De multiples entrées et sorties, plus d'un millier de spectateurs qui refusaient d'être contrôlés, des dizaines d'arcades derrière lesquelles pouvait se cacher un tireur et d'innombrables coins, recoins et couloirs qui ne figuraient sans doute même pas sur le plan du théâtre. Malgré tout, Butler était raisonnablement convaincu qu'il avait fait tout ce qu'il pouvait pour protéger Artemis.

Bien sûr, face à certaines choses, les gardes du corps ne peuvent plus rien garder, comme Butler n'allait pas tarder à s'en apercevoir. Des choses invisibles.

Le téléphone d'Artemis vibra doucement. D'habitude, les gens qui gardent leurs téléphones allumés pendant un spectacle l'exaspéraient, mais ce téléphone-là était particulier et il ne l'éteignait jamais. C'était l'émetteur-récepteur féerique que Holly lui avait donné et auquel Artemis avait lui-même apporté quelques modifications.

Il avait la taille et la forme d'une pièce de deux euros avec en son centre un cristal rouge à impulsions. Il s'agissait d'un omnicapteur adaptable à tous les systèmes de communication, y compris le corps humain. L'appareil avait été transformé en une chevalière plutôt voyante qu'Artemis portait au majeur. Il fit tourner la chevalière pour placer le téléphone du côté de sa paume puis replia les doigts, de l'index à l'annulaire, en étirant son pouce et son petit doigt. Le capteur décodait les vibrations du petit doigt et les renvoyait sous forme d'impulsions vocales. Par l'intermédiaire des os de la main, il transmettait également la voix du correspondant à l'extrémité du pouce.

Aux yeux de n'importe qui, Artemis aurait eu l'air de quelqu'un qui fait semblant de téléphoner.

– Holly ? dit-il.

Butler regarda Artemis qui écoutait puis raccrochait et tournait à nouveau la chevalière dans sa position habituelle.

Artemis fixa Butler des yeux.

– Ne sortez pas votre arme, recommanda-t-il.

Ce qui décida le garde du corps à tendre la main vers la crosse de son Sig Sauer.

– Tout va bien, poursuivit Artemis d'un ton rassurant. Il y a quelqu'un ici. Une amie.

La main de Butler retomba le long de son flanc. Il savait qui c'était.

Holly Short se matérialisa sur le siège recouvert de velours, à côté d'Artemis, les genoux ramenés sous le menton, ses oreilles pointues cachées sous un casque noir. Tandis que son image apparaissait dans le spectre visible, la visière qui lui recouvrait le visage se fractionna en plusieurs morceaux qui s'effacèrent en se glissant dans le casque. Son arrivée au milieu des humains passa inaperçue dans la pénombre du théâtre.

– Salut, les Hommes de Boue, dit-elle avec un sourire.

Ses yeux noisette brillaient d'un éclat malicieux, comme des étincelles, ou plutôt des *étincelfes*.

– Merci d'avoir appelé avant, lança Butler d'un ton sarcastique. Vous ne vouliez effrayer personne. Pas de scintillement, aujourd'hui ?

D'habitude, lorsqu'une fée utilisait ses pouvoirs magiques pour se cacher, la seule chose qu'on voyait d'elle, c'était un léger scintillement, comme une brume de chaleur. L'arrivée de Holly avait été indétectable.

Elle tapota sa propre épaule.

– Nouvelle combinaison. Entièrement constituée de galettes de silicium intelligentes. Elle vibre avec moi.

Artemis examina l'une des galettes, remarquant les microfilaments intégrés dans la matière.

– Mis au point par Foaly ? Produit par la Section Huit.

Holly ne put cacher sa surprise. Elle donna un coup de poing amical dans l'épaule d'Artemis.

– Comment se fait-il que vous connaissiez la Section Huit ? On ne peut plus garder de secrets avec vous ?

– Foaly ne devrait pas m'espionner, répondit Artemis. Quand on va dans un sens, on peut aller dans l'autre. J'imagine que je devrais vous féliciter pour vos nouvelles fonctions. Et Foaly aussi.

Il désigna d'un signe de tête la minuscule lentille dans l'œil droit de Holly.

– Il nous regarde, en ce moment ?

– Non. Il essaye de découvrir comment vous faites pour savoir des choses qu'il ignore. Mais on vous enregistre.

– Vous voulez sans doute parler des démons ?

– C'est possible.

Butler intervint, interrompant la joute verbale qui n'aurait pas manqué de suivre :

– Avant que vous ne commenciez à négocier, si nous nous disions bonjour comme il convient ?

Holly adressa un sourire affectueux à l'immense garde du corps. Elle activa les ailes électroniques de sa combinaison et s'éleva à la hauteur de ses yeux. Elle l'embrassa sur la joue puis serra sa tête entre ses bras. Elle parvenait tout juste à en faire le tour.

Butler tapota son casque.

– Bel équipement. Très différent de celui des FAR.

– En effet, confirma Holly, en l'ôtant de sa tête. La Section Huit dispose d'une technologie qui a des années d'avance sur le matériel standard des FAR. Quand on est prêt à payer...

Butler lui prit le casque des mains.

– Quelque chose qui pourrait intéresser un vieux soldat ?

Holly pressa une touche de l'ordinateur qu'elle portait au poignet.

– Regardez la vision nocturne. On y voit aussi bien que... disons... en plein jour. Et le détail astucieux, c'est que le filtre réagit à la lumière quand elle passe au travers, donc on n'est plus ébloui par les flashs des appareils photo.

Butler hocha la tête d'un air appréciateur. Historiquement, le défaut majeur des systèmes de vision nocturne était que le soldat restait vulnérable face aux brusques éclats de lumière. Même la simple flamme d'une bougie pouvait l'aveugler momentanément.

Artemis s'éclaircit la gorge.

– Excusez-moi, capitaine. Vous avez l'intention de continuer longtemps, tous les deux, à verser des larmes d'admiration sur un casque à vision nocturne, ou pourrions-nous en venir au sujet qui nous occupe ?

Holly lança un clin d'œil à Butler.

– Votre maître nous appelle. Je ferais bien de voir ce qu'il veut.

Holly désactiva ses ailes et s'assit sur la chaise. Les bras croisés, elle regarda Artemis droit dans les yeux.

– OK, Bonhomme de Boue. Je suis à vous.

– Les démons. Nous devons parler des démons.

Les yeux de Holly perdirent leur éclat espiègle.

– Et pourquoi vous intéressez-*vous* tant aux démons, Artemis ?

Artemis ouvrit deux boutons de sa chemise et sortit une pièce d'or attachée à une lanière. La pièce avait un trou circulaire en son centre. Dû à un coup de pistolet à laser tiré par Holly.

– Vous m'avez donné ceci après avoir sauvé la vie de mon père. J'ai une dette envers vous. J'ai une dette envers le Peuple. Et donc, maintenant, je vais faire quelque chose pour vous.

Holly n'était pas entièrement convaincue.

– D'habitude, avant de faire quelque chose pour le Peuple, vous négociez vos honoraires.

En entendant l'accusation, Artemis eut un petit hochement de tête.

– C'est vrai. C'*était* vrai, mais j'ai changé.

– Et alors ? demanda Holly, les bras toujours croisés.

– Et alors, il est très satisfaisant de découvrir quelque chose qui a échappé à Foaly, même si je l'ai trouvé par hasard.

– Et ensuite ?

Artemis soupira.

– Soit. Il est vrai qu'il y a un autre facteur.

– C'est ce que je pensais. Qu'est-ce que vous voulez ? De l'or ? Du matériel technologique ?

– Non. Rien de tout cela.

Artemis, assis sur sa chaise, se pencha en avant.

– Savez-vous combien il est difficile d'avoir vécu toutes ces aventures passionnantes avec les FAR et de se retrouver soudain exclu de ce monde ?

– Oui, répondit Holly. En fait, je le sais.

– Dans la même semaine, j'ai contribué à sauver le monde, puis je me suis retrouvé dans mon bureau à résoudre des problèmes de géométrie. Je m'ennuie, Holly. Mon intellect n'a plus de défi à relever. Aussi, quand je suis tombé sur l'évangile des démons en lisant le Livre, j'ai compris qu'il y avait un moyen de m'impliquer sans intervenir. Je pouvais me contenter d'observer, et peut-être d'affiner, les calculs de Foaly.

– Qui ne figurent pas vraiment dans le Livre, fit remarquer Holly. Vous contenter d'observer, laissez-moi rire.

Artemis écarta d'un geste l'objection de Holly.

– Un peu de piratage bien inoffensif. Après tout, c'est le centaure qui a commencé. J'ai donc décidé de me rendre sur des sites de matérialisation, mais rien ne s'est produit jusqu'à Barcelone. Un démon est apparu, en effet, mais pas au bon endroit et plus tard que prévu. Je me suis trouvé devant lui par un simple hasard. À l'heure qu'il est, je serais en train de dériver dans un espace préhistorique si Butler ne m'avait pas ancré dans cette dimension grâce à un bracelet en argent.

Holly étouffa un rire.

– Ce n'était donc que de la chance, rien d'autre. Le grand Artemis Fowl fait mieux que le puissant Foaly par une pure coïncidence.

Artemis se sentit vexé.

– Une chance bien informée, voilà qui serait plus exact. Mais peu importe. J'ai repris mes calculs avec de nouveaux chiffres et les conclusions que j'en ai tirées, si elles sont confirmées, peuvent se révéler désastreuses pour le Peuple.

– Allez-y, racontez-moi tout. Mais en termes brefs. Vous ne pouvez pas savoir tout ce que j'ai dû écouter comme discours scientifiques aujourd'hui.

– C'est très sérieux, Holly, répliqua sèchement Artemis.

Son éclat de voix fut suivi d'un chœur de « chut ! » en provenance du public.

– C'est très sérieux, répéta-t-il à voix basse.

– Pourquoi ? demanda Holly. Il suffit de communiquer vos nouveaux calculs et de laisser Foaly s'occuper du reste avec des projecteurs de distorsion de lumière.

– Pas tout à fait, reprit Artemis en s'appuyant contre le dossier de sa chaise. Si un démon apparaît sur cette scène dans les quatre minutes qui viennent, il y aura très vite pénurie de projecteurs. Car si j'ai raison et que le sortilège temporel se dégrade, Hybras et tous ses habitants seront bientôt ramenés dans cette dimension. La plupart des démons ne survivront pas, mais les autres pourraient apparaître n'importe où et n'importe quand.

Holly tourna son regard vers la scène. Une femme aux cheveux noir corbeau tenait une note ridiculement aiguë pendant un temps ridiculement long. Holly se demanda si cette femme remarquerait l'apparition subite d'un démon jailli du néant pendant une ou deux secondes. Aucune matérialisation n'était prévue aujourd'hui. Si elle se produisait quand même, Artemis aurait raison, comme d'habitude, et beaucoup d'autres démons seraient en chemin. Si cela arrivait, Artemis Fowl et Holly Short se retrouveraient plongés jusqu'au cou dans une histoire où il faudrait, une fois de plus, sauver le monde des fées.

Holly lança un coup d'œil en biais à Artemis qui scrutait la scène à travers des jumelles de théâtre. Elle ne le lui dirait jamais, mais si quelqu'un, parmi les humains, devait aider à sauver le monde des fées, Artemis était sans nul doute l'homme, ou le jeune homme, le mieux qualifié pour le faire.

ÎLE DE HYBRAS, LIMBES

N° 1 grimpa vers la première corniche rocheuse, au flanc du volcan. Il croisa plusieurs démons sur le sentier, mais aucun d'eux n'essaya de le dissuader d'aller plus loin. En fait, il était tombé sur Hadley Shrivelington Basset qui avait même proposé de lui griffonner une carte sur un morceau d'écorce. S'il se lançait dans le grand saut dimensionnel, N° 1 savait bien que sa disparition les affecterait beaucoup moins que de rater leur cible en tirant à l'arbalète. Personne ne le regretterait, sauf peut-être la démone aux marques rouges qui lui souriait dans l'enceinte des femelles. Peut-être lui manquerait-il un peu. N° 1 se figea sur place à la pensée que la seule personne susceptible de s'attrister de son absence était quelqu'un à qui il n'avait jamais parlé.

Il laissa échapper une longue plainte. Pouvait-on imaginer plus déprimant ?

N° 1 poursuivit sa pénible escalade au-delà du dernier panneau qui avertissait de ne pas aller plus loin. Avec une subtilité typique des démons, il avait la forme d'un crâne de loup ruisselant de sang, planté sur un piquet.

– Qu'est-ce que ça peut bien vouloir dire ? marmonna N° 1 en passant devant le panneau. Une tête de loup sur un piquet. Grand barbecue de loup, ce soir. Apportez votre loup à griller.

« Barbecue ». Un autre mot tiré du livre de Lady Heatherington Smythe.

N° 1 s'assit sur la corniche et tortilla des reins pour creuser un petit trou destiné à son moignon de queue. Autant s'installer confortablement avant de faire un saut d'une centaine de mètres dans la bouche fumante d'un volcan. Même s'il n'était pas aspiré vers l'ancien pays, il ne risquait pas d'être vaporisé par la lave. Il se fracasserait plutôt contre les rochers au cours de sa chute. Réjouissante perspective.

De la corniche, il voyait la gueule du volcan aux bords déchiquetés et les volutes de fumée qui s'élevaient vers le ciel à un rythme régulier, comme le souffle d'un géant endormi. La nature du sortilège temporel voulait que tout se déroule sur Hybras comme si l'île était toujours attachée au reste du monde, bien qu'à une allure différente. Ainsi, le volcan continuait de bouillonner et de cracher par moments une mince colonne de flammes, même s'il ne se trouvait plus sur la terre.

Pour être honnête avec lui-même, N° 1 devait reconnaître que sa résolution faiblissait. On pouvait facilement imaginer de sauter dans un cratère interdimensionnel quand on était occupé à rouler dans une fosse à excréments des camarades de classe prisonniers d'un cocon. Au moment où les cendres et les détritus lui tombaient dessus, rien ne pouvait lui paraître pire. Et puis, quelque chose dans la voix d'Abbot avait rendu cette idée irrésistible. Mais à présent, assis sur la corniche, tandis qu'une faible brise rafraîchissait les écailles de sa poitrine, la situation ne semblait plus aussi sombre. Au moins, il était vivant. Or, on n'avait aucune garantie que le cratère mène ailleurs que dans les entrailles du volcan. Aucun des démons qui y étaient tombés n'en était revenu vivant. Ils en étaient revenus, c'est vrai. Certains pris dans des blocs de glace, d'autres cuits comme une frite, mais aucun n'était réapparu en pleine santé, tel le maître de la horde. N° 1 n'aurait su dire pourquoi mais, lorsqu'il repensait à Abbot, tous les moments de cruauté qu'il avait dû subir de la part du maître se brouillaient dans sa mémoire, à la manière d'une image floue. Tout ce qu'il pouvait se rappeler, c'était cette voix magnifique, insistante, qui lui disait de franchir le pas.

La folie de la lune. C'était le fond des choses. Les démons étaient attirés par la lune. Elle chantait à leurs oreilles, agitait des particules dans leur sang. Ils en rêvaient la nuit, grinçaient des dents à l'idée de son absence. À toute heure de ce qu'on appelait le jour sur Hybras, on voyait des démons s'arrêter net pour contempler l'espace, là où jadis était la lune. Elle constituait une part d'eux-mêmes, une part organique, ils partageaient les mêmes atomes.

Dans le cratère, on voyait encore des filaments du sortilège temporel. Des serpentins de magie qui tournoyaient au sommet de la montagne, attrapant les démons assez stupides pour se laisser surprendre sans aucun objet en argent sur eux. Caché au cœur de cette magie, le chant de la lune appelait les démons au retour, les attirait par des visions de lumière blanche, un sentiment de légèreté. Dès que ces lianes s'emparaient de l'esprit d'un démon, il était prêt à faire n'importe quoi pour se rapprocher de cette source. La magie du sortilège et la folie de la lune déversaient leur énergie dans tous les atomes de son être, propulsaient ses électrons sur une nouvelle orbite, modifiaient sa structure moléculaire, l'aspiraient à travers le temps et l'espace.

Mais seul Abbot avait promis que la destination du voyage serait la terre. Il pouvait tout aussi bien finir sur la lune et, quel que fût leur amour pour elle, les démons savaient que rien ne survivait dans ses étendues désolées. Les aînés affirmaient que les lutins volants ne pouvaient s'en approcher sans mourir de froid, retombant en vrille sur la terre, les ailes gelées, le visage bleuâtre.

Pour une mystérieuse raison, cependant, N° 1 voulait aujourd'hui entreprendre ce voyage. Il voulait que la lune l'appelle dans le cratère et le dépose là où existait un autre sorcier. Quelqu'un qui lui apprendrait à contrôler ses étranges pouvoirs. Pourtant, il devait l'admettre à sa grande honte, le courage lui manquait. Il ne pouvait se résoudre à se lancer lui-même dans un cratère rocheux. Le pied du volcan était parsemé des cadavres carbonisés de ceux qui avaient cru entendre l'appel de la lune. Comment pouvait-il savoir si c'était véritablement la puissance de l'astre qui lui faisait signe ou s'il prenait simplement ses désirs pour des réalités ?

N° 1 posa sa tête dans ses mains. C'était cela ou revenir à l'école. Les diablotins devaient être retournés dans la fosse, sinon leur peau risquait de garder des marques de lividité excrémentielle.

Il soupira. N° 1 n'en était pas à sa première ascension désespérée du volcan. Mais aujourd'hui, il avait véritablement pensé aller jusqu'au bout. Abbot était présent dans sa tête et l'encourageait. Il arrivait presque à supporter l'idée de voir les rochers du cratère se précipiter sur lui pendant sa chute. Presque.

N° 1 tripota le bracelet d'argent qu'il portait au poignet. Il aurait été si facile d'ôter cette babiole et de disparaître.

« Alors, enlève-la, mon petit, dit une voix dans sa tête. Enlève-la et viens près de moi. »

N° 1 ne fut pas étonné d'entendre la voix. En fait, il s'agissait plus d'une sensation que d'une voix. C'était N° 1 lui-même qui l'avait traduite en mots. Il dialoguait souvent avec des voix intérieures. Faute de quelqu'un à qui parler. Dans sa tête, il y avait Flambard, le cordonnier, et Lady Bonnie, la fileuse, et sa voix préférée, celle de Bookie, qui racontait des potins en zozotant.

Mais cette voix-là était nouvelle, plus impérieuse.

« Un bref moment sans argent et un nouveau monde s'ouvrirait devant toi. »

N° 1 avança la lèvre inférieure tandis qu'il réfléchissait. Pourquoi ne pas enlever le bracelet pendant un instant ? Quel mal cela pourrait-il lui faire ? Il était encore assez loin du cratère et la magie ne s'étendait que très rarement au-dessous du volcan.

« Aucun mal. Absolument aucun mal. Un tout petit geste. »

Cette idée ridicule s'était emparée de N° 1, à présent. Ôter le bracelet serait comme un entraînement pour le jour où il aurait enfin le courage de ressentir la folie de la lune. Ses doigts effleurèrent les runes gravées sur le bracelet. C'étaient exactement les mêmes que celles qu'il portait sur la poitrine. Un double enchantement qui repoussait l'attraction lunaire. Ôter l'un signifiait que la force de ses propres marques serait inversée, l'aspirant droit vers la lune.

« Enlève-le. Inverse le pouvoir. »

N° 1 regarda ses doigts se refermer sur le bord du bracelet. Il était dans une sorte d'hébétude, un état second. La nouvelle voix lui avait embrumé la tête et prenait le contrôle de son esprit.

« Nous serons ensemble, toi et moi. Tu te baigneras dans ma lumière. »

« Tu te baigneras dans ma lumière ? songea la petite partie du cerveau de N° 1 encore consciente. Cette nouvelle voix se prend pour la reine du théâtre. Bookie ne va pas beaucoup t'aimer. »

« Enlève-le, mon petit. »

N° 1 regarda sa main tirer le bracelet par-dessus ses jointures. Il n'arrivait plus à arrêter son geste – il ne le souhaitait pas, d'ailleurs.

« La folie de la lune, comprit-il en sursautant. À une si longue distance. Comment est-ce possible ? »

Quelque chose en lui le savait. Peut-être le côté sorcier de son être.

« Le sortilège temporel s'affaiblit. Plus personne n'est à l'abri. »

N° 1 vit le bracelet, son ancre dimensionnelle, glisser de ses doigts et tomber par terre en tournoyant. Il avait l'impression que tout se passait au ralenti. Le métal argenté s'étirait et ondulait comme un rayon de soleil dans l'eau.

N° 1 ressentit le fourmillement qui se manifeste lorsque chaque atome de votre corps déborde d'énergie et passe à un état gazeux. Normalement, le phénomène devrait provoquer une terrible douleur mais le corps ne sait pas très bien comment réagir à cette transformation des cellules et se contente de produire un pitoyable fourmillement.

N° 1 n'eut pas le temps de hurler ; il ne put que disparaître en un million de petits points lumineux comme des éclairs, qui se rassemblèrent très vite en une bande serrée et s'engouffrèrent sur le chemin d'une autre dimension. En quelques secondes, il ne restait plus rien pour témoigner que N° 1 avait vécu ici, à part un bracelet qui tournoyait dans des reflets d'argent.

Il faudrait beaucoup de temps, relativement parlant, avant qu'on s'aperçoive qu'il n'était plus là. Et personne ne s'en soucierait suffisamment pour venir voir ce qui s'était passé.

THÉÂTRE MASSIMO BELLINI, SICILE

À voir Artemis Fowl, on aurait pensé qu'il n'était là que pour l'opéra. D'une main, il pointait une paire de jumelles vers la scène, de l'autre, il battait la mesure à la manière d'un chef d'orchestre, suivant la partition note à note.

– Maria Callas est considérée comme la Norma par excellence, dit-il à Holly qui hocha poliment la tête, puis leva les yeux vers Butler d'un air exaspéré. Mais je vais vous faire une confidence : je préfère Montserrat Caballé, qui a chanté le rôle dans les années soixante-dix. Bien sûr, je n'ai entendu que des enregistrements mais, pour moi, l'interprétation de Caballé est plus intense.

– Vraiment ? répondit Holly. J'essaye de m'intéresser à ce que vous dites, Artemis. Mais je pensais que c'était terminé au moment où la grosse dame chante. Or, elle chante, mais ça n'en finit pas.

Artemis sourit, découvrant ses incisives.

– Vous devez sans doute penser à Wagner.

Butler restait étranger à ces considérations sur l'opéra. Il ne voyait là qu'un autre risque de distraction qu'il fallait exclure. Il décida plutôt d'essayer le filtre de vision nocturne du casque de Holly. Si véritablement il parvenait à éliminer le problème du voile blanc, comme Holly l'affirmait, il demanderait à Artemis de lui en fournir un.

Inutile de le préciser, le casque de Holly était beaucoup trop petit pour Butler. Il aurait à peine couvert son poing. Le garde du corps dut se contenter de déplier la partie gauche du filtre pour pouvoir regarder à travers en tenant le casque contre sa joue.

L'effet était impressionnant. Le filtre parvenait à compenser les différences de lumière dans toute la salle. Il augmentait ou diminuait la luminosité de telle sorte que chacun était vu sous le même éclairage. Sur scène, les chanteurs apparaissaient figés dans leur maquillage et, dans les loges, les spectateurs se trouvaient exposés au grand jour.

Butler fit un tour d'horizon, regardant dans les loges pour s'assurer que rien ne les menaçait. Il vit beaucoup de gens qui se mettaient les doigts dans le nez ou se tenaient la main, parfois les mêmes. Mais rien de manifestement dangereux. Au deuxième balcon, cependant, dans une loge proche de la scène, il aperçut une jeune fille aux boucles blondes, vêtue d'une robe du soir.

Butler se rappela aussitôt avoir vu la même jeune fille à Barcelone, à l'endroit où avait eu lieu la matérialisation. À présent, elle était ici. Coïncidence ? Cela n'existait pas. Pour un garde du corps, voir un inconnu plus d'une fois signifiait qu'il vous suivait ou cherchait la même chose que vous.

Il scruta la loge. Deux hommes étaient assis derrière la jeune fille. L'un dans la cinquantaine, le tour de taille avantageux, vêtu d'un smoking, filmait la scène à l'aide de son portable. C'était l'un des deux hommes qu'il avait également vus à Barcelone. Le deuxième était là, lui aussi. Mince et noueux, les cheveux en pointes, il pouvait être chinois. Apparemment, sa blessure à la jambe n'était pas guérie et il était occupé à ajuster l'une de ses béquilles. Il la retourna, ôta l'embout en caoutchouc de son extrémité puis la coinça contre son épaule à la manière d'un fusil.

Butler se plaça machinalement entre Artemis et la ligne de tir de l'homme à la béquille. Celle-ci n'était d'ailleurs pas pointée sur son protégé mais sur le côté droit de la scène. À un mètre de la soprano. Juste à l'endroit où Artemis s'attendait à voir apparaître son démon.

– Holly, dit-il d'une voix basse et calme. Je pense que vous devriez activer votre bouclier.

Artemis abaissa ses jumelles.

– Des problèmes ? demanda-t-il.

– Peut-être, répondit Butler. Mais pas pour nous. Je crois que quelqu'un d'autre est au courant de la matérialisation et que cette personne ne va pas se contenter d'observer le phénomène.

Artemis se tapota le menton, réfléchissant à toute allure.

– Où ?

– Deuxième balcon. À côté de la scène. Je vois une arme éventuelle dirigée vers les chanteurs. Pas une arme à feu standard. Peut-être un fusil à fléchettes modifié.

Artemis se pencha en avant, s'agrippant à la rampe de cuivre.

– Ils veulent capturer le démon vivant, s'il se montre. Dans ce cas, ils auront besoin de créer une diversion.

Holly s'était levée.

– Que pouvons-nous faire ?

– Il est trop tard pour les arrêter, répondit Artemis, un froncement de sourcils creusant son front. Si nous intervenons, nous risquons de faire rater leur diversion et, dans ce cas, le démon sera exposé. Si ces gens sont suffisamment intelligents pour être ici, vous pouvez être sûrs que leur plan est bon.

Holly reprit son casque et le passa sur ses oreilles. Des coussinets d'air se gonflèrent automatiquement pour s'ajuster aux contours de sa tête.

– Je ne peux pas les laisser kidnapper une fée sans rien tenter.

– Vous n'avez pas le choix, dit sèchement Artemis, au risque de provoquer les protestations du public. Le scénario le meilleur et le plus probable, c'est que rien ne se produira. Pas de matérialisation.

Holly se renfrogna.

– Vous savez aussi bien que moi que la destinée ne nous réserve jamais le meilleur scénario. Votre karma est bien trop mauvais.

Artemis ne put s'empêcher de pouffer.

– Bien sûr, vous avez raison. Dans ce cas, imaginons le pire scénario : un démon apparaît, ils l'ancrent dans notre dimension à l'aide d'un fusil à fléchettes, nous nous en mêlons et dans la confusion qui s'ensuit, la *polizia* locale embarque le démon et nous finissons tous en garde à vue.

– Très mauvais. Donc, nous restons simplement assis à observer ce qui se passe.

– Butler et moi restons assis à observer. Vous, vous allez là-bas pour rassembler toutes les données possibles. Et quand ces gens sortiront, vous les suivrez.

Holly activa ses ailes. Elles se déployèrent en glissant hors de son sac à dos, produisant une étincelle bleue lorsque l'ordinateur de vol envoya une charge dans leurs circuits.

– J'ai combien de temps ? demanda Holly tandis qu'elle disparaissait de leur vue.

Artemis consulta le chronomètre de sa montre.
– Si vous vous dépêchez, aucun.

Holly s'élança au-dessus du public, contrôlant sa trajectoire à l'aide du manche à balai intégré dans le pouce de son gant. Elle s'éleva dans le théâtre, invisible aux yeux des humains rassemblés. Grâce aux filtres de son casque, elle voyait clairement les occupants de la loge.

Artemis s'était trompé. Elle aurait eu le temps d'arrêter ce qui se préparait. Il lui suffisait de détourner légèrement le canon de l'arme. Ainsi, le démon ne serait jamais ancré dans cette dimension et la Section Huit pourrait tout à loisir suivre la piste de ces Hommes de Boue. Il fallait simplement toucher le coude du tireur avec son électrotrique pour lui faire perdre pendant quelques secondes le contrôle de ses fonctions motrices. Ce qui laisserait tout le temps à un éventuel démon d'apparaître et de disparaître.

Holly sentit alors une odeur d'ozone brûlante et une sensation de chaleur se répandit sur son bras. Artemis n'avait pas tort. Elle n'avait pas le temps. Quelqu'un arrivait.

N° 1 apparut sur la scène, plus ou moins intact. Le voyage lui avait coûté une phalange de son index droit et l'équivalent de deux gigaoctets de mémoire. Mais il s'agissait surtout de mauvais souvenirs et, par ailleurs, il n'avait jamais été très habile de ses mains.

Si la dématérialisation n'est pas un processus particulièrement douloureux, la matérialisation, elle, est un véritable plaisir. Le cerveau est si heureux de sentir que tous les éléments essentiels du corps se réassemblent qu'il produit un jaillissement d'endorphines euphorisantes.

N° 1 jeta un coup d'œil à son index amputé.

– Regarde, dit-il avec un petit rire. Plus de doigt.

Il remarqua alors la présence des humains. Il y en avait des dizaines, alignés en rangées successives jusqu'au ciel. N° 1 sut aussitôt de quoi il s'agissait.

– Un théâtre. Je suis dans un théâtre. Avec seulement sept doigts et demi. C'est *moi* qui n'ai que sept doigts et demi, pas le théâtre.

Cette observation provoqua un nouveau gloussement de rire et les choses auraient dû s'arrêter là pour N° 1. Normalement, il aurait été expédié vers la prochaine étape de son excursion interdimensionnelle si un humain, près de la scène, n'avait pointé un tube sur lui.

– Ça s'appelle un tube, dit N° 1, fier de son vocabulaire humain, en montrant l'objet de son index incomplet.

Ensuite, tout se passa très vite. Les événements se précipitèrent en rafale, dans un mélange indistinct, comme une superposition de couleurs vives. Un éclair jaillit de l'extrémité du tube, quelque chose explosa au-dessus de sa tête, une abeille piqua N° 1 à la jambe et une femme poussa un cri strident. Un troupeau d'animaux, peut-être des éléphants, passa juste à ses pieds. Puis, étrangement, le sol se déroba sous lui et tout devint noir. L'obscurité était rugueuse, il la sentait contre son visage et sous ses doigts.

La dernière chose que N° 1 entendit avant que sa propre obscurité intérieure ne l'engloutisse fut le son d'une voix. Pas une voix de démon – sa tonalité était plus aiguë, à mi-chemin entre l'oiseau et le sanglier.

– Bienvenue, démon, dit la voix qui se mit à ricaner.

« Ils savent, pensa N° 1, et il aurait été saisi de panique si l'hydrate de chloral qui se diffusait dans son organisme à partir de sa piqûre à la jambe lui avait permis de s'abandonner à un tel sentiment. Ils savent tout de nous. »

Le sérum soporifique caressa alors son cerveau, le précipitant du haut d'une falaise vers le fond d'un gouffre noir.

Depuis sa loge, Artemis regarda les événements s'enchaîner. Les coins de ses lèvres tressaillirent dans un sourire d'admiration tandis que le plan se déroulait en douceur, tel le plus précieux des tapis tunisiens. Ceux qui l'avaient conçu, quels qu'ils soient, avaient fait un travail remarquable. Plus que remarquable. Peut-être avaient-ils un lien de parenté avec lui.

– Continuez de filmer ce qui se passe sur scène, dit Artemis à Butler. Holly s'occupe de la loge.

Butler avait beaucoup plus envie de couvrir les arrières de Holly, mais sa place était au côté d'Artemis. Et d'ailleurs, le capitaine Short était parfaitement capable de se débrouiller toute seule. Il s'assura que le cristal de sa montre était dirigé vers la scène. Artemis ne le lui pardonnerait jamais s'il manquait une nano-seconde de l'action.

L'opéra était presque terminé. Norma précédait Pollione sur le bûcher où tous deux allaient être brûlés. Tout le monde avait les yeux tournés vers elle. Sauf ceux qui s'occupaient d'un tout autre drame, situé celui-là dans le monde des fées.

La musique aux harmonies somptueuses, foisonnantes, fournissait un fond sonore involontaire à l'action réelle qui se déroulait dans le théâtre.

Tout commença par une étincelle électrique sur la scène, côté jardin. À peine perceptible, sauf pour quelqu'un qui s'y serait attendu. Et s'il est vrai que quelques spectateurs remarquèrent cette lueur, nul ne s'en alarma. Ce pouvait être un reflet ou l'un des effets spéciaux qu'affectionnent les metteurs en scène de théâtre modernes.

« Quelque chose va donc se produire, songea Artemis qui sentait au bout de ses doigts un fourmillement d'excitation. Un nouveau jeu commence. »

Le « quelque chose » commença à se matérialiser au cœur de l'étincelle. Une vague forme humanoïde apparut. Plus petite que la dernière fois, mais il s'agissait bel et bien d'un démon et certainement pas d'un reflet de lumière. Au début, la forme sembla dénuée de substance, tel un spectre, mais un instant plus tard, elle devint moins transparente et plus proche de ce monde.

« Maintenant, pensa Artemis, il faut l'ancrer dans cette dimension et le neutraliser. »

Un mince tube d'argent pointa dans l'ombre d'une loge. Il y eut une petite détonation et une fléchette jaillit de l'extrémité du tube. Artemis n'eut pas besoin de suivre sa trajectoire. Il savait qu'elle visait la jambe de la créature. La jambe était la meilleure cible. À cet endroit du corps, pas de risque mortel. Il devait s'agir d'une aiguille d'argent imbibée d'un cocktail de somnifères.

À présent, la créature essayait de communiquer et faisait des gestes désordonnés. Artemis entendit quelques exclamations dans l'assistance lorsque des spectateurs aperçurent la silhouette au cœur de l'étincelle.

« Très bien. Vous l'avez ancré. Maintenant, vous avez besoin d'une diversion. Quelque chose de voyant et de bruyant mais pas particulièrement dangereux. Si quelqu'un est blessé, il y aura une enquête. »

Artemis tourna les yeux vers le démon. Il avait pris corps, dans l'ombre de la scène. Autour de lui, l'opéra approchait inexorablement du crescendo final. La soprano lançait des lamentations hystériques et tous les regards étaient rivés sur elle. Presque tous les regards. À l'opéra, il y a toujours quelques spectateurs qui s'ennuient, surtout vers la fin du dernier acte. Généralement, leurs regards se promènent dans la salle, à la recherche de quelque chose, n'importe quoi, qui puisse les intéresser. En l'occurrence, ces regards se seraient inévitablement posés sur le petit démon, côté jardin, à moins que leur attention ne soit attirée ailleurs.

Dans un enchaînement parfaitement minuté, un gros projecteur se détacha de la passerelle et se balança au bout de son câble, heurtant de plein fouet la toile de fond du décor. L'impact fut à la fois voyant et bruyant. La lampe explosa, aspergeant de morceaux de verre la scène et l'orchestre. Le filament du projecteur étincela comme un éclair de magnésium et aveugla momentanément tous ceux qui l'avaient regardé, c'est-à-dire la quasi-totalité des spectateurs.

Les débris de verre tombèrent en pluie sur l'orchestre et les musiciens, pris de panique, s'enfuirent en masse vers le foyer des artistes, traînant leurs instruments derrière eux. Une cacophonie de cordes grinçantes et de percussions renversées submergea les derniers échos du chef-d'œuvre de Bellini.

« Joli, songea Artemis, qui savait reconnaître le travail bien fait. La chute du projecteur et l'éclair du filament étaient soigneusement préparés. En prime, ils ont eu droit à la fuite des musiciens, un coup de chance imprévu. »

Artemis appréciait le spectacle du coin de l'œil. Il observait surtout le minuscule démon perdu dans les ombres, derrière une toile du décor.

« À leur place, pensa le jeune Irlandais, j'aurais prévu que Butler enferme la petite créature dans un sac noir et file par l'entrée des artistes pour l'emmener dans un 4x4. Nous pourrions être dans le ferry pour Ravenne avant que les électriciens du théâtre aient eu le temps de changer l'ampoule du projecteur. »

Ce qui se passa dans la réalité se révéla légèrement différent. Une trappe s'ouvrit sous les pieds du démon qui disparut sur une plateforme hydraulique.

Artemis hocha la tête avec une expression admirative. Fabuleux. Ses mystérieux adversaires avaient dû pirater le système informatique du théâtre. Et lorsque le démon avait surgi, ils avaient tout simplement commandé l'ouverture de la trappe appropriée. Quelqu'un attendait sûrement en dessous pour emporter le démon endormi dans une voiture stationnée devant la porte.

Artemis se pencha par-dessus la rambarde de sa loge et observa le public. Tandis qu'on rallumait la salle, les spectateurs frottèrent leurs yeux éblouis et parlèrent à voix basse, l'air déconfit, comme après un choc. Il n'était pas question de démons, il n'y avait ni doigts tendus, ni hurlements. Il venait d'assister à l'exécution parfaite d'un plan parfait.

Artemis dirigea son regard vers la loge, à l'autre extrémité de la scène. Ses trois occupants, debout, paraissaient très calmes. Ils s'en allaient, tout simplement. Le spectacle était terminé et il était temps de partir. Artemis reconnut la belle jeune fille de Barcelone et ses deux compagnons. L'homme mince semblait guéri de sa blessure à la jambe car il portait à présent ses deux béquilles coincées sous un bras.

La fille arborait un sourire satisfait, semblable à celui qu'on voyait habituellement sur les lèvres d'Artemis après une mission réussie.

« C'est elle, comprit-il soudain avec une certaine surprise. C'est elle, le cerveau. »

Le sourire de la jeune fille, tel un reflet du sien, irrita Artemis. Il n'était pas habitué à avoir une longueur de retard. Elle croyait sans aucun doute avoir remporté la victoire. Mais s'il était vrai qu'elle avait gagné cette bataille, la guerre était loin d'être terminée.

« Il est temps, songea-t-il, de faire savoir à cette fille qu'elle a un adversaire. »

Il frappa ses mains l'une contre l'autre dans un lent applaudissement.

– *Brava*, cria-t-il. *Brava, ragazza !*

Le son de sa voix traversa facilement la salle, par-dessus la tête des spectateurs. Le sourire de la jeune fille se figea et ses yeux cherchèrent la source du compliment. En un instant, elle repéra l'adolescent irlandais et leurs regards se croisèrent.

Si Artemis croyait que la fille allait flancher et se mettre à trembler en les voyant, lui et son garde du corps, il fut déçu. Il est vrai qu'une expression de surprise passa sur son visage, mais elle se borna à le remercier de ses applaudissements d'un signe de tête et d'un geste de la main qui avait une élégance royale. La jeune fille prononça deux mots avant de partir. La distance entre eux était trop grande pour qu'Artemis puisse les entendre mais, même s'il ne s'était pas entraîné depuis longtemps à lire sur les lèvres, il aurait facilement deviné ce qu'elle disait.

« Artemis Fowl. » Rien de plus. Un match venait de commencer. Aucun doute à ce sujet. Très intrigant.

Puis il se produisit quelque chose d'assez drôle. Les applaudissements d'Artemis furent suivis de plusieurs autres en divers endroits de la salle. D'abord hésitants, ils enflèrent en crescendo. Bientôt, les spectateurs furent debout et les chanteurs déconcertés durent revenir saluer plusieurs fois.

Quelques minutes plus tard, alors qu'il traversait le hall du théâtre, Artemis s'amusa beaucoup en entendant des spectateurs se répandre en commentaires sur la direction peu orthodoxe de la scène finale. L'explosion du projecteur, déclara un passionné d'un ton songeur, était sans nul doute une métaphore qui symbolisait la chute de l'étoile de Norma elle-même. Non, objecta un autre. L'éclair de la lampe était de toute évidence une interprétation moderniste des flammes du bûcher que Norma devait affronter.

« Ou peut-être, pensa Artemis en se frayant un chemin parmi la foule pour sortir dans la légère brume sicilienne qui lui rafraîchissait le front, l'explosion du projecteur était-elle tout simplement l'explosion d'un projecteur. »

Chapitre 5
Diablement prisonnier

Le capitaine Holly Short, de la Section Huit, suivit les ravisseurs jusqu'à une Land Rover Discovery, puis à bord du ferry-boat de Ravenne. Leur prisonnier avait été transféré d'un sac de toile dans un gros sac de golf d'où sortaient des têtes de club. C'était une opération bien menée. Trois humains mâles adultes et une adolescente. Holly ne fut que modérément surprise de voir qu'une jeune fille faisait partie de la bande. Après tout, Artemis était tout juste sorti de l'enfance et il avait réussi à mettre sur pied des machinations infiniment plus complexes que celle-ci.

La Land Rover fut rendue à une agence de location Hertz sur le continent et le groupe prit un wagon-lit en première classe dans un train de nuit rapide pour la côte ouest. Voyager en train était judicieux. Ils évitaient ainsi de passer le sac de golf dans la machine à rayons X.

Holly n'avait pas à se soucier des rayons X ou de tout autre appareil de détection humain. Sa combinaison de camouflage de la Section Huit la rendait invisible à tous les rayons que la police des frontières pouvait projeter sur elle. La seule façon de découvrir une fée dissimulée derrière son bouclier, c'était de l'atteindre par hasard en lui lançant une pierre et, même dans ce cas, on n'obtiendrait sans doute d'autre résultat que de recevoir une gifle invisible en guise de représailles.

Holly se glissa dans le wagon-lit et atterrit dans un filet à bagages vide, au-dessus de la jeune fille. Les trois autres humains avaient calé le sac de golf contre la table et le contemplaient comme si... comme s'il y avait eu un démon à l'intérieur.

Trois hommes et une jeune fille. Il serait facile de les neutraliser. Elle pouvait les assommer avec son Neutrino puis demander à Foaly d'envoyer une équipe de techniciens pour procéder à un effacement de mémoire. Holly avait très envie de libérer le malheureux démon. Il ne lui faudrait que quelques secondes. La seule chose qui l'empêchait d'agir, c'étaient les voix dans sa tête.

L'une était celle de Foaly, l'autre celle d'Artemis.

– N'intervenez pas, capitaine Short, conseilla Foaly le centaure. Nous devons voir jusqu'où tout cela ira.

La Section Huit s'intéressait de très près à la mission de Holly depuis l'enlèvement du démon. Foaly gardait toujours ouverte une ligne spéciale qui la reliait à lui.

Bien que le casque de Holly fût insonorisé, parler si près de ses cibles la rendait nerveuse. Dans des situations de ce genre, le plus difficile est de s'entraîner à parler sans faire les gestes qui accompagnent habituellement la conversation. C'est beaucoup moins simple qu'il n'y paraît.

– Ce pauvre démon va être terrifié, dit Holly, étendue, parfaitement immobile, dans le filet à bagages. Je dois le sortir de là.

– Non, répliqua sèchement Artemis. Il faut voir les choses dans leur ensemble, Holly. Nous n'avons aucune idée de la puissance de cette organisation et nous ignorons ce qu'ils savent du Peuple des fées.

– Ils n'en savent sûrement pas autant que vous. Les démons n'emportent pas le Livre avec eux. Ils n'aiment pas beaucoup suivre les règles.

– Au moins, vous avez quelque chose en commun, fit remarquer Butler.

– Je pourrais employer le mesmer, proposa Holly.

Le mesmer était l'un des tours dont les fées disposaient dans leur sac magique. Une sorte de chant des sirènes qui pouvait amener n'importe quel humain à raconter tous ses secrets avec le plus grand bonheur.

– Cela les *obligerait* à me dire tout ce qu'ils savent.

– Et uniquement ce qu'*ils* savent, souligna Artemis. Si j'étais à la tête de cette organisation, chacun ne saurait que ce qu'il a besoin de savoir. Personne ne saurait tout, sauf moi, bien sûr.

Holly, contrariée, résista à l'envie de taper du poing pour se défouler. Artemis avait raison, bien entendu. Il fallait rester tranquille et voir comment la situation allait évoluer. Ils devaient étendre leur filet aussi largement que possible pour attraper tous les membres du groupe.

– Je vais avoir besoin de renforts, murmura Holly. Combien avez-vous d'agents disponibles dans la Section Huit ?

Foaly s'éclaircit la gorge mais ne répondit pas.

– Qu'est-ce qu'il y a, Foaly ? Qu'est-ce qui se passe, là-bas ?

– Ark Sool a entendu parler de l'enlèvement.

La simple mention du nom du gnome fit monter la tension de Holly de quelques points. C'était à cause du commandant Ark Sool qu'elle avait quitté les FAR.

– Sool ! Comment a-t-il pu être au courant si rapidement ?

– Il a une source quelque part à la Section Huit. Il a appelé Vinyaya. Elle ne pouvait rien faire d'autre que lui communiquer toutes les informations.

Holly poussa un grognement. Sool était le roi de la bureaucratie. Comme disait le nain, « il serait incapable de prendre une décision, même s'il avait le feu aux fesses et une cruche d'eau à la main ».

– Qu'est-ce que ça donne ?

– Sool a choisi de limiter les dégâts. Il a fait activer

les murs antiexplosion et toutes les missions en surface ont été annulées. Aucune autre action ne doit être entreprise avant une réunion du Grand Conseil. Si ça commence à sentir mauvais, Sool ne veut pas être responsable. Pas tout seul.

– Encore des histoires politiques, lança Holly avec dédain. Sool ne se préoccupe que de sa précieuse petite carrière. Donc, vous ne pouvez m'envoyer personne ?

Foaly choisit soigneusement ses mots.

– Pas officiellement. Et personne d'officiel. Il serait impossible pour qui que ce soit, un consultant, par exemple, de passer les murs antiexplosion en emportant quelque chose dont vous pourriez avoir besoin, si vous voyez de quoi je veux parler.

Holly comprenait parfaitement ce que Foaly essayait de lui dire.

– Reçu cinq sur cinq. Je ne peux compter que sur moi-même. Officiellement.

– Exact. Pour autant que le commandant Sool le sache, vous vous contentez de suivre les suspects comme leur ombre. Vous ne devrez passer à l'action que s'ils font des révélations publiques. Dans ce cas, les ordres sont – je cite Sool – « d'engager le processus le moins complexe et le plus durable ».

– Cela signifie vaporiser le démon ?

– Il ne l'a pas dit en ces termes mais c'est ce qu'il veut.

Le mépris que Holly éprouvait pour Sool augmentait à chaque seconde.

– Il ne peut me donner un tel ordre ! Tuer une fée est contraire à toutes les règles du Livre. Je n'obéirai pas.

– Sool sait qu'il ne peut vous ordonner officiellement de recourir à des mesures définitives contre une fée. Il veut simplement vous faire une recommandation officieuse. D'un genre qui pourrait avoir un effet déterminant sur votre carrière. C'est une situation délicate, Holly. Dans le meilleur des cas, l'affaire finira peut-être par se tasser, d'une manière ou d'une autre.

Artemis exprima à haute voix l'opinion qu'ils partageaient tous :

– Certainement pas. Cet enlèvement n'a pas été exécuté au hasard. Nous sommes en présence d'un groupe organisé qui savait ce qu'il cherchait. Ces gens étaient à Barcelone et maintenant ils sont ici. Ils ont un plan pour leur démon et, à moins qu'il ne s'agisse d'une action militaire, je parierais qu'ils ont l'intention de rendre la chose publique pour gagner beaucoup d'argent. L'affaire sera encore plus retentissante que le monstre du Loch Ness, le sasquatch et le yéti réunis.

Foaly soupira.

– Vous êtes dans le pétrin, Holly. La meilleure chose qui puisse vous arriver, ce serait de vous faire une blessure pas trop grave qui vous mette hors jeu.

Holly se souvenait des paroles que son ancien mentor avait un jour prononcées : « Ce n'est pas à nous qu'il faut penser d'abord, lui avait dit en substance Julius Root, mais au Peuple. »

– Parfois, ce n'est pas à nous qu'il faut penser d'abord, Foaly. Je me débrouillerai comme je pourrai. J'aurai de l'aide, n'est-ce pas ?

– Bien sûr, confirma le centaure. Nous commençons à avoir l'habitude de sauver le monde des fées.

Le ton confiant de Foaly rassura Holly, même si le centaure se trouvait à des centaines de kilomètres sous terre.

Artemis les interrompit :

– Vous échangerez vos souvenirs de guerre plus tard. Nous ne pouvons nous permettre de manquer un seul mot de ce que disent ces gens. Si nous pouvions atteindre leur destination avant eux, cela nous donnerait peut-être un avantage.

Artemis avait raison. Le moment était mal choisi pour se lancer dans des digressions. Holly procéda à un contrôle rapide des systèmes de son casque, puis dirigea son viseur vers les humains, au-dessous d'elle.

– Vous captez tout, Foaly ? demanda-t-elle.

– Clair comme du cristal. Je vous ai parlé de mes nouveaux écrans à gaz ?

Le soupir d'Artemis vibra dans les écouteurs.

– Oui, vous en avez parlé. Maintenant, taisez-vous, centaure. N'oubliez pas que nous sommes en mission.

– Comme vous voudrez, Bonhomme de Boue. Hé, regardez, votre *petite amie* dit quelque chose.

Artemis disposait d'une vaste réserve de répliques cinglantes mais aucune n'était adaptée aux insultes sur le thème des *petites amies*. Il n'était même pas sûr qu'il s'agisse d'une insulte. Et si c'en était une, qui était insulté ? Lui ou la fille ?

La jeune fille parlait français comme seul un Français peut le faire.

– Légalement, dit-elle, le seul délit qu'on puisse nous reprocher, c'est d'avoir un voyageur sans billet, et encore, ce n'est pas sûr. Du point de vue de la loi, comment peut-on kidnapper quelqu'un qui n'est pas censé exister ? Je doute que personne ait jamais accusé le physicien Murray Gell-Mann d'avoir kidnappé un quark, même si on sait qu'il en transporte un milliard dans sa poche.

La jeune fille pouffa de rire, faisant glisser ses lunettes sur son nez.

Personne d'autre ne rit, à part un jeune Irlandais qui écoutait la conversation à trois cents kilomètres de là, à l'aéroport Fontanarossa de Catane, où il s'apprêtait à monter à bord d'un avion d'Alitalia en partance pour Rome. Rome, estimait Artemis, était beaucoup plus central que la Sicile. Quelle que soit la destination du démon, Artemis pouvait l'atteindre plus vite en partant de Rome.

– Pas mal, commenta Artemis, qui répéta la plaisanterie à Butler. Bien sûr, ce n'est pas tout à fait le même scénario, mais il s'agit d'une boutade, pas d'une conférence sur la physique quantique.

Le sourcil gauche de Butler se releva comme un pont basculant.

– Pas tout à fait le même scénario, c'est exactement ce que je pensais.

À bord du train rapide, l'un des trois hommes, celui dont la blessure à la jambe avait miraculeusement guéri, changea de position sur la surface en skaï de sa couchette.

– À quelle heure arrivons-nous à Nice, Minerva ? demanda-t-il.

Cette simple phrase était une mine d'informations pour Artemis, toujours à l'écoute. Premièrement, la fille s'appelait Minerva, sans doute par référence à la déesse romaine de la sagesse. Un nom très approprié, jusqu'à présent. Deuxièmement, leur destination était Nice. Et troisièmement, cette fille semblait diriger les opérations. Extraordinaire.

La fille, qui n'avait cessé de sourire depuis sa plaisanterie sur les quarks, parut soudain irritée.

– Pas de noms, compris ? Il y a des oreilles partout. Si une seule personne découvre un seul détail de notre plan, tous nos efforts pourraient être réduits à néant.

« Trop tard, Fillette de Boue, songea le capitaine Holly Short, dans son filet à bagages. Artemis Fowl en sait déjà trop à ton sujet. Sans parler de mon petit ange gardien personnel, le dénommé Foaly. »

Holly fit un gros plan du visage de la jeune fille.

– Nous avons un portrait et un prénom, Foaly. Est-ce que ça vous suffit ?

– Ça devrait, répondit le centaure. J'ai aussi des images des trois mâles. Donnez-moi le temps de les passer dans ma base de données.

Au-dessous, le deuxième homme de Barcelone fit glisser la fermeture éclair du faux couvercle du sac de golf.

– Je vais vérifier mes *clubs*, dit-il. Voir s'ils sont bien rangés. S'ils ont trop bougé, je mettrai peut-être quelque chose pour les maintenir en place.

Tout cela aurait constitué un code parfaitement acceptable si une caméra n'avait été pointée droit sur eux.

L'homme plongea la main dans le sac puis, après avoir tâtonné quelques instants, en sortit un petit bras dont il contrôla le pouls.

– Très bien. Tout va très bien.

– Excellent, dit Minerva. Maintenant, vous devriez dormir. Une longue journée nous attend. Je vais rester éveillée un moment, j'ai envie de lire. Si quelqu'un d'autre veut lire, il pourra le faire dans quatre heures.

Les trois hommes acquiescèrent d'un signe de tête mais personne ne s'allongea. Ils restèrent simplement assis là, le regard fixé sur le sac de golf, comme s'il y avait un démon à l'intérieur.

Artemis et Butler eurent la chance de trouver un vol pour Nice sur un avion d'Air France. À dix heures, ils avaient pris une suite au *Negresco* et dégustaient un café avec des croissants sur la promenade des Anglais.

Holly n'avait pas cette chance. Elle était toujours perchée dans un filet à bagages, à bord d'un train. Mais pas le même filet. Elle en était à son troisième en tout. D'abord, ils avaient changé à Rome, puis à Monte-Carlo et enfin, ils roulaient en direction de Nice.

Artemis parlait à son petit doigt qui transmettait les vibrations au téléphone des fées, niché au creux de sa main.

– Des indices sur la destination finale ?

– Pas encore, répondit Holly, fatiguée et agacée. Cette fille mène les adultes à la baguette. Ils ont peur de dire quoi que ce soit. J'en ai assez d'être allongée dans ce wagon. J'ai l'impression d'avoir passé des années dans un filet à bagages. Qu'est-ce que vous faites, tous les deux ?

Artemis posa doucement sa tasse de cappuccino décaféiné pour ne pas l'entrechoquer avec la soucoupe.

– Nous sommes à la bibliothèque de Nice où nous essayons de dénicher des renseignements sur cette Minerva. Nous allons peut-être savoir si elle possède une villa près d'ici.

– Contente de l'entendre, répondit Holly. J'ai eu une vision de vous buvant du thé sur la plage pendant que je suais sang et eau dans ce maudit train.

À cinq ou six mètres de l'endroit où se trouvait Artemis, des vagues roulaient le long de la plage comme de la peinture vert émeraude qu'on aurait versée d'un immense seau.

– Du thé ? À la plage ? Nous n'avons pas le temps de nous offrir ce luxe, Holly. Il y a un travail important à accomplir.

Il adressa un clin d'œil à Butler.

– Vous êtes sûr d'être à la bibliothèque ? J'ai cru entendre un bruit d'eau.

Artemis sourit, prenant plaisir à ce dialogue.

– De l'eau ? Certainement pas. La seule chose qui coule à flots, ici, ce sont les informations.

– Vous ne seriez pas en train de sourire, Artemis ? Je ne sais pas pourquoi mais j'ai l'impression que vous arborez ce sourire suffisant qui vous est familier.

Foaly intervint sur la ligne :

– On a trouvé le filon, Holly. Il a fallu du temps mais nous avons découvert la trace de notre mystérieuse jeune fille.

Le sourire d'Artemis s'évanouit. Les affaires reprenaient le dessus.

– Qui est-elle, Foaly ? Pour être franc, je suis très étonné de ne pas encore la connaître.

– Elle s'appelle Minerva Paradizo, douze ans, née à Cagnes-sur-Mer dans le sud de la France. L'homme aux lunettes est son père, Gaspard Paradizo. Cinquante-deux ans. Chirurgien esthétique d'origine brésilienne. Il a un autre enfant, Beau, âgé de cinq ans. La mère est partie il y a un an. Elle habite Marseille avec son ex-jardinier.

Artemis était perplexe.

– Gaspard Paradizo est chirurgien esthétique ? Pourquoi a-t-il fallu si longtemps pour les retrouver ? Il doit exister des dossiers, des photos.

– Justement. Il n'y avait pas de photos sur le Net. Même pas un cliché d'un journal local. J'ai l'impression que quelqu'un a systématiquement effacé de la toile toute trace de cette famille.

– Mais personne ne peut se cacher de vous, n'est-ce pas, Foaly ?

– Exact. J'ai fait une recherche poussée et j'ai trouvé une image fantôme dans une page d'archives d'une chaîne de télévision française. Minerva Paradizo a gagné un prix d'orthographe dans une compétition nationale quand elle avait quatre ans. Une fois que j'ai eu le nom, il m'a été facile de retrouver tous les fichiers effacés. C'est quelqu'un, votre *petite amie*, Artemis. Elle a déjà fini le lycée et, actuellement, elle prépare deux diplômes par correspondance, en physique quantique et en psychologie. Je la soupçonne d'avoir également décroché un doctorat de chimie sous un nom d'emprunt.

– Et les deux autres ? demanda Holly pour faire avancer la conversation avant que Foaly ne lance une nouvelle plaisanterie sur la *petite amie* d'Artemis.

– Celui qui a le type latin s'appelle Juan Soto. Directeur de Soto Sécurité. Il semble diriger une agence légale de protection. Pas très compétent, quasiment aucun entraînement. Pas de quoi s'inquiéter.

– Et le tireur ?

– L'homme à la béquille s'appelle Billy Kong. Lui est un redoutable lascar. Je vous envoie son dossier dans votre casque.

Quelques secondes plus tard, un signal tinta à l'oreille de Holly et elle ouvrit le fichier dans sa visière. Une photo en trois dimensions de Kong tourna lentement dans le coin supérieur gauche tandis que son casier judiciaire défilait sous ses yeux.

Artemis s'éclaircit la gorge.

– Moi, je n'ai pas de casque, Foaly.

– Ah oui, c'est vrai, monsieur Basse-Technologie, répondit Foaly d'une voix imprégnée de condescendance. Vous voulez que je vous le lise ?

– Si votre puissant cerveau peut tolérer un simple contact vocal.

– OK. Billy Kong. Élevé dans un cirque, a perdu un œil en combattant un tigre...

Artemis soupira.

– Foaly, je vous en prie, nous n'avons pas le temps de plaisanter.

– Bien sûr, répliqua le centaure. Vous, par exemple, vous n'auriez jamais l'idée de nous faire croire que vous êtes dans une bibliothèque. D'accord, allons-y pour la vérité. Né Jonah Lee, à Malibu, au début des années soixante-dix. Famille originaire de Taïwan. La mère s'appelle Annie. Un frère aîné, Eric, a été tué dans une bagarre entre gangs. La mère est revenue avec son fils à Hsinchu, au sud de Taipei. Kong est allé habiter en ville et il est devenu un petit voleur. Il a dû s'enfuir dans les années quatre-vingt-dix quand une dispute avec un complice s'est terminée en meurtre. Kong a tué son ami avec un couteau de cuisine. Il y a toujours là-bas un mandat d'arrêt contre lui, sous le nom de Jonah Lee.

Holly fut surprise. Kong paraissait assez inoffensif. Il avait une silhouette frêle avec des cheveux en pointes parsemés de mèches teintes aux couleurs claires. On aurait dit un musicien de *boys band* plutôt qu'un malfaiteur.

– Est allé vivre à Paris et a changé de nom, continua Foaly. A suivi un entraînement d'arts martiaux. Il s'est fait refaire le visage mais pas suffisamment pour échapper à mon ordinateur.

Artemis écarta de son oreille la main avec laquelle il téléphonait et s'adressa à Butler :

– Billy Kong ?

Le garde du corps prit une soudaine inspiration.

– Un homme à éviter. À la tête d'une petite équipe bien entraînée. Ils louent leurs services comme gardes du corps à des gens qui vivent dangereusement. J'ai entendu dire qu'il s'était rangé et qu'il travaillait pour un médecin en Europe.

– Kong est dans le train, dit Artemis. C'est l'homme à la fausse béquille.

Butler hocha la tête d'un air songeur. Kong avait une réputation exécrable dans les milieux de la pègre. L'homme était dépourvu de toute morale et se chargeait volontiers de n'importe quelle besogne, si répugnante soit-elle, du moment qu'on le payait bien pour ça. Il n'avait qu'une seule règle : ne jamais abandonner un travail avant qu'il ne soit terminé.

– Si Billy Kong est dans le coup, les choses deviennent beaucoup plus inquiétantes. Nous devons sauver ce démon le plus vite possible.

– D'accord, approuva Artemis en rapprochant le téléphone de son oreille. Avons-nous une adresse, Foaly ?

– Gaspard Paradizo possède un château près de Tourrettes-sur-Loup, en direction de Vence, à une vingtaine de minutes de Nice.

Artemis but le reste de son cappuccino d'un seul trait.

– Très bien. Holly, nous vous retrouverons là-bas.

Artemis se leva en rajustant son veston.

– Butler, vieux frère, nous avons besoin d'un matériel d'observation. Connaissez-vous quelqu'un à Nice qui pourrait nous le procurer ?

D'une chiquenaude, Butler ouvrit un téléphone portable de l'épaisseur d'une galette.

– Qu'est-ce que vous croyez ?

TOURRETTES-SUR-LOUP, SUD DE LA FRANCE

Tourrettes-sur-Loup est un petit village d'artisans perché au flanc d'une montagne des Alpes-Maritimes. Le château Paradizo se trouvait plus haut sur la même pente, au sommet aplati d'un pic rocheux, sous la limite des neiges éternelles.

Le château datait du XIXe siècle mais il avait été rénové de fond en comble. Les murailles étaient en pierre, les fenêtres équipées de vitres réfléchissantes, sans doute à l'épreuve des balles, et il y avait des caméras partout. La route qui y menait était typique de la région : étroite et sinueuse. Au coin sud de l'édifice, une tour d'observation permettait d'avoir une vue à trois cent soixante degrés sur tous les chemins environnants. Des hommes patrouillaient sans cesse autour du corps principal du bâtiment et les mamelons recouverts de gazon qui parsemaient le jardin n'offraient aucune possibilité de se cacher.

Artemis et Butler étaient tapis dans des buissons, sur la pente adjacente, et Butler examinait le château à l'aide de puissantes jumelles.

– Vous avez le don pour bien les choisir, remarqua le garde du corps. Je crois que j'ai déjà vu cet endroit un jour, dans un film de James Bond.

– Ça ne vous pose sûrement aucun problème ?

Butler fronça les sourcils.

– Je suis un garde du corps, Artemis. Un gilet pare-balles humain. Entrer par effraction dans des châteaux fortifiés n'est pas ma spécialité.

– Vous m'avez sauvé d'endroits mieux gardés.

– Vrai, admit le garde du corps. Mais j'avais quelqu'un dans la place pour me fournir des informations. Ou alors, la situation était désespérée. Si je devais partir d'ici à l'instant même, je n'en serais pas chagriné outre mesure, à condition que vous veniez avec moi.

Artemis lui tapota le bras.

– Impossible, vieux frère.

Butler soupira.

– J'imagine.

Il tendit les jumelles à Artemis.

– Commencez par le coin ouest et faites un panoramique vers l'est.

Artemis colla les jumelles devant ses yeux puis les régla.

– Je vois des patrouilles de deux hommes.

– L'agence de sécurité de Soto. Aucune arme apparente mais on voit une bosse sous leur veste. Ils ont dû suivre un entraînement basique. Mais s'ils sont plus d'une vingtaine dans le château et ses alentours, il sera très difficile de les neutraliser tous. Et même si j'y parvenais, la police locale arriverait sur place en quelques minutes.

Artemis déplaça les jumelles de quelques degrés.

– Je vois un petit garçon avec un chapeau de cowboy dans une voiture jouet.

– C'est sans doute Beau, le fils de Paradizo. Personne n'y fait très attention. Continuez plus loin.

– Des détecteurs dans les gouttières ?

– J'ai étudié ce modèle en particulier. Le dernier cri des équipements de sécurité intégrés. Circuit fermé, infrarouge, capteurs de mouvement, vision nocturne. Toute la panoplie. J'avais l'intention de moderniser le manoir des Fowl.

De petits haut-parleurs sur des tiges étaient plantés un peu partout autour du château.

– Un système de sonorisation ?

Butler pouffa de rire.

– J'aimerais bien. En fait, ce sont des boîtiers électroniques qui émettent des interférences. Nos micros directionnels ne nous serviraient à rien, ici. Je doute même que Foaly puisse capter quoi que ce soit à l'intérieur de ce bâtiment.

Dans un scintillement, Holly se rendit visible en se posant à côté d'eux.

– Vous avez raison. Il a envoyé un de nos satellites espions sur une autre orbite pour photographier les lieux, mais il faudra plusieurs heures avant que le château apparaisse dans son champ de vision.

Butler lâcha la crosse de son pistolet.

– Holly, je préférerais que vous cessiez d'apparaître comme ça, sans prévenir. Je suis un garde du corps. J'ai tendance à être un peu nerveux.

Holly sourit en lui donnant un coup de poing amical sur la jambe.

– Je sais, mon grand. C'est pour cette raison que je le fais. Ça vous donne l'occasion de vous entraîner pendant les heures de travail.

Artemis détourna à peine le regard de ses jumelles.

– Il faut savoir ce qui se passe ici. Si seulement nous pouvions introduire quelqu'un à l'intérieur.

Holly fronça les sourcils.

– Il m'est impossible de pénétrer dans une habitation humaine sans autorisation. Vous connaissez les règles. Si une fée entre dans une maison sans y être invitée, elle perd ses pouvoirs magiques après avoir passé des heures à vomir et à souffrir d'horribles crampes.

Après la bataille de Taillte, Frond, le roi du Peuple des fées, avait essayé d'empêcher ses sujets malintentionnés d'approcher les résidences humaines en imposant des *geasa* magiques, c'est-à-dire des règles s'appliquant à toutes les fées. Il avait demandé à ses sorciers de créer un sortilège puissant pour imposer sa volonté. Quiconque tenterait d'enfreindre ces règles serait atteint d'une maladie mortelle et perdrait ses pouvoirs magiques. À présent, les effets du sortilège s'estompaient avec le temps, mais il était encore assez puissant pour provoquer des nausées et ternir les étincelles magiques.

– Et Butler ? Vous pourriez lui prêter une des feuilles de camouflage de Foaly. Il deviendrait invisible.

Holly hocha la tête.

– Il y a une pyramide de rayons laser sur tout le terrain. Même avec une feuille de camouflage, Butler ne pourrait pas passer au travers.

– Mulch, alors ? C'est un délinquant qui a dépassé depuis longtemps le stade des réactions allergiques. Il ne souffrirait ni de crampes, ni de vomissements.

Holly scanna le sol à l'aide de son filtre à rayons X.

– Le château est bâti sur du roc et les murs ont un mètre d'épaisseur. Mulch ne pourrait jamais creuser là-dedans sans se faire repérer.

Ses rayons X révélèrent le squelette d'un petit garçon qui conduisait une voiture électrique. Elle releva sa visière pour regarder Beau Paradizo zigzaguer tranquillement parmi les gardes du château.

– Mulch ne pourrait pas entrer là, dit-elle en souriant. Mais je crois connaître quelqu'un qui en serait capable.

Chapitre 6

C'est l'histoire d'un nain qui entre dans un bar

Tandis qu'il se promenait dans le quartier du Marché de Haven, Mulch Diggums se sentait de plus en plus détendu à chaque pas. C'était la zone mal famée de la ville, si on peut appeler ainsi une rue équipée de deux cents caméras de surveillance et d'une cabine des FAR. Mais malgré cela, les malfaiteurs étaient ici environ huit fois plus nombreux que les simples citoyens.

« Des gens comme moi, songea Mulch. Ou qui étaient comme moi avant que je ne m'associe avec Holly. »

Non que Mulch regrettât d'avoir fait équipe avec elle mais, parfois, le bon vieux temps lui manquait. Il y avait dans le monde de la pègre quelque chose qui lui réchauffait le cœur. L'excitation du vol, l'euphorie de l'argent facile.

« N'oublie pas le désespoir de la prison, lui rappelait son sens pratique. Et la solitude de la fuite perpétuelle. »

Exact. La vie de hors-la-loi n'est pas toujours une partie de plaisir. Elle comporte aussi ses mauvais côtés, la peur, la douleur et la mort. Mais pendant longtemps, Mulch avait réussi à y rester indifférent, jusqu'à ce que le commandant Root se fasse tuer par une fée criminelle. Jusqu'à ce jour, tout n'avait été qu'un jeu. Julius était le chat et lui la souris insaisissable. Mais, Julius parti, retourner à la délinquance aurait été comme une gifle à la mémoire du commandant.

« Et c'est pour cela que j'aime tant ce nouveau travail, conclut Mulch avec bonheur. Je peux m'activer derrière le dos des FAR et fréquenter des bandits notoires. »

Il regardait des débats télévisés dans le salon de la Section Huit lorsque Foaly avait surgi au petit galop. Pour dire la vérité, Mulch aimait bien Foaly. Il y avait toujours des étincelles entre eux quand ils étaient ensemble, mais c'était un moyen de garder l'esprit vif et les pieds, ou les sabots, sur terre, selon le cas.

En l'occurrence, le moment était mal choisi pour les facéties et Foaly avait brièvement exposé la situation en surface. Ils avaient un plan mais, pour le réaliser, il fallait que Mulch retrouve Doudadais, le félutin trafiquant de poissons, et l'amène à la Section Huit.

– Ça ne va pas être simple, remarqua Mulch. La dernière fois que j'ai vu Douda, il essuyait de la bouillie de nain collée à ses semelles. Il ne m'aime pas beaucoup. J'aurai besoin d'arguments convaincants.

– Dites-lui que s'il nous aide, il sera libre. Je m'occuperai moi-même d'effacer son casier.

Mulch haussa ses sourcils broussailleux.

– C'est si important que ça ?

– C'est si important que ça.

– Moi, j'ai sauvé cette ville, grommela le nain. Et même deux fois ! Mais personne n'a jamais effacé mon casier. Ce félutin, lui, accomplit une seule mission et *pouf !* il est libre. Qu'est-ce que ça va me rapporter, à moi ? Puisqu'on en est à exprimer nos souhaits.

Dans un geste d'impatience, Foaly frappa le sol de son sabot.

– Ça va vous rapporter vos honoraires exorbitants de consultant. Mais peu importe. Allez-y. Vous avez un moyen de retrouver la trace de Mr Doudadais ?

Mulch émit un sifflement.

– Ce sera diablement difficile. Ce félutin a dû se terrer quelque part après ce qui s'est passé ce matin. Mais je dispose de certains talents. Je peux y arriver.

Foaly lui lança un regard noir.

– C'est pour ça qu'on vous paye si cher.

En réalité, retrouver Douda ne serait pas aussi diablement difficile que l'avait prétendu Mulch. La dernière chose que le nain avait faite avant de dire au revoir à Douda avait été de glisser une balise dans sa botte sous la forme d'une gélule traceuse.

Les gélules traceuses étaient un cadeau de Foaly. Il donnait volontiers à Holly ses surplus d'équipement pour l'aider à maintenir son agence à flot. Les gélules étaient constituées d'un gel adhésif chauffé qui commençait à fondre dès qu'on l'ôtait de son emballage d'aluminium. Le gel se collait à la surface qu'il touchait et prenait sa couleur. À l'intérieur se trouvait un minuscule émetteur qui diffusait des radiations inoffensives pendant une durée pouvant atteindre cinq ans. Le système de repérage n'était pas très complexe. Chaque gélule laissait sa signature sur son emballage en aluminium qui se mettait à briller lorsqu'il détectait les radiations. Plus la lueur était vive, plus la gélule était proche.

« À la portée du premier idiot venu », avait lancé Holly en lui donnant les gélules.

Et elle avait raison. Dix minutes à peine après qu'il eut quitté la Section Huit, Mulch avait déjà repéré la trace de Doudadais dans le quartier du Marché. D'après les estimations du nain, son gibier se trouvait quelque part dans un rayon de vingt mètres. L'endroit le plus probable était un bar à poissons de l'autre côté de la rue. Les félutins étaient friands de poisson. Plus particulièrement de crustacés. Et plus particulièrement de crustacés particulièrement bien protégés, tels les homards. Voilà pourquoi les dons de Douda en matière de trafic étaient si appréciés.

Mulch traversa la rue, prit un air redoutable et entra d'un pas conquérant à *La Joyeuse Palourde*, comme si l'établissement lui appartenait.

Visiblement, le bar n'était qu'une infâme gargote. Le sol était recouvert de planches nues et l'atmosphère empestait le vieux maquereau. Le menu était écrit sur le mur avec ce qui semblait du sang de poisson et l'unique client avait l'air de s'être endormi dans sa soupe aux palourdes.

Le serveur félutin lui lança un regard noir derrière son comptoir bas.

– Il y a un bar de nains un peu plus loin dans la rue, dit-il.

Mulch lui sourit de toutes ses dents.

– Voilà qui n'est pas très accueillant. Je pourrais être un client.

– Ça m'étonnerait, répliqua le serveur. Je n'ai encore jamais vu un nain payer son repas.

C'était vrai. Les nains étaient par nature des pique-assiette.

– Bien vu, reconnut Mulch. Je ne suis pas un client. Je cherche quelqu'un.

Le serveur montra d'un geste la salle de restaurant presque déserte.

– Si vous ne le voyez pas, c'est qu'il n'est pas là.

Mulch exhiba un badge étincelant d'adjoint provisoire aux FAR que Foaly lui avait donné.

– Je vais peut-être regarder d'un peu plus près.

Le serveur sortit en courant de derrière son comptoir.

– Il faudra montrer un mandat avant de faire un pas de plus, le flic.

Mulch le repoussa d'un geste.

– Je ne suis pas ce genre de flic, monsieur le félutin.

Suivant le signal transmis par l'émetteur, Mulch traversa la salle et emprunta un couloir miteux qui menait aux toilettes, encore plus miteuses. Mulch fit la grimace, bien que *lui-même* gagnât sa vie en creusant dans la boue.

Sur la porte d'une des cabines, un écriteau indiquait : « Hors service ». Mulch se glissa dans le petit espace prévu pour un félutin et repéra très vite la porte secrète. Il franchit l'ouverture en se tortillant comme un ver et arriva dans une pièce beaucoup moins insalubre que celle qu'il venait de quitter. Un vestiaire aux murs recouverts de velours était gardé par une félutine en robe rose qui sembla passablement surprise.

– Vous avez réservé ? demanda-t-elle d'une voix mal assurée.

– Non, mais j'ai des réserves à formuler, répliqua Mulch. Pour commencer, croyez-vous vraiment que ce soit une bonne idée de placer la porte secrète d'un restaurant clandestin dans des toilettes ? Ça ne m'a pas empêché de trouver le chemin mais je crois bien que j'en ai perdu l'appétit.

Mulch n'attendit pas sa réponse. Il s'inclina pour passer sous le linteau d'une porte basse qui ouvrait sur une salle de restaurant cossue. Des dizaines de félutins mangeaient dans des assiettes fumantes remplies de fruits de mer et de crustacés. Doudadais était assis seul à une table pour deux, brisant la carapace d'un homard à coups de marteau comme s'il lui en voulait personnellement.

Mulch s'approcha de lui, indifférent aux regards surpris et hostiles des autres clients.

– Tu penses à quelqu'un ? demanda-t-il en s'installant dans une minuscule chaise de félutin.

Douda leva les yeux, sans laisser paraître le moindre étonnement.

– À toi, le nain. Imaginons que cette pince de homard soit ta grosse tête de lard.

Il donna un grand coup de marteau, éclaboussant Mulch de la chair blanche du crustacé.

– Hé attention ! Ça empeste !

Douda était furieux.

– Ça empeste ! Ça empeste ! J'ai pris trois douches. Trois ! Et je n'arrive pas à me débarrasser de l'odeur de ta salive. Elle me suit comme si j'avais un égout accroché à mes basques. Regarde, je mange seul. D'habitude, j'ai plein d'amis à ma table, mais pas aujourd'hui. Aujourd'hui, je sens le nain.

Mulch ne se laissa pas démonter.

– Doucement, petit bonhomme. Tu vas finir par me vexer.

Douda brandit le marteau.

– Est-ce que tu vois dans cette salle quelqu'un qui se soucie de savoir si tu es vexé ou pas ?

Mulch prit une profonde inspiration. Il allait avoir du mal à conclure l'affaire.

– Bon, d'accord, Douda. Tu l'as prouvé, tu es un petit malin. Et un petit malin pas content du tout. Mais j'ai un marché à te proposer.

Douda éclata de rire.

– Un marché, à moi ? Eh bien, moi aussi, j'ai un marché à te proposer. Cesse donc d'empuantir cet endroit avant que je ne te casse les dents à coups de marteau.

– J'ai compris, répondit Mulch avec mauvaise humeur. Non seulement tu es un dur mais en plus, tu es méchant. Et il faudrait qu'un nain soit fou pour s'y frotter. En temps normal, je serais resté assis là pendant deux heures à échanger des insultes avec toi. Mais aujourd'hui, je suis pressé. Une de mes amies a des ennuis.

Douda eut un large sourire et leva son verre de vin comme s'il portait un toast.

– Bonne nouvelle, le nain, je bois en espérant qu'il s'agit de cette ignoble petite elfe de Holly Short. Parce que, celle-là, j'aimerais bien la voir dans le pétrin jusqu'aux oreilles.

Mulch montra ses dents, mais il ne souriait pas.

– En fait, c'était précisément de ça que je voulais te parler. Tu as attaqué mon amie avec un malaxeur. Tu l'as presque tuée.

– Presque, dit Douda, un doigt levé. Je lui ai simplement fait peur. Elle n'aurait pas dû me poursuivre. Je me contente de passer quelques caisses de crevettes en fraude, rien de plus. Je ne tue jamais personne.

– Tu conduis, c'est tout.

– Exact. Je conduis.

Mulch se détendit.

– Eh bien, Douda, tu as de la chance, ce sont tes talents de conducteur qui me retiennent de me décrocher la mâchoire et de te croquer comme un des beignets de crevette qu'on sert dans cet établissement. Cette fois, qui sait de quel côté tu serais ressorti.

Douda abandonna aussitôt ses airs fanfarons.

– J'écoute, dit-il.

Mulch cessa de montrer les dents.

– OK. Tu peux donc conduire n'importe quel engin, n'est-ce pas ?

– Absolument. N'importe lequel. Même s'il a été fabriqué par des Martiens, Doudadais sait le conduire.

– Très bien, car voici ce que j'ai à te proposer. Ça ne m'enchante pas particulièrement, mais je suis chargé de te le transmettre.

– Vas-y, Moisi.

Mulch grogna intérieurement. Leur petite bande d'aventuriers avait autant besoin d'un nouveau petit rigolo dans ce genre-là que de dix ans de malédiction.

– J'ai besoin de toi une journée pour conduire un véhicule pendant un seul voyage. En échange, tu auras droit à une amnistie.

Douda fut impressionné. Le marché méritait réflexion.

– Alors, la seule chose que j'aie à faire, c'est conduire et après, vous effacez l'ardoise ?

– Apparemment.

Douda se tapota le front avec une pince de homard.

– Ça paraît trop facile, il doit y avoir un piège.

Mulch haussa les épaules.

– Tout se passera en surface et il y aura plein d'Hommes de Boue armés qui te courront après.

– Ah ouais ? dit Douda avec un sourire, la bouche pleine de jus de homard. Mais où est le piège ?

Chapitre 7

La fuite de Bobo

CHÂTEAU PARADIZO, SUD DE LA FRANCE

Lorsque Mulch et Douda atterrirent près de Tourrettes-sur-Loup, le nain était en pleine crise de nerfs.

– Il est fou, balbutia-t-il en se laissant tomber par la porte d'une minuscule capsule en titane qui s'était posée en douceur sur une surface plate guère plus grande qu'un timbre-poste. Ce félutin est fou ! Donnez-moi votre pistolet, Holly, je vais le tuer.

Douda apparut dans l'encadrement de la porte et sauta à terre en souplesse.

– Ce vaisseau est une merveille, dit-il en gnomique. Où puis-je m'en procurer un ?

Son sourire s'effaça lorsqu'il s'aperçut que ce qu'il avait tout d'abord pris pour un arbre bougeait et parlait dans une des langues primitives des Hommes de Boue.

– Voici Doudadais, je présume ? Il fait beaucoup de bruit, vous ne trouvez pas ?

– Aaaargh ! s'exclama Douda. Très grand, cet Homme de Boue.

– En effet, dit un autre Homme de Boue ou plutôt un jeune Homme de Boue.

Celui-là était plus petit mais paraissait d'une certaine manière encore plus dangereux.

– Vous connaissez le gnomique ? s'étonna le félutin, terrifié à l'idée que le plus grand des deux ne le dévore sur-le-champ s'il ne se montrait pas assez poli.

– Moi, oui, répondit Artemis, mais Butler ne le parle pas aussi bien. Nous allons donc continuer en anglais si ça ne vous dérange pas.

– Très volontiers. Pas de problème, assura Douda, soulagé qu'il reste encore dans son cerveau la minuscule étincelle de magie nécessaire pour alimenter son don des langues.

Douda et Mulch avaient volé au-dessus des sommets les moins élevés des Alpes-Maritimes dans une capsule prévue pour être propulsée par les poussées de magma qui jaillissaient du noyau de la terre. Ces appareils étaient équipés de boucliers rudimentaires mais n'avaient pas été conçus pour les voyages en surface. Douda avait reçu pour instructions de « cavaler dans la fournaise », comme disaient les pilotes, jusqu'à un petit terminal proche de Berne, en Suisse, puis de s'attacher une paire d'ailes dans le dos et de faire le reste du trajet en volant à basse altitude. Mais dès qu'il s'était retrouvé aux commandes de la capsule, il avait décidé qu'il serait plus rapide de parcourir la dernière étape à bord du minuscule engin.

Holly fut impressionnée.

– Tu voles bien pour un trafiquant. Ces capsules sont aussi faciles à diriger qu'un cheval à trois pattes.

Douda tapota affectueusement un des ailerons en titane de l'appareil.

– C'est une bonne fille, dit-il. Il faut savoir s'y prendre avec elle.

Mulch tremblait encore.

– On a été *à ça – à ça* – d'être carbonisés ! Au début, j'ai compté le nombre de fois où on a failli y passer et puis j'ai fini par perdre le fil.

Douda eut un petit rire.

– Tu n'as pas perdu que ça, le nain. Il faudra que quelqu'un nettoie le pont là-dedans.

Holly regarda Douda dans les yeux. Pour l'instant, ils bavardaient aimablement, mais ils avaient un compte à régler.

– Tu aurais pu me tuer, félutin, lança Holly d'un ton calme, donnant au petit trafiquant une chance de s'expliquer.

– Je sais. Il s'en est fallu de peu. C'est pour ça qu'il est temps que je me retire des affaires. Que je réexamine la situation. Que je réfléchisse en profondeur à mes priorités.

– Tu veux me faire avaler ça ? répliqua Holly. Je n'en crois pas un mot.

– Moi non plus, avoua Douda. C'est le baratin que je vais servir aux juges pour obtenir ma liberté conditionnelle. Avec de grands yeux innocents et la lèvre un peu tremblante, ça marche à tous les coups. Plus sérieusement, je suis désolé au sujet du malaxeur, capitaine. J'étais dans une situation désespérée. Mais vous n'avez jamais été en danger. Ces mains sont de la magie pure quand elles tiennent un volant.

Holly préféra laisser tomber. Lui en vouloir n'aurait pour seul effet que de rendre quasiment impossible une mission qui était déjà assez difficile. Et d'ailleurs, Douda allait avoir l'occasion de se rattraper.

Butler souleva le nain pour le remettre debout.

– Comment ça va, Mulch ?

Mulch lança à Douda un regard féroce.

– J'irai très bien une fois que ma tête aura fini de tourner. Ce vaisseau est prévu pour une seule personne et j'ai passé plusieurs heures avec ce petit singe sur les genoux. À chaque secousse, il me cognait le menton.

Butler adressa un clin d'œil à son ami nain.

– Il faut voir les choses comme ça : vous avez voyagé dans son environnement, maintenant, c'est lui qui va faire une petite balade dans le vôtre.

Douda entendit la fin de la phrase.

– Une balade ? Quelle balade ? Qui va faire une balade ?

Mulch frotta l'une contre l'autre ses mains velues.

– Je crois que ça va me plaire, dit-il.

Les uns à côté des autres, ils se mirent à plat ventre dans un fossé peu profond, derrière un monticule de terre d'où on pouvait voir le château. Le flanc de la montagne descendait en pente douce et les formes contournées de vieux oliviers parsemaient le paysage. À la surface du sol, la terre était sèche et meuble, mais avait assez bon goût, d'après Mulch.

– L'eau des Alpes est excellente, expliqua-t-il en crachant une bouchée de cailloux. Et les olives donnent une agréable saveur à l'argile.

– J'en suis ravi, dit Artemis d'un ton patient, mais ce qui m'intéresse surtout, c'est de savoir si vous pouvez atteindre la fosse septique.

– La fosse septique ? s'exclama Douda, mal à l'aise. De quoi parlez-vous ? Pas question que j'aille dans une fosse septique. On laisse tomber le marché.

– Pas dans la fosse, rectifia Artemis. Derrière. C'est le seul endroit qui permette de se cacher avant le château lui-même.

Holly analysait le terrain à l'aide de sa visière.

– La fosse a été enterrée le plus près possible de la maison. Après, ce n'est plus que du roc. Mais jusque-là, il y a une belle veine de terre bien épaisse. Avec une barre de chocolat, vous attirerez le petit garçon au chapeau de cow-boy derrière le réservoir de la fosse et ensuite, Douda prendra sa place.

– Et puis ? Cette petite voiture électrique n'est qu'un jouet. Elle ne va pas assez vite.

– Ça n'a pas d'importance, Douda. Tout ce que tu as à faire c'est de la conduire à l'intérieur de la maison et d'enrouler ceci autour de n'importe quel câble vidéo que tu trouveras.

Holly donna à Douda un câble hérissé sur toute sa longueur de pointes minuscules.

– Il est formé de fibres optiques. Une fois qu'il sera en place, nous contrôlerons leur système de surveillance.

– On peut revenir au moment de la barre de chocolat ? demanda Mulch. Est-ce que quelqu'un en a une ?

– Voilà, dit Artemis en lui tendant une barre plate enveloppée dans un papier vert. Butler l'a achetée au village. C'est de la très mauvaise qualité. Elle ne contient pas soixante-dix pour cent de cacao et ne provient pas du commerce équitable, mais elle fera l'affaire.

– Et quand le môme aura mangé le chocolat ? interrogea Mulch. Qu'est-ce que je fabrique avec un mouflet, moi ?

– Tu ne lui fais surtout pas de mal, répondit Holly. Il suffit de l'amuser pendant une minute.

– L'amuser ? Et comment je vais m'y prendre ?

– Servez-vous de vos talents de nain, suggéra Artemis. Les enfants sont curieux de nature. Mangez quelques cailloux. Lâchez un vent. Le petit Beau sera fasciné.

– Est-ce que je ne pourrais pas simplement lui tirer dessus ?

– Mulch ! s'écria Holly, horrifiée.

– Je ne voulais pas dire le tuer. Simplement l'assommer pendant quelques minutes. Les enfants aiment bien faire la sieste. Ce serait lui rendre service.

– L'assommer serait l'idéal, admit Holly. Mais je n'ai rien qui soit sans danger, tu devras donc l'occuper pendant cinq minutes maximum.

– Je suis un personnage fascinant, je n'en doute pas, répliqua Mulch. Et si ça ne se passe pas bien, je pourrai toujours le manger.

Il eut un large sourire en voyant l'expression scandalisée de Holly.

– Je plaisantais. Promis. Je ne mangerais jamais un Môme de Boue. Ils sont pleins d'os.

Holly donna un coup de coude à Artemis étendu à plat ventre à côté d'elle.

– Vous êtes sûr que c'est un bon plan ?

– C'était votre idée d'origine, répondit Artemis. Oui, j'en suis sûr. Il y aurait d'autres possibilités, mais nous n'avons pas le temps. Mulch a toujours su faire preuve d'initiative. Je suis persuadé qu'il ne nous décevra pas. Quant à Mr Doudadais, c'est sa liberté qui est en jeu. Un puissant stimulant pour l'inciter à donner le meilleur de lui-même.

– Suffit, les bavardages, coupa Mulch. Je commence à griller, moi. Vous savez à quel point la peau de nain est sensible.

Il se leva et déboutonna son rabat postérieur, sur le fond de son pantalon. D'ailleurs, à quel autre endroit pourrait se trouver un rabat postérieur ?

– Prêt, félutin ? Monte.

Doudadais parut véritablement effrayé.

– Tu es sûr ?

Mulch soupira.

– Bien sûr que je suis sûr. De quoi as-tu peur ? C'est un simple derrière.

– Peut-être, mais on dirait qu'il me sourit.

– Il doit être content de te voir. Crois-moi, s'il était en colère, il vaudrait mieux que tu ne sois pas là.

Holly donna un coup de poing sur l'épaule de Mulch.

– C'est une sale habitude, se plaignit le nain en se massant le bras. Vous devriez consulter quelqu'un pour apprendre à contrôler vos crises de colère.

– Pourriez-vous cesser de parler de fesses, s'il vous plaît ? Nous avons très peu de temps.

– OK. Vas-y, félutin. Je te promets qu'il ne te mordra pas.

Butler souleva le minuscule félutin et le posa sur le dos de Mulch.

– Ne regardez pas en bas, conseilla le garde du corps. Tout ira bien.

– Facile à dire, marmonna Douda. Ce n'est pas vous qui vous retrouverez à cheval sur la tornade. Tu ne m'as pas parlé de ça, au restaurant, Diggums.

Artemis montra le sac à dos du félutin.

– Vous avez vraiment besoin de ceci, Mr Doudadais ? Ce n'est pas très aérodynamique.

Douda serra la sangle entre ses doigts.

– Ce sont des outils professionnels, Bonhomme de Boue. Je les emporte toujours avec moi.

– Très bien, dit Artemis. Un petit conseil. Entrez et sortez aussi vite que possible.

Douda leva les yeux au ciel.

– Quel bon conseil ! Vous devriez écrire un livre.

Mulch gloussa de rire.

– Bien envoyé.

– Et évitez la famille, poursuivit Artemis. Surtout la fille, Minerva.

– Famille. Minerva. Compris. Maintenant, allons-y puisqu'il le faut, et avant que je ne perde mon calme.

Le nain décrocha sa mâchoire avec des craquements à donner la chair de poule et plongea tête la première dans le monticule qui se trouvait devant eux. C'était un spectacle de voir les mâchoires tranchantes comme des faux mordre la terre en creusant un tunnel pour le nain et son passager. Douda avait étroitement fermé ses paupières et son visage exprimait une totale terreur.

– Par tous les dieux, dit-il. Laissez-moi descendre, laissez-moi...

Puis ils disparurent derrière un rideau de terre frémissante. Holly rampa sur ses coudes jusqu'au sommet du monticule, suivant leur progression à travers sa visière.

– Diggums est vraiment rapide, affirma-t-elle. Je m'étonne que nous ayons jamais pu l'arrêter.

Artemis la rejoignit.

– J'espère qu'il ira suffisamment vite. Il ne faudrait pas que Minerva puisse ajouter un nain et un félutin à sa collection de fées.

Mulch se sentait bien sous la surface. C'était l'habitat naturel des nains. Ses doigts absorbaient les rythmes de la terre qui avaient sur lui un pouvoir apaisant. Les poils durs de sa barbe, en fait une série de capteurs, s'enfonçaient dans l'argile, s'insinuaient dans la moindre fissure, émettant des ondes qui revenaient à son cerveau pour lui apporter des informations. Il sentait des lapins creuser à huit cents mètres sur sa gauche. Peut-être pourrait-il en attraper un sur le chemin du retour pour une petite collation.

Douda se cramponnait de toutes ses forces, le visage tordu dans un rictus désespéré. Il aurait voulu crier mais, pour cela, il fallait ouvrir la bouche. Et il n'en était pas question.

Juste au-dessous de ses orteils, le postérieur de Mulch produisait en rafales un mélange de terre et d'air qui les propulsait plus profondément dans le tunnel. Douda sentait la chaleur du réacteur sc répandre sur ses jambes. De temps à autre, les bottes du félutin glissaient trop près des gaz d'échappement et il devait les relever brusquement sous peine de perdre un doigt de pied.

Il ne fallut qu'une minute à Mulch pour atteindre la fosse septique. Il se dégagea de la terre, clignant des yeux pour en chasser la boue à l'aide de ses cils épais en forme de tire-bouchon.

– En plein dans le mille, marmonna-t-il, crachant un ver qui se tortillait.

Douda se hissa par-dessus la tête du nain, plaquant une main sur sa bouche pour s'empêcher de hurler. Après avoir respiré profondément à plusieurs reprises, il se calma suffisamment pour chuchoter à Mulch dans un sifflement :

– Ça t'a plu, hein ?

Mulch raccrocha sa mâchoire puis lâcha un dernier jet de gaz de tunnel qui le fit sauter hors de terre.

– C'est mon travail. Disons qu'on est quittes pour la promenade en capsule.

Douda n'était pas d'accord.

– Disons plutôt que tu as encore une dette envers moi pour m'avoir couvert de salive, hier.

Malgré l'urgence de la mission, la dispute se serait sans doute prolongée si un petit garçon dans une voiture jouet à moteur électrique n'était apparu au coin du réservoir de la fosse septique.

– Bonjour, je m'appelle Beau Paradizo, dit le conducteur en herbe. Êtes-vous des monstres ?

Douda et Mulch restèrent un instant figés sur place, puis ils se souvinrent du plan prévu.

– Non, mon garçon, répondit Mulch, heureux de posséder la minuscule étincelle de magie nécessaire pour parler français.

Il s'efforça de sourire aimablement, un exercice auquel il ne consacrait guère de temps devant son miroir.

– Nous sommes des fées en chocolat. Et nous avons un cadeau pour toi.

Il agita la barre de chocolat en espérant que la façon théâtrale dont il la présentait donnerait plus d'attrait à cette petite confiserie bon marché.

– Des fées en chocolat ? répéta le garçonnet qui descendit de sa voiture. Du chocolat sans sucre, j'espère. Parce que moi, le sucre, ça me donne envie de courir partout et papa dit que je suis déjà bien assez agité comme ça, mais il m'aime quand même.

Mulch jeta un coup d'œil à l'emballage. Dix-huit pour cent de sucre.

– Oui, sans sucre. Tu en veux un carré ?

Beau prit la barre entière et l'engloutit en moins de dix secondes.

– Les fées, ça sent mauvais. Surtout toi, le barbu. Tu sens encore plus mauvais que quand les toilettes de tante Morgana étaient bouchées. C'est dégoûtant, les fées.

Douda éclata de rire.

– Qu'est-ce que je peux ajouter ? Ce môme dit la vérité, Mulch.

– Il vit dans des toilettes bouchées, le gros monsieur en chocolat de fée ?

– Hé, j'ai une idée, lança Mulch d'un ton enjoué. Si tu faisais une petite sieste ? Ça te plairait de dormir un peu ?

Beau Paradizo donna un coup de poing dans le ventre du nain.

– Je viens juste de me réveiller, idiot. Je veux encore du chocolat. Tout de suite !

– Arrête de me frapper ! Je n'ai plus de chocolat.

Beau lui donna un nouveau coup de poing.

– J'ai dit : encore du chocolat ! Ou j'appelle les gardes. Et Pierre va t'enfoncer la main dans la gorge et t'arracher les boyaux. C'est toujours comme ça qu'il fait. Il me l'a dit.

Mulch ricana.

– J'aimerais bien le voir mettre la main dans mes boyaux.

– C'est vrai ? Tu voudrais ? demanda Beau d'un air joyeux. Je vais le chercher !

Le garçonnet se précipita vers le coin du réservoir. Il courait à une vitesse étonnante et les instincts de Mulch l'emportèrent sur sa raison. Le nain bondit sur l'enfant en décrochant sa mâchoire.

– Pierre ! cria Beau, une seule fois, et une seule, car Mulch l'avait englouti dans sa bouche immense.

Il ne restait plus que le chapeau de cow-boy.

– N'avale pas ! siffla Douda.

Mulch fit tourner le garçonnet dans sa bouche pendant quelques secondes puis le recracha. Beau, ruisselant de bave, s'était profondément endormi. Mulch essuya le visage de l'enfant avant que la salive de nain n'ait eu le temps de durcir.

– Il y a un sédatif dans la salive, expliqua-t-il en raccrochant sa mâchoire. C'est un truc de prédateur. Hier, tu n'es pas tombé endormi parce que je n'ai pas avalé ta tête. Il va se réveiller en pleine forme. Je lui enlèverai la couche de bave quand elle aura durci.

Douda haussa les épaules.

– En quoi ça me concerne ? Je ne l'aimais pas beaucoup, de toute façon.

Une voix retentit de l'autre côté du réservoir :

– Beau ? Où es-tu ?

– Ce doit être Pierre. C'est le moment de se remuer, éloigne-le d'ici.

Douda leva la tête et risqua un coup d'œil. Un homme très grand se dirigeait vers eux. Pas aussi grand que Butler, c'est vrai, mais suffisamment pour écraser le félutin sous sa botte. L'homme était vêtu d'un survêtement noir et coiffé d'une casquette assortie. La crosse d'un pistolet était visible entre deux boutons. Il plissa les yeux en regardant vers le réservoir.

– Beau ? C'est toi ? demanda-t-il en français.

– Oui, c'est moi, répondit Douda d'une voix de fausset.

Pierre ne fut pas convaincu. La voix faisait davantage penser à un porcelet doué de parole qu'à un enfant. Il continua d'avancer, la main à l'intérieur de son survêtement pour prendre le pistolet.

Douda se rua sur la voiture électrique. Au passage, il ramassa le chapeau de cow-boy qu'il enfonça sur sa tête. Pierre n'était plus qu'à quelques mètres et hâtait le pas.

– Beau ? Viens ici. Minerva veut que tu rentres.

Douda s'engouffra dans la voiture en se glissant par-dessus la portière, à la manière des pilotes d'Indianapolis. Il sut au premier coup d'œil que ce jouet ne pourrait guère avancer plus vite qu'un homme au pas, ce qui ne lui serait d'aucune utilité en cas d'urgence. Il sortit alors de son sac à dos une petite plaque noire qu'il colla contre le tableau de bord de la voiture. Il s'agissait d'un Mongocharger, un accessoire qu'aucun trafiquant digne de ce nom n'aurait oublié d'emporter avec lui. Le Mongocharger comportait un puissant ordinateur, un omnicapteur et une batterie à énergie nucléaire propre. L'omnicapteur pirata la minuscule puce de la voiture jouet et prit le contrôle de sa mécanique. Douda tira de l'appareil un câble rétractable à pointe qu'il enfonça dans le câble d'alimentation de la voiture, sous le tableau de bord. À présent, le moteur du jouet bénéficiait d'une énergie nucléaire.

Douda appuya sur l'accélérateur.

– C'est mieux comme ça, dit-il, satisfait.

Pierre apparut à droite du réservoir. Ce qui était très bien, car Mulch et le garçonnet endormi se trouvaient ainsi hors de son champ de vision. Ce qui était aussi très mauvais, car le garde du corps arriva droit derrière Douda.

– Beau ? dit Pierre. Quelque chose ne va pas ?

Il avait sorti son pistolet, le canon dirigé vers le sol.

Le pied de Douda était prêt à écraser l'accélérateur mais il ne pouvait le faire tant que l'homme avait les yeux fixés sur sa nuque.

– Tout va bien… heu… Pierre, répondit-il d'une voix flûtée, dissimulant son visage sous le chapeau de cow-boy.

– Tu as une drôle de voix, Beau. Tu n'es pas malade ?

Douda effleura l'accélérateur et la voiture avança de quelques centimètres.

– Non, je vais très bien. Je m'amuse à faire des drôles de voix, comme les enfants humains.

Pierre se montra toujours aussi soupçonneux.

– Les enfants humains ?

Douda prit le risque.

– Oui, les enfants humains. Parce que moi, aujourd'hui, je suis un extraterrestre qui fait semblant d'être un humain alors va-t'en, sinon, je t'enfonce la main dans la gorge et je t'arrache les boyaux.

Pierre s'immobilisa, réfléchit un moment, puis se souvint.

– Beau, espèce de vaurien. Ne parle surtout pas comme ça devant Minerva, sinon, fini le chocolat.

– T'arracher les boyaux ! répéta Douda pour faire bonne mesure.

Puis il avança doucement sur le gravier jusqu'à l'allée centrale.

Le félutin sortit de son sac un miroir adhésif convexe qu'il colla contre le pare-brise. Il fut soulagé de voir que Pierre avait remis le pistolet dans son holster et retournait à son poste.

Bien que ce fût contraire à tous ses instincts de trafiquant, Douda continua de rouler à faible allure le long de l'allée. Ses dents s'entrechoquaient tandis qu'il avançait sur les dalles de granit inégales. Un voyant digital l'informa qu'il utilisait un centième d'un pour cent de la nouvelle puissance du moteur. Douda pensa juste à temps à couper le son du Mongocharger. Ce n'était vraiment pas le moment qu'on entende la voix de l'ordinateur se plaindre de sa manière de conduire.

Deux gardes étaient postés devant la porte principale du château. Lorsque Douda passa devant eux, ils lui accordèrent à peine un regard.

– Salut, shérif, lança l'un d'eux en souriant.

– Chocolat, couina Douda.

D'après le peu de choses qu'il savait de Beau, il semblait que c'était le mot à dire. Il appuya un peu plus sur l'accélérateur pour franchir le seuil bombé de la porte puis avança lentement sur un sol de marbre veiné. Les pneus patinèrent sur la surface lisse de la pierre, ce qui était un peu inquiétant – cela pourrait lui coûter quelques secondes cruciales s'il devait s'enfuir rapidement. Mais au moins, le couloir était assez large pour faire demi-tour en cas de nécessité.

Douda pousuivit son chemin entre des rangées de hauts palmiers en pot et diverses œuvres d'art abstraites jusqu'à ce qu'il arrive enfin au bout du couloir. Une caméra fixée à une arcade était pointée sur le hall d'entrée. Un câble sortait du boîtier puis s'enfonçait dans une gaine qui descendait le long du mur jusqu'à la plinthe.

Douda s'arrêta devant la gaine et sauta de la voiture. Pour le moment, la chance lui souriait. Personne ne lui avait posé de questions. Les systèmes de sécurité humains laissaient à désirer. Dans n'importe quel bâtiment du monde des fées, il aurait déjà été scanné une douzaine de fois par des rayons laser. Le félutin arracha du mur un morceau de la gaine, révélant le câble qu'elle protégeait. Il ne lui fallut que quelques secondes pour enrouler autour du câble vidéo les fibres optiques que Holly lui avait confiées. Mission accomplie. Avec un sourire, Douda remonta dans la voiture volée. C'était décidément un marché très avantageux. Une amnistie totale en échange de cinq minutes de travail. Il était temps de rentrer chez lui et de profiter d'une vie de liberté jusqu'à ce qu'il viole à nouveau la loi.

– Beau Paradizo, petit garnement. Viens ici tout de suite !

Douda se figea un instant, puis regarda dans le rétroviseur. Il y avait derrière lui une fille qui le fixait d'un air sévère, les mains sur les hanches. Il devina que ce devait être Minerva. Si ses souvenirs étaient exacts, il fallait à tout prix se tenir éloigné d'elle.

– Beau, c'est l'heure de tes antibiotiques. Tu veux traîner indéfiniment cette infection pulmonaire ?

Douda fit avancer la voiture, roulant en direction de l'arcade, hors du champ de vision de cette Fille de Boue. Une fois qu'il aurait tourné le coin, il pourrait écraser l'accélérateur.

– Je te conseille de ne pas t'en aller, Bobo.

« Bobo ? Pas étonnant que je prenne la fuite, songea Douda. Qui aurait envie d'approcher quelqu'un qui vous appelle Bobo ? »

– Hé… Chocolat ? lança le félutin d'un ton plein d'espoir.

C'était la chose à ne pas faire. Cette fille connaissait parfaitement la voix de son frère et celle-ci n'était pas la sienne.

– Bobo ? Qu'est-il arrivé à ta voix ?

Douda marmonna un juron.

– Inflex-chion pulmonière ? dit-il.

Mais Minerva ne s'y laissa pas prendre. Elle sortit un walkie-talkie de sa poche et se précipita vers la voiture.

– Pierre, pouvez-vous venir ici, s'il vous plaît ? Amenez André et Louis.

Puis s'adressant à Douda, elle ajouta :

– Reste où tu es, Bobo. J'ai une belle barre de chocolat pour toi.

« Bien sûr, pensa Douda. Une barre de chocolat et une cellule en béton. »

Il réfléchit un instant à ce qu'il pouvait faire et arriva aussitôt à la conclusion suivante : « Je préfère m'enfuir très vite plutôt que d'être capturé et torturé à mort. Je file d'ici », pensa Douda, et il colla l'accélérateur au plancher, envoyant dans le moteur plusieurs centaines de chevaux-vapeur qui firent vibrer la fragile transmission du jouet. Il lui restait environ une minute avant que la voiture ne tombe en morceaux mais, lorsque cela se produirait, il serait déjà loin de cette Fille de Boue et de ses promesses de chocolat qui ne trompaient personne.

La voiture démarra si rapidement que, pendant un instant, elle laissa derrière elle une image d'elle-même.

Minerva resta clouée sur place.

– Quoi ?

Un angle de mur approchait très vite. Douda tourna le volant aussi loin qu'il put mais le rayon de braquage du véhicule n'était pas suffisant.

– Il faut rebondir, dit Douda à travers ses dents serrées.

Il se pencha au maximum vers la gauche, relâcha l'accélérateur et heurta le mur latéralement. Au moment de l'impact, il transféra son poids de l'autre côté et enfonça à nouveau l'accélérateur. La voiture perdit une portière mais jaillit de l'angle du mur comme une pierre lancée par une fronde.

« Magnifique », songea Douda dès qu'il eut cessé d'entendre des cloches dans sa tête.

Il ne disposait que de quelques secondes avant que la fille puisse le repérer à nouveau et il n'avait aucune idée du nombre de gardes armés qui le séparaient de la liberté.

Il roulait maintenant dans un long couloir rectiligne qui menait à un salon. Douda aperçut une télévision murale et un canapé en velours rouge dont on ne voyait que la partie supérieure du dossier. La pièce était en contrebas et on devait y accéder par des marches. Très mauvais. Cette voiture ne pouvait plus supporter qu'un seul impact, et encore.

– Où est Bobo ? s'écria la fille. Qu'avez-vous fait de lui ?

La subtilité n'était plus de mise, désormais. Le moment était venu de voir ce que ce buggy avait dans le ventre. Douda écrasa l'accélérateur et fonça droit vers une fenêtre située derrière le canapé de velours.

– Tu peux y arriver, petite camelote, dit-il en tapotant le tableau de bord. Un seul saut. La chance de ta vie de devenir un pur-sang.

La voiture ne répondit pas. Les voitures ne répondent jamais quand on leur parle. Bien que parfois, dans des moments où le stress était extrême et l'oxygène rare, Douda ait eu le sentiment qu'elles partageaient sa témérité.

Minerva tourna l'angle du mur. Elle courait à toutes jambes en hurlant dans son walkie-talkie. Douda entendit les mots « l'arrêter », « violence nécessaire » et « interrogatoire ». Rien qui fût de bon augure.

Les roues de la voiture jouet patinèrent sur un long tapis puis s'agrippèrent brutalement au sol. Derrière, une bosse se forma sur le tapis et se propagea sur toute sa longueur comme à la surface d'une pâte qu'on étend au rouleau. Minerva fut renversée par l'onde de choc mais continua de donner des ordres :

– Il va vers la bibliothèque. Arrêtez-le ! Tirez s'il le faut.

Douda se cramponna férocement au volant, maintenant sa trajectoire. Il allait passer à travers cette fenêtre, qu'elle soit ouverte ou fermée. Il pénétra dans la pièce à plus de cent à l'heure et partit en vol plané lorsqu'il atteignit le haut des marches. Pas mal comme accélération, pour un jouet. Dans le salon, deux gardes étaient en train de dégainer leurs armes. Mais ils n'allaient pas tirer. À première vue, la voiture semblait toujours conduite par un enfant.

« Bande de gogos », pensa Douda. Puis la première balle s'écrasa contre le châssis. Après tout, peut-être qu'ils allaient quand même tirer.

Sa trajectoire décrivit un léger arc. Deux autres balles arrachèrent des morceaux de plastique de la carrosserie, mais il était trop tard pour arrêter le minuscule véhicule. La voiture heurta violemment l'encadrement de la fenêtre ouverte, perdit une aile et s'envola au-dehors.

« Quelqu'un devrait filmer ça », songea Douda, les dents serrées en se préparant à l'impact.

Le choc le secoua des pieds à la tête. Pendant un instant, des étoiles dansèrent devant ses yeux, puis il reprit le contrôle de la voiture et fonça vers la fosse septique.

Mulch l'attendait. Ses cheveux fous, frémissant d'impatience, formaient comme un halo autour de sa tête.

– Où étais-tu ? Je n'ai quasiment plus d'écran solaire.

Douda ne perdit pas de temps à répondre. Il s'extirpa de la voiture presque entièrement démolie, arrachant au passage son miroir et son Mongocharger.

Mulch pointa sur lui un doigt boudiné.

– J'ai quelques questions à te poser.

Une balle tirée depuis la fenêtre ricocha sur le réservoir de la fosse septique, projetant des éclats de béton.

– Mais ça peut attendre. Monte.

Mulch tourna le dos à Douda qui sauta sur lui en agrippant à pleines mains des touffes de sa barbe.

– Vas-y ! cria-t-il. Ils sont juste derrière moi !

Mulch décrocha sa mâchoire et s'enfonça dans l'argile comme une torpille velue.

Mais aussi rapide qu'il fût, ils n'auraient pas réussi à s'échapper. Des gardes armés étaient à deux pas d'eux. En voyant Beau dormir paisiblement, ils auraient criblé de balles le monticule de terre. Et auraient sans doute jeté quelques grenades dans le tunnel pour couronner le tout. Ils n'en firent rien, cependant, car à cet instant précis, ce fut le branle-bas de combat à l'intérieur du château.

Dès que Douda eut enroulé les fibres optiques autour du câble vidéo, des centaines de pointes minuscules avaient percé le caoutchouc, provoquant des dizaines de contacts directs avec les fils qui se trouvaient au-dessous.

Quelques secondes plus tard, au quartier général de la Section Huit, des informations se déversèrent à flots dans le terminal de Foaly. Les circuits vidéo, les systèmes d'alarme, les boîtiers d'interférence et toutes les communications s'inscrivirent en fenêtres séparées sur son écran.

Foaly gloussa de rire et fit craquer ses jointures à la manière d'un pianiste s'apprêtant à donner un concert. Il aimait beaucoup ces vieux câbles à fibres optiques. Pas aussi originaux que les nouveaux détecteurs organiques mais deux fois plus fiables.

– OK, dit-il dans le micro orientable de son bureau. J'ai pris le contrôle. Quel genre de cauchemars voulez-vous envoyer aux Paradizo ?

Dans le sud de la France, le capitaine Holly Short répondit dans le micro de son casque :

– Ce que vous avez sous la main. Des commandos d'intervention, des hélicoptères. Surchargez leurs communications, faites sauter leurs boîtiers d'interférences, déclenchez les alarmes. Je veux qu'ils croient qu'on les attaque.

Foaly ouvrit plusieurs fichiers fantômes sur son ordinateur. Les fantômes étaient une de ses trouvailles préférées. Il isolait des suites d'images, prises dans des films humains, soldats, explosions, tout ce qu'il trouvait, et les réutilisait n'importe où, en les replaçant dans le décor qui lui convenait. En l'occurrence, il envoya un détachement des forces spéciales de l'armée française, le Commandement des Opérations Spéciales, ou COS, dans le circuit intérieur du château des Paradizo. Ce serait un bon début.

Dans le château, Juan Soto, le chef de la sécurité des Paradizo, se trouva confronté à un petit problème : deux coups de feu venaient d'être tirés dans la maison. Mais il ne s'agissait en effet que d'un tout petit problème, comparé à l'énorme problème que Foaly s'apprêtait à lui envoyer.

Soto parlait dans sa radio :

– Oui, mademoiselle Paradizo, dit-il en s'efforçant de conserver son calme. Je me rends compte que votre frère a peut-être disparu. Je dis *peut-être*, car il *se peut* que ce soit lui qui conduise la voiture jouet. C'est en tout cas ce que je crois. OK, OK, je vous l'accorde. Il est *inhabituel* que des voitures jouets fassent de tels vols planés. Cela pourrait venir d'un défaut de fonctionnement.

Soto se promit de dire deux mots aux deux idiots qui avaient tiré sur une voiture jouet en obéissant aux ordres de Minerva. Tout intelligente qu'elle était, une enfant n'avait pas à donner des ordres de cette nature quand lui-même était en charge des opérations.

Bien que Minerva fût à bonne distance du centre de sécurité, ce qui l'empêchait de voir son visage, Soto afficha une expression sévère pour lui infliger son sermon :

– Écoutez-moi bien, mademoiselle Paradizo, commença-t-il.

Mais soudain, son expression changea complètement : le système de sécurité venait de s'affoler.

– Oui, chef, je vous écoute, dit Minerva.

Tenant sa radio d'une main, Soto actionna de l'autre diverses commandes sur sa console, priant pour qu'il ne s'agisse que d'un mauvais fonctionnement.

– On dirait qu'un détachement du COS converge vers le château. Mon Dieu, il y en a même à l'intérieur. Des hélicoptères ! Les caméras du toit montrent des hélicoptères !

Des transmissions crachotèrent dans le moniteur de bande.

– Et nous avons des parasites. C'est à vous qu'ils en veulent, mademoiselle Paradizo, à vous et à votre prisonnier. Mon Dieu, les alarmes ont été déclenchées. Dans tous les secteurs. Nous sommes cernés ! Nous devons évacuer le château. Je les vois sur le flanc de la montagne. Ils ont un tank. Comment ont-ils pu l'amener jusqu'ici ?

Au-dehors, Artemis et Butler observaient le chaos provoqué par Foaly. Des sirènes d'alarme déchiraient l'atmosphère paisible des Alpes et les hommes de la sécurité couraient vers leurs postes respectifs.

Butler lança quelques grenades fumigènes dans le jardin pour augmenter l'effet.

– Un tank, dit Artemis d'un ton ironique dans son téléphone de fée. Vous leur avez envoyé un tank ?

– Vous avez réussi à pirater le circuit audio ? lança

sèchement Foaly. Qu'est-ce que vous arrivez à faire encore avec votre téléphone ?

– Jouer au solitaire et au démineur, répondit Artemis d'un air innocent.

Foaly émit un grognement sceptique.

– Nous parlerons de cela plus tard, Bonhomme de Boue. Pour l'instant, concentrons-nous sur notre plan.

– Excellente suggestion. Vous n'auriez pas des missiles guidés dans vos images fantômes ?

Le chef de la sécurité faillit s'évanouir. Le radar avait signalé deux traînées jaillies du ventre d'un hélicoptère.

– Mon Dieu ! Des missiles ! Ils nous envoient des bombes intelligentes. Nous devons tout de suite évacuer les lieux.

Il ouvrit un panneau en plexiglas, laissant apparaître un bouton orange. Après un instant d'hésitation, il appuya dessus. Les diverses alarmes furent aussitôt coupées et remplacées par un unique couinement continu. Le signal d'évacuation.

Dès qu'il eut retenti, les gardes changèrent de direction, chacun se précipitant vers le véhicule qui lui était assigné ou la personne qu'il devait protéger. Les résidants du château qui n'appartenaient pas aux services de sécurité commencèrent à rassembler documents et objets précieux.

Du côté est du domaine, une série de portes de garage s'ouvrirent simultanément et six 4 x 4 BMW noirs s'élancèrent dans la cour, tels des fauves. L'un d'eux avait des vitres teintées.

Artemis examinait la situation à travers ses jumelles.

– Surveillez la fille, dit-il dans son minuscule téléphone. C'est elle qui est la clé de tout. La voiture aux vitres teintées doit être la sienne.

Minerva apparut à la porte du patio, parlant calmement dans son walkie-talkie. Son père était à côté d'elle, traînant par la main Beau Paradizo qui n'avait pas l'air d'accord. Billy Kong fermait la marche, légèrement courbé sous le poids d'un gros sac de golf.

– On y va, Holly. Vous êtes prête ?

– Artemis ! Ici, c'est moi l'agent de terrain, répliqua-t-elle d'un ton irrité. Alors, lâchez-moi un peu le casque, à moins que vous n'ayez quelque chose d'intéressant à dire.

– Je pensais simplement…

– Et *moi*, je pense que vous devriez prendre comme surnom l'*Obsédé du Pouvoir*.

Artemis lança un coup d'œil à Butler qui était allongé à côté de lui, au bord du monticule de terre, et ne pouvait s'empêcher d'entendre ce qui se disait.

– L'Obsédé du Pouvoir ? Vous vous rendez compte ?

– Il y a des gens d'une insolence, répondit le garde du corps sans quitter le château des yeux.

À leur gauche, un petit carré de terre se mit à vibrer. De la boue, de l'herbe, des insectes jaillirent soudain, suivis de deux têtes. Une de nain, l'autre de félutin.

Douda se hissa sur les épaules de Mulch et s'effondra par terre.

– Vous êtes tous complètement cinglés, haleta-t-il en enlevant un scarabée de la poche de sa chemise. Je devrais obtenir plus qu'une amnistie pour ça. On devrait me verser une pension.

– Silence, petit bonhomme, dit calmement Butler. La phase deux du plan va commencer et je ne voudrais pas la rater à cause de vous.

Douda pâlit.

– Moi non plus. Je ne le voudrais pas. Que vous la ratiez. À cause de moi.

Devant le garage du château, Billy Kong souleva le hayon de l'une des BMW et fourra le sac de golf dans le coffre. C'était la voiture aux vitres teintées.

Artemis ouvrit la bouche pour donner un ordre, puis la referma. Holly savait sans doute ce qu'il convenait de faire.

En effet. La portière côté conducteur s'entrouvrit légèrement, toute seule en apparence, et se ferma à nouveau. Avant que Minerva ou Billy Kong aient eu le temps de faire autre chose que de cligner des yeux en signe d'incrédulité, le 4 x 4 démarra en trombe, laissant derrière lui une traînée de six mètres de caoutchouc et fonça vers le portail d'entrée.

– Parfait, murmura Artemis. Et maintenant, Miss Minerva Paradizo, notre prétendu génie du crime, voyons un peu jusqu'où va votre intelligence. Moi, je sais comment j'agirais dans une situation pareille.

La réaction de Minerva Paradizo fut un peu moins spectaculaire qu'on aurait pu s'y attendre de la part d'une enfant à qui on venait de voler ce qu'elle possédait de plus précieux. Il n'y eut pas de crise de colère, pas de trépignements. Billy Kong, lui aussi, démentit toutes les prévisions. Il ne dégaina même pas une arme. Il s'accroupit, passa la main dans ses cheveux de personnage de manga et alluma une cigarette que Minerva lui arracha aussitôt des lèvres pour l'écraser sous son talon.

Pendant ce temps, le 4 x 4 continuait sa course à tombeau ouvert en direction du portail. Minerva pensait peut-être que la barrière d'acier renforcé serait suffisante pour arrêter net la BMW. Elle avait tort. Holly avait déjà ramolli le métal des serrures à l'aide de son Neutrino. Une simple petite poussée de la calandre serait plus que suffisante pour écarter les deux vantaux. Si la voiture arrivait jusque-là. Ce qui ne fut pas le cas.

Après avoir écrasé la cigarette de Kong, Minerva sortit une télécommande de sa poche, tapa brièvement un code, puis appuya sur le bouton « envoi ». À l'intérieur de la BMW, une charge minuscule explosa dans le système d'aération et lâcha un nuage de sévoflurane, un puissant gaz soporifique. En quelques secondes, la voiture commença à zigzaguer, fauchant les buissons qui bordaient l'allée et creusant deux sillons parallèles sur la pelouse soigneusement entretenue.

– Des problèmes, commenta Butler.

– Mmmh, dit Artemis. Un système à base de gaz, j'imagine. À action rapide. Peut-être du cyclopropane ou du sévoflurane.

Butler se redressa sur les genoux, dégainant son pistolet.

– Dois-je aller faire un tour là-bas pour les récupérer ?

– Non, vous ne le devez pas.

La BMW fonçait à présent sans contrôle, suivant les creux et les bosses du terrain. Elle détruisit le green d'un minigolf, pulvérisa un belvédère et décapita la statue d'un centaure.

À des centaines de kilomètres sous terre, Foaly fit une grimace.

La voiture finit par s'arrêter en plongeant dans un massif de lavande. Ses roues arrière, qui continuaient de tourner, projetèrent des mottes d'argile et des fleurs pourpres aux longues tiges, tels des missiles.

« Belle scène d'action », songea Mulch, mais il garda cette pensée pour lui, conscient que le moment n'était pas idéal pour pousser à bout la patience de Butler.

Le garde du corps brûlait d'envie d'intervenir. Il avait

sorti son pistolet et on voyait saillir les tendons de son cou, mais Artemis le retint en posant une main sur son bras.

– Non, dit-il. Pas maintenant. Je sais que votre premier mouvement serait d'aider Holly mais ce n'est pas le bon moment.

Butler, les sourcils froncés, remit le Sig Sauer dans son holster.

– Vous êtes sûr, Artemis ?

– Faites-moi confiance, vieux frère.

Et bien sûr, Butler lui fit confiance, même si, instinctivement, il n'était guère convaincu.

Devant le château, une douzaine d'agents de sécurité approchaient prudemment du véhicule immobilisé, Billy Kong à leur tête. L'homme se déplaçait à la manière d'un chat, comme s'il avait eu des coussinets sous les pieds. Même son visage était félin, avec son sourire satisfait et ses yeux en amande.

À son signal, ses hommes se ruèrent sur la voiture, récupérant le sac de golf et arrachant du siège avant une Holly évanouie. Ils attachèrent les mains de l'elfe avec des liens en plastique et l'emmenèrent de l'autre côté du jardin où Minerva Paradizo et son père, debout côte à côte, les attendaient.

Minerva ôta le casque de Holly et s'agenouilla pour examiner ses oreilles pointues. À travers ses jumelles, Artemis la vit sourire.

C'était un piège. Tout cela n'était qu'un piège qu'elle leur avait tendu.

Minerva prit le casque sous son bras et se dirigea d'un pas vif vers le château. À mi-chemin, elle s'arrêta et se retourna. Protégeant ses yeux de l'éclat du soleil, elle observa les ombres et les sommets des collines avoisinantes.

– Qu'est-ce qu'elle cherche ? songea Butler à haute voix.

Artemis ne se posait pas la question. Il savait exactement ce que cette surprenante jeune fille avait en tête.

– C'est nous qu'elle cherche, vieux frère. Si ce château vous appartenait, vous vous demanderiez peut-être où un espion pourrait se dissimuler.

– Bien sûr. C'est pour ça que j'ai choisi cette cachette. Le poste d'observation idéal serait plus haut sur la colline, dans cet amas de rochers, mais c'est aussi le premier endroit qu'un expert en sécurité penserait à piéger. Ici, ce serait mon second choix, et par conséquent, mon premier.

Le regard de Minerva balaya l'amas de rochers puis se posa sur la rangée de buissons derrière laquelle ils s'étaient tapis. Il lui était impossible de les voir mais son intellect lui indiquait qu'ils étaient là.

Artemis pointa ses jumelles sur le joli visage de la jeune fille. Lui-même s'étonnait de pouvoir ainsi apprécier les traits de Minerva au moment même où elle venait de capturer son amie. La puberté était décidément une force puissante.

Minerva souriait. Ses yeux brillants narguaient Artemis par-delà le vallon qui les séparait. Elle parla alors en anglais. Artemis et Butler, qui savaient tous deux parfaitement lire sur les lèvres, n'eurent aucune difficulté à interpréter sa courte phrase.

– Vous avez compris ? demanda Butler.

– J'ai compris. Et j'ai compris qu'elle nous a eus.

« À vous de jouer, Artemis Fowl », avait dit Minerva.

Butler s'assit derrière le monticule de terre, tapotant ses coudes pour en chasser la boue.

– Je pensais que vous étiez unique en votre genre, Artemis, commenta-t-il, mais cette fille ne manque pas d'intelligence.

– En effet, admit Artemis d'un air songeur. En matière de crime, c'est un cerveau précoce.

Sous terre, à la Section Huit, Foaly grogna dans son micro.

– Formidable, dit-il. Maintenant, vous êtes deux.

Chapitre 8
Soudaine démonstration

À L'INTÉRIEUR DU CHÂTEAU PARADIZO

N° 1 faisait un rêve merveilleux. Sa mère avait organisé une fête pour célébrer le diplôme qu'il venait d'obtenir à la faculté de sorcellerie. On y servait des mets délicieux. Les plats étaient cuisinés et, le plus souvent, la viande arrivait déjà morte sur la table.

Il tendait la main vers un faisan rôti magnifiquement présenté dans un panier constitué de pain aux herbes tressé en natte – identique à celui décrit au chapitre trois de *La Haie de Lady Heatherington Smythe* – lorsque cette vision s'était soudain éloignée, comme si la réalité s'étirait dans l'espace.

N° 1 avait essayé de rattraper le festin mais la distance qui l'en séparait augmentait de plus en plus et il sentait à présent que ses jambes refusaient d'avancer, sans qu'il comprenne pourquoi. Baissant les yeux, il voyait alors avec épouvante que son corps, des aisselles jusqu'aux pieds, s'était changé en pierre. Cette pétrification se répandait comme un virus dans sa poitrine et son cou. Il voulait hurler mais, brusquement, il éprouvait une véritable terreur à l'idée que sa bouche elle-même se change en pierre avant qu'il ait pu crier. Être transformé en statue et retenir ce cri à l'intérieur lui apparaissait comme l'horreur suprême.

N° 1 ouvrit la bouche et hurla.

Billy Kong qui l'observait, confortablement installé dans un fauteuil, claqua des doigts en direction d'une caméra fixée au plafond.

– L'affreux s'est réveillé, dit-il, et je crois qu'il appelle sa mère.

Lorsqu'il fut à bout de souffle, N° 1 cessa de crier. À la vérité, le résultat était un peu décevant : le puissant hurlement du début s'était affaibli jusqu'à n'être plus qu'un gémissement flûté.

« Bon, je suis vivant et dans le monde des hommes, songea N° 1. Il est temps d'ouvrir les yeux et de voir dans quel pétrin je me suis fourré. »

N° 1 entrouvrit prudemment ses paupières comme s'il craignait de voir quelque chose de très grand et de très dur foncer sur lui à toute vitesse. Mais il constata simplement qu'il se trouvait dans une petite pièce nue. Au plafond, des lumières rectangulaires projetaient une clarté équivalente à celle d'un millier de bougies et l'un des murs était presque entièrement recouvert d'un miroir. Il y avait un humain, sans doute un enfant, peut-être une fille, coiffée d'une ridicule crinière de cheveux blonds et bouclés. Elle avait un doigt de trop à chaque main. La créature était vêtue d'un habit grotesque en forme de toge et portait aux pieds des chaussures aux semelles spongieuses, avec des éclairs dessinés en relief sur les côtés. Une autre personne était présente. Un homme mince, avachi, au regard torve, tapotait sa jambe sur un rythme saccadé. Le regard de N° 1 fut attiré par les cheveux du deuxième humain. Ses mèches étaient teintes d'au moins une demi-douzaine de couleurs différentes. Un véritable paon.

N° 1 pensa qu'il devrait peut-être lever ses mains vides pour montrer qu'il ne possédait aucune arme, mais c'est un exercice difficile quand on est ligoté sur une chaise.

– Je suis ligoté sur une chaise, dit-il d'un ton d'excuse, comme si c'était sa faute.

Malheureusement, il prononça cette phrase en gnomique et dans le dialecte des démons. Aux oreilles d'un humain, on aurait cru qu'il essayait de se débarrasser de quelque chose qui lui obstruait la gorge.

N° 1 décida de ne plus parler. Il dirait sans doute ce qu'il ne fallait pas et les humains l'exécuteraient dans une cérémonie rituelle. Heureusement, la jeune fille semblait impatiente de bavarder.

– Bonjour, je suis Minerva Paradizo et cet homme

s'appelle Mr Kong, expliqua-t-elle. Vous comprenez ce que je dis ?

Pour N° 1, c'était du charabia. Elle n'avait pas employé un seul mot qui figurât dans le texte de *La Haie de Lady Heatherington Smythe.*

Il eut un sourire encourageant pour montrer qu'il appréciait ses efforts.

– Vous parlez français ? demanda la jeune fille blonde.

Puis elle changea de langue.

– Et l'anglais, vous le parlez ?

N° 1 se redressa sur sa chaise. Ces derniers mots lui étaient familiers. Ses intonations étaient étranges, mais les mots eux-mêmes se trouvaient dans le livre.

– Anglais ? répéta-t-il.

C'était la langue de Lady Heatherington Smythe. Qu'elle avait apprise sur les genoux de sa mère. Étudiée dans les amphithéâtres d'Oxford. Utilisée pour exprimer son amour indéfectible envers le professeur Rupert Smythe. N° 1 aimait profondément ce livre. Parfois, il lui arrivait même de croire qu'il était le seul à l'aimer. Abbot lui-même semblait ne pas goûter les passages les plus sentimentaux.

– Oui, reprit Minerva. Anglais. Le dernier le parlait assez bien. Et le français aussi.

Les bonnes manières doivent aussi être appréciées ailleurs que dans les livres, avait toujours pensé N° 1. Il décida donc de se lancer.

Il poussa un grognement, ce qui était la façon polie chez les démons de demander la parole devant des supérieurs. Mais, apparemment, les humains ne l'entendaient pas ainsi car l'homme efflanqué se leva d'un bond et sortit un couteau.

– Non, aimable seigneur, dit N° 1 en se hâtant de composer une phrase à l'aide de fragments pris dans le livre de Lady Heatherington Smythe. Je vous en prie, remettez votre arme au fourreau. Ce que j'ai à vous conter n'a rien que de fort joyeux.

L'humain efflanqué parut déconcerté. Il parlait l'anglais comme n'importe quel Américain moyen, mais cet avorton baragouinait une espèce de galimatias moyenâgeux.

Kong se planta devant N° 1 et appuya la pointe de son couteau contre sa gorge.

– Parle clairement, affreux petit bonhomme, dit-il en essayant le chinois de Taïwan.

– J'aimerais bien pouvoir vous comprendre, répondit N° 1, parcouru de tremblements.

Malheureusement, il s'était exprimé en gnomique.

– Les paroles que… heu… qu'il était dans mon intention de formuler… reprit-il en anglais.

Ce n'était pas mieux. Les citations tirées de Lady Heatherington Smythe, qu'il arrivait généralement à placer en toutes occasions, ne lui venaient pas à l'esprit sous la contrainte.

– Parle clairement ou tu vas mourir ! lui lança l'humain au visage d'une voix perçante.

D'une voix tout aussi perçante, N° 1 répliqua :

– Comment voulez-vous que je fasse, fils de chien boiteux ? Je ne parle pas le chinois de Taïwan !

Il avait dit tout cela dans un taïwanais absolument parfait. N° 1 fut abasourdi. Les démons ne possédaient pas le don des langues. Sauf les sorciers. Une preuve de plus.

Il aurait voulu réfléchir un moment sur cette nouvelle révélation, à présent que l'homme au couteau avait reculé, mais soudain, comme dans une explosion, la beauté du langage éclaira son esprit. Sa propre langue elle-même, le gnomique, avait été considérablement tronquée par les démons. Il existait des milliers de mots qui avaient disparu de l'usage courant sous prétexte qu'ils n'étaient pas liés au fait de tuer des créatures ou de les manger, et pas nécessairement dans cet ordre.

– Cappuccino ! s'exclama N° 1, surprenant tout le monde.

– Pardon ? dit Minerva.

– Quel joli mot. Et « manœuvre ». Et « ballon ».

L'homme efflanqué remit son couteau dans sa poche.

– Il parle, maintenant. S'il ressemble à celui que vous m'avez montré en vidéo, nous n'arriverons jamais à le faire taire.

– Rose ! lança N° 1 avec délices. Nous n'avons pas de mot pour désigner cette couleur dans la langue courante des démons. Rose n'est pas démoniaque, alors nous ne l'utilisons pas. Quel soulagement de pouvoir dire « rose » !

– Rose, répéta Minerva. Fabuleux.

– Dites-moi, reprit N° 1. Qu'est-ce qu'un sucre d'orge ? Je connais le mot et il me semble... très appétissant... mais je n'arrive pas à me le représenter.

La jeune fille semblait contente que N° 1 puisse parler une langue compréhensible, mais quelque peu contrariée qu'il ait oublié sa situation.

– Nous parlerons de sucre d'orge plus tard, petit diable. Il y a des choses plus importantes à discuter.

– Ça, c'est vrai, approuva Kong. L'invasion des démons, par exemple.

N° 1 retourna la phrase dans sa tête.

– Désolé, mon don des langues ne doit pas être suffisamment développé. Le seul sens que je connaisse au mot « invasion », c'est l'entrée en force d'une armée hostile sur un territoire étranger.

– C'est exactement ce que je voulais dire, petit crapaud.

– Cette fois encore, me voilà un peu perplexe. Mon nouveau vocabulaire me dit qu'un crapaud est une créature semblable à une grenouille...

Les traits de N° 1 s'affaissèrent.

– Ah, je vois… Vous m'insultez.

Kong se renfrogna et se tourna vers Minerva.

– Je crois que j'aimais encore mieux quand il parlait comme un vieux film.

– Je citais les Saintes Écritures, expliqua N° 1, qui prenait plaisir à sentir se former dans sa bouche ces mots nouveaux pour lui. Extraites du livre sacré : *La Haie de Lady Heatherington Smythe.*

Minerva fronça les sourcils, levant les yeux vers le plafond tandis qu'elle cherchait dans sa mémoire.

– Lady Heatherington Smythe. Je ne sais pas pourquoi, mais ça me dit quelque chose.

– *La Haie de Lady Heatherington Smythe* est la source de tout ce que nous savons des humains. C'est Lord Abbot qui nous a rapporté le livre.

N° 1 se mordit la lèvre, interrompant son propre bavardage. Il en avait déjà trop dit. Ces humains étaient l'ennemi et il leur avait révélé l'origine du plan d'Abbot. « Origine ». Quel beau mot.

Minerva frappa brusquement ses mains l'une contre l'autre. Elle avait retrouvé le souvenir qu'elle cherchait.

– Lady Heatherington Smythe. Mon Dieu, ce ridicule roman à l'eau de rose ! Vous vous rappelez, Mr Kong ?

Kong haussa les épaules.

– Je ne lis jamais de fiction. Seulement des manuels.

– Souvenez-vous : la vidéo de l'autre démon. Nous l'avons laissé prendre un livre qu'il emportait partout comme un ours en peluche.

– Ah oui, en effet. Quelle stupide petite andouille. Toujours ce livre stupide à la main.

– Vous vous répétez, marmonna nerveusement N° 1. Il y a d'autres mots synonymes de stupide. Niais, sot, imbécile, bête. Pour n'en citer que quelques-uns. Je pourrais vous les dire en taïwanais, si vous préférez.

Un couteau apparut dans la main de Kong, comme surgi de nulle part.

– Waouh, dit N° 1. C'est un vrai talent, chez vous. Un *morceau de bravoure*.

Kong resta indifférent au compliment, retournant d'un geste le couteau pour le tenir par la lame.

– Tais-toi, créature. Ou tu vas recevoir ça entre les deux yeux. Peu m'importe la valeur que tu as pour Miss Paradizo. Moi, je pense qu'il faudrait vous balayer de la surface de la terre, toi et tous ceux de ton espèce.

Minerva croisa les bras.

– Je vous serais reconnaissante, Mr Kong, de ne pas proférer de menaces envers notre invité. Vous travaillez pour mon père, vous ferez donc ce que mon père vous ordonne. Et je suis sûre que mon père vous a recommandé de vous exprimer avec courtoisie.

Minerva avait peut-être des talents précoces dans de nombreux domaines mais, en raison de son âge, son expérience était limitée. Elle avait appris à lire le langage du corps mais elle ne savait pas qu'un expert en arts martiaux peut s'entraîner à un contrôle de soi qui lui permet de dissimuler ses sentiments réels. Un véritable adepte de cette discipline aurait remarqué l'imperceptible contraction des tendons dans le cou de Billy Kong. Cet homme se maîtrisait.

« Pas encore, pouvait-on lire dans son attitude. Pas encore. »

Minerva reporta son attention sur N° 1.

– *La Haie de Lady Heatherington Smythe*, avez-vous dit ?

N° 1 acquiesça d'un signe de tête. Il avait peur de parler, craignant que sa bouche trop bavarde ne laisse échapper d'autres informations.

Minerva s'adressait à présent au grand miroir qui recouvrait le mur.

– Tu t'en souviens, papa ? Le plus ridicule roman de gare qu'on puisse imaginer. À fuir comme la peste. J'aimais beaucoup quand j'avais six ans. Ça raconte l'histoire d'un aristocrate anglais du XIXe siècle. Qui est l'auteur, déjà ? Ah oui... Carter Cooper Barbison. Une Canadienne. Elle avait dix-huit ans quand elle l'a écrit. Elle n'a pas cherché la moindre documentation. Ses nobles du XIXe parlent comme s'ils avaient vécu au XVIe. Une totale niaiserie et donc, forcément, un succès mondial. Eh bien, il semble que notre vieil ami Abbot l'ait rapporté chez lui. Ce diable outrecuidant a réussi à leur faire croire qu'il s'agissait d'un livre sacré. Apparemment, il a convaincu les autres démons de débiter du Cooper Barbison comme si elle avait écrit l'Évangile.

N° 1 brisa son vœu de silence :

– Abbot ? Abbot est venu ici ?

– Mais oui, répondit Minerva. Comment croyez-vous que nous ayons pu savoir où vous trouver ? Abbot nous a tout dit.

Une voix tonna dans un haut-parleur mural :

– Pas tout. Ses chiffres étaient faux. Mais ma géniale petite Minerva a compris ce qui n'allait pas. Je t'achèterai un poney pour te récompenser, ma chérie. Tu choisiras la couleur.

Minerva adressa un signe de la main au miroir.

– Merci, papa. Tu devrais savoir, depuis le temps, que je n'aime pas les poneys. Ni la danse.

Le haut-parleur éclata de rire.

– Ça, c'est bien ma fille chérie. Et qu'est-ce que tu dirais d'un petit voyage à Disneyland Paris ? Tu pourrais t'habiller en princesse.

– Peut-être après le comité de sélection, répondit Minerva avec un sourire.

Un sourire quelque peu forcé, cependant. Elle n'avait pas le temps de rêver à Disneyland pour l'instant.

– Dès que je serai sûre de ma nomination au Nobel. Nous avons moins d'une semaine pour interroger nos sujets et organiser un voyage en toute sécurité jusqu'à l'Académie royale de Stockholm.

N° 1 avait une autre question importante à poser :

– Et *La Haie de Lady Heatherington Smythe* ? Ce n'est pas vrai ce qui est écrit dans le livre ?

Minerva éclata d'un rire réjoui.

– Vrai ? Cher petit bonhomme ! Rien ne pourrait être plus éloigné de la vérité. Ce livre est un témoignage effarant des dégâts que peut provoquer l'activité hormonale d'une adolescente.

N° 1 était abasourdi.

– Mais j'ai étudié ce livre. Pendant des heures. J'en ai joué des extraits. J'ai fait des costumes. Voulez-vous dire que le domaine de Heatherington n'existe pas ?

– Non, il n'y a jamais eu de domaine de Heatherington.

– Et le méchant prince Karloz ?

– De la fiction.

N° 1 se souvint d'autre chose.

– Pourtant, Abbot est revenu avec une arbalète, comme dans le livre. C'est bien une preuve.

Kong se joignit à la conversation : après tout, il était expert en la matière.

– Les arbalètes ? C'est de l'histoire ancienne, petit crapaud. Maintenant, on utilise des choses comme ça.

Billy Kong sortit du holster qu'il avait sous l'aisselle un pistolet en céramique noire.

– Cette petite merveille crache le feu et la mort. Et nous en avons aussi de beaucoup plus gros. Nous volons autour du monde dans des oiseaux de métal et nous faisons pleuvoir sur nos ennemis des œufs explosifs.

N° 1 eut un rire moqueur.

– Ce petit objet crache le feu et la mort ? Des oiseaux en métal ? J'imagine aussi que vous mangez du plomb et qu'après, vous soufflez des bulles d'or ?

Kong réagissait mal devant l'ironie, surtout quand elle venait d'une petite créature reptilienne. D'un mouvement souple, il fit sauter le cran de sûreté de son arme et tira trois coups de feu, fracassant l'appuie-tête du siège de N° 1. Une pluie d'étincelles et d'échardes tomba sur le visage du diablotin et le bruit des détonations résonna comme un tonnerre dans l'espace confiné.

Minerva était furieuse. Elle se mit à crier avant même que quiconque puisse l'entendre dans ce vacarme :

– Sortez d'ici, Kong ! Dehors !

Elle continua de hurler ainsi jusqu'à ce que leurs oreilles cessent de tinter. Lorsqu'elle s'aperçut que Billy Kong ne tenait aucun compte de ses ordres, elle lui parla en taïwanais :

– J'avais dit à mon père de ne pas vous prendre à son service. Vous êtes un homme impulsif et violent. Nous sommes en train de procéder à une expérience scientifique. Ce démon ne me sera d'aucune utilité s'il est mort, vous comprenez cela, espèce de tête brûlée ? J'ai besoin de communiquer avec notre invité, il faut donc que vous partiez parce que, de toute évidence, vous le terrifiez. Je vous préviens, vous allez sortir tout de suite ou alors il sera mis un terme à votre contrat.

Kong frotta l'arête de son nez. Il devait faire appel à toute sa patience pour ne pas supprimer sur-le-champ cette sale môme criarde et s'enfuir en essayant d'échapper à ses gardes du corps. Mais il aurait été irresponsable de prendre le risque de tout perdre, simplement parce qu'il n'aurait pas su maîtriser ses nerfs pendant encore quelques heures.

Pour l'instant, il devrait se limiter à son habituelle insolence.

Kong prit un petit miroir dans la poche de son pantalon et tira les mèches de ses cheveux enduites de gel.

– Je vais sortir, fillette, mais faites attention à la façon dont vous me parlez. Vous pourriez avoir à le regretter.

Minerva eut un geste méprisant de la main.

– Dites ce que vous voudrez, répliqua-t-elle en anglais.

Kong rangea son miroir dans sa poche, lança un clin d'œil à N° 1 et s'en alla. Ce clin d'œil n'eut pas pour effet de rassurer le diablotin. Dans le monde des démons, on clignait de l'œil à l'adresse de son adversaire lors des combats singuliers pour lui signifier sans ambiguïté qu'on était bien décidé à le tuer. N° 1 eut la nette impression que cet humain aux cheveux en pointes avait la même intention.

Minerva soupira, attendit un moment d'avoir retrouvé son calme, puis reprit sa conversation avec son prisonnier.

– Commençons par le début. Comment vous appelez-vous ?

N° 1 estima qu'il ne risquait rien à répondre à cette question.

– Je n'ai pas de véritable nom parce que je n'ai jamais fait ma distorsion. Cela m'a longtemps inquiété mais, dans l'immédiat, j'ai beaucoup d'autres sujets d'inquiétude.

Minerva comprit qu'il lui faudrait poser des questions très précises.

– Comment les gens vous appellent-ils ?

– Les gens ? Vous voulez parler des humains ou des démons ?

– Des démons.

– Ah... d'accord. Il m'appellent N° 1.

– N° 1 ?

– Oui. Ce n'est pas vraiment un nom, mais je n'en ai pas d'autre. Et je me console en me disant qu'il vaut mieux ça que N° 2.

– Je vois. Eh bien, N° 1, j'imagine que vous aimeriez savoir ce qui se passe ici ?

N° 1 ouvrit de grands yeux suppliants.

– Oh, oui, s'il vous plaît.

– Alors, allons-y, commença Minerva, assise face à son prisonnier. Il y a deux ans, un membre de votre horde s'est matérialisé ici. Il a surgi au milieu de la nuit, sur la statue de d'Artagnan, dans la cour du château. D'ailleurs, il a eu de la chance de ne pas se faire tuer. L'épée de d'Artagnan lui a percé le bras et la pointe s'est cassée à l'intérieur.

– L'épée était-elle en argent ? demanda N° 1.

– Oui, en effet. Nous avons compris plus tard que ce morceau d'argent l'avait ancré dans notre dimension, sinon il aurait subi l'attraction de son propre espace-temps. Ce démon était, bien sûr, Abbot. Mes parents voulaient appeler les gendarmes mais je les ai convaincus d'amener la malheureuse créature à moitié morte à l'intérieur du château. Papa dispose ici d'un petit équipement chirurgical qu'il utilise pour ses patients les plus paranoïaques. Il a soigné les brûlures d'Abbot, mais nous n'avions pas vu la pointe en argent qui est restée là plusieurs semaines jusqu'à ce que la plaie s'infecte et que papa lui fasse une radio. Abbot était fascinant à observer. Au début, et pendant plusieurs jours, il piquait des crises de rage maladives chaque fois qu'un humain s'approchait de lui. Il essayait de nous tuer tous, en jurant que son armée allait venir exterminer l'espèce humaine et l'effacer à jamais de la surface de la terre. Il était toujours en conflit avec lui-même. C'était plus qu'un dédoublement de la personnalité. On aurait dit qu'il y avait deux personnes dans le même corps. Un guerrier et un scientifique. Le guerrier gesticulait en hurlant de rage, le scientifique faisait des calculs qu'il écrivait sur le mur. Je savais que j'étais en train d'assister à un événement important. Quelque chose de révolutionnaire. J'avais découvert une nouvelle espèce, ou plutôt redécouvert une ancienne. Et si Abbot devait véritablement amener une armée de démons, alors il m'appartenait de sauver des vies. Des vies d'hommes et de démons. Mais bien entendu, je ne suis qu'une enfant et personne ne m'écouterait. Si en revanche, j'écrivais un rapport sur le sujet et que je le présentais à l'Académie royale de Stockholm, je pouvais gagner le prix en physique et obtenir que les démons soient classés comme espèce protégée. Sauver une espèce me donnerait une certaine satisfaction et jusqu'à présent, aucun enfant n'a jamais obtenu le prix Nobel, même pas le grand Artemis Fowl.

N° 1 paraissait perplexe.

– N'êtes-vous pas un peu jeune pour étudier d'autres espèces ? Et puis, vous êtes une fille. Il vaudrait mieux accepter ce poney que la voix de la boîte magique vous a proposé.

De toute évidence, Minerva avait déjà dû subir ce genre d'attitude.

– Les temps changent, démon, répliqua-t-elle sèchement. Les enfants sont beaucoup plus intelligents qu'avant. Nous écrivons des livres, nous maîtrisons l'informatique, nous démolissons des mythes scientifiques. Saviez-vous que la plupart des chercheurs ne reconnaissent même pas l'existence de la magie ? Lorsqu'on ajoute la magie à l'équation de l'énergie, presque toutes les lois actuelles de la physique apparaissent sérieusement faussées.

– Je vois, dit N° 1 d'un ton peu convaincant.

– J'ai exactement l'âge qu'il faut pour ce projet, poursuivit Minerva. Je suis suffisamment jeune pour croire à la magie et suffisamment âgée pour comprendre comment elle fonctionne. Lorsque je vous présenterai à Stockholm et que nous avancerons notre thèse sur le voyage dans le temps et la magie comme énergie fondamentale, ce sera un moment historique. Le monde devra prendre la magie au sérieux et se préparer à l'invasion !

– Il n'y a pas d'invasion, protesta N° 1.

Minerva sourit à la manière d'une maîtresse d'école maternelle devant le mensonge d'un enfant.

– Je sais tout à ce sujet. Lorsque la personnalité guerrière d'Abbot prenait le dessus, il nous racontait la bataille de Taillte et nous expliquait que les démons comptaient revenir et mener une guerre terrible contre les Hommes de Boue, comme il nous appelait. Dans ses discours, il y avait beaucoup de sang versé et de membres coupés.

N° 1 acquiesça d'un signe de tête. Voilà qui ressemblait bien à Abbot.

– C'est ce qu'Abbot croyait mais les choses ont changé.

– Je le lui ai expliqué. Je lui ai dit qu'il avait flotté hors du temps et de l'espace pendant dix mille ans et que nous avions beaucoup progressé depuis. Nous sommes plus nombreux qu'avant et nous n'utilisons plus d'arbalètes.

– Vous n'utilisez plus de…

– Vous avez vu le pistolet de Mr Kong. C'est un minuscule exemple des armements dont nous disposons. Même si votre horde de démons tout entière arrivait ici au même moment, il nous faudrait environ dix minutes pour vous enfermer tous.

– C'est ce que vous allez faire ? Nous enfermer ?

– C'était le plan, en effet, admit Minerva. Dès qu'Abbot s'est rendu compte que les démons ne pourraient jamais nous battre, il a changé de tactique. Il m'a expliqué de son plein gré le mécanisme du tunnel temporel et, en échange, je lui ai donné des livres à lire et des armes à examiner. Après quelques jours de lecture, il a demandé qu'on l'appelle Abbot, comme le général Léon Abbot dans le livre. Je savais qu'en présentant Léon Abbot à Stockholm, il serait facile d'obtenir un financement pour la constitution d'une commission internationale. Chaque fois qu'un démon apparaîtrait, nous pourrions l'étiqueter avec un morceau d'argent et l'intégrer à une communauté de démons créée spécialement pour les étudier. Le zoo de Central Park avait ma préférence comme lieu d'hébergement.

N° 1 chercha le mot « zoo » dans son nouveau lexique mental.

– Les zoos ne sont-ils pas prévus pour les animaux ?

Minerva baissa les yeux vers ses chaussures.

– Oui. Je suis en train d'y repenser, surtout depuis que je vous ai rencontré. Vous paraissez très civilisé, pas comme cette créature d'Abbot. Il se conduisait comme un véritable animal. Quand il est arrivé, nous avons soigné ses blessures, nous lui avons rendu la santé et tout ce qu'il a trouvé à faire, c'est d'essayer de nous dévorer. Nous n'avions d'autre possibilité que de le retenir prisonnier.

– Et maintenant, vous n'avez plus l'intention de nous enfermer dans des zoos ?

– En réalité, je n'ai pas le choix. D'après mes calculs, le tunnel temporel se disloque à chaque extrémité et se détériore sur toute sa longueur. Bientôt, plus aucun calcul ne sera exact et il sera impossible de dire où et quand les démons se matérialiseront. J'ai bien peur, N° 1, que votre horde soit bientôt condamnée à disparaître entièrement.

N° 1 était pétrifié. Personne n'aurait pu absorber tant de révélations en une seule journée. Pour une raison qu'il ignorait, l'image de la démone aux marques rouges lui revint à l'esprit.

– N'y a-t-il aucun moyen de leur venir en aide ? Nous sommes des êtres intelligents, vous savez, pas des animaux.

Minerva se leva et fit les cent pas en tortillant l'une de ses boucles en tire-bouchon.

– J'y ai réfléchi. Rien ne peut être entrepris sans l'aide de la magie et Abbot m'a dit que tous les démons sorciers étaient morts pendant le transfert.

– C'est vrai, répondit N° 1.

Il ne précisa pas qu'il était peut-être lui-même un sorcier. Quelque chose lui disait que cette information était précieuse et qu'il valait mieux ne pas dévoiler trop d'informations précieuses à quelqu'un qui vous avait ligoté sur une chaise. Il en avait déjà trop dit.

– Si Abbot avait été au courant de ce qui se passait avec le sortilège temporel, il n'aurait peut-être pas été si pressé de retourner à Hybras, dit Minerva d'un air songeur. Papa lui a expliqué qu'il avait un morceau d'argent enfoncé dans le bras et, la nuit suivante, il l'a arraché de sa chair avec ses ongles et a disparu. Tout cela a été enregistré en vidéo. Chaque jour, je me suis demandé s'il avait réussi à rentrer chez lui.

– Il a réussi, répondit N° 1. Le sortilège temporel l'a ramené en arrière. Il n'a jamais parlé de cet endroit. Il a simplement rapporté le livre et l'arbalète en affirmant qu'il était notre sauveur. Ce n'étaient que des mensonges.

– Dans ce cas, soupira Minerva, qui paraissait sincèrement désolée, je ne sais vraiment pas quoi faire pour sauver la horde. Peut-être que votre amie, dans la pièce voisine, pourra nous aider quand elle sera réveillée.

– Quelle amie ? demanda N° 1, déconcerté.

– Celle qui a assommé Bobo, mon frère. La petite créature que nous avons capturée alors qu'elle essayait de vous porter secours, expliqua Minerva. Ou, plus exactement, qui essayait de porter secours à un sac de golf vide. Apparemment, c'est un être magique. Peut-être qu'elle nous sera utile.

« Qui donc chercherait à porter secours à un sac de golf ? » se demanda N° 1.

La porte s'ouvrit légèrement et la tête de Juan Soto apparut dans l'entrebâillement.

– Minerva ?

– Pas maintenant, répliqua-t-elle sèchement avec un signe de la main pour ordonner à l'homme de s'en aller.

– Il y a un appel pour vous.

– Je ne suis pas disponible. Notez le numéro.

Le responsable de la sécurité insista. Il entra dans la pièce, une main sur le micro d'un téléphone sans fil.

– Je crois que vous aurez peut-être envie de parler à cette personne. Il dit qu'il s'appelle Artemis Fowl.

Minerva accorda soudain toute son attention à Soto.
– Je vais le prendre, dit-elle en tendant la main.

Le casque des FARfadet est un accessoire extraordinaire. Mais celui de la Section Huit représente un véritable miracle de la science moderne. Comparer les deux équivaudrait à comparer un pistolet à silex avec un fusil à viseur laser.

Foaly avait pleinement profité de son budget quasi illimité pour s'offrir tous les caprices que lui inspirait son cerveau technologique et bourrer le casque d'un nombre infini de systèmes de diagnostic, de surveillance, de défense, et autres équipements dernier cri qu'il pouvait y loger.

Le centaure ne manquait pas d'exprimer haut et fort sa fierté du résultat. Mais si on l'avait obligé à choisir un seul élément dont il puisse plus particulièrement se vanter, il aurait opté sans nul doute pour les sacs à rebond.

Les sacs à rebond n'étaient pas en eux-mêmes un perfectionnement récent. Tous les casques civils comportaient des sacs de gel, entre les enveloppes extérieure et intérieure, pour apporter une protection supplémentaire en cas de choc. Mais Foaly avait remplacé le revêtement rigide du casque par un polymère plus souple et avait substitué au gel de minuscules perles électro-sensitives. Les perles contrôlées par impulsions électroniques pouvaient se dilater, se contracter, rouler sur elles-mêmes ou se regrouper, fournissant au casque un système de propulsion très simple mais d'une extraordinaire efficacité.

« Cette petite merveille ne peut pas voler mais elle peut se déplacer par bonds jusqu'à l'endroit désiré, lui avait dit Foaly lorsque Holly avait reçu son équipement. Seuls les commandants ont des casques volants. Mais je n'en recommande pas l'usage, le champ électromagnétique du moteur aplatit les permanentes. Je ne veux pas dire que vous ayez une permanente, ou que vous en ayez besoin, d'ailleurs. »

Pendant que N° 1 était interrogé par Minerva, les doigts de Foaly s'agitaient au-dessus d'une télécommande qui actionnait les fonctions du casque de la Section Huit. En cet instant, le casque était enfermé dans un coffre-fort, au fond du bureau de la sécurité.

Foaly aimait bien chanter des chansonnettes pendant qu'il travaillait. En l'occurrence, il s'agissait d'un classique du riverbend : *S'il a l'air d'un nain, s'il sent le nain, alors, c'est sans doute un nain (ou des latrines en salopette)*. C'était un titre relativement court pour une chanson de riverbend, qui était l'équivalent chez les fées de la musique country et western.

Quand ça me démange là où j'peux pas m'gratter
Quand il y a un' limace au milieu d'mon pâté

Quand le soleil me brûl' là où j'n'ai plus d'cheveux
C'est alors que je pense à toi et à nous deux...

Par égard pour les autres, Foaly avait débranché son micro. Ainsi, Artemis n'eut pas à se plaindre de ses performances vocales. Il utilisait pour émettre une très vieille antenne en métal dur, dans l'espoir que personne au centre de police ne repérerait ses transmissions. Haven-Ville était bouclée, ce qui signifiait l'interdiction de communiquer avec la surface. Foaly désobéissait en toute connaissance de cause aux ordres du commandant Ark Sool, et en éprouvait une très grande satisfaction.

Le centaure mit une paire de lunettes panoramiques grâce auxquelles il pouvait observer tout ce qui se passait dans le champ de vision du casque. Les lunettes étaient équipées d'un gestionnaire de périphériques qui lui donnait une vue arrière et latérale, par l'intermédiaire des caméras du casque. Foaly contrôlait déjà les systèmes de sécurité du château. À présent, il voulait jeter un coup d'œil dans leurs fichiers informatiques, ce qu'il ne pouvait faire à partir du QG de la Section Huit, en raison de la surveillance des FAR, prêts à bondir sur le premier signal en provenance de la ville.

Le casque était naturellement équipé d'un omnicapteur sans fil mais, plus il s'approcherait du disque dur lui-même, plus vite son travail serait accompli.

Foaly pressa une commande de raccourci sur son clavier virtuel. Pour un observateur extérieur, il avait l'air de jouer sur un piano invisible mais, en fait, ses lunettes panoramiques interprétaient les mouvements de ses doigts comme s'il avait appuyé sur des touches. Un petit crayon laser jaillit d'un compartiment caché dans le casque de Holly, au-dessus du coussinet de l'oreille droite.

Foaly visa la serrure du coffre.

– Impulsion d'une seconde. Feu.

Rien ne se produisit. Foaly poussa un juron, brancha son micro et fit une nouvelle tentative.

– Impulsion d'une seconde. Feu.

Cette fois, un rayon rouge sortit de la pointe du crayon et la serrure fondit en une boue métallique.

« Il est toujours préférable de brancher ses appareils », songea Foaly, heureux que personne n'ait été témoin de son erreur, et surtout pas Artemis Fowl.

En un regard et trois clins d'œil dans ses lunettes panoramiques, Foaly visa un ordinateur de bureau à l'autre bout de la pièce.

– Calcul du bond, ordonna-t-il au casque.

Presque immédiatement, une flèche en pointillé s'anima sur l'écran, se dirigeant vers le sol puis vers le bureau sur lequel se trouvait l'ordinateur.

– Exécution du bond, dit Foaly.

Il sourit lorsqu'il vit sa création entrer en action. Le casque tomba sur le sol avec le bruit d'un ballon de basket puis traversa la pièce d'un bond en terminant sa course au milieu du bureau.

– Parfait, cher génie, murmura Foaly, qui n'hésitait pas à se féliciter lui-même.

Parfois, ses propres réussites lui arrachaient une larme.

« J'aurais aimé que Caballine voie ça, songea-t-il, puis il pensa : Houlà, j'ai l'impression que ça devient sérieux avec cette fille. »

Caballine était une centaure qu'il avait rencontrée par hasard dans une galerie du centre-ville. Elle travaillait comme documentaliste à la télévision dans la journée et faisait de la sculpture le soir. Une dame très intelligente qui savait tout sur Foaly. Caballine était une grande adepte de la couette d'humeur, un vêtement de massage multicapteur et homéopathique conçu par Foaly spécialement pour les centaures. Ils en avaient parlé pendant une demi-heure. De fil en aiguille, il en était arrivé maintenant à faire du jogging avec elle tous les soirs. Lorsqu'il n'y avait pas d'urgence.

« Et il y en a une en ce moment ! » se rappela-t-il à lui-même, en se concentrant à nouveau sur son travail.

Le casque s'était posé à côté du clavier de l'ordinateur, son omnicapteur pointé directement vers le disque dur. Foaly fixa du regard l'unité centrale et cligna trois fois de l'œil, la sélectionnant ainsi sur l'écran.

– Télécharge tous les fichiers de cet ordinateur et de son réseau, ordonna le centaure.

Le casque commença aussitôt à avaler les informations contenues dans l'Apple Mac.

Quelques secondes plus tard, sur l'écran de ses lunettes panoramiques, une bouteille animée, remplie jusqu'au goulot, laissa échapper un rot. Transfert terminé. Maintenant, ils allaient connaître exactement l'étendue des informations dont disposaient ces humains et d'où ils les tenaient. Mais il y avait toujours le problème des copies. Ils avaient peut-être enregistré leurs données sur CD ou même les avaient envoyées par e-mail ou encore les avaient stockées sur Internet.

À l'aide de son clavier virtuel, Foaly ouvrit un dossier de données qu'il chargea dans le disque dur pour y envoyer un virus qui allait effacer le contenu de tout ordinateur relié à ce réseau. Mais auparavant, il allait parcourir les voies d'accès Internet préalablement explorées par ces humains et détruire complètement les sites correspondants. Foaly aurait voulu se montrer un peu plus délicat en ne supprimant que les fichiers liés au monde des fées, mais il ne pouvait se permettre de prendre de risques avec ce mystérieux groupe. Le seul fait qu'ils aient réussi à échapper à toute détection pendant si longtemps prouvait bien qu'il ne fallait pas les prendre à la légère.

Ce virus était dévastateur pour un système informatique humain. Il allait sans doute détruire des milliers de sites, y compris Google et Yahoo, mais Foaly ne voyait pas d'autre possibilité.

Sur son écran, le chargement des données était symbolisé par une flamme rouge qui vacillait en émettant un petit rire malfaisant tandis que l'omnicapteur transmettait le virus fatal. En cinq minutes, les disques durs des Paradizo seraient irrémédiablement effacés. Et en guise de bonus, le virus allait également se propager dans toutes les unités de mémoire situées dans le rayon d'action du capteur et portant la signature du réseau. Ainsi, toute information stockée sur des CD ou des clés USB se désintégrerait dès que quelqu'un essaierait de la charger. C'était un logiciel puissant et aucun pare-feu, aucun antivirus ne parviendraient à l'arrêter.

La voix d'Artemis s'éleva de deux haut-parleurs à gel installés sur son bureau, interrompant sa concentration.

– Il y a un coffre mural dans le bureau. C'est là que Minerva garde ses notes. Il faut brûler tout ce qu'il contient.

– Coffre mural, répéta Foaly. Voyons cela.

Le centaure passa la pièce aux rayons X et trouva le coffre derrière une étagère. S'il en avait eu le temps, il aurait aimé en scanner tout le contenu mais il avait un rendez-vous. Il envoya un rayon laser pas plus large qu'un fil de pêche à l'intérieur du coffre, réduisant en cendres tout ce qu'il y avait à l'intérieur. Il espérait avoir détruit plus que les bijoux de famille.

Les rayons X ne révélèrent rien d'autre de prometteur et Foaly fit tomber le casque du bureau en actionnant les perles de gel. En virtuose du clavier, il se servit du laser pour découper une ouverture au bas de la porte alors que le casque était encore en l'air. En deux bonds dignes d'une figure de chorégraphie, le casque franchit l'ouverture et sortit dans le couloir.

Foaly sourit, satisfait.

– Il n'a même pas touché le bois de la porte, dit-il.

Le centaure fit apparaître un plan du château Paradizo qu'il superposa à une grille de son écran. Deux points figuraient sur la grille. L'un d'eux représentait le casque, l'autre Holly. Il était temps de réunir les deux.

Pendant qu'il opérait, Foaly chanta machinalement un couplet de sa complainte de riverbend :

Quand mon chiffr' port'-bonheur refuse de sortir
Quand un trou qu'j'ai creusé menac' de m'engloutir
Quand mon chien préféré se fait écrabouiller
C'est *alors que vers toi vont toutes mes pensées*

À la surface de la planète, Artemis fit la grimace en entendant la chanson vibrer dans son minuscule téléphone et remonter le long de son pouce.

– Foaly, s'il vous plaît, dit-il d'un ton douloureux. J'essaye de négocier à l'autre bout de la ligne.

Foaly, surpris, poussa un hennissement. Il avait oublié Artemis.

– Il y a des gens qui ne comprennent rien au riverbend, dit-il en coupant son micro.

Billy Kong décida d'aller dire deux mots au nouveau prisonnier. La fille. Si toutefois c'était une fille. Comment savoir avec certitude à quel genre de créature on avait affaire ? On aurait dit une fille mais peut-être que les démones n'étaient pas comme les humaines. Billy Kong avait l'intention de demander à cet *être* ce qu'il était exactement, entre autres choses. Si la créature refusait de répondre, peu lui importait. Il existait bien des moyens de convaincre les gens de parler. Leur poser gentiment des questions était l'un de ces moyens. Leur donner des bonbons en était un autre. Mais Billy Kong préférait la torture.

Au début des années quatre-vingt, lorsque Billy Kong n'était encore que Jonah Lee, il habitait Malibu, sur la côte californienne, avec sa mère, Annie, et son grand frère, Eric.

Annie avait deux métiers pour pouvoir payer les baskets de ses enfants et, le soir, Jonah restait avec Eric. Tout aurait dû bien se passer. Eric avait seize ans, un âge suffisant pour s'occuper de son jeune frère. Mais comme tous les garçons de seize ans, il avait autre chose en tête que les petits frères. En fait, veiller sur Jonah gênait considérablement sa vie sociale.

Le problème, Eric s'en rendit compte, était que Jonah n'aimait pas beaucoup être enfermé. Dès qu'Eric allait rejoindre ses amis, Jonah, indifférent aux ordres de son frère, sortait profiter des soirées californiennes. Et la vie nocturne de la grande ville n'était pas ce qui convenait le mieux à un garçon de huit ans. Eric devait donc mettre au point une stratégie qui lui permettrait de rester libre d'aller où il voudrait tout en gardant Jonah à la maison.

Un soir, il trouva par le plus grand des hasards le moyen parfait d'arriver à ses fins, alors qu'il rentrait à la maison après une dispute tardive avec le fiancé de sa petite amie, accompagné de ses frères.

Pour une fois, Jonah ne s'était pas aventuré dehors. Il était resté avachi devant la télé, à regarder des films d'horreur sur une chaîne câblée piratée. Eric, qui avait toujours été impulsif et téméraire, s'était mis à fréquenter clandestinement la petite amie d'un gangster local. La liaison avait fini par être découverte et le gang s'en était pris à lui. Il avait déjà reçu une petite correction mais avait réussi à s'enfuir. Il était fatigué, ensanglanté mais, d'une certaine manière, il s'était bien amusé.

– Boucle les portes, lança-t-il à son petit frère, l'arrachant à son hébétude télévisuelle.

Jonah se leva d'un bond, les yeux écarquillés en voyant le nez et les lèvres en sang de son frère.

– Qu'est-ce qui t'est arrivé ?

Eric sourit. C'était ce genre de personnage – épuisé, roué de coups, mais vibrant d'adrénaline.

– Je me suis… Il y avait une bande de…

Puis il s'interrompit, car unc idée venait de jaillir comme une étincelle dans son cerveau. Il devait avoir l'air en très mauvais état et peut-être pourrait-il s'en servir pour convaincre le petit Jonah de rester à la maison pendant que maman travaillait.

– Je ne peux pas te le dire, répondit-il, en étalant à l'aide de sa manche une traînée de sang sur son visage. J'ai juré. Bloque les portes et ferme les volets.

D'ordinaire, Jonah ne prêtait aucune attention à son frère quand il faisait son numéro mais, ce soir, il y avait du sang, des films d'horreur à la télé, et il entendait des pas dans l'allée.

– Bon Dieu, ils m'ont trouvé, s'exclama Eric en jetant un coup d'œil à travers un volet.

Le petit Jonah attrapa la manche de son frère.

– Qui t'a trouvé, Eric ? Raconte.

Eric sembla réfléchir.

– OK, dit-il enfin. J'appartiens à… heu… une société secrète. Nous combattons un ennemi qui doit rester secret, lui aussi.

– Quoi, un gang ?

– Non, répondit Eric. Nous combattons des démons.

– Des démons ? répéta le petit Jonah, moitié sceptique, moitié terrifié.

– Oui, ils sont partout en Californie. Dans la journée, on dirait des gens normaux. Des comptables ou des joueurs de basket, des types dans ce genre-là. Mais le soir, ils enlèvent leur peau et partent à la chasse aux enfants. Ceux qui ont moins de dix ans.

– Moins de dix ans ? Comme moi ?

– Comme toi. Exactement comme toi. J'ai trouvé des démons en train de dévorer deux sœurs jumelles. Elles avaient huit ans à peu près. J'ai tué la plupart d'entre eux mais quelques-uns ont dû me suivre jusqu'ici. Il ne faut surtout pas faire de bruit et ils s'en iront.

Jonah se précipita sur le téléphone.

– On devrait appeler maman.

– Non ! répliqua Eric en s'emparant du téléphone. Tu veux que maman soit tuée ? C'est ce que tu veux ?

À l'idée de la mort de sa mère, Jonah se mit à pleurer.

– Non. Maman ne peut pas mourir.

– Exactement, approuva Eric avec douceur. Tu dois donc me laisser tuer les démons avec mes amis. Quand tu auras quinze ans, tu pourras prêter serment et te joindre à nous mais, en attendant, c'est notre secret. Alors, tu restes à la maison et tu me laisses faire mon devoir. Promis ?

Jonah, qui sanglotait trop pour pouvoir parler, acquiesça d'un signe de tête.

Ainsi, les deux frères s'assirent-ils l'un contre l'autre dans le canapé pendant que le fiancé de la petite amie d'Eric, accompagné de ses frères, tapaient aux fenêtres en lui ordonnant de sortir.

« Ce n'est pas une ruse trop cruelle, pensait Eric. Je le laisserai croire ça pendant deux mois, ce qui lui permettra d'éviter les ennuis jusqu'à ce que tout se calme. »

Le mensonge fit son effet. Pendant des semaines, Jonah ne mit plus les pieds dehors après le coucher du soleil. Il restait assis sur le canapé, les genoux sous le menton, attendant le retour d'Eric qui lui racontait d'autres histoires soigneusement élaborées de démons mis à mort. Chaque soir, il avait peur que son frère ne revienne pas, que les démons finissent par le tuer.

Un jour, ses peurs n'eurent plus de raison d'être. La police était venue leur annoncer qu'Eric avait été tué par un gang, à la sinistre réputation, qui l'avait abattu à coups de pistolet. Une histoire de fille. Mais Jonah savait qu'il s'agissait de tout autre chose. Il savait que c'était l'œuvre des démons. Ils avaient arraché la peau de leur visage et avaient tué son frère.

Ainsi, Jonah Lee, connu désormais sous le nom de Billy Kong, s'apprêtait-il à aller voir Holly en portant le poids de ses souvenirs d'enfance. Heureusement pour sa santé mentale, il avait réussi à se convaincre, au cours des années, que les démons n'existaient pas et que son frère lui avait menti. Cette trahison l'avait longtemps traumatisé, l'empêchant de nouer des relations durables et développant une insensibilité à la souffrance d'autrui. Or, voilà que cette petite folle de Minerva le payait pour l'aider à chasser des démons qui, finalement, existaient bel et bien. Il en avait vu de ses propres yeux.

À ce stade, Billy Kong ne parvenait plus à démêler la réalité de la fiction. Une part de lui-même pensait qu'il avait dû avoir un accident grave et que tout cela n'était qu'une hallucination consécutive à son coma. Une seule chose était sûre dans son esprit : s'il y avait la moindre chance pour que ces démons soient ceux qui avaient tué Eric, alors ils le payeraient cher.

Holly n'était pas très heureuse de jouer la victime. Elle l'avait suffisamment fait à l'académie. Chaque fois qu'il y avait un jeu de rôle au programme, Holly, en tant que seule fille de la classe, se voyait désignée pour être l'otage, ou l'elfe qui rentrait seule à la maison, ou la caissière face au braqueur de banque. Elle essayait de protester en expliquant que c'était un stéréotype, mais l'instructeur répliquait que les stéréotypes n'existent pas sans raison, « alors, mettez cette perruque blonde et ne discutez pas ! ». Aussi, quand Artemis lui avait proposé de se laisser capturer, elle n'avait pas été facile à convaincre. À présent, elle était assise, ligotée à une chaise de bois, dans une pièce sombre et humide du sous-sol, attendant qu'un humain vienne la torturer. La prochaine fois qu'Artemis imaginerait un plan nécessitant un otage, il n'aurait qu'à jouer ce rôle lui-même. C'était ridicule. Elle avait le grade de capitaine, elle était âgée de plus de quatre-vingts ans, alors qu'Artemis, lui, était un civil de quatorze ans. Pourtant, il donnait les ordres et elle obéissait.

« C'est parce qu'Artemis est un génie tactique », songea son côté raisonnable.

« Oh, silence, toi ! » répliqua éloquemment son côté furieux.

Ce fut à ce moment-là que Billy Kong entra dans la pièce, mettant Holly encore plus en fureur. Il glissait sur le sol à la manière d'un fantôme pâle aux cheveux pointus et tourna silencieusement autour d'elle à plusieurs reprises avant de parler :

– Dis-moi quelque chose, démon. Est-ce que tu peux enlever la peau de ton visage ?

Holly croisa son regard.

– Avec quoi ? Mes dents ? J'ai les mains liées, crétin.

Billy Kong soupira. Ces temps-ci, quiconque mesurait moins d'un mètre cinquante se croyait autorisé à l'insulter.

– Tu dois sans doute savoir que je ne suis pas censé te tuer, reprit Billy en tortillant ses cheveux en pointes. Mais il m'arrive souvent de faire des choses que je ne suis pas censé faire.

Holly décida d'entamer quelque peu l'arrogance de cet humain.

– Je sais, Billy, ou plutôt, devrais-je dire, Jonah. Tu as commis beaucoup de mauvaises actions au cours des années.

Kong recula d'un pas.

– Tu me connais ?

– Nous savons tout de toi, Billy. Il y a très longtemps qu'on te surveille.

Ce n'était pas absolument exact, bien sûr. Holly n'avait d'autres informations sur Kong que celles fournies par Foaly. Et peut-être ne l'aurait-elle pas abordé de cette manière si elle avait connu son histoire avec les *démons*.

Pour Billy Kong, cette simple entrée en matière représentait la confirmation de tout ce qu'Eric lui avait dit. Brusquement, la base même sur laquelle se fondaient ses croyances et sa compréhension du monde s'effondrait à jamais.

C'était donc la vérité. Eric n'avait pas menti. Les démons rôdaient vraiment sur la terre et son frère avait donné sa vie pour essayer de le protéger.

– Tu te souviens de mon frère ? demanda-t-il, la voix tremblante.

Holly supposa qu'il s'agissait d'un test. Foaly avait *en effet* parlé d'un frère.

– Oui, je m'en souviens. Derek, n'est-ce pas ?

Kong tira de sa poche un poignard à la lame effilée, dont il serra le manche si fort que ses jointures blanchirent.

– Eric ! s'écria-t-il, en postillonnant. Il s'appelait Eric ! Et tu te souviens de ce qui lui est arrivé ?

Holly éprouva une soudaine inquiétude. Cet Homme de Boue était d'un naturel instable. Sans doute ne lui faudrait-il qu'une seconde pour se débarrasser de ses liens mais ce serait peut-être une seconde de trop. Artemis lui avait demandé de rester ligotée le plus longtemps possible mais, à en juger par l'expression de Billy Kong, rester attachée pouvait se révéler une erreur fatale.

– Tu te souviens de ce qui est arrivé à mon frère ? répéta Kong en brandissant son poignard comme un chef d'orchestre sa baguette.

– Je m'en souviens, répondit Holly. Il est mort. De mort violente.

Kong fut abasourdi, comme frappé par la foudre. Il vacilla intérieurement. Pendant quelques instants, il marcha de long en large en murmurant des paroles qu'il s'adressait à lui-même, ce qui ne rassura guère Holly.

– Alors, c'est vrai. Eric ne m'a jamais trahi ! Mon frère m'aimait. Il m'aimait et *ils* lui ont pris la vie !

Le voyant absorbé dans ses pensées, Holly en profita pour se débarrasser des cordelettes en plastique qui lui immobilisaient les poignets. Elle utilisa pour cela un vieux truc des FAR que lui avait enseigné, à l'académie, le lieutenant-colonel Vinyaya. Elle frotta ses poignets contre la surface rêche des liens, provoquant deux petites écorchures sur sa peau. Lorsque des étincelles de magie jaillirent au bout de ses doigts pour guérir les deux plaies, elle en détourna quelques-unes afin de faire fondre le plastique et lui permettre de se détacher.

Au moment où Kong se tourna à nouveau vers Holly, elle avait les mains libres mais ne le montra pas.

Kong s'agenouilla devant elle pour se mettre à son niveau. Il battait des paupières et une veine de sa tempe palpitait. Il parla lentement, d'une voix chargée d'une violence et d'une folie à peine contenues. Il s'exprimait en taïwanais, à présent, la langue d'origine de sa famille.

– Je veux que tu arraches la peau de ton visage. À l'instant même.

Ce serait, pensait Kong, la preuve ultime. Si ce démon parvenait à ôter la peau de son visage, alors il lui enfoncerait son poignard dans le cœur et au diable les conséquences.

– Je ne peux pas, dit Holly. Mes mains sont liées. Tu n'as qu'à l'arracher à ma place. Nous avons de nouveaux masques, maintenant. Jetables. Ils s'enlèvent facilement.

Kong s'étrangla de stupéfaction et bascula en arrière. Il reprit son équilibre puis tendit ses mains tremblantes. Ce n'était pas la peur qui les faisait trembler, mais la colère et le chagrin à la pensée d'avoir sali la mémoire de son frère en portant sur lui les pires jugements qui soient.

– À la racine des cheveux, précisa Holly. Il suffit d'attraper la peau et de tirer, ne t'inquiète pas si tu la déchires.

Kong leva la tête et ils se regardèrent, les yeux dans les yeux. C'était tout ce dont Holly avait besoin pour le soumettre au mesmer des fées.

– Tu ne trouves pas que tes bras sont lourds ? demanda-t-elle d'une voix dont les intonations mélodieuses exerçaient un charme irrésistible.

Le front de Kong se plissa soudain et brilla de sueur.

– Mes bras, quoi ? On dirait du plomb. Deux tuyaux de plomb. Je ne peux...

Holly accentua le mesmer.

– Pourquoi ne les baisses-tu pas ? Détends-toi. Assieds-toi par terre.

Kong s'assit sur le sol en béton.

– Je ne vais pas rester assis longtemps. Juste une seconde. Il faut que je t'arrache la peau du visage, mais pas tout de suite, je suis fatigué.

– Tu as sans doute envie de parler.

– Tu sais quoi, démon ? J'ai envie de parler. De quoi allons-nous parler ?

– De ce groupe de gens pour lesquels tu travailles, Billy. Les Paradizo. Dis-moi ce que tu sais d'eux.

Kong eut un petit rire de dépit.

– Les Paradizo ! Ici, on n'a affaire qu'à un seul membre de la famille. La fille, Minerva. Son père se contente d'apporter l'argent. Tout ce que veut Minerva, Gaspard le finance. Il est si fier de sa géniale petite fille chérie qu'il lui obéit au doigt et à l'œil. Croirais-tu qu'elle a réussi à le convaincre de garder secrète toute cette histoire de démon jusqu'à ce que le comité Nobel examine le compte rendu de ses recherches ?

C'était une excellente nouvelle.

– Tu veux dire que personne en dehors de cette maison ne sait rien des démons ?

– Même *dans* la maison, presque personne n'est au courant. Minerva est devenue paranoïaque à l'idée qu'une autre tête d'œuf puisse s'emparer du résultat de ses travaux. Le personnel croit que nous gardons un prisonnier politique qui doit se faire remodeler le visage. Seuls Juan Soto, le chef de la sécurité intérieure du château, et moi-même avons été informés de la vérité.

– Est-ce que Minerva prend des notes ?

– Des notes ? Elle écrit tout, je dis bien tout. Nous avons des rapports sur chacun des faits et gestes du démon, y compris les moments où il va aux toilettes. Elle enregistre sur vidéo le moindre de ses tressaillements. L'unique raison pour laquelle il n'y a pas de caméra dans ce sous-sol, c'est que nous n'y attendions personne.

– Où garde-t-elle ses notes ?

– Dans un petit coffre-fort mural, au bureau de la sécurité. Minerva croit que j'ignore la combinaison, mais en fait, je la connais. C'est la date de l'anniversaire de Bobo.

Holly toucha un petit micro couleur chair collé à sa gorge.

– Un coffre-fort mural dans le bureau de la sécurité, dit-elle à voix haute. J'espère que vous me recevez.

Il n'y eut pas de réponse. Porter une oreillette était trop risqué. Holly avait dû se contenter d'un micro sur le cou et d'une caméra-iris fixée comme une lentille de contact sur son œil droit.

Kong avait toujours envie de parler.

– Je t'annonce que je vais vous tuer tous, vous les démons. J'ai un plan. Très intelligent. Miss Minerva pense qu'elle va aller à Stockholm mais ça ne risque pas d'arriver. J'attends simplement le bon moment. Je sais que l'argent est la seule matière qui vous retienne dans cette dimension. Je vais donc vous renvoyer chez vous en vous donnant un petit cadeau à emporter.

« Sûrement pas si je peux l'en empêcher », songea Holly.

Kong esquissa un sourire.

– Alors, on l'arrache, cette peau du visage ? Tu peux vraiment le faire ?

– Bien sûr, répondit Holly. Tu veux voir ?

Kong, bouche bée, acquiesça d'un signe de tête.

– Bon, d’accord. Regarde bien.

Holly leva les mains à hauteur de son visage. Quand elle les écarta, sa tête avait disparu. Son corps et ses membres s’effacèrent à leur tour.

– Non seulement je peux m’arracher la peau du visage, dit la voix de Holly, sortie de nulle part, mais je peux aussi l’arracher de tout mon corps.

– C’était donc vrai, croassa Kong. Tout était vrai.

À cet instant, un minuscule poing invisible jaillit dans l’air et l’assomma. Billy Kong resta étendu sur le sol de béton en rêvant qu’il était redevenu Jonah Lee et que son frère, debout devant lui, murmurait : « Je te l’avais pourtant dit, petit frère. Je t’avais dit qu’il y a des démons. Ils m’ont assassiné, là-bas, à Malibu. Qu’est-ce que tu comptes faire, maintenant ? »

Minerva prit le téléphone que lui tendait le garde.

– Minerva Paradizo à l’appareil.

– Minerva, ici Artemis Fowl, dit une voix dans un français parfait. Nous nous sommes rencontrés de loin, dans une salle bondée, en Sicile.

– Je sais qui vous êtes. Nous avons également failli nous rencontrer à Barcelone. Et je sais que c’est vraiment vous. J’ai mémorisé le son de votre voix et votre rythme d’élocution lors d’une conférence que vous avez donnée sur la situation politique des Balkans il y a deux ans, au Trinity College de Dublin.

– Très bien. Je trouve étrange de n'avoir jamais entendu parler de vous.

Minerva sourit.

– Je ne suis pas aussi insouciante que vous, Artemis. Je préfère l'anonymat. Jusqu'au jour où je serai reconnue pour quelque chose d'exceptionnel.

– La preuve de l'existence des démons, par exemple, suggéra Artemis. Ce serait *vraiment* exceptionnel.

Minerva serra plus étroitement les doigts autour du téléphone.

– Oui, monsieur Fowl. Ce serait exceptionnel. C'*est* exceptionnel. Alors, ne mettez pas vos grosses pattes d'Irlandais dans mes recherches. Je n'ai pas du tout envie qu'un adolescent prétentieux vienne me voler mon travail au dernier moment. Vous avez eu votre propre démon, mais cela ne vous a pas suffi, il a fallu que vous tentiez de me voler le mien. À l'instant où je vous ai reconnu à Barcelone, j'ai su que vous vous intéressiez au même sujet que moi. Je savais que vous tenteriez de nous faire évacuer le château et que quelqu'un se cacherait dans la voiture. C'était la façon la plus logique de s'y prendre, j'ai donc piégé le véhicule. Vous avez aussi assommé mon petit frère. Comment avez-vous pu oser une chose pareille ?

– Je crois que je vous ai rendu service, répliqua Artemis d'un ton léger. Le petit Bobo est un enfant odieux à tout point de vue.

– Est-ce pour cela que vous m'avez appelée ? Pour insulter ma famille ?

– Non, répondit Artemis. Je vous présente mes excuses, c'était puéril de ma part. Je vous ai appelée pour essayer de vous faire entendre raison. L'enjeu est bien plus important qu'un prix Nobel, sans vouloir dénigrer ce prix, bien sûr.

Minerva eut un sourire entendu.

– Artemis, vous pouvez toujours raconter ce que vous voudrez, vous m'avez téléphoné parce que votre plan a raté. Votre petite démone est ma prisonnière et vous aimeriez la récupérer. Mais si cela peut vous consoler, débitez-moi donc votre petit discours sur le *bien de l'humanité*.

Dehors, au sommet de l'éminence qui dominait le château Paradizo, Artemis fronça les sourcils. Cette fille lui rappelait beaucoup ce qu'il avait été lui-même un an et demi auparavant, lorsque la réussite et la possession étaient tout ce qui comptait pour lui et que la famille et les amis lui paraissaient secondaires. En la circonstance, la sincérité constituait la meilleure politique.

– Miss Paradizo, dit-il avec douceur. Minerva. Écoutez-moi quelques instants – vous sentirez la vérité de ce que je dis.

Minerva eut un petit claquement de langue qui exprimait son scepticisme.

– Et pourquoi donc ? Parce que nous avons des points communs ?

– En effet. Nous nous ressemblons. Partout où nous allons, vous comme moi, nous sommes la plus intelligente des personnes présentes. Tous deux sommes constamment sous-estimés. Tous deux décidés à briller avec plus d'éclat, quelle que soit la discipline dans laquelle nous nous lançons. Tous deux hantés par le mépris et la solitude.

– Ridicule, répliqua Minerva d'un ton moqueur.

Mais ses protestations sonnaient faux.

– Je ne suis pas seule, j'ai mon travail.

Artemis insista.

– Je sais ce que vous ressentez, Minerva. Et laissez-moi vous dire que vous pourrez toujours accumuler les prix, démontrer tous les théorèmes que vous voudrez, cela ne suffira pas à vous faire aimer des autres.

– Oh, épargnez-moi vos sermons de psychologue amateur. Vous n'avez même pas trois ans de plus que moi.

La remarque blessa Artemis.

– Amateur, sûrement pas. Et pour votre information, sachez que l'âge dessert souvent l'intelligence. J'ai écrit un article sur le sujet dans *Psychology Today*, sous le pseudonyme du docteur D. Mens-Aynill.

Minerva pouffa de rire.

– Démence sénile. Très drôle.

Artemis sourit à son tour.

– Vous êtes la première personne à avoir compris.

– Je suis toujours la première à comprendre.

– Moi aussi.

– Vous ne trouvez pas cela lassant ?

– Incroyablement. Je ne sais pas ce qu'ont les gens. Tout le monde dit que je n'ai aucun sens de l'humour mais lorsque j'élabore un jeu de mots parfait au sujet d'une maladie bien connue, personne ne s'en aperçoit. Pourtant, tout le monde devrait se tordre de rire.

– Absolument, approuva Minerva. Il m'arrive tout le temps la même chose.

– Je sais. J'ai beaucoup aimé la plaisanterie sur *Murray Gell-Mann kidnappant un quark* que vous avez faite dans le train. Une très subtile analogie.

L'allusion jeta un froid qui mit fin à la cordialité de la conversation.

– Comment avez-vous pu entendre cela ? Depuis combien de temps m'espionnez-vous ?

Artemis s'était surpris lui-même mais il ne le montra pas. Il n'avait pas eu l'intention de révéler ce détail. Il n'était pas dans ses habitudes de parler de choses futiles lorsque des vies se trouvaient en danger. Mais il aimait bien cette petite Minerva. Elle lui ressemblait tellement.

– Il y avait une caméra de surveillance dans le couloir du train. Je me suis procuré la cassette, j'ai agrandi l'image et j'ai lu sur vos lèvres.

– Mmmmh, dit Minerva. Je ne me souviens pas d'avoir vu une caméra.

– Elle y était, pourtant. Dans une bulle de plastique rouge. Objectif grand angle. Je vous présente mes excuses pour cette intrusion dans votre vie privée mais il s'agissait d'une urgence.

Minerva resta silencieuse un moment.

– Artemis, reprit-elle, nous pourrions aborder beaucoup de sujets. Je n'ai jamais parlé autant avec un garçon depuis… enfin, jamais. Mais il faut que je mène ce projet à bien. Pouvez-vous me rappeler dans six semaines ?

– Dans six semaines, il sera trop tard. Le monde sera devenu différent et sans doute pas meilleur.

– Artemis, arrêtez. Je commençais à vous trouver sympathique et voilà que nous revenons à la case départ.

– Accordez-moi encore une minute, insista Artemis. Si je n'arrive pas à vous convaincre en une minute, alors je raccrocherai et je vous laisserai à vos recherches.

– Plus que cinquante-neuf secondes, dit Minerva. Cinquante-huit…

Artemis se demanda si toutes les filles se laissaient autant guider par leurs émotions. Holly était peut-être comme ça, elle aussi. Soudain chaleureuse, puis glaciale un instant plus tard.

– Vous retenez deux créatures prisonnières. Toutes deux douées d'intelligence et de sensibilité. Mais pas humaines. Si vous exposez l'une d'elles devant une communauté scientifique élargie, leur espèce sera traquée. Et vous serez responsable de la disparition d'au moins l'une de ces deux espèces. Est-ce cela que vous voulez ?

– En tout cas, c'est ce qu'ils veulent, eux, rétorqua Minerva. Le premier que nous avons sauvé a menacé de nous tuer tous, et peut-être même de nous manger. Il a dit que les démons reviendraient et qu'ils débarrasseraient la terre de ce fléau que sont les humains.

– Je sais tout d'Abbot, assura Artemis, se servant de ce qu'il avait appris grâce aux propres caméras de surveillance de Minerva. C'était une sorte de dinosaure. Les démons ne pourraient plus affronter les humains, aujourd'hui. D'après mes calculs temporels, Abbot a fait un bond de dix mille ans dans son propre futur, avant d'être renvoyé à son temps d'origine. Déclarer la guerre aux démons serait comme déclarer la guerre aux singes. En fait, les singes représenteraient une plus grande menace. Ils sont plus nombreux. Et d'ailleurs, les démons ne peuvent pas se matérialiser pleinement si on ne les truffe pas d'argent.

– Je suis sûre qu'ils trouveront une solution. Ou alors l'un d'eux sera expédié par hasard dans notre dimension, tout comme Abbot, et ouvrira les portes aux autres.

– Hautement improbable. Franchement, Minerva, quelles sont leurs chances ?

– Ainsi donc, Artemis Fowl veut me faire oublier mon projet de prix Nobel et me convaincre de relâcher mes démons.

– Oublier votre projet, certainement, répondit Artemis en consultant sa montre. Mais je ne pense pas que vous ayez besoin de relâcher vos prisonniers.

– Vraiment ? Et pourquoi ?

– Parce que j'imagine qu'ils se sont déjà enfuis.

Minerva fit volte-face pour regarder l'endroit où N° 1 avait été assis. Il n'y avait plus rien. Son démon captif avait disparu avec sa chaise. Un simple coup d'œil circulaire lui révéla qu'elle était seule dans la pièce.

– Où est-il, Artemis ? hurla-t-elle dans le téléphone. Où est mon prix Nobel ?

– Oubliez toute cette histoire, répondit Artemis d'une voix douce. Elle n'en vaut pas la peine. Croyez-en quelqu'un qui a fait les mêmes erreurs que vous. Je vous rappellerai bientôt.

Minerva serra le téléphone comme si c'était le cou d'Artemis lui-même.

– Vous m'avez tendu un piège ! s'exclama-t-elle, la vérité lui apparaissant soudain. Vous m'avez *laissée* capturer votre démon !

Mais Artemis ne répondit rien. À contrecœur, il avait refermé le poing sur son téléphone. En général, surpasser un adversaire lui procurait une sensation de chaleur enivrante, mais berner Minerva Paradizo lui donnait simplement l'impression d'être un faux-jeton. Il y avait une certaine ironie dans le fait de se sentir malhonnête, à présent qu'il était presque devenu quelqu'un de bien.

Butler, perché sur le monticule de terre, lui lança un regard.

– Comment ça s'est passé ? demanda-t-il. C'est votre première longue conversation avec une fille de votre âge.

– Fabuleux, répondit Artemis d'un ton sarcastique. On a l'intention de se marier en juin.

Chapitre 9
Renversement de situation

CHÂTEAU PARADIZO

Lorsque Holly Short avait ouvert la porte de sa cellule de fortune, elle avait vu son casque bondir sur place avec une image en trois dimensions du visage de Foaly projetée dessus.

– Il y a de quoi avoir la chair de poule, dit-elle, vous ne pourriez pas plutôt m'envoyer des textes ?

Foaly avait installé un programme d'aide en trois dimensions dans l'ordinateur du casque. Holly ne fut pas surprise de voir qu'il avait donné ses propres traits au module d'aide.

– J'ai perdu un peu de poids depuis que ce modèle a été fabriqué, dit l'image de Foaly. Je fais du jogging. Tous les soirs.

– Cible, ordonna Holly.

Holly baissa le menton et Foaly fit bondir le casque sur sa tête. Elle le ferma hermétiquement.

– Où est le démon ?

– Tout droit en haut de l'escalier. Deuxième à gauche, répondit Foaly.

– Bien. Vous avez effacé nos silhouettes du système de sécurité ?

– Bien sûr. Le démon est invisible et on ne peut pas vous repérer, quel que soit l'objectif employé.

Holly monta en sautant les hautes marches conçues pour des humains. Il aurait été plus facile de voler mais elle avait laissé ses ailes dehors, avec l'ordinateur de sa combinaison. Inutile de risquer qu'ils tombent entre des mains humaines, autres que celles d'Artemis. Et même dans ce cas, il valait mieux y réfléchir à deux fois.

Elle se hâta le long du couloir, passa devant la première porte à gauche et se glissa dans l'embrasure de la deuxième, restée ouverte. D'un coup d'œil rapide, elle évalua la situation.

Le démon était attaché sur une chaise et la petite humaine, en train de téléphoner, lui tournait le dos. Il y avait un grand miroir sans tain sur l'un des murs. Holly utilisa son scanner thermique pour vérifier s'il y avait quelqu'un dans la pièce voisine, derrière le miroir – une seule personne s'y trouvait, un homme grand qui parlait dans son téléphone portable, sans regarder la pièce où le démon était prisonnier.

– Vous voulez que je l'assomme ? demanda Foaly avec espoir. Elle vous a endormie avec du gaz soporifique.

Le centaure était ravi de jouer avec son nouveau jouet. C'était comme un jeu vidéo en direct.

– Je n'étais pas vraiment endormie, répondit Holly, ses paroles inaudibles à l'extérieur de son casque insonorisé. J'ai retenu mon souffle. Artemis m'avait prévenue qu'elle utiliserait un gaz. La première chose que j'ai faite a été de brancher le ventilateur de la voiture.

– Et l'Homme de Boue qui se trouve dans la pièce d'à côté ? reprit Foaly. Je peux tirer au rayon laser à travers le miroir. Mon système est très intelligemment conçu.

– Taisez-vous ou vous aurez des ennuis à mon retour, avertit Holly. Nous ne tirons qu'en cas d'urgence.

Holly contourna Minerva en prenant soin de ne pas la frôler ni de faire craquer le parquet sous ses pas. Un seul grincement aurait suffi à ruiner tous leurs plans. Elle s'accroupit devant le petit démon qui ne paraissait pas trop perturbé par son épreuve. En fait, il était occupé à réciter une liste de mots en gloussant de rire chaque fois qu'il en avait prononcé un.

– Corne d'abondance, oh, très joli, dit-il.

Puis :

– Sanitaire, j'aime bien celui-là. Hi, hi.

« Merveilleux », songea Holly. De toute évidence, ce démon avait perdu quelques cellules cérébrales pendant son transfert. À l'aide de sa commande vocale, elle composa un texte sur l'écran de sa visière.

« Fais un signe de tête si tu peux lire ceci », disait le texte. Vus par le démon, les mots semblaient flotter en l'air, devant ses yeux.

« Fais un signe de tête si tu peux... » lut-il silencieusement en remuant les lèvres. Puis il s'interrompit et hocha frénétiquement la tête.

« Arrête ! écrivit Holly. Je suis une elfe. L'une des premières familles de fées. Je suis venue te sauver. Tu me comprends ? »

Il n'y eut pas de réaction et Holly écrivit : « Hoche la tête une fois si tu comprends. »

Le démon hocha une fois la tête.

« Bien. Tout ce que tu dois faire, c'est rester immobile et silencieux. »

Nouveau signe de tête. Le petit démon commençait à comprendre.

Foaly avait envoyé son image sur la face intérieure de la visière de Holly.

– Prête ? demanda le centaure.

– Ouais. Surveillez l'Homme de Boue dans la pièce voisine. S'il se retourne, vous aurez le droit de l'assommer.

Holly glissa la main le long de sa manche, attrapant une feuille de métal souple entre son index et son majeur. Ce n'est pas aussi simple qu'il y paraît lorsqu'une fée a activé son bouclier et que son corps vibre à des vitesses trop rapides pour que l'œil humain puisse les percevoir. L'opération était facilitée par la combinaison de la Section Huit qui réduisait la fréquence de vibration nécessaire. Holly retira de sa manche et déplia une grande feuille de camouflage qui projetait automatiquement une assez bonne image de ce qui se trouvait derrière elle. Toutes les perles qui recouvraient la feuille étaient en fait des diamants à facettes de fabrication féerique, capables de produire un reflet fidèle, quel que soit l'angle de vision.

Elle recula tout près de N° 1 et tendit la feuille de camouflage devant lui. Le métal était équipé de multicapteurs qui permirent à Foaly d'effacer très facilement du reflet l'image du diablotin. Aux yeux de Minerva, le prisonnier semblerait avoir tout simplement disparu. Pour N° 1, en revanche, ce serait comme si rien ne se passait et il aurait l'impression d'assister à la plus lamentable tentative de sauvetage qui ait jamais eu lieu dans toute l'histoire des tentatives de sauvetage.

Quelques secondes plus tard, Minerva se tourna brusquement vers eux.

N° 1 la salua d'un signe de tête et fut stupéfait de constater qu'elle ne le voyait plus.

– Où est-il, Artemis ? hurla la fille dans son téléphone. Où est mon prix Nobel ?

N° 1 songea à dire : « Je suis ici ! » mais préféra s'en abstenir.

– Vous m'avez tendu un piège ! couina Minerva. Vous m'avez *laissée* capturer votre démon !

« Elle a enfin compris, pensa Holly. Maintenant, elle va fouiller le château comme une bonne petite fille. »

Obligeante, Minerva quitta la pièce en appelant son père à grands cris. Dans la pièce à côté, papa Paradizo, entendant les hurlements de sa fille, replia son téléphone et se retourna...

Foaly activa le laser du casque et lui envoya un rayon. L'homme vacilla puis s'effondra par terre comme une poupée de chiffon, sa poitrine se soulevant au rythme des lentes respirations de son état d'inconscience.

– Magnifique, susurra le centaure. Vous avez vu ? Pas la moindre marque sur le miroir.

– Il se dirigeait vers la porte ! protesta Holly en laissant tomber la feuille de camouflage.

– Il s'approchait du miroir. Il fallait bien que je l'assomme.

– Nous en reparlerons plus tard, Foaly. Votre nouvelle attitude de va-t-en-guerre ne me plaît pas beaucoup.

– Caballine aime bien que je domine la situation. Elle m'appelle son étalon.

– Qui ? Arrêtez de bavarder ! siffla Holly, occupée à faire fondre les liens de N° 1 à coups de rayon laser.

– Libre ! s'exclama le diablotin en se levant d'un bond. Libéré. Délivré. Sans entraves.

Holly désactiva son bouclier, se révélant à N° 1.

– J'espère que c'est un casque, dit le diablotin.

Holly appuya sur un bouton et sa visière s'effaça.

– Oui, je suis une fée, comme toi. J'appartiens simplement à une autre famille.

– Une elfe ! s'écria N° 1 d'un air ravi. Une vraie elfe. J'ai entendu dire que vous faites cuire vos aliments et que vous aimez la musique. Est-ce vrai ?

– Ça arrive, lorsque nous ne sommes pas occupés à échapper à des humains sanguinaires.

– Oh, ils ne sont ni sanguinaires, ni batailleurs, ni meurtriers, ni même belliqueux.

– Peut-être pas ceux que tu as rencontrés. Mais il y a dans la cave un personnage avec de drôles de cheveux et crois-moi, lorsqu'il se réveillera, il sera non seulement sanguinaire mais méritera aussi tous les autres qualificatifs que tu as mentionnés.

N° 1 se souvint de Billy Kong.

Il n'avait aucune envie de le revoir.

– Très bien, elfe. Que se passe-t-il, maintenant ?

– Appelle-moi Holly.

– Moi, c'est N° 1. Alors, que se passe-t-il, Holly ?

– Nous nous évadons. Des amis nous attendent... heu... N° 1.

– Des amis ? dit le diablotin.

Il connaissait le mot, bien sûr, mais n'avait jamais imaginé qu'il puisse s'appliquer à lui. C'était une idée réconfortante, même dans cette situation désespérée.

– Que dois-je faire ?

Holly l'enveloppa de la feuille de camouflage comme d'un châle.

– Garde bien ceci autour de toi. Tu seras presque entièrement caché.

– Stupéfiant, dit N° 1. Une cape d'invisibilité.

Foaly poussa un gémissement dans l'oreille de Holly.

– Une cape d'invisibilité ? Qu'est-ce qu'il croit ? Qu'un sorcier l'a sortie de sous son bras ? Il s'agit au contraire d'un équipement d'une technologie ultrasensible.

Holly ne prêta aucune attention au centaure, ce qui commençait à devenir une habitude.

– Tiens la feuille d'une main en la serrant bien contre toi. De l'autre, accroche-toi à ma ceinture. Nous devons sortir d'ici au plus vite. Il me reste tout juste assez de magie pour activer mon bouclier pendant quelques minutes. Prêt ?

N° 1, le visage anxieux, jeta un coup d'œil par-dessus le châle d'invisibilité.

– Tenir la feuille. Et m'accrocher à la ceinture. Compris.

– Bien. Foaly, surveillez nos arrières. Filons d'ici.

Holly activa son bouclier puis se hâta de sortir de la pièce, entraînant N° 1 derrière elle. Le couloir était bordé de hautes plantes en pot, et de riches toiles de maître, dont un Matisse, s'alignaient sur les murs.

Holly entendait des cris humains dans les pièces voisines. On s'agitait beaucoup dans les environs et des Hommes de Boue n'allaient pas tarder à envahir le couloir.

N° 1 s'efforçait de suivre, ses petits jambes trébuchant derrière l'elfe parfaitement rompue à ce genre d'exercice. Leur fuite semblait impossible. Tout autour des piétinements se rapprochaient. N° 1, légèrement distrait, se prit le pied dans la feuille de camouflage et marcha dessus. Le système électronique émit un craquement et cessa de fonctionner. Le diablotin était à présent aussi visible qu'une tache de sang sur un carré de neige.

– On a perdu la feuille, dit Foaly.

Holly serra les doigts. Son pistolet lui manquait.

– OK. Il n'y a plus rien d'autre à faire que de courir. Foaly, je vous confie les rênes, si vous me pardonnez cette expression cavalière.

– Finalement, hennit le centaure, j'ai ajouté une manette de jeu à mon clavier. Pas très orthodoxe mais bien adaptée à la situation. Nous avons des hostiles qui convergent de tous côtés. Je vous conseille de prendre le chemin le plus direct. Allez jusqu'au bout du couloir et imitez notre ami Doudadais en sortant par la fenêtre. Butler vous couvrira dès que vous serez dehors.

– OK. Tiens bon, N° 1. Quoi qu'il arrive, ne lâche pas prise.

La première menace surgit devant eux. Deux gardes tournèrent le coin, pistolets tendus.

« Des ex-membres de la police, devina Holly. Ils couvrent les diagonales. »

Les deux hommes furent abasourdis en voyant N° 1. De toute évidence, ils n'étaient pas dans le secret.

– Qu'est-ce que c'est que ça ? dit l'un.

L'autre conserva son calme.

– Ne bougez plus, ordonna-t-il.

Foaly leur envoya en pleine poitrine de généreuses décharges laser. L'énergie des rayons traversa leurs vêtements et ils tombèrent sur le sol en glissant contre le mur.

– Inconscients, haleta N° 1. Comateux, cataleptiques, assommés pour le compte.

Il s'aperçut que ces débordements de vocabulaire étaient une bonne façon de lutter contre le stress.

– Stress. Pression, tension, anxiété.

Holly traîna N° 1 en direction de la fenêtre toujours ouverte. D'autres gardes arrivaient des couloirs adjacents et Foaly les neutralisa efficacement.

– Je devrais avoir des points bonus pour ça, dit-il, ou au moins gagner une vie supplémentaire.

Dans le salon, deux autres gardes buvaient furtivement un expresso. Foaly les assomma sur place, puis il envoya un rayon laser en mode balayage pour évaporer le café avant qu'il ne tombe sur le tapis.

– C'est un tapis tunisien, expliqua-t-il. Très difficile d'y nettoyer les taches de café. Maintenant, ils n'auront plus qu'à passer l'aspirateur pour enlever les grains.

Holly descendit les marches qui menaient dans la pièce.

– Par moments, je crois que vous ne mesurez pas la gravité des missions de terrain, dit-elle en contournant un gros canapé de velours.

N° 1 dégringola derrière Holly les marches trop grandes pour lui. En dépit de son nouveau vocabulaire, le diablotin avait du mal à définir ce qu'il ressentait.

Il avait peur, bien sûr. Des immenses Hommes de Boue, de leurs armes qui crachaient le feu, et de tout le reste. Il était surexcité, aussi. Être sauvé par un elfe superhéros, invisible de surcroît ! La douleur dans la jambe, ne pas oublier cela non plus. L'humain en colère lui avait tiré dans la jambe un projectile en argent, sans aucun doute. Mais dans toute cette confusion des sentiments, N° 1 remarqua qu'il en manquait un. Un sentiment qu'il avait pourtant toujours éprouvé avec force, aussi loin que remontait sa mémoire. L'incertitude. En dépit du tohu-bohu frénétique qui régnait autour de lui, il se trouvait beaucoup plus à l'aise sur cette planète qu'il ne l'avait jamais été à Hybras.

Une balle lui siffla aux oreilles.

« Bah, après tout, Hybras n'était peut-être pas si mal que ça… »

– Réveillez-vous, Foaly ! lança Holly sur le ton de la réprimande. Vous êtes censé couvrir nos arrières.

– Désolé, dit le centaure qui activa le rayon laser en le dirigeant vers l'encadrement de la porte.

Le garde qui venait de tirer était une femme. Elle eut un large sourire, puis s'effondra. Étendue par terre, elle se mit à chanter une comptine à propos d'un petit chien et d'un os.

– Bizarre, remarqua Foaly. Elle chante.

– Ça arrive souvent, grogna Holly en grimpant sur le rebord de la fenêtre. Le laser endort certaines fonctions mais parfois, il en réveille d'autres.

« Intéressant, songea le centaure. Un pistolet à bonheur. Ça vaut la peine de creuser la question. »

Holly tendit la main et attrapa le poignet de N° 1, le hissant par-dessus le rebord. Elle fut consternée de voir que ses propres bras n'étaient pas aussi invisibles qu'elle l'aurait espéré. Ses réserves de magie s'épuisaient. L'activation du bouclier consommait beaucoup d'énergie. Bientôt, son scintillement faiblirait et elle redeviendrait visible, qu'ils aient ou non réussi à se mettre en lieu sûr.

– On y est presque, dit-elle.

– Là où l'herbe est plus verte ? répliqua N° 1, manifestant un don certain pour l'ironie.

– Je l'aime bien, celui-là, commenta Foaly.

Ils sautèrent sur la pelouse. L'alerte générale était donnée, à présent, et des gardes envahissaient le jardin, surgissant de diverses portes comme des billes hors de leur sac.

– Déchaînez-vous, Foaly, dit Holly. Et détruisez leurs véhicules aussi.

– Oui, chef, bien madame, répondit Foaly qui déclencha aussitôt ses rayons.

Holly courut à toutes jambes, tirant le diablotin derrière elle. Elle n'avait pas le temps de se soucier de ses capacités physiques : ou bien il s'arrangeait pour suivre, ou bien elle le traînerait de force. Le crayon laser de son casque lançait des décharges de toutes parts, décrivant de grands arcs pour balayer les gardes qui se rapprochaient. Holly sentait la chaleur que produisait l'arme au sommet de son crâne et elle se promit de parler à Foaly du système de refroidissement prétendument révolutionnaire du casque, si jamais ils arrivaient à se sortir de là.

Dans l'immédiat, le centaure était trop occupé pour bavarder. Tout ce que Holly entendait dans son écouteur, c'étaient les grognements et les hennissements qu'il poussait en se concentrant sur sa tâche. Il ne s'inquiétait plus de viser avec précision, il y avait trop de cibles à atteindre. Le rayon laser balayait l'ennemi, fauchant une demi-douzaine de gardes à chaque tir. Les gardes se sentiraient parfaitement bien dans une demi-heure ; certains d'entre eux, toutefois, seraient peut-être sujets pendant quelques jours à des maux de tête, des chutes de cheveux, des crises d'irritabilité, une certaine incontinence et autres effets secondaires.

Foaly prit ensuite pour cible les 4 x 4 et tira plusieurs décharges dans les réservoirs d'essence. Les BMW explosèrent l'une après l'autre, bondissant dans de spectaculaires cabrioles de flammes. La force de la déflagration souleva Holly et N° 1 comme une main géante, précipitant leur course. Le casque de Holly la protégeait du bruit mais la tête du malheureux N° 1 résonnerait pendant encore longtemps du vacarme.

Une épaisse fumée noire s'élevait des moteurs fracassés et se répandait dans le jardin soigneusement entretenu avec plus d'efficacité que n'importe quelle grenade fumigène. Holly et N° 1 couraient à la limite du nuage de fumée, en direction du portail.

– Les portes, haleta Holly dans son micro.

– Je les vois, dit Foaly.

Il fit fondre les charnières des portes de fer forgé qui s'abattirent sur le sol en carillonnant comme une grosse cloche.

Un minibus de location s'arrêta dans un dérapage contrôlé devant les piliers du portail et la porte côté passager s'ouvrit en coulissant.

Artemis était à l'intérieur et tendait la main à N° 1.

– Venez, dit-il d'un ton pressant. Montez.

– Arrgh ! s'exclama N° 1. Un humain !

Holly sauta dans le véhicule et entraîna N° 1 avec elle.

– Tout va bien, dit-elle, désactivant son bouclier pour conserver le peu de réserves magiques qui lui restait. C'est un ami.

N° 1 se cramponna au dos de Holly, essayant de ne pas vomir, et jeta un coup d'œil à l'avant du minibus où Butler était assis.

– Et lui ? S'il vous plaît, dites-moi que c'est aussi un ami.

Avec un grand sourire, Holly grimpa sur un siège.

– Oui, c'est un ami. Le meilleur qui soit.

Butler enclencha le levier de vitesse automatique.

– Bouclez vos ceintures, jeunes gens. Il va y avoir une poursuite en voiture.

Le soleil se couchait tandis que Butler pilotait la voiture d'une main experte le long des virages serrés de la route de Vence. La route avait été tracée au flanc de la montagne. Au-dessus étaient perchées des villas, comme en équilibre instable, et au-dessous bâillaient les gorges du Loup. Il fallait un conducteur agile pour négocier à grande vitesse les courbes en épingle à cheveux mais Butler avait un jour conduit un véhicule blindé à travers un marché bondé du Caire, aussi, les routes des Alpes n'étaient-elles pas pour lui un obstacle insurmontable.

Finalement, il n'y eut pas de poursuite en voiture. La flotte des Paradizo gisait au milieu de l'allée du château, en un tas de ferraille enflammée et de carcasses retournées. Il ne restait même plus un cyclomoteur intact pour se lancer sur les traces de la voiture en fuite.

Butler jetait des coups d'œil constants dans le rétroviseur et ne s'autorisa un sourire satisfait que lorsqu'ils eurent passé le poste de péage de Cagnes-sur-Mer.

– Nous sommes tranquilles, annonça-t-il en s'engageant sur la voie rapide de l'autoroute. Apparemment, il n'y a plus un seul véhicule en état de rouler dans toute la propriété, pas même la voiture jouet de Beau.

Artemis sourit, ivre de son succès.

– Peut-être aurions-nous dû leur laisser le merveilleux accélérateur de puissance de Mr Doudadais.

Holly remarqua que N° 1 examinait avec ravissement sa ceinture de sécurité.

– Il faut l'attacher, dit-elle en glissant la boucle de la ceinture dans son réceptacle.

– Attacher, répéta N° 1. Accrocher, agrafer, amarrer. Qu'est-ce que vous faites avec ces humains ?

– Ils vont t'aider, expliqua Holly avec douceur.

N° 1 avait un bon million de questions à poser et savait exactement comment formuler chacune d'elles. Mais pour l'instant, les mots passaient après les images et la bouche de N° 1 s'ouvrit de plus en plus grand à mesure qu'il regardait défiler derrière les vitres teintées les merveilles des autoroutes modernes.

Holly en profita pour se mettre au courant des événements.

– Mulch et Doudadais s'en sont sortis sans dommage ?

– Oui, confirma Artemis. Foaly avait hâte qu'ils lui ramènent sa navette car il l'avait prise sans autorisation. Nous ne devrions pas avoir plus d'une demi-heure de retard sur eux. Lorsque vous atteindrez le terminal des navettes, le bouclage de la ville devrait être levé. Je ne serais pas étonné que vous ayez gagné une médaille, Holly. Votre mission a été brillamment remplie.

– Il y a encore des problèmes à régler.

– C'est vrai. Mais rien qui ne puisse s'arranger avec un effacement de mémoire des FAR. Il n'existe aucune preuve que tous ces dégâts aient été causés par quelqu'un d'autre que des hommes.

Holly s'appuya contre le dossier de son siège.

– J'oublie quelque chose.

– Vous oubliez les démons. Leur sortilège est en train de se désintégrer. Leur île va se perdre dans le temps. Se perdra ou s'est perdue. Ils dérivent à l'intérieur et à l'extérieur de la dimension temporelle, établissant le contact avec nous à la manière d'un ballon qui rebondit.

N° 1 entendit un mot en particulier.

– Se désintégrer ?

– Hybras est condamnée, répondit Artemis en toute franchise. Votre île sera bientôt aspirée dans le tunnel temporel avec tout ce qu'il y a dessus. Quand j'emploie le mot « bientôt », je veux dire de notre point de vue. De votre côté, cela s'est peut-être déjà produit ou n'arrivera que dans un million d'années.

Il tendit la main.

– Et pendant que j'y pense, je m'appelle Artemis Fowl.

N° 1 lui prit la main et lui grignota l'extrémité de l'index, comme c'était la coutume chez les démons.

– Je m'appelle N° 1. Diablotin. Ne peut-on faire quelque chose pour sauver Hybras ?

– Difficile, répondit Artemis en reprenant son doigt qu'il examina pour voir s'il ne portait pas de traces de morsure. La seule façon de préserver l'île serait de la ramener sur terre en contrôlant l'opération. Malheureusement, les seules personnes capables d'accomplir cet exploit étaient vos sorciers et ils sont tous morts.

N° 1 se mordit la lèvre.

– Heu... Eh bien, voilà, je n'en suis pas vraiment sûr, mais il se pourrait que je sois moi-même un sorcier. Je sais parler les langues.

Artemis se pencha en avant, tendant sa ceinture de sécurité.

– Parler les langues pourrait n'être qu'un don. Qu'est-ce que vous savez faire d'autre ?

– Encore une fois, je ne saurais être catégorique à ce sujet mais il se peut – c'est possible – que j'aie changé du bois en pierre.

– Le toucher de la gargouille. Voilà qui est intéressant. Vous savez, N° 1, il y a chez vous quelque chose de particulier qu'il me semble avoir déjà vu. Ces marques.

Artemis fronça les sourcils, agacé de ne pouvoir retrouver ce souvenir.

– Nous ne nous sommes jamais rencontrés auparavant, je ne l'aurais pas oublié. Pourtant...

– Ces marques sont très courantes, surtout celles du front. Les démons croient souvent me connaître. Mais revenons-en à Hybras. Que peut-on faire pour la sauver ?

Artemis hocha la tête.

– La meilleure façon de procéder serait de vous amener sous terre. Je ne suis qu'un amateur en matière de magie théorique, mais Foaly est entouré d'experts qui rêvent de vous examiner. Je suis sûr que les FAR sauront élaborer un plan pour sauver votre île.

– Vraiment ?

Butler, à l'avant de la voiture, les interrompit, ce qui dispensa Artemis de donner une réponse :

– Il y a des problèmes au château Paradizo, dit-il, en tapotant l'écran d'un ordinateur compact, fixé au tableau de bord par une ventouse. Vous devriez peut-être jeter un coup d'œil.

Le garde du corps lui passa l'ordinateur par-dessus son épaule. L'écran était divisé en une douzaine de fenêtres, le système de surveillance vidéo du château toujours retransmis par le câble de Foaly.

Artemis posa l'ordinateur en équilibre sur ses genoux, ses yeux brillants se promenant sur l'écran.

– Mon Dieu, dit-il d'un air songeur. Voilà qui n'est pas bon du tout.

Holly changea de siège pour regarder à son tour.

– Pas bon du tout, répéta-t-elle.

N° 1 ne s'inquiétait guère de l'ordinateur. Pour lui, ce n'était qu'une petite boîte.

– Pas bon, murmura-t-il en consultant son dictionnaire mental. Synonyme de « mauvais ».

Artemis ne leva pas les yeux de l'écran.

– Exactement, N° 1. Mauvais. *Très* mauvais.

Chapitre 10
Kong le King

CHÂTEAU PARADIZO

Minerva Paradizo était tout simplement furieuse. Cet odieux petit Fowl s'était arrangé pour lui voler sous le nez son sujet de recherches, malgré tout l'argent que papa avait dépensé pour sa sécurité, engageant même ce méprisable Mr Kong. Parfois, elle se demandait si tous les hommes n'étaient pas des rustres, sauf papa, bien sûr.

La propriété se trouvait dans un état lamentable. Ce petit Mr Fowl avait fait beaucoup de dégâts dans son sillage. Les voitures étaient bonnes pour la ferraille, les pelouses creusées de sillons suffisamment profonds pour y planter des légumes et une odeur pestilentielle d'huile et de fumée avait pénétré les moindres recoins de chaque pièce. Seuls un coup de téléphone précipité au commissariat de police de Vence et quelques mensonges improvisés sur l'explosion accidentelle d'un groupe électrogène avaient évité l'arrivée d'une voiture de police.

Une fois les incendies maîtrisés, Minerva convoqua les employés dans le patio. Juan Soto, le chef de la sécurité, Gaspard, le père de Minerva, et bien sûr Billy Kong étaient présents. Mr Kong semblait plus agité qu'à l'ordinaire.

– Des démons, marmonnait le natif de Malibu. Vrai, tout était vrai. J'ai un devoir envers mon frère. Finir ce qu'il avait commencé.

Si Minerva avait prêté attention aux paroles de Billy Kong, elle aurait peut-être remarqué leur caractère menaçant mais elle était trop absorbée par ses propres problèmes. Et, à ses yeux, ses propres problèmes étaient infiniment plus importants que ceux de n'importe qui d'autre.

– Je vous demande votre attention, à tous. Vous avez sans doute remarqué que mon projet traverse une phase de crise.

Gaspard Paradizo en avait assez du *projet* de sa fille. Jusqu'à présent, il avait consenti à y investir un million et demi d'euros mais maintenant, sa propriété était en ruine et c'en était trop.

– Minerva chérie, dit-il en lissant ses cheveux argentés. Je crois qu'il est temps de prendre un peu de recul. Peut-être même d'abandonner pendant qu'il en est encore temps.

– Abandonner, papa ? Abandonner ? Alors qu'Artemis Fowl mène un projet parallèle ? Je crois que non.

Gaspard reprit la parole et, cette fois, il y avait un peu plus de fermeté dans sa voix :

– Tu crois que non, Minerva ?

Minerva rougit.

– Désolée, papa. Je suis furieuse, voilà tout. Ce petit Irlandais débarque ici avec ses troupes et détruit tout notre travail, comme ça, d'un coup. C'est insupportable, non ?

Gaspard était assis avec les autres à une table en fer forgé, à l'arrière du patio qui donnait sur la piscine. Il repoussa sa chaise et fit le tour de la table pour rejoindre sa fille. De sa position privilégiée, on avait une vue spectaculaire sur les gorges boisées du Loup et jusqu'à Antibes. Mais ce soir-là, personne ne s'intéressait au paysage.

– Je pense, Minerva, dit-il en s'accroupissant à côté d'elle, que nous sommes allés trop loin dans cette affaire. Des forces d'un autre monde sont à l'œuvre. Ces créatures sont terriblement dangereuses et je ne peux te laisser plus longtemps courir de tels risques. Nous avons livré un noble combat et je suis si fier de toi que mon cœur en est rempli d'orgueil, mais à présent, il appartient au gouvernement de prendre la relève.

– Impossible, papa, répliqua Minerva d'un ton irrité. Nous n'avons plus aucun dossier. Aucune source. Rien.

Tous nos fichiers informatiques, tous nos disques ont été détruits. Ils ont aussi percé le coffre et brûlé l'intégralité de son contenu. Je crois même qu'Artemis Fowl a provoqué une panne sur Google et Yahoo. C'est sans espoir. De quoi aurais-je l'air ? Une petite fille qui débarque au ministère de la Défense en racontant des histoires de monstres dans la cave ? J'ai besoin de preuves.

Gaspard se releva dans un craquement d'articulations.

– Des preuves, ma chérie ? Voyons, ce ne sont pas des bandits. Je t'ai vue parler avec notre visiteur. Il était vif, intelligent, il n'avait rien fait de mal. Ce n'était pas un animal. Présenter au comité Nobel les preuves d'une invasion venue d'un autre temps est une chose, harceler d'innocentes créatures douées de conscience en est une autre.

– Mais papa ! Laisse-moi essayer encore une fois, implora Minerva. Il me faut un mois pour reconstruire mon modèle de tunnel temporel, ensuite, je pourrai à nouveau prévoir une matérialisation.

Gaspard embrassa sa fille sur le front.

– Écoute parler ton cœur, mon petit génie. Que te dit-il de faire ?

Minerva se renfrogna.

– Écouter mon cœur ? Franchement, papa, je ne suis pas un Bisounours.

– Ma chérie, s'il te plaît, reprit son père. Tu sais à quel point je t'aime et combien je respecte ton génie mais, pour une fois, ne pourrions-nous pas nous contenter d'un poney ? Je pourrais faire venir Justin – comment s'appelle-t-il déjà ? – Timberlac pour chanter à ta fête d'anniversaire.

Minerva brûlait de fureur mais elle savait que papa avait raison. Elle n'avait pas le droit de retenir prisonnières des créatures intelligentes. C'était de la cruauté, rien d'autre. Surtout quand elles n'avaient pas de mauvaises intentions. Mais elle ne pouvait abandonner. Elle décida silencieusement qu'Artemis Fowl constituerait son prochain projet. Elle découvrirait tout sur cet Irlandais et ce qu'il savait des démons.

– Très bien, papa, soupira-t-elle. Pour te faire plaisir, je veux bien renoncer à mon prix Nobel. Pour cette année en tout cas.

« L'année prochaine sera différente, songea-t-elle. Quand j'en saurai autant qu'Artemis Fowl. Il y a tout un monde qui est presque à portée de ma main. »

Gaspard étreignit chaleureusement sa fille.

– Très bien. Tout est pour le mieux.

Le chirurgien retourna s'asseoir à sa place.

– Maintenant, monsieur Soto, le bilan des dégâts, s'il vous plaît.

L'Espagnol responsable de la sécurité consulta son bloc-notes.

– Je ne dispose que d'un rapport préliminaire, monsieur Paradizo. Je crains que nous ne découvrions d'autres dommages pendant encore de nombreuses semaines. Les véhicules sont totalement détruits. Heureusement, nous avons une assurance pour les zones de guerre, nous devrions donc obtenir de nouvelles voitures dans un délai de cinq jours ouvrables. Des débris ont été projetés dans la piscine. L'un d'eux a transpercé l'écumeur de surface et la paroi, nous avons donc une fuite et plus de système de filtrage. Je connais à Tourrettes-sur-Loup un artisan très raisonnable et capable de garder le secret.

– Et vos hommes ?

Soto hocha la tête.

– Je ne sais pas avec quoi ils nous ont tiré dessus. Sans doute une arme à rayons. Comme les Martiens. En tout cas, la plupart des hommes sont en bonne santé. Quelques maux de tête, tout au plus. Pas d'autres effets secondaires, sauf pour Thierry qui a passé une demi-heure dans les toilettes. Nous entendons un cri de temps en temps...

Soudain, Billy Kong, émergeant de son rêve éveillé et de ses grommellements, frappa du plat de la main le plateau en verre de la table de fer forgé.

– Non. Ça ne se passera pas comme ça. Certainement pas. J'ai besoin d'un autre démon.

Gaspard fronça les sourcils.

– Cette malheureuse expérience est terminée. Je n'aurais jamais dû l'autoriser. J'ai été aveuglé par l'orgueil et l'ambition. Il n'y aura plus jamais de démons dans cette maison.

– Inacceptable, répliqua Kong, comme si c'était lui l'employeur et non pas l'employé. Il faut mener à bien la tâche d'Eric. Je lui dois au moins ça.

– Écoutez, monsieur, dit Soto d'un ton sévère. Ce que vous estimez inacceptable ne nous intéresse pas. Vous et vos hommes avez été engagés pour faire un travail et ce travail ne consiste pas à vous prononcer sur ce qui est acceptable ou pas.

Tout en parlant, Kong vérifiait l'état de ses cheveux dans le petit miroir qu'il portait toujours sur lui.

– Vous devez comprendre certaines choses, Paradizo. D'abord, ce n'est pas vous qui commandez, ici. Pas vraiment. Pas depuis que mes hommes et moi avons rejoint votre petit groupe. Deuxièmement, je ne travaille généralement pas de ce côté de la loi. Ma spécialité, c'est de m'emparer de ce que je veux par tous les moyens nécessaires. Je n'ai accepté de signer un contrat de baby-sitter pour démons qu'en raison d'un petit compte à régler avec ces créatures. Et même d'un grand compte. Je sais que la jeune Minerva voulait simplement prendre des photos de ses invités et leur poser un tas de questions sur leurs aptitudes psychiques, mais moi, j'ai un tout autre projet pour eux. Quelque chose d'un peu plus douloureux.

Gaspard tourna la tête vers Soto.

– Monsieur Soto. Avez-vous quelque chose à répondre à cette scandaleuse déclaration ?

– Oui, en effet, fulmina Juan Soto. Comment osez-vous parler sur ce ton à M. Paradizo ? Ici, vous êtes un employé, rien de plus. Votre contrat est terminé. Vous avez une heure pour libérer votre chambre et sortir de cette propriété.

Billy Kong eut un sourire qui ressemblait à la gueule ouverte d'un requin.

– Sinon, quoi ?

– Sinon, mes hommes se chargeront de vous expulser. Je vous rappelle que votre équipe ne comporte que quatre hommes alors que la mienne en compte cinq fois plus.

Kong lui lança un clin d'œil.

– Peut-être, mais ces quatre-là sont les meilleurs.

Il souleva le revers de sa veste pour révéler un petit micro attaché au-dessous.

– Le programme démarre plus tôt que prévu, dit-il dans le micro. Ouvrez le cheval.

Soto parut déconcerté.

De quoi cet imbécile parlait-il ? Un cheval ?

– Où avez-vous pris ce micro ? Est-ce qu'il vient du coffre ? Les fréquences doivent rester libres pour les transmissions officielles.

Minerva, en revanche, avait compris la référence à l'*Iliade*. L'expression « ouvrir le cheval » ne pouvait être qu'une allusion au cheval de Troie. Kong avait placé des traîtres dans le château.

– Papa, dit-elle d'un ton pressant. Nous devons partir.

– Partir ? Mais je suis chez moi. J'ai accepté de faire presque tout ce que tu m'as demandé, ma chérie, mais ça, c'est ridicule…

Minerva repoussa sa chaise et se précipita vers son père.

– Papa, s'il te plaît. Nous sommes en danger.

Soto claqua sa langue contre ses incisives, hochant la tête en signe de dénégation.

– Mademoiselle ne court aucun danger, assura-t-il. Mes hommes vous protégeront. La tension que vous avez subie aujourd'hui vous a peut-être rendue irritable. Vous feriez bien de vous reposer un peu.

Minerva, exaspérée, fronça les sourcils.

– Vous ne voyez donc pas ce qui se passe ? Mr Kong a donné un signal à ses hommes. Peut-être ont-ils déjà pris le contrôle de la maison. Il est venu chez nous comme un loup déguisé en agneau.

Gaspard Paradizo savait qu'on pouvait se fier à l'intelligence de sa fille.

– Soto ? Est-ce possible ?

– Non, c'est impossible ! assura Juan Soto, mais derrière son teint rouge de colère, il y avait une nuance de pâleur.

Quelque chose dans la placidité souriante de Kong le mettait mal à l'aise. Et pour dire la vérité, il n'était pas vraiment le soldat que son *curriculum* décrivait. Certes, il avait passé un an dans les forces espagnoles de maintien de la paix en Namibie mais, pendant toute sa période de service, il avait été attaché à un journaliste sans jamais participer à aucune action sur le terrain. Il n'avait réussi à exercer cette profession que grâce à sa vantardise et à une connaissance rudimentaire en matière d'armement et de tactique. Mais si quelqu'un d'expérimenté entrait dans le jeu...

Soto saisit un walkie-talkie accroché à sa ceinture.

– Impossible, répéta-t-il. Mais pour vous rassurer, je vais doubler la garde et donner l'ordre à mon équipe de se mettre en état d'alerte.

Il appuya sur un bouton.

– Au rapport deux par deux. En commençant par le haut.

Soto lâcha le bouton mais seuls des parasites lui répondirent. Le sifflement vide paraissait plus menaçant que le gémissement d'un fantôme. Il dura plusieurs secondes pendant lesquelles Soto s'efforça vaillamment de conserver une assurance enjouée, mais il fut trahi par une goutte de sueur qui roula sur son front.

– Panne de matériel, dit-il d'une voix éteinte.

Billy Kong hocha la tête.

– Deux tirs, ordonna-t-il dans le micro de son revers.

Une fraction de seconde plus tard, deux détonations sèches retentissaient dans la propriété.

Kong eut un large sourire.

– Voilà la confirmation, commenta-t-il. C'est moi qui commande, ici.

Soto s'était souvent demandé comment il réagirait face à un réel danger. Un peu plus tôt, lorsqu'il avait cru qu'ils étaient assiégés, il avait légèrement perdu son sang-froid mais avait suivi la procédure. Dans le cas présent, c'était différent.

Soto voulut dégainer son pistolet. Un tireur expérimenté aurait pu le faire sans baisser la tête, mais Soto n'était pas assez bien entraîné. Lorsqu'il jeta un coup d'œil à son holster, Kong avait déjà sauté sur la table. Il l'assomma d'un coup en pleine tête et le chef de la sécurité bascula en arrière, avec un petit soupir discret.

Kong s'assit sur la table, les coudes appuyés sur les genoux.

– Je veux qu'on ramène ce démon, dit-il, tirant d'un geste désinvolte un poignard à lame mince d'une poche secrète de sa manche. Comment le retrouver ?

Gaspard Paradizo serra Minerva dans ses bras à l'en étouffer, protégeant chaque centimètre carré de sa précieuse fille.

– Si vous lui faites du mal, Kong…

Billy Kong leva les yeux au ciel.

– Ce n'est pas le moment de négocier, docteur.

Il tourna le poignard entre ses deux index puis, d'une brusque détente du poignet, le lança sur Gaspard. Le manche de l'arme frappa le médecin à la tête et il lâcha Minerva, tombant comme un manteau qu'on laisse glisser à terre.

Minerva se jeta à genoux, prenant la tête de son père dans ses bras.

– Papa. Réveille-toi, papa.

Pendant quelques instants, elle ne fut plus qu'une petite fille, puis son intellect reprit le dessus.

Elle vérifia le pouls de son père et tâta du bout des doigts le point d'impact du poignard.

– Vous avez de la chance, Mr Kong, de ne pas avoir à répondre d'une inculpation pour meurtre.

Kong haussa les épaules.

– Ça m'est déjà arrivé. C'est étonnant de voir avec quelle facilité on peut échapper à la justice. Il en coûte dix mille dollars exactement. Trois mille pour se faire refaire le visage, deux mille pour de faux papiers et cinq mille pour les services d'un bon spécialiste, capable de vous constituer de toutes pièces un passé informatique.

– Il n'empêche que si votre poignard avait fait un tour de plus, mon père serait mort et pas seulement évanoui.

Kong sortit un deuxième poignard de sa manche.

– Il est encore temps. Et maintenant, dites-moi

comment nous y prendre pour retrouver notre petit bonhomme.

Minerva se posta face à Kong, les poings serrés dans un geste de défi.

– Écoutez-moi, imbécile. Ce démon a disparu. Il ne fait aucun doute que, dès qu'ils l'ont fait monter dans la voiture, ses bienfaiteurs ont extrait de sa jambe le projectile en argent qui y était planté. À l'heure qu'il est, il a dû retourner sur son île. Oubliez-le.

Kong fronça les sourcils.

– C'est logique. J'aurais agi de la même façon. Très bien, dans ce cas, à quel moment aura lieu la prochaine matérialisation ?

Minerva aurait dû être terrifiée, se laisser aller aux sanglots et aux lamentations. Son père était évanoui par terre et l'homme qui l'avait mis dans cet état se trouvait assis sur la table du patio, un poignard à la main. Mais Minerva Paradizo n'était pas n'importe quelle enfant de douze ans. Dans les moments de stress, elle avait toujours su réagir avec une maîtrise remarquable. Et, bien qu'elle eût *réellement* peur, elle n'en fut pas moins capable de manifester tout son mépris pour Billy Kong.

– Où étiez-vous au cours de la dernière demi-heure ? demanda-t-elle – elle claqua des doigts. Ah oui, bien sûr, vous étiez endormi. Dans votre milieu, on dit « neutralisé », je crois. Et par une minuscule démone, en plus. Eh bien, je vais vous mettre au courant des événements. C'est toute l'opération qui a été *neutralisée*. Je n'ai plus aucune documentation, aucun calcul, aucun sujet d'étude. Je repars de zéro. Et encore, repartir de zéro serait un vrai rêve. La dernière fois, je disposais des calculs du tunnel temporel ; cette fois, je dois les reconstituer par moi-même. Ne vous y trompez pas, je peux le faire. Ne suis-je pas un génie ? Mais il me faudra au moins dix-sept mois. Au strict minimum. Comprenez-vous, Mr Kong ?

Billy Kong comprenait très bien. Il comprenait que cette petite peste essayait de l'aveugler en déployant sa science.

– Dix-sept mois, vraiment ? Et combien vous faudrait-il si vous étiez un peu stimulée ?

– Aucune stimulation ne peut changer les lois scientifiques.

Kong sauta à bas de la table, atterrissant silencieusement sur ses talons.

– Je croyais que c'était votre spécialité. Modifier les lois scientifiques. Votre projet n'était-il pas de prouver que tous les scientifiques du monde sont des idiots, à part vous ?

– Ce n'est pas aussi simple...

Kong se mit à lancer son poignard en l'air, le rattrapant sans jeter le moindre coup d'œil à la lame. L'arme tournoyait sur elle-même, telle une hélice d'argent. Le mouvement avait un effet hypnotique.

– Je vais vous présenter les choses d'une manière très claire. Je vous crois capable de me procurer un démon et je pense que vous pouvez y arriver en moins de dix-sept mois. Alors, voici comment je compte procéder.

Il se pencha et souleva la chaise de Juan Soto pour la redresser. Le chef de la sécurité s'affaissa sur la table.

– Je vais faire très mal à M. Soto. Aussi élémentaire que cela. Vous ne pourrez pas l'empêcher. Je veux vous démontrer que je suis très sérieux. Ainsi, vous évaluerez mieux la réalité de votre situation. Vous saurez que je ne plaisante pas. Ensuite, vous aurez le droit de parler. Et si vous ne parlez pas, nous passerons à l'heureux candidat numéro deux.

Minerva savait que le deuxième candidat serait son père.

– S'il vous plaît, Mr Kong, tout cela est inutile. Je vous ai révélé la vérité.

– Tiens, maintenant on dit « s'il vous plaît » ? remarqua Kong d'un ton faussement surpris. Et « Mr Kong », aussi. Qu'est-il arrivé à l'« imbécile » et au « crétin » ?

– Ne le tuez pas. C'est un homme estimable. Et il a une famille.

Kong attrapa Soto par les cheveux, lui tirant la tête en arrière. La pomme d'Adam du chef de la sécurité dessinait une bosse sur son cou, comme une prune.

– C'est un incompétent, gronda Kong. Vous avez vu comme votre démon s'est échappé facilement ? Vous avez vu comme il a été facile pour moi de prendre le contrôle des opérations ?

– Épargnez-le, supplia Minerva. Mon père a de l'argent.

Kong soupira.

– On dirait que vous ne comprenez rien. Pour une fille intelligente, il vous arrive souvent d'être assez sotte. Je ne veux pas d'argent. Je veux un démon. Maintenant, taisez-vous et écoutez. Inutile d'essayer de négocier.

Minerva sentit son cœur se serrer en comprenant à quel point elle avait dépassé son domaine de compétence. En moins d'une heure, elle était entrée dans un monde sombre et cruel. Et seule sa propre arrogance l'avait menée là.

– S'il vous plaît, répéta-t-elle.

Elle devait lutter pour conserver son sang-froid.

– S'il vous plaît.

Kong assura sa prise sur le manche du poignard.

– Ne détourne pas le regard, fillette. Observe bien ce qui va se passer et souviens-toi qui est le chef.

Minerva ne put détacher les yeux de la terrible scène, comme s'ils étaient pris au piège. On aurait dit une séquence de film d'horreur, avec sa bande originale.

Minerva fronça les sourcils. Dans la vie réelle, il n'y avait pas de bande originale. De la musique venait de quelque part.

Le « quelque part » se révéla être la poche du pantalon de Kong. Son téléphone portable jouait l'air du toréador de *Carmen*. Kong sortit le téléphone.

– Qui est là ? demanda-t-il sèchement.

– Mon nom n'a pas d'importance, répondit une voix jeune. L'important c'est que je possède quelque chose que vous aimeriez bien avoir.

– Comment avez-vous eu ce numéro ?

– J'ai un ami qui est lui-même un drôle de numéro, répliqua le mystérieux correspondant. Il sait tout, mais parlons affaires. J'imagine que vous seriez intéressé par un démon ?

Quelques minutes auparavant, Butler était sorti de l'autoroute par la bretelle de l'aéroport. Il avait arrêté la voiture et s'était tassé sur la banquette arrière avec Artemis et Holly. Tous trois avaient vu sur leur minuscule ordinateur le drame se nouer au château Paradizo.

Artemis serra les mains sur ses genoux.

– Je ne peux laisser faire ça, dit-il. Je ne le permettrai pas.

Holly posa une main sur la sienne.

– Nous n'avons pas le choix, Artemis. Nous sommes sauvés. Ce n'est plus notre combat. Je ne puis prendre le risque d'exposer N° 1.

Artemis fronça les sourcils, creusant un sillon vertical depuis la racine de ses cheveux jusqu'à l'arête de son nez.

– Je sais. Bien sûr. Mais quand même, ce qui se passe là fait aussi partie de mon combat.

Il lança un brusque coup d'œil à Butler.

– Est-ce que Kong va tuer cet homme ?

– Sans aucun doute, répliqua le garde du corps. Dans son esprit, c'est déjà décidé.

Artemis se frotta les yeux, soudain fatigué.

– Je suis responsable, indirectement. Je ne veux pas avoir la mort d'un homme sur la conscience. Holly, faites ce que vous avez à faire mais moi, il faut que je sauve ces gens.

– Conscience, dit N° 1. Quel merveilleux mot. Le « sci » au milieu.

Le diablotin n'écoutait pas vraiment la conversation. Il se contentait d'isoler certains mots. L'incongruité de cette simple phrase incita Artemis à tourner les yeux vers lui. Il regarda un moment les marques sur la poitrine de N° 1 et, soudain, il se rappela où il les avait déjà vues. Avec la rapidité de l'éclair, un plan lui vint alors en tête.

– Holly, vous avez confiance en moi ?

L'elfe grogna.

– Artemis, ne me demandez pas ça. Je sais que vous venez encore d'imaginer un de ces plans extravagants dont vous avez le secret.

– Avez-vous confiance en moi ?

– Oui, soupira Holly. J'ai confiance. Plus qu'en quiconque d'autre.

– Dans ce cas, faites-moi confiance pour nous sortir de là. Je vous expliquerai plus tard.

Holly se sentait déchirée. Cette décision pouvait affecter le reste de sa vie, et aussi celle du diablotin, en abrégeant considérablement ces deux vies.

– OK, Artemis, mais je ne serai que spectatrice.

Artemis parla dans son téléphone-chevalière :

– Foaly, pouvez-vous me brancher sur le téléphone de Mr Kong ?

– Pas de problème, répondit le centaure, depuis le quartier général de la Section Huit. Mais ce sera la dernière chose que je ferai pour vous. Sool a repéré ma ligne. Dans trente secondes, il l'aura coupée et vous ne pourrez plus compter que sur vous-même.

– Compris. Branchez-moi.

Butler prit Artemis par l'épaule.

– Si vous l'appelez, il aura l'avantage. Kong voudra choisir le lieu de rendez-vous.

– Je sais où nous devrions nous retrouver. Il me suffit de convaincre Mr Kong que l'idée vient de lui.

Artemis ferma le poing.

– Silence. Ça sonne.

– Qui est là ? demanda Kong sèchement.

– Mon nom n'a pas d'importance, répondit Artemis. L'important c'est que je possède quelque chose que vous aimeriez bien avoir.

– Comment avez-vous eu ce numéro ?

– J'ai un ami qui est lui-même un drôle de numéro, répliqua Artemis. Il sait tout, mais parlons affaires. J'imagine que vous seriez intéressé par un démon ?

– Vous devez donc être le grand Artemis Fowl, l'idole de Minerva. J'en ai vraiment assez de tous ces mômes brillants. Vous ne pourriez pas trafiquer des moteurs de voiture ou voler des choses, comme les enfants normaux ?

– Nous *volons* des choses. Mais à une plus grande échelle. Alors, mon démon vous intéresse ou pas ?

– Peut-être bien, répondit Kong. Qu'est-ce que vous avez en tête ?

– Un marché donnant, donnant. Je choisis un endroit public et nous échangeons. Mon démon contre la fille.

– Tu ne choisiras rien du tout, môme. Je décide moi-même du lieu de rendez-vous. N'oublie pas que c'est toi qui m'as appelé. Et d'ailleurs, qu'est-ce qui t'intéresse chez cette fille ?

– Sa vie, répliqua simplement Artemis. Je n'aime ni les assassinats, ni les assassins. Vous et votre équipe, vous sortez du château avec un otage et nous échangeons. Simple transaction. Ne me dites pas que vous n'avez jamais relâché d'otage au cours de votre existence ?

– Je suis un vieux routier, môme. J'ai passé des années à ramasser des rançons.

– Très bien. Je suis heureux que nous puissions conclure l'affaire. Indiquez-moi le lieu qui vous convient. Pour qu'on me voie de loin, je porterai une cravate bordeaux de grande taille. Pays européen ou autre, peu importe, mais choisissez bien. Il peut y avoir cent un détails ou anicroches qui risqueraient d'envoyer l'un de nous deux en prison pour longtemps.

Dans la voiture, Holly lança à Artemis un regard perplexe. Il n'était pas dans ses habitudes de bavarder ainsi. Il la rassura d'un coup d'œil et d'un signe de la main.

– OK, dit Kong. Je viens de penser à un endroit. Vous connaissez la tour Taipei 101 ?

– À Taïwan ? dit Artemis. L'une des constructions les plus hautes du monde ? Vous n'êtes pas sérieux. C'est de l'autre côté de la planète.

– Je suis tout ce qu'il y a de plus sérieux. Vous m'avez dit « pays européen ou autre, peu importe ». Or, Taipei est ma deuxième patrie. Je connais très bien la ville. Vous aurez suffisamment de mal à arriver là-bas à temps pous ne pas avoir le loisir de me tendre des pièges. L'échange aura lieu sur la plateforme d'observation à midi, dans deux jours exactement. Si vous n'êtes pas là, la fille descendra par l'ascenseur express. Si vous voyez ce que je veux dire.

– Je vois, et j'y serai.

– Bien. Ne venez pas seul. Amenez le petit affreux avec vous, ou la femelle. Ça m'est égal, un seul me suffira.

– Nous avons déjà relâché la femelle.

– OK. Alors, le type. Vous voyez, c'est facile de traiter avec moi. Je suis raisonnable, sauf si on cherche à me doubler. Alors, n'essayez pas de me doubler.

– Soyez tranquille, répondit Artemis, je n'essaierai pas.

Il prononça ces derniers mots avec tant de conviction que quelqu'un qui ne l'aurait pas connu l'aurait cru sur parole.

Chapitre 11

Un long voyage

La tour Taipei 101 figure parmi les plus hauts immeubles du monde. Certains disent que c'est le plus haut, si l'on compte la flèche de soixante mètres qui le surmonte, mais d'autres objectent qu'une flèche n'est pas un espace habitable et que Taipei 101 ne peut être considéré, au sens strict du terme, que comme la plus haute *structure* du monde. En tout cas, quatre édifices en construction – deux en Asie, un en Afrique, le quatrième en Arabie Saoudite – ont pour ambition d'être les plus hauts du monde. Celui de Taipei n'aura donc peut-être qu'une gloire passagère.

Artemis et compagnie atterrirent à l'aéroport international Tchang Kaï-chek dans un Lear jet de location trois heures à peine avant l'heure limite. Et bien que Butler eût un brevet de pilote de jour et de nuit pour toutes sortes d'appareils, ce fut Artemis qui tint les commandes la plupart du temps.

Voler lui permettait de réfléchir, prétendait-il. Et ainsi, personne ne l'interromprait pendant qu'il mettrait la dernière touche à son plan audacieux. Artemis était pleinement conscient des risques qu'il prenait dans la mise en œuvre de ce stratagème. L'élément central était purement théorique et le reste hautement improbable.

Il informa les autres des détails de l'opération sur la banquette arrière d'une Lexus de location au cours des quarante minutes de trajet qui séparaient l'aéroport du centre de Taipei. Tout le monde paraissait épuisé, bien qu'ils se fussent reposés et restaurés à bord de l'avion. Seul N° 1 était en pleine forme. Partout où il tournait les yeux, il y avait de nouvelles merveilles à admirer et il n'imaginait pas que qui que ce soit puisse lui faire du mal tant qu'il serait sous la protection de Butler.

– La mauvaise nouvelle, c'est que l'heure limite approche, dit Artemis. Nous n'aurons donc pas le temps de préparer un piège.

– Et la bonne nouvelle ? demanda Holly d'un ton grincheux.

Elle avait plusieurs raisons d'être de mauvaise humeur. D'abord, elle était habillée comme une petite humaine, car Artemis lui avait recommandé de conserver ses réserves magiques pour le moment où elles seraient nécessaires. Elle avait réussi à renforcer son énergie magique en enterrant un gland de chêne qu'elle portait autour du cou, scellé dans un étui, mais il n'y avait pas de pleine lune et son pouvoir serait donc limité. Elle était en outre complètement coupée du Peuple des fées et pour couronner le tout, il ne faisait aucun doute qu'Ark Sool lui demanderait des comptes, si toutefois ils sortaient vivants de l'échange. N'avait-elle pas emmené N° 1 à l'autre bout du monde, au lieu de l'escorter sans dommage jusqu'à Haven-Ville ?

– La bonne nouvelle, c'est que Kong ne doit pas avoir beaucoup d'avance sur nous, donc lui non plus n'a pas eu le temps de préparer un piège.

La Lexus entra dans le quartier de Xinyi et la tour Taipei 101 s'éleva à l'horizon comme un immense bambou. Les immeubles voisins semblaient se recroqueviller autour d'elle comme par révérence.

Butler tendit le cou pour voir le sommet de l'édifice haut de plus de cinq cents mètres.

– Nous ne faisons jamais les choses en petit, n'est-ce pas ? Pourquoi ne pourrions-nous pas, pour une fois, avoir rendez-vous dans un Starbucks ?

– Ce n'est pas moi qui ai choisi cet immeuble, dit Artemis. C'est lui qui nous a choisis. Le destin a décidé de nous amener ici.

Il donna une tape sur l'épaule de Butler et le garde du corps se rangea dans le premier espace libre qu'il put trouver. Il lui fallut un temps interminable. La circulation matinale de Taipei était dense, lente, et crachait de la fumée à la manière d'un dragon furieux. Parmi les milliers de piétons et de cyclistes, beaucoup avaient le visage recouvert de masques antipollution.

Lorsque la voiture fut arrêtée, Artemis poursuivit son exposé :

– Taipei 101 est un miracle de technologie moderne. Les architectes se sont inspirés du modeste bambou. Mais cette simple forme n'aurait pas suffi à protéger le gratte-ciel d'un tremblement de terre ou des vents qui soufflent en altitude ; les concepteurs l'ont donc bâti sur des super-piliers en béton renforcés d'acier et ont suspendu à l'intérieur une sphère métallique de sept cents tonnes qui sert d'amortisseur de masse et permet d'absorber la force des vents. Ingénieux. Cet immense pendule se balance à la place de la tour. C'est devenu une attraction touristique. On peut le voir de la plate-forme d'observation. Les propriétaires de la tour ont fait recouvrir la sphère d'une couche de quinze centimètres d'argent massif, gravée par le célèbre artiste taïwanais Alexander Chou.

– Merci pour cette conférence sur les beaux-arts, l'interrompit Holly. Si vous nous expliquiez votre plan, maintenant ? J'aimerais bien en avoir fini et me débarrasser de ce ridicule survêtement. Il est tellement brillant qu'on doit me voir depuis les satellites d'observation.

– Moi non plus, je n'aime pas beaucoup cette tenue, se plaignit N° 1 qui était habillé d'une robe hawaïenne à fleurs orange, appelée *muumuu*, et coiffé d'un bonnet.

La couleur orange, estimait-il, ne lui allait vraiment pas.

– Ta tenue devrait être le dernier de tes soucis, fit remarquer Holly. Je crois que nous allons te livrer à un tueur sanguinaire, n'est-ce pas, Artemis ?

– En effet, confirma celui-ci. Mais pour quelques secondes seulement. Il n'y aura quasiment pas de danger pour vous. Et si ce que je soupçonne se révèle exact, il est possible que nous sauvions Hybras.

– Pourriez-vous m'en dire un peu plus sur le danger que je vais courir pendant quelques secondes ? s'inquiéta N° 1, ses épais sourcils se plissant en un profond sillon. À Hybras, quelques secondes peuvent durer très longtemps.

– Pas ici, répliqua Artemis d'un ton qu'il espérait rassurant. Ici, quelques secondes, c'est le temps que vous mettrez à ouvrir votre main.

N° 1 ouvrit les doigts à deux reprises, à titre expérimental.

– C'est quand même très long. On ne pourrait pas abréger ?

– Pas vraiment, car cela voudrait dire sacrifier Minerva.

– Elle m'a ligoté à une chaise.

N° 1 regarda autour de lui les visages choqués.

– Quoi ? Je plaisantais. Bien sûr que je vais le faire. Mais s'il vous plaît, plus d'orange.

Artemis sourit, mais son regard resta sérieux.

– D'accord, plus d'orange. Maintenant, voici le plan. Il comporte deux parties. Si la première ne marche pas, la seconde sera superflue.

– Superflu, répéta N° 1 presque machinalement. Qui n'est pas nécessaire, redondant.

– Exactement. Donc, je vous l'expliquerai lorsque ce sera nécessaire.

– Et la première partie ? demanda Holly.

– Dans la première partie, nous allons nous trouver face à un tueur redoutable, accompagné de sa bande de malfaiteurs, qui va s'attendre à ce qu'on lui livre N° 1.

– Et qu'allons-nous faire ?

– Nous lui livrerons N° 1, déclara Artemis.

Il se tourna vers le diablotin un peu nerveux.

– Comment trouvez-vous mon plan, jusqu'ici ?

– Je n'aime pas le début et je ne connais pas la fin. J'espère donc que la partie centrale est extraordinaire.

– Ne vous inquiétez pas, répondit Artemis. Elle l'est.

TAIPEI 101

Ils prirent un ascenseur ultrarapide qui les mena du vaste hall du rez-de-chaussée jusqu'à l'étage de la plateforme d'observation. Holly et N° 1 avaient, d'un point de vue strictement formel, reçu la permission de pénétrer dans le bâtiment grâce à une petite plaque, au-dessus de la porte principale, qui invitait les visiteurs à entrer et sortir à leur guise. En constatant qu'elle n'était prise d'aucune nausée dans l'ascenseur, Holly en conclut que la plaque équivalait à une invitation.

– Des ascenseurs Toshiba, dit Artemis, lisant une brochure qu'il avait prise au bureau d'accueil. Ce sont les plus rapides du monde. Nous montons à une vitesse de dix-huit mètres par seconde, nous devrions donc atteindre le quatre-vingt-neuvième étage en une demi-minute.

Artemis consulta sa montre lorsque les portes de l'ascenseur s'ouvrirent dans un tintement.

– Mmm. Exactement comme prévu. Impressionnant. Je vais peut-être en faire installer un comme ça à la maison.

Ils sortirent sur la plateforme d'observation qui comportait un restaurant à l'autre extrémité. Les visiteurs pouvaient faire tout le tour de la terrasse pour profiter de ce point de vue exceptionnel et prendre des vidéos panoramiques du paysage. À cette hauteur, il était même possible de voir la Chine continentale, au-delà du détroit de Taïwan.

Pendant un moment, le petit groupe oublia ses soucis, admirant la grâce impressionnante de l'immense structure. Au-delà des vitres, le ciel se fondait presque sans aucune ligne de séparation avec la mer qui s'étendait à l'horizon. N° 1 était particulièrement ébahi. Il tournait sur lui-même en petits cercles, les pans de son *muumuu* virevoltant autour de ses jambes.

– Modérez un peu vos pirouettes, petit bonhomme, conseilla Butler qui fut le premier à reporter son attention sur leur tâche. On voit vos jambes. Et cachez votre visage derrière le bonnet.

N° 1 s'exécuta, bien qu'il n'appréciât guère le bonnet. Il était informe, avachi, et donnait à sa tête l'aspect d'un sac à linge.

– Bonne chance, Holly, dit Artemis, apparemment dans le vide. Nous nous retrouverons au quarantième étage.

– Faites le plus vite possible, murmura Holly à son oreille. Mon bouclier ne tiendra pas longtemps, je n'ai plus assez de magie. J'arrive tout juste à me rendre invisible.

– Compris, répondit Artemis du coin des lèvres.

Le petit groupe s'avança lentement vers le bar et s'assit à une table sous l'énorme amortisseur de masse suspendu à un mètre au-dessus du quatre-vingt-neuvième étage. La sphère de sept cents tonnes valait la peine d'être vue. On aurait dit une lune intérieure, sa surface gravée de motifs traditionnels des Yuanzhumin, les premiers peuples de Taïwan.

– C'est la légende du Nian, expliqua Artemis d'un ton dégagé, tandis que Butler scrutait la salle. Unc bête féroce qui se nourrissait de chair humaine à la veille du Nouvel An. Pour faire fuir le Nian, on allumait des torches et des pétards car on savait qu'il avait peur de la couleur rouge. D'où les taches de peinture rouge. D'après les tableaux, il semblerait que le Nian était en fait un troll. Chou a dû s'inspirer de récits contemporains.

Une serveuse vint à leur table.

– *Li ho bo*, dit Artemis. Pourrions-nous avoir du thé *Oolong* ? Bio, si possible.

La serveuse cligna des yeux puis leva la tête vers Butler qui était resté debout.

– Vous êtes Mr Fowl ? demanda-t-elle dans un excellent anglais.

– C'est *moi* qui suis Mr Fowl, répondit Artemis en tapotant la table pour attirer l'attention sur lui. Vous avez un message à me transmettre ?

La serveuse lui donna une serviette.

– De la part du monsieur assis près du bar, dit-elle.

Artemis jeta un coup d'œil à la balustrade circulaire et au système antichoc qui empêchait les visiteurs d'approcher de la sphère et, plus important encore, empêchait la sphère de s'approcher d'eux.

Billy Kong était installé une douzaine de tables plus loin et les regardait en remuant les sourcils. Il n'était pas seul. Trois hommes – qui ne haussaient pas les sourcils – se trouvaient assis à la même table et plusieurs autres dispersés dans la salle de bar. Kong tenait fermement le bras de Minerva, assise sur ses genoux. Les épaules de la jeune fille étaient tendues mais son visage affichait une expression de défi.

– Alors ? dit Artemis à Butler.

– Ils sont au moins douze, répondit le garde du corps. Billy doit avoir des amis à Taïwan.

– Aucun d'eux n'est invisible, Dieu merci, remarqua Artemis en dépliant la serviette.

« Envoyez la créature à la table réservée, était-il écrit. Je vous enverrai la fille. Pas de coups tordus ou il y aura du sang. »

Il passa la serviette à Butler.

– Qu'en pensez-vous ?

Butler jeta un rapide coup d'œil au message.

– Je pense qu'il ne tentera rien ici. Trop de caméras. Si la sécurité ne le filme pas, un touriste s'en chargera. Si Kong prépare un piège, ça se passera dehors.

– Et à ce moment-là, il devrait être trop tard.

– Espérons-le.

La serveuse revint avec un plateau de bambou sur lequel étaient disposés une théière et trois verres. Artemis prit son temps pour se verser un peu du liquide fumant.

– Comment vous sentez-vous, N° 1 ?

– Ma jambe me fait un peu mal.

– Les effets de l'antidouleur s'estompent. Je demanderai à Butler de vous faire une autre piqûre plus tard. Êtes-vous prêt à y aller ? Tout se passera très bien, je peux vous l'assurer.

– Je n'ai rien d'autre à faire qu'à ouvrir la main ?

– Dès que nous serons dans l'ascenseur.

– C'est tout ? Si vous voulez, je peux distraire le méchant en lançant quelques bonnes plaisanteries, comme vous avec Holly.

– Non, ce ne sera pas nécessaire. Contentez-vous d'ouvrir la main.

– Dois-je avoir l'air effrayé ?

– Ce serait une bonne chose.

– Très bien. Ça ne devrait pas être difficile.

Butler était au maximum de ses capacités. Généralement, il se retenait, marchant un peu voûté pour éviter d'attirer l'attention. Mais à présent, il s'était dressé de toute sa hauteur, tendu, prêt à passer à l'action. Ses yeux brillaient d'un éclat féroce, les muscles de son cou saillaient. Il croisa le regard de Billy Kong et se concentra sur ses globes oculaires. Même à travers une salle bondée, son hostilité était presque palpable. Deux ou trois visiteurs à la sensibilité plus aiguisée que la moyenne éprouvèrent une soudaine anxiété et jetèrent des regards autour d'eux pour repérer les toilettes les plus proches.

Lorsqu'il eut fini de fixer Billy Kong, Butler s'agenouilla pour donner à N° 1 ses dernières instructions :

– Tout ce que vous aurez à faire, c'est aller jusqu'à cette table avec le carton marqué « réservé ». Attendez que Minerva vous y ait rejoint et continuez à avancer vers Kong. S'ils vous entraînent tout de suite dehors, comptez jusqu'à vingt puis ouvrez la main. S'ils attendent que nous soyons partis, ouvrez la main lorsque les portes de l'ascenseur se seront refermées sur nous. Compris ?

– Je comprends tout. Quelle que soit la langue que vous souhaitiez utiliser.

– Vous êtes prêt ?

N° 1 respira profondément. Il sentait sa queue vibrer d'inquiétude. Il avait été plongé dans une sorte d'hébétude depuis sa sortie du tunnel temporel. Comment assimiler tout cela d'un seul coup ? Des gratte-ciel ! Des constructions qui frôlaient vraiment le ciel !

– Je suis prêt, dit-il.

– Alors, allez-y. Bonne chance.

N° 1 commença son long chemin solitaire vers une nouvelle captivité. Des dizaines d'humains se pressaient autour de lui, excités, transpirant, mâchant des choses, se visant les uns les autres avec des machines.

« Des appareils photo, je suppose. »

Le soleil de midi étincelait à travers les baies vitrées qui s'étendaient du sol au plafond, et se reflétait sur la surface argentée de la sphère, l'éclairant comme la boule à facettes d'un club disco. Les tables lui arrivaient juste au-dessus de la tête. Des serveurs et des serveuses s'affairaient, chargés de plateaux. Des verres tombaient, des enfants criaient.

« Trop d'humains, pensa N° 1. Les démons me manquent. Même Abbot. Enfin, non, peut-être pas Abbot. »

N° 1 atteignit la table réservée. Il dut se dresser sur la pointe des pieds pour apercevoir le carton plié sur lequel le mot était imprimé. Il releva alors le bord de son bonnet pour avoir une meilleure vue d'ensemble. Il commençait à se rendre compte que la tenue typique des Enfants de Boue ne se composait pas d'un *muumuu* et d'un bonnet, contrairement à ce qu'Artemis lui avait affirmé.

« Cet accoutrement est affreux. J'ai l'air d'un monstre. Quelqu'un va sûrement voir que je ne suis pas humain. J'aimerais bien me rendre invisible, comme Holly. »

Malheureusement, même si N° 1 avait pu contrôler ses pouvoirs magiques naissants, le bouclier n'avait jamais fait partie de l'arsenal des démons sorciers.

N° 1 fit un pas vers la droite, plissant les yeux pour atténuer la clarté de la sphère géante. Minerva s'avançait à petits pas prudents en direction de la table réservée. Derrière elle, Kong, toujours assis, était penché en avant. Rendu nerveux par l'attente et l'excitation, il tapotait machinalement le sol du bout de ses chaussures. On aurait dit un chien en laisse qui aurait soudain senti l'odeur d'un renard.

Minerva arriva à sa hauteur et souleva le bord du bonnet pour vérifier qu'il s'agissait bien de N° 1.

– Le bonnet n'est pas à moi, précisa-t-il. Et le *muu-muu* non plus.

Minerva lui prit la main. Avant son enlèvement elle était à quatre-vingts pour cent un génie et à vingt pour cent une fillette de douze ans. À présent, c'était plutôt cinquante-cinquante.

– Je suis désolée de tout ce qui s'est passé. De vous avoir ligoté et tout le reste. J'avais cru que vous essaieriez de me manger.

– Nous ne sommes pas tous des sauvages, répondit N° 1. Et mes poignets m'ont fait mal pendant longtemps. Mais je crois que je vous pardonne. Du moment que vous n'avez plus envie de me ligoter.

– Je vous le promets.

Minerva regarda par-dessus la tête de N° 1 en direction de la table d'Artemis.

– Pourquoi veut-il m'aider ? Vous le savez ?

N° 1 haussa les épaules.

– Je n'en suis pas très sûr. Notre amie Holly dit que c'est lié à la puberté. Il paraît que vous êtes jolie bien que, pour être franc, je ne m'en rende pas compte moi-même.

Leur conversation fut interrompue par un sifflet qui retentit un peu plus loin. Billy Kong s'impatientait. L'ex-employé de Paradizo remua l'index pour faire signe à N° 1 d'approcher.

– Il faut que j'y aille. Que je parte. Que je vous quitte.

Minerva approuva d'un hochement de tête.

– D'accord. Soyez prudent. Je vous reverrai bientôt. Où est-il ? Dans votre main ?

– Oui, répondit machinalement N° 1 avant d'ajouter : Comment le savez-vous ?

Minerva avança lentement.

– Le génie. Je n'y peux rien.

« Cet endroit est peuplé de génies, pensa N° 1. J'espère que Mr Kong n'en est pas un, lui aussi. »

Il poursuivit son chemin, attentif à ne pas laisser dépasser ses pieds ou ses mains du *muumuu*. Il ne voulait surtout pas provoquer un mouvement de panique en exposant ses doigts gris et boudinés. Quoique – qui sait ? – les humains s'inclineraient peut-être devant lui pour l'adorer. Après tout, il était extraordinairement séduisant, comparé à tous ces mâles beaucoup trop grands.

Billy Kong était tout sourire lorsque N° 1 atteignit sa table. Sur *son* visage, un sourire ressemblait plutôt au premier symptôme d'une maladie. Ses cheveux étaient coiffés en pointes parfaites. Même en plein milieu d'un kidnapping, Kong prenait le temps de soigner sa coiffure. Le soin que l'on apporte à son apparence est toujours révélateur.

– Bienvenue, démon, dit-il en saisissant un pan du *muumuu*. Je suis ravi de te revoir. Si c'est bien toi...

– Si c'est bien moi ? s'étonna N° 1, perplexe. Je ne peux être personne d'autre que moi-même.

– Excuse-moi si je ne te crois pas sur parole, répliqua Kong d'un petit ton railleur en soulevant le bord du bonnet pour jeter un rapide coup d'œil à son visage. Si ce jeune Fowl est moitié aussi intelligent qu'on le dit, il va sûrement tenter quelque chose.

Kong examina la tête du diablotin, appuyant sur l'écaille au-dessus de ses yeux, relevant ses lèvres pour vérifier ses gencives roses et ses dents blanches et carrées. Enfin, il suivit du doigt le tracé de la rune inscrite sur son front pour s'assurer qu'elle n'était pas peinte.

– Satisfait ?

– À peu près. J'imagine que le petit Artemis n'a pas eu le temps de te substituer quelqu'un d'autre. Je l'ai trop pressé.

– Vous nous avez tous trop pressés, se plaignit N° 1. Nous avons dû voler jusqu'ici dans une machine. J'ai vu la lune de près.

– Tu me fends le cœur, démon. Après ce que tu as fait à mon frère, tu as de la chance d'être encore vivant. Une situation à laquelle j'espère remédier dans quelques minutes.

N° 1 tourna la tête pour essayer d'apercevoir les ascenseurs. Artemis, Butler et Minerva n'étaient qu'à deux pas des portes.

– Ne les regarde pas. Ils ne peuvent pas t'aider. Personne ne peut t'aider.

Kong claqua des doigts et un homme à la large carrure les rejoignit à la table. Il portait une grande valise de métal.

– Au cas où tu te poserais la question, ceci est une bombe. Tu sais ce qu'est une bombe, n'est-ce pas ?

– Bombe, répondit N° 1. Explosif. Engin incendiaire.

Ses yeux s'écarquillèrent.

– Mais quelqu'un pourrait être blessé. Et même beaucoup de « quelqu'un ».

– Exactement. Mais pas des humains. Des démons. Je vais fixer cette bombe sur toi, déclencher un minuteur et te renvoyer sur ton île. L'explosion devrait au moins provoquer une baisse sensible de la population des démons. Pendant un bout de temps, vous ne pourrez plus venir la nuit pour vos petites parties de chasse.

– Je ne le ferai pas, répliqua N° 1 en tapant du pied.

Kong éclata de rire.

– Tu es vraiment sûr d'être un démon ? D'après ce que j'ai entendu, le dernier était plus... démoniaque.

– Je suis un démon. Un démon sorcier.

Kong se pencha suffisamment près de lui pour que N° 1 puisse sentir son after-shave au citron vert.

– Eh bien, monsieur le sorcier, peut-être que tu seras capable de transformer cette bombe en bouquet de fleurs, mais permets-moi d'en douter.

– Je n'aurai pas besoin de transformer quoi que ce soit parce que vous ne pourrez pas me renvoyer à Hybras.

Kong sortit des menottes de sa poche.

– Au contraire, je sais exactement comment m'y prendre. J'ai appris une ou deux choses, au château. Il suffit de retirer de ta jambe la fléchette en argent qui y est plantée et tu seras aspiré par Hybras.

N° 1 jeta encore un coup d'œil en direction des ascenseurs. Les portes se refermaient sur ses nouveaux amis.

– Ah, vous voulez dire ce petit projectile qu'on a tiré sur moi ? demanda N° 1 en montrant à Kong ce qu'il avait caché dans sa main.

– Il l'a enlevé, murmura Billy Kong dans un souffle. Fowl l'a enlevé.

– Il l'a enlevé, approuva N° 1. Extrait. Ôté.

Il lâcha alors le petit morceau d'argent et disparut.

Holly s'était accroupie sur la sphère et avait observé le déroulement des événements. Jusqu'à présent, tout s'était passé selon le plan prévu. Minerva avait rejoint Artemis et Butler les avait entraînés tous deux vers les ascenseurs. À l'autre extrémité du bar, Billy Kong faisait son numéro de psychopathe souriant. Lorsque tout serait terminé, l'Homme de Boue devrait subir un effacement de mémoire. Il faudrait aussi régler quelques petits détails. Mais ce ne serait pas elle qui s'en chargerait – elle n'appartenait plus aux FAR. Après toute cette histoire, elle pourrait s'estimer heureuse d'être à la Section Huit.

Holly pressa un bouton sur l'ordinateur qu'elle portait au poignet, agrandissant l'image de N° 1. Le diablotin leva la main gauche. Le signal. Et voilà. Le moment était venu de mettre la théorie à l'épreuve. Ce serait « rebonjour » ou bien « adieu à jamais ».

Le plan d'Artemis présentait de grands risques car ses calculs reposaient sur des données purement abstraites, mais c'était la seule chance de sauver l'île des démons. Et pour l'instant, Artemis avait eu raison. Si Holly devait se fier aux spéculations de quelqu'un, elle préférait que ce soit celles d'Artemis Fowl.

Lorsque Holly vit N° 1 lâcher le projectile en argent et disparaître, elle ne put résister à l'envie de prendre une photo de la tête de Kong avec la caméra de son casque. Sa réaction était impayable. Plus tard, ils en auraient des fous rires.

Puis elle activa ses ailes, s'élevant au-dessus de l'immense sphère, guettant le moindre signe.

Quelques secondes plus tard, une faible décharge électrique en forme de rectangle bleu tournoya au sommet de la sphère d'argent, à l'endroit exact prévu par Artemis. N° 1 revenait. Conformément aux calculs du jeune Irlandais.

« Une masse d'argent aussi considérable dans un rayon de trois mètres devrait interrompre le voyage de retour de N° 1. Elle devrait provoquer une matérialisation temporaire au sommet de la sphère, là où son champ d'énergie est le plus concentré. Vous, Holly, vous devrez être sur place pour faire en sorte que cette matérialisation temporaire devienne permanente. »

La silhouette de N° 1 était visible à l'intérieur du rectangle lumineux. Il paraissait un peu déboussolé, comme à moitié endormi. L'un de ses bras se glissa comme un serpent hors du rectangle, cherchant à s'accrocher à la réalité de ce monde. C'était suffisant pour Holly. Elle fondit sur lui et attacha un bracelet d'argent autour du poignet grisâtre de N° 1. Les doigts fantomatiques remuèrent puis se solidifièrent. La matérialisation se répandit le long du bras de N° 1, le sauvant des limbes. Une créature tremblante apparut, accroupie à l'endroit où il n'y avait que du vide quelques secondes auparavant.

– Suis-je parti ? demanda le petit diablotin. Suis-je revenu ?

– Oui et oui, répondit Holly. Maintenant, tais-toi et reste tranquille. Il faut que nous sortions d'ici.

L'amortisseur de masse se balançait lentement, dissipant la force du vent qui soufflait sur la tour Taipei 101. Holly suivit le mouvement d'oscillation, attrapa N° 1 au vol et s'éleva verticalement, en prenant soin de dissimuler le diablotin derrière les sept cents tonnes de la sphère argentée.

L'étage supérieur était aussi une plateforme d'observation mais on l'avait fermée pour refaire la décoration. Un ouvrier solitaire découpait un morceau de moquette dans un angle de mur et ne sembla pas surpris de voir un diablotin vêtu d'un *muumuu* voler par-dessus la rambarde.

– Tiens, lança-t-il, voilà un diablotin vêtu d'un *muumuu*. Tu veux que je te dise quelque chose, diablotin ?

N° 1 atterrit sur le sol avec un bruit sourd.

– Oui, répondit-il prudemment. Dites-moi.

– Je ne suis absolument pas surpris de te voir, déclara l'homme. En fait, tu es si peu intéressant que je t'aurai complètement oublié dès que tu seras parti.

N° 1 se redressa, rajustant son bonnet.

– Je vois que vous avez eu une petite conversation avec lui.

Holly désactiva son bouclier, redevenant visible.

– Je lui ai envoyé une décharge de mesmer.

Elle se pencha par-dessus la rambarde pour regarder dans le restaurant.

– Viens, N° 1, tu vas t'amuser.

N° 1 s'appuya contre la balustrade de verre. En bas, Kong et ses acolytes semaient un véritable chaos, se frayant brutalement un chemin vers les ascenseurs. Kong, le plus furieux de tous, écartait sans ménagement les touristes de son chemin et retournait les tables.

– Nous n'avons sans doute pas le temps de regarder ça, fit remarquer N° 1.

– Sans doute pas, approuva Holly.

Mais aucun des deux ne bougea.

– Tiens, dit le poseur de moquette. Une autre fée. Tout aussi inintéressante.

Ce fut seulement lorsque les portes de l'ascenseur Toshiba se furent refermées sur Billy Kong et son équipe que Holly se décida à partir.

– Où va-t-on, maintenant ? demanda N° 1 en essuyant une larme de rire.

– Nous passons à la phase deux, répondit Holly.

Elle appela un ascenseur.

– Le moment est venu de sauver Hybras.

– On ne s'ennuie jamais avec vous, remarqua N° 1 au moment où il s'engouffrait dans la cabine. Hé, vous avez entendu ça ? Pour la première fois, je viens d'employer un cliché.

Artemis et Butler avaient regardé Minerva traverser le restaurant dans leur direction. Compte tenu des circonstances, elle faisait preuve d'un courage remarquable. La tête haute, elle avançait d'un air décidé.

– Butler, puis-je vous poser une question ? demanda Artemis.

Le garde du corps s'efforçait de garder un œil sur chacun des clients du restaurant.

– Je suis un peu occupé pour l'instant, Artemis.

– Rien de bien compliqué. Un « oui » ou un « non » suffira. Est-il normal, au cours de la puberté, d'éprouver cette maudite attirance dans des moments de stress ? Lors d'une remise de rançon, par exemple ?

– Elle est jolie, n'est-ce pas ?

– Extrêmement. Et drôle aussi. Vous vous souvenez de cette plaisanterie sur le quark ?

– Je m'en souviens. Il faudra d'ailleurs que nous parlions de plaisanteries, un jour. Minerva pourrait peut-être assister à la conversation. Et en réponse à votre question, je dirai que c'est normal. Plus la situation est stressante, plus votre corps produit d'hormones.

– Bien. Normal, donc. Revenons à nos affaires, à présent.

Minerva ne se précipitait pas. Elle se faufilait parmi les touristes et les tables en s'avançant vers eux d'un pas assuré.

Lorsqu'elle fut parvenue à leur hauteur, Butler posa sur son dos une main protectrice et la guida.

– On dirait que vous vous faites kidnapper tous les jours, grogna-t-il en la dirigeant vers un ascenseur.

Artemis leur emboîta le pas, jetant un coup d'œil par-dessus son épaule pour vérifier qu'ils n'étaient pas suivis. Kong ne les regardait même pas, trop heureux de sa prise.

Les portes de l'ascenseur s'ouvrirent et le trio pénétra dans la cabine. Sur la paroi, les voyants qui indiquaient les étages descendirent rapidement.

Artemis tendit la main à Minerva.

– Artemis Fowl II, se présenta-t-il. Heureux de vous rencontrer enfin.

Minerva lui serra chaleureusement la main.

– Minerva Paradizo. Moi aussi, je suis heureuse de vous rencontrer. Vous avez renoncé à votre démon pour moi. Sachez que j'apprécie ce geste.

Elle rougit légèrement.

L'ascenseur ralentit pour s'arrêter en douceur et la porte d'acier coulissa dans un chuintement à peine audible.

Minerva jeta un coup d'œil à l'extérieur.

– Nous ne sommes pas au rez-de-chaussée. Pourquoi ne partons-nous pas ?

Artemis sortit sur le palier du quarantième étage.

– Notre travail ici n'est pas terminé. Je dois récupérer notre démon et il est temps que vous sachiez ce que vous avez failli faire rater.

Chapitre 12
Cœur de pierre

TAIPEI 101, QUARANTIÈME ÉTAGE,
GALERIE KIMSICHIOGH

Artemis, flanqué de Butler et de Minerva, arpentait à grands pas le hall de la galerie Kimsichiogh.

– Nous sommes dans une galerie d'art, dit Minerva. Vous croyez vraiment que nous avons du temps à consacrer à l'art ?

Artemis s'arrêta, surpris.

– On a toujours du temps à consacrer à l'art, répliqua-t-il. Mais nous sommes ici pour nous intéresser à une œuvre bien précise.

– Qui est ?

Artemis montra des banderoles de soie peinte accrochées au plafond à intervalles réguliers. Chacune portait la même rune unique en forme de spirale, au graphisme saisissant.

– Je me tiens au courant de l'actualité artistique et

cette exposition revêt à mes yeux un intérêt particulier. L'œuvre centrale est constituée des vestiges d'une sculpture ancienne. Il s'agit d'un demi-cercle d'étranges créatures dansantes qui remontent sans doute à dix mille ans. On pense qu'elles ont été découvertes au large de l'Irlande et pourtant, elles sont ici, à Taïwan, exposées par une compagnie pétrolière américaine.

– Artemis, pourquoi sommes-nous là ? Je dois rentrer auprès de mon père.

– Vous ne reconnaissez pas cette rune ? Ne l'avez-vous pas déjà vue quelque part ?

Minerva se souvint immédiatement.

– Mais oui ! Bien sûr. C'est la rune qu'on voit sur le front du démon. Exactement la même.

Artemis claqua des doigts et poursuivit son chemin.

– En effet. Quand j'ai rencontré N° 1, je savais que j'avais déjà vu ses marques quelque part. Il m'a fallu un certain temps pour me rappeler où, mais quand je l'ai su, il m'est venu à l'esprit que cette sculpture n'en était peut-être pas une.

Le cerveau de Minerva tournait à plein régime.

– C'était le cercle des sorciers. À l'origine du sortilège temporel.

– Précisément. Et si, après tout, ils n'avaient pas été propulsés dans l'espace ? Si l'un d'eux avait eu l'idée de recourir au toucher de la gargouille pour les changer tous en pierre ?

– Et si N° 1 est lui-même un sorcier, alors il serait le seul à pouvoir les rendre à la vie.

– Très bien, Minerva. Vous comprenez vite. Jeune, vive, et arrogante. Vous me rappelez quelqu'un. Qui donc, déjà ?

– Je ne vois pas, dit Butler en levant les yeux au ciel.

– Mais comment avez-vous monté tout cela ? s'étonna la jeune Française. Le lieu de rendez-vous a été décidé par Kong. Je l'ai entendu au téléphone.

Sa propre intelligence fit sourire Artemis.

– Pendant qu'il réfléchissait, j'ai dit : « Pour qu'on me voie de loin, je porterai une cravate bordeaux de grande taille. Pays européen ou autre, peu importe, mais choisissez bien. Il peut y avoir cent un détails ou anicroches qui risqueraient d'envoyer l'un de nous deux en prison pour longtemps. »

Minerva tira une de ses boucles d'un air songeur.

– Mon Dieu ! Vous avez utilisé votre pouvoir de suggestion. *Taille pays*. C*ent un*. Dé*tails ou an*icroches.

– Et l'inconscient de Kong a entendu Taipei 101. Taïwan.

– Brillant, Artemis. Extraordinaire. Et venant de moi, le compliment signifie quelque chose.

– Brillant, en effet, approuva Artemis avec son manque de modestie habituel. Ajouté au fait que Taïwan est la seconde patrie de Kong, j'avais tout lieu de penser que mon stratagème marcherait.

Un homme à l'air harassé se trouvait au bureau d'accueil de la galerie. Il était vêtu d'un costume bleu électrique et avait le crâne entièrement rasé, à part une touffe de cheveux en spirale qui avait la même forme que la rune de N° 1. Il parlait très vite en taïwanais dans un casque-micro Bluetooth fixé à son oreille.

– Non, non, le saumon, ce n'est pas assez bien. Nous avons commandé du calamar et du homard. Vous les apportez à huit heures ou alors je descends chez vous, je vous coupe en lanières et je vous sers en sushis.

– Des ennuis avec le traiteur ? demanda Artemis d'un ton aimable et en taïwanais, lorsque l'homme eut coupé la communication.

– Oui, avoua-t-il. Le vernissage a lieu ce soir et...

L'homme s'interrompit. Il venait de lever la tête pour voir qui lui parlait et s'était retrouvé face à Butler.

– Houlà... Très grand. Je veux dire, bonjour. Je suis Mr Lin, le directeur de la galerie. Puis-je vous être utile ?

– Nous espérions avoir le privilège d'une petite visite privée de l'exposition en avant-première, répondit Artemis. Surtout pour voir les statues dansantes.

Mr Lin fut si surpris qu'il put seulement balbutier :

– Quoi ? Une quoi ? Privée ? Non, non, impossible, hors de question. Ce sont des œuvres importantes. Regardez mon crâne. Regardez bien ! Je ne fais pas cela pour n'importe quelle exposition courante.

– Je comprends, mais mes amis ici présents, surtout le plus grand, seraient extrêmement heureux si vous pouviez nous laisser entrer une minute.

Mr Lin ouvrit la bouche pour répondre mais quelque chose dans le hall attira son attention.

– Qu'est-ce que c'est que ça ? Un *muumuu* ?

Artemis ne se donna pas la peine de regarder.

– Ah oui, nous avons déguisé notre ami fée en enfant habillé à la mode hawaïenne.

Mr Lin fronça les sourcils et la spirale remua sur son crâne.

– Votre ami fée ? Vraiment ? Qui êtes-vous ? Vous êtes envoyés par *Pop Art Today* ? Ou s'agit-il d'un de ces actes artistiques postmodernes de Dougie Hemler ?

– Non, il s'agit vraiment d'une fée. Un démon sorcier, pour être précis. Et celle qui vole derrière lui est une elfe.

– Qui vole ? Vous direz de ma part à Dougie Hemler qu'il n'y a aucune chance pour que...

Il aperçut alors Holly en vol stationnaire au-dessus de la tête de N° 1.

– Oh !

– Oh ! approuva Artemis. Voilà une réaction légitime. Pouvons-nous entrer, à présent ? C'est extrêmement important.

– Vous allez détruire l'exposition ?

– Sans doute, admit Artemis.

– Alors, je ne peux vous laisser entrer, répliqua Mr Lin d'une voix tremblante.

Holly fondit sur lui, repliant la visière de son casque.

– Je crois au contraire que vous allez nous laisser entrer, dit-elle d'une voix aux sonorités magiques. Car ces trois humains sont vos plus vieux amis. Vous les avez invités pour une petite visite privée.

– Et vous deux ?

– Ne vous inquiétez pas pour nous. Nous ne sommes même pas là. Nous sommes une simple source d'inspiration pour votre prochaine exposition. Si vous nous ouvriez la porte ?

Mr Lin agita la main en direction de Holly.

– Pourquoi ferais-je attention à vous ? Vous n'êtes même pas là. Une simple idée stupide qui me tourne dans la tête. Quant à vous trois, je suis content que vous ayez pu venir.

– Vous n'avez pas besoin de nous filmer, souffla Holly. Pourquoi ne pas couper les caméras de la galerie ?

– Je vais couper les caméras, comme ça, vous aurez un peu plus d'intimité.

– Bonne idée.

Avant même que la porte blindée ne se soit refermée derrière Artemis et ses amis, le directeur avait déjà reporté son attention sur une pile d'affiches posée au milieu de son bureau.

L'espace d'exposition était ultramoderne, avec des parquets de bois sombre et des stores à lamclles. Des photographies étaient accrochées aux murs – agrandissements géants des statues dansantes disposées au centre de la salle. Les sculptures elles-mêmes étaient présentées sur un socle pour permettre de mieux voir les détails. Il y avait tant de projecteurs pour les éclairer qu'on ne distinguait quasiment pas la moindre tache d'ombre sur la pierre.

N° 1 enleva machinalement son bonnet, s'approchant des statues d'un air hébété, comme si c'était lui qui avait été soumis au mesmer et non le directeur de la galerie.

Il grimpa sur le socle et caressa la surface de pierre de la première statue.

– Des sorciers, murmura-t-il. Des frères.

La sculpture était très belle dans ses détails, mais terrifiante par son sujet même. Elle était composée de quatre créatures, en un demi-cercle brisé, saisies dans un mouvement de danse mais aussi de peur, comme si elles cherchaient à se protéger de quelque chose. C'étaient de petites fées trapues, comme N° 1, avec des mâchoires proéminentes, un large torse et des queues en moignon. Leur corps, leurs membres et leur front étaient couverts de runes en spirales. Les démons se tenaient par la main et le quatrième tenait la main tranchée de celui qui avait dû se trouver à côté de lui.

– Le cercle a été brisé, dit N° 1. Quelque chose n'a pas marché.

Artemis monta à son tour sur le socle.

– Pouvez-vous les ramener à la vie ?

– Les ramener à la vie ? s'exclama N° 1, surpris.

– D'après ce que je sais du toucher de la gargouille, il peut changer en pierre une créature vivante ou lui rendre la vie quand elle est pétrifiée. Vous possédez ce don. Pouvez-vous l'utiliser ?

D'un geste nerveux, N° 1 frotta ses mains l'une contre l'autre.

– J'ai peut-être le toucher. Je dis bien *peut-être* et c'est un très grand peut-être. J'ai changé en pierre une broche en bois, du moins je crois que c'était de la pierre. Mais ce pouvait être simplement de la cendre qui recouvrait le bois. J'étais soumis à une terrible pression. Tout le monde me regardait. Vous savez comment c'est ; ou peut-être pas. Combien d'entre vous sont jamais allés dans une école de diablotins ? Aucun, n'est-ce pas ?

Artemis le prit par l'épaule.

– Vous bavardez inutilement, N° 1. Il faut vous concentrer.

– Oui, bien sûr. Me concentrer. Me focaliser. Réfléchir.

– Bien. Voyons si vous pouvez les faire revivre. C'est la seule façon de sauver Hybras.

Holly hocha la tête.

– Voilà un bon moyen pour relâcher la pression, petit génie.

Minerva tournait autour de la sculpture d'un air hébété qui n'était pas sans rappeler celui de son ancien prisonnier.

– Ces statues *sont* de véritables démons. Elles ont été parmi nous pendant tout ce temps. J'aurais dû m'en rendre compte, mais Abbot ne leur ressemblait pas du tout.

Holly atterrit tout près de la jeune fille.

– Il y a des espèces entières dont vous ne savez rien et vous avez failli aider à exterminer l'une d'elles. Vous avez eu de la chance. Si cela s'était produit, une douzaine d'Artemis Fowl n'aurait pas suffi à vous sauver de la police des fées.

– Je comprends. J'ai déjà dit que j'étais désolée. On peut passer à la suite ?

Holly fronça les sourcils.

– Contente de voir que vous vous êtes pardonné si rapidement à vous-même.

– Nourrir des sentiments de culpabilité peut avoir un effet négatif sur la santé mentale.

– Ah, les petits génies... grommela Holly.

– Pourquoi petits ? s'étonna Minerva.

Sur le socle, N° 1 avait posé les mains sur l'un des démons pétrifiés.

– Quand j'étais à Hybras, je tenais la broche et je suis devenu surexcité. C'est alors que tout a commencé. Je n'essayais pas de la changer en pierre.

– Vous ne pourriez pas devenir surexcité maintenant ? demanda Artemis.

– Quoi ? Simplement comme ça ? Je ne sais pas. Je me sens un peu malade, pour tout dire. Je crois que ce *muumuu* me donne mal à la tête. Sa couleur est vraiment trop vive.

– Et si Butler vous faisait peur ?

– Ce n'est pas la même chose, j'ai besoin d'être réellement sous pression. Je sais bien que Mr Butler ne me tuerait pas.

– Je n'en suis pas si sûr.

– Oh, ha, ha, vous êtes un peu bizarre, Artemis Fowl. Je devrais me méfier, avec vous.

Butler vérifiait son arme lorsqu'il entendit des bruits dans le couloir. Il courut jusqu'à la porte blindée et jeta un coup d'œil à travers le petit rectangle de verre renforcé.

– Nous avons de la visite, annonça-t-il en armant son pistolet. Kong nous a retrouvés.

Le garde du corps tira une seule balle dans la serrure électronique, grillant la puce et scellant ainsi la porte.

– Ils ne mettront pas longtemps à ouvrir cette porte. Il faut réveiller ces démons et filer d'ici. Tout de suite !

Artemis serra l'épaule de N° 1 et désigna le panneau blindé d'un signe de tête.

– Vous êtes suffisamment sous pression, maintenant ?

De l'autre côté de la porte, Kong et ses hommes s'arrêtèrent net en voyant de la fumée s'élever de la serrure.

– Malédiction ! jura Kong. Il a grillé la serrure. Il va falloir la débloquer à coups de pistolet. Nous n'avons pas le temps de penser à un plan. Don, tu as la valise ?

Son complice la lui tendit.

– La voilà.

– Bien. Si, par miracle, il y a un démon là-dedans, attache la valise solidement à son petit poignet. Je ne veux pas laisser passer une nouvelle chance.

– Ça ira. Nous avons des grenades, patron. On pourrait faire sauter la porte.

– Non, répliqua sèchement Kong. J'ai besoin de Minerva et je ne veux pas qu'elle soit blessée. Celui qui lui fera du mal, je lui ferai du mal aussi. Compris ?

Tout le monde avait compris. C'était suffisamment clair.

À l'intérieur de la galerie, Artemis était un peu inquiet. Il avait espéré que Kong quitterait tout de suite la tour mais le tueur avait dû voir l'une des affiches de l'exposition dans l'ascenseur et en arriver aux mêmes conclusions que lui.

– Il se passe quelque chose ? demanda-t-il à N° 1 qui frottait vaguement le bras d'une statue.

– Pas encore. J'essaye.

Artemis lui tapota l'épaule.

– Essayez un peu plus. Je n'ai aucune intention d'être pris au milieu d'une fusillade dans un gratte-ciel. Le moins qui puisse nous arriver, c'est de finir tous dans une prison taïwanaise.

« OK, pensa N° 1. Concentre-toi. Pénètre la pierre. »

Il tint fermement les doigts du sorcier pétrifié et s'efforça de sentir quelque chose. D'après le peu qu'il savait des sorciers, il devina que celui-ci devait être Qwan, l'aîné des magiciens. La tête de la statue était entourée d'un simple bandeau portant sur le devant un motif en spirale – le signe du chef.

« Cela a dû être terrible, songea N° 1. Voir sa patrie se dématérialiser et rester derrière. Savoir que tout est votre faute. »

« Ce n'était pas ma faute ! répliqua une voix dans la tête de N° 1. C'est à cause de N'zall, ce stupide démon. Alors, tu me tires de là, oui ou non ? »

N° 1 faillit s'évanouir. Sa respiration se transforma en halètements saccadés, explosifs, et il eut l'impression que son cœur remontait dans sa poitrine.

« Allez, jeune sorcier, libère-moi ! Il y a très très longtemps que j'attends. »

La voix, la présence était à l'intérieur de la sculpture. C'était Qwan lui-même.

« Bien sûr que je suis Qwan. Tu me tiens la main. À qui croyais-tu avoir affaire ? Tu ne serais pas un peu simplet, par hasard ? C'est bien ma chance. Attendre dix mille ans et tomber sur un simple d'esprit. »

– Je ne suis pas un simplet ! protesta N° 1.

– Bien sûr que non, assura Artemis d'un ton encourageant. Faites de votre mieux. Je vais demander à Butler de retenir Kong aussi longtemps que possible.

N° 1 se mordit la lèvre et acquiesça d'un signe de tête. S'il parlait à haute voix, il s'ensuivrait une certaine confusion. Et la situation était déjà suffisamment confuse pour qu'il ne soit pas nécessaire d'en rajouter.

Il allait essayer la transmission de pensée. Qwan parlait dans sa tête, peut-être que cela marcherait dans l'autre sens.

« Bien sûr que ça marche ! transmit Qwan. Et qu'est-ce que c'est que ces idioties d'aliments cuits ? Contente-toi de me libérer de cette prison. »

N° 1 fit la grimace, essayant de chasser de son esprit ses rêves d'un banquet où tous les mets seraient cuits.

« Je ne sais comment vous libérer, pensa-t-il. Je ne sais même pas si j'en suis capable. »

« Bien sûr que tu en es capable, répliqua Qwan. Tu as suffisamment de magie en toi pour apprendre à un troll à jouer du violon. Laisse-la sortir. »

« Mais comment ? Je n'en ai aucune idée. »

Qwan resta silencieux un moment tandis qu'il jetait un rapide coup d'œil dans les souvenirs de N° 1.

« Ah, je vois. Tu es entièrement novice. Aucune formation d'aucune sorte. Tant mieux, d'ailleurs. Sans les leçons d'un expert, tu aurais pu faire sauter la moitié de Hybras. Très bien, je vais te donner un petit coup de pouce dans la bonne direction. D'ici, je ne peux pas grand-chose, mais peut-être réussirai-je quand même à débloquer ton pouvoir pour qu'il sorte de toi. Après, ce sera plus facile. Une fois qu'on a été en contact avec un sorcier, une partie de son savoir passe en vous. »

N° 1 aurait juré que les doigts de pierre s'étaient imperceptiblement serrés autour des siens mais peut-être n'était-ce qu'un effet de son imagination. Ce qui n'était pas imaginaire, en revanche, ce fut l'impression de froid qui se répandit le long de son bras, comme si une force absorbait la vie même de son corps.

« Ne t'inquiète pas, jeune sorcier. J'aspire un peu de ta magie pour que les étincelles circulent. C'est une sensation terrible, mais elle ne dure pas. »

La sensation était terrible, en effet. N° 1 crut qu'il mourait morceau par morceau et, d'une certaine manière, c'était un peu ce qui se produisait. Dans une telle situation, le corps tente de se défendre en repoussant l'intrus. La magie qui, jusqu'alors, dormait à l'intérieur de N° 1 explosa soudain dans son cerveau et donna la chasse à l'envahisseur.

N° 1 sentit un nouveau champ de vision s'ouvrir tout à coup devant lui. Il avait été aveugle mais, à présent, il voyait à travers les murs. Bien sûr, il ne s'agissait pas d'une sorte de supravision, c'était plutôt une compréhension de ses propres capacités. La magie ruisselait en lui comme un feu liquide, chassant les impuretés par les pores de sa peau, relâchant de la vapeur par tous ses orifices, insufflant de la lumière dans les runes de son corps.

« Très bien, petit, transmit Qwan. Maintenant, vas-y, chasse-moi. »

N° 1 se rendit compte qu'il en était capable – qu'il parvenait à contrôler son flux magique. Il l'envoya dans les fibres de Qwan, le faisant passer de ses propres doigts dans ceux du sorcier. L'impression de mort laissa place à un bourdonnement de puissance. Il se mit à vibrer, et la statue également, des éclats de pierre se détachant d'elle comme la peau morte d'un serpent. Les doigts du vieux sorcier n'étaient plus rigides, leur peau vivait, respirait. Ils tenaient fermement N° 1, dans un contact étroit.

« Ça y est, petit. Tu y arrives. »

« J'y arrive, pensa N° 1, incrédule. Cela se passe vraiment. »

Émerveillés, Artemis et Holly regardaient la magie se répandre dans le corps de Qwan, détachant la pierre de ses membres, dans des détonations et des jaillissements de flammes orange semblables à des coups de feu. La vie s'empara de la main de Qwan, puis de son bras, puis de son torse. La pierre tomba de son menton et de sa bouche, permettant au sorcier de prendre son premier souffle depuis dix millénaires. Ses yeux bleus brillants se plissèrent et se fermèrent étroitement, éblouis par la lumière. La magie continua son œuvre, débarrassant le corps de Qwan de ses derniers fragments de pierre. Mais son flot s'interrompit soudain. Lorsque les étincelles que dégageait le pouvoir de N° 1 atteignirent le deuxième sorcier, elles vacillèrent avant de s'évanouir complètement.

– Et les autres ? demanda N° 1.

Eux aussi, il pouvait sûrement les libérer.

Qwan toussa et se racla la gorge à plusieurs reprises avant de répondre.

– Ils sont morts, dit-il.

Et il s'effondra dans les débris de pierre.

De l'autre côté de la porte blindée, Kong vidait dans la serrure un troisième chargeur de son pistolet mitrailleur.

– La porte ne tiendra plus très longtemps, dit Butler. Elle peut céder à tout moment.

– Pouvez-vous les ralentir ? demanda Artemis.

– Ça ne devrait pas être un problème. Je ne veux pas laisser de cadavres ici, Artemis. J'imagine que la police est déjà en route.

– Peut-être pourriez-vous les effrayer un peu ?

Butler sourit.

– Avec plaisir.

Les coups de feu cessèrent et la porte blindée s'affaissa légèrement sur ses gonds. Butler la tira d'un mouvement brusque, entraînant Billy Kong à l'intérieur puis repoussa le panneau qu'il coinça sous son poids.

– Salut, Billy, lança-t-il en plaquant contre le mur l'homme nettement plus petit que lui.

Kong était dans un tel état de démence qu'il n'éprouvait aucune peur. Il fit pleuvoir sur Butler une série de coups dont chacun aurait été mortel pour une personne normale. Mais ils rebondissaient sur le garde du corps comme des mouches sur un char d'assaut. Ce qui ne signifie pas qu'ils étaient indolores. Les poings exercés de Kong le criblaient comme des marques au fer rouge. La réaction de Butler à la douleur se limitait à une légère contraction des coins de sa bouche.

– Holly ? dit-il.

– Lancez, répondit-elle en visant avec son Neutrino un point dans l'espace.

Butler catapulta Billy Kong, l'expédiant en l'air, et Holly l'abattit en plein vol d'une décharge de son arme. Kong tournoya sur le sol, envoyant toujours des coups de poing spasmodiques.

– La tête du serpent est hors d'état de nuire, dit Artemis. Espérons que le reste suivra.

Minerva décida de profiter de l'inconscience de Billy Kong pour se venger un peu. Elle s'approcha de son ravisseur étendu à plat ventre.

– Mr Kong, vous n'êtes qu'un bandit, dit-elle en lui donnant des coups de pied dans la jambe.

– Jeune fille, lança sèchement Butler, écartez-vous. Il n'est peut-être pas totalement évanoui.

– Si vous avez touché ne serait-ce qu'à un cheveu de mon père, poursuivit Minerva, oublieuse des avertissements de Butler, je veillerai personnellement à ce que vous écopiez d'une peine maximum de prison.

Kong entrouvrit un œil larmoyant.

– Ce n'est pas comme ça qu'on parle à son personnel, croassa-t-il.

Et il saisit d'une poigne d'acier la cheville de Minerva.

Celle-ci comprit qu'elle venait de commettre une terrible erreur et estima que la meilleure façon de réagir consistait à pousser un hurlement aussi strident que possible. Ce qu'elle fit.

Butler se sentait déchiré. Il avait pour devoir de protéger Artemis, pas Minerva, mais après des années passées à travailler auprès du jeune Irlandais et, en fait, de Holly, il avait inconsciemment adopté le rôle de protecteur universel. Chaque fois qu'il voyait quelqu'un en danger, il l'aidait à s'en sortir.

Et cette stupide jeune fille était sans nul doute en danger. Un danger mortel.

« Pourquoi donc, se demanda-t-il, ce sont toujours les plus intelligents qui se croient invincibles ? »

Et Butler prit une décision dont les conséquences allaient hanter ses jours et ses nuits pendant des années. En tant que garde du corps professionnel, il savait qu'il était futile de revenir sur ses propres actions mais, au cours des nuits qui suivraient, il s'assiérait souvent auprès du feu, la tête entre les mains, et revivrait ce moment en pensée, regrettant de ne pas avoir agi différemment. Quel que fût le scénario qu'il imaginait, le résultat aurait toujours été tragique, mais au moins n'aurait-il pas été tragique pour Artemis.

Ainsi donc, Butler passa à l'action. En quatre enjambées rapides, il s'éloigna de la porte pour libérer Minerva de l'étreinte de Kong. C'était très simple, l'homme était à demi inconscient. Il semblait n'être animé que d'une énergie psychotique. Butler se contenta de marcher de tout son poids sur son poignet et de le frapper vigoureusement au front, de son index replié. Les yeux de Kong se révulsèrent et ses doigts se relâchèrent comme les pattes d'une araignée agonisante.

Minerva recula d'un bond, hors de portée de Kong.

– C'était très bête de ma part. Je m'excuse, marmonna-t-elle.

– Il est un peu tard pour cela, la réprimanda Butler. À présent, voulez-vous bien vous mettre à l'abri ?

Ce mini-épisode prit en tout quatre secondes environ, mais pendant ces quatre secondes, beaucoup de choses se produisirent de l'autre côté de la porte blindée.

Don, qui tenait la bombe à la main et avait récemment reçu de son patron des coups de poing injustifiés, décida de rentrer en grâce auprès de Kong en faisant irruption dans la galerie pour s'attaquer au géant. Il donna un coup d'épaule dans la porte au moment précis où Butler s'en écartait. À sa grande surprise, Don fut alors précipité tête la première dans la salle d'exposition, aussitôt suivi de quatre autres hommes de main qui brandissaient tout un assortiment d'armes.

Holly, qui couvrait la porte avec son Neutrino, ne s'inquiéta pas outre mesure. Elle *commença* à s'inquiéter lorsqu'une grenade s'échappa de l'amas humain et roula sur le sol en venant s'arrêter contre son pied. Il aurait été facile pour elle d'échapper à l'explosion mais Artemis et N° 1 se seraient alors trouvés dans le rayon de déflagration de la grenade.

« Réfléchis vite ! »

Il y avait une solution, mais elle coûtait cher en matériel. Elle remit son arme dans son holster, ôta son casque d'un geste vif et le plaqua contre le sol, enfermant la grenade à l'intérieur et pesant de tout son poids pour le maintenir en place. C'était une technique qu'elle avait déjà mise en œuvre auparavant avec un succès mitigé. Elle avait espéré que cela ne deviendrait pas une habitude.

Elle resta ainsi accroupie, comme une grenouille sur un champignon, pendant un moment qui lui sembla interminable mais ne dura en fait que quelques secondes. Elle remarqua du coin de l'œil que l'un des bandits, porteur d'une valise argentée, giflait l'homme qui avait fait rouler la grenade. Peut-être l'usage d'armes mortelles était-il contraire aux ordres reçus.

La grenade explosa, propulsant Holly dans les airs, en un brusque vol plané. Le casque absorba la plus grande partie du choc et empêcha la projection de fragments, mais la force de la déflagration fut suffisante pour fracasser les deux tibias de Holly et lui fracturer un fémur. Elle atterrit sur le dos d'Artemis comme un sac de pierres.

– Ow, dit-elle avant de perdre connaissance.

Artemis et N° 1 s'efforçaient de ranimer Qwan.

– Il est vivant, dit Artemis en prenant le pouls du sorcier. Son cœur bat régulièrement. Il devrait bientôt se réveiller. Maintenez un contact étroit avec lui, sinon il risque de disparaître.

N° 1 nicha la tête du vieux démon entre ses bras.

– Il a dit que j'étais un sorcier, murmura-t-il, les larmes aux yeux. Je ne suis plus seul.

– Pour le talk-show, nous attendrons un peu, répliqua Artemis d'un ton abrupt. Il faut d'abord que nous vous sortions d'ici.

Les hommes de Kong étaient dans la galerie, à présent, et on entendait des coups de feu. Artemis était sûr que Butler et Holly n'auraient pas de mal à neutraliser quelques bandits mais sa confiance fut ébranlée lorsqu'il y eut une soudaine explosion et que Holly lui tomba sur le dos. Le corps de l'elfe fut aussitôt entouré d'un cocon de lumière bleue. Les étincelles jaillissaient comme des étoiles filantes, indiquant les endroits où les blessures étaient les plus graves.

Artemis se dégagea du poids de Holly et, avec des gestes précautionneux, allongea à côté de Qwan la fée que la puissance magique était en train de guérir.

Les hommes de Kong étaient aux prises avec Butler et devaient sans doute regretter de n'avoir pas choisi un autre genre de travail. Il fonçait sur eux en les jetant à terre comme une boule de bowling dans un jeu de quilles.

L'un d'eux parvint cependant à lui échapper. Un homme de haute taille, le cou tatoué, une valise d'aluminium à la main. Artemis devina que cette valise ne contenait probablement pas une sélection d'épices asiatiques et comprit qu'il allait devoir passer lui-même à l'action. Tandis qu'il se demandait ce qu'il pourrait bien faire exactement, l'homme l'expédia sur le sol, les bras en croix. Lorsqu'il put revenir auprès de Holly, l'elfe se redressait, assise par terre, l'air étourdi. La valise était attachée par une menotte à son poignet.

L'homme était retourné dans la mêlée où il ne resta qu'une fraction de seconde avant que Butler ne l'en éjecte à nouveau.

Artemis s'agenouilla au côté de Holly.

– Comment ça va ?

Holly sourit, mais ce fut un effort pour elle.

– Pas trop mal, grâce à la magie. L'ennui, c'est que je n'ai plus aucune réserve, plus la moindre goutte. Je conseille donc à tout le monde de demeurer en bonne santé jusqu'à ce que j'aie accompli mon rituel.

Elle secoua son poignet, faisant tinter la chaîne de la menotte.

– Qu'est-ce qu'il y a dans cette valise ?

Artemis sembla plus pâle que d'habitude.

– Rien d'agréable, j'imagine.

Il fit sauter les deux fermoirs et souleva le couvercle.

– J'ai deviné juste. C'est une bombe. Une grosse bombe très compliquée. Ils ont réussi à franchir les contrôles, je ne sais comment. En passant par un secteur encore en construction, je suppose.

Holly cligna des yeux pour reprendre pleinement ses esprits, secouant la tête jusqu'à ce que la douleur la réveille.

– D'accord. Une bombe. Est-ce qu'il y a un minuteur ?

– Huit minutes. Et quelques.

– Pouvez-vous la désamorcer ?

Artemis pinça les lèvres.

– Peut-être. Il faut que j'ouvre le corps de la bombe pour accéder au mécanisme avant d'en être sûr. C'est peut-être un simple détonateur mais il peut y avoir aussi toutes sortes de leurres.

Qwan se redressa péniblement sur les coudes, toussant et crachant un mélange de poussière et de salive.

– Quoi ? Au bout de dix mille ans, je retrouve enfin ma chair et mes os, et maintenant vous m'annoncez qu'une bombe va me pulvériser en mille morceaux ?

– Je vous présente Qwan, intervint N° 1. C'est le sorcier le plus puissant du cercle magique.

– Je suis le dernier, désormais, dit Qwan. Je n'ai pas pu sauver les autres. Il ne reste plus que nous deux, petit.

– Pouvez-vous pétrifier la bombe ? demanda Holly.

– Il faudra plusieurs minutes avant que ma magie revienne et soit en état de fonctionner. De toute façon, le toucher de la gargouille ne marche qu'avec la matière organique. Les plantes ou les animaux. Une bombe est remplie de composés de fabrication humaine.

Artemis haussa un sourcil.

– Vous savez ce qu'est une bombe ?

– J'étais pétrifié, pas mort. Je voyais ce qui se passait autour de moi. Si vous saviez toutes les histoires que je pourrais raconter. Vous ne croiriez pas dans quels endroits les touristes collent leurs chewing-gums.

Butler était occupé à entasser des corps inanimés contre la porte blindée.

– Il faut que nous sortions d'ici ! lança-t-il. La police est dans le couloir.

Artemis se releva, s'éloigna des autres d'une demi-douzaine de pas et ferma les yeux.

– Artemis, ce n'est pas le moment de vous laisser aller, protesta Minerva en sortant de derrière une vitrine. Nous avons besoin d'un plan.

– Chut, jeune fille, répliqua Butler. Il réfléchit.

Artemis se donna vingt secondes pour se creuser la cervelle. L'idée qui en résulta était loin d'être parfaite.

– Bien. Holly, vous allez nous emmener par la voie des airs.

Holly fit un rapide calcul mental.

– Il faudra deux voyages, peut-être trois.

– Nous n'avons pas le temps. Nous devons sortir la bombe en premier. Cette tour est pleine de monde. Je sortirai en même temps car il y a des chances pour que je puisse la désamorcer. Les démons également doivent fuir en priorité. Il est impératif qu'ils ne tombent pas entre les mains de la police, sinon Hybras sera perdue.

– Je ne puis le permettre, protesta Butler. J'ai un devoir envers vos parents.

Artemis parla avec gravité à son protecteur :

– J'ai une nouvelle tâche à vous confier, dit-il. Veillez sur Minerva. Gardez-la en sécurité jusqu'à ce que nous puissions nous retrouver.

– Holly peut très bien voler au-dessus de la mer et larguer la bombe, objecta Butler. Nous monterons une opération de sauvetage plus tard.

– Plus tard, ce sera trop tard. Si nous ne sortons pas les démons d'ici, le monde entier aura les yeux tournés vers Taipei. D'ailleurs, les mers environnantes sont sillonnées de bateaux de pêche. Il n'y a pas d'autre moyen d'agir. Je ne permettrai pas que des humains ou des fées meurent si je peux l'empêcher.

Butler refusait de céder.

– Écoutez-vous un peu. On dirait un... un *gentil garçon* ! Vous n'avez aucun intérêt là-dedans.

Artemis n'avait pas de temps pour les émotions.

– Comme disait H. P. Woodman, vieux frère : « Le temps passe, nous devons donc partir. » Holly, attachez-nous à votre ceinture, tous sauf Butler et Minerva.

Holly, toujours un peu sous le choc de l'explosion, approuva d'un signe de tête. Elle déroula de sa ceinture plusieurs filins au bout desquels étaient fixés des pitons, regrettant de n'être pas équipée d'une des Cordelunes de Foaly, qui diffusaient un champ de pesanteur réduite autour de tout ce qui leur était attaché.

– Passe le filin sous les bras, recommanda-t-elle à N° 1. Ensuite, attache le piton à la boucle.

Butler aida Artemis à se sangler.

– Ça suffit, Artemis. Cette fois, je vous le jure, j'en ai assez. Lorsque nous rentrerons, je prendrai ma retraite. Je suis plus vieux qu'il n'y paraît et je me sens plus vieux que je ne le suis. Fini les grands projets. Vous me le promettez ?

Artemis se força à sourire.

– Je vais simplement voler jusqu'à l'immeuble voisin. Si je n'arrive pas à désamorcer la bombe, Holly ira au-dessus de la mer et s'efforcera de trouver un endroit où la jeter sans risque.

Ils savaient tous les deux qu'Artemis mentait. S'il ne parvenait pas à désamorcer la bombe, il ne resterait plus assez de temps pour chercher un endroit où la larguer en toute sécurité.

– Tenez, dit Butler en lui tendant une trousse de cuir plate. Ce sont mes passe-partout. Avec ça, vous pourrez au moins accéder au mécanisme de la bombe.

– Merci, vieux frère.

Holly était chargée jusqu'au cou. N° 1 et Qwan se cramponnaient à sa taille tandis qu'Artemis était attaché à l'avant.

– OK. Tout le monde est prêt ?

– J'aimerais bien que mon pouvoir magique revienne, grommela Qwan. J'en profiterais pour me transformer à nouveau en statue.

– Terrifié, dit N° 1. La trouille au ventre. Les jetons. Les chocottes.

– De l'argot, remarqua Artemis. Très bien.

Butler ferma la valise.

– Arrêtez-vous sur l'immeuble voisin. Pas besoin d'aller plus loin. Enlevez ce panneau et cherchez directement l'explosif lui-même. Arrachez le détonateur s'il le faut.

– Compris.

– OK. Je ne vous dis pas au revoir, simplement bonne chance. Je vous rejoindrai dès que j'aurai réussi à convaincre la police de nous relâcher.

– Ça devrait prendre une demi-heure, et encore.

Jusqu'à ce moment, Minerva s'était tenue en retrait, visiblement contrite. Soudain, elle s'avança.

– Je suis désolée, Artemis. Je n'aurais pas dû m'approcher de Mr Kong.

Butler la souleva pour l'écarter du chemin.

– Non, vous n'auriez pas dû, mais nous n'avons pas le temps d'écouter vos excuses. Restez près de la porte et prenez un air innocent.

– Mais je...

– Un air innocent ! Tout de suite !

Minerva s'exécuta, ayant la sagesse de comprendre que le moment n'était pas venu de discuter.

– Bien, Holly, décollez, ordonna Artemis.

– Vérification, dit Holly.

Elle activa son sac à dos. Pendant un instant, les ailes peinèrent sous le poids et le moteur se mit à vibrer d'une manière qu'elle n'aimait guère, mais peu à peu, l'appareil s'adapta à l'effort supplémentaire qui lui était imposé et les souleva tous les quatre du sol.

– OK, dit-elle. Je crois que ça va aller.

Butler poussa vers une fenêtre le quatuor volant. L'opération était tellement risquée qu'il avait peine à croire que lui-même l'avait autorisée. Mais le temps n'était plus à la discussion. Il fallait que ça passe ou que ça casse.

Il leva le bras et tira d'un coup sec la fermeture de sécurité de la fenêtre. Le panneau de deux mètres bascula tout entier, laissant entrer dans un hurlement aigu les vents d'altitude. Soudain, tout le monde fut assailli, assourdi par les éléments. On avait du mal à voir qui que ce soit, encore plus à l'entendre.

Holly emmena le groupe au-dehors et ils auraient été aussitôt balayés si Butler ne les avait pas retenus un instant.

– Laissez-vous porter par le vent, hurla-t-il à Holly en relâchant sa prise. Descendez peu à peu.

Holly acquiesça. Le moteur de ses ailes toussota et ils tombèrent de deux mètres.

Artemis sentit son estomac se retourner.

– Butler ! cria-t-il.

Dans le bruit du vent, sa voix était ténue et enfantine.

– Oui, Artemis, quoi ?

– Si quelque chose tourne mal, attendez-moi. Quelles que soient les apparences, je reviendrai. Je les ramènerai tous.

Butler faillit sauter pour les rattraper.

– Qu'est-ce que vous avez en tête, Artemis ? Qu'allez-vous faire ?

Artemis répondit mais le vent emporta ses paroles et son garde du corps ne put que rester là, immobile, encadré d'acier et de verre, hurlant en vain dans la tourmente.

Ils descendirent très vite. Un peu plus vite que Holly ne l'aurait souhaité.

« Les ailes ne peuvent supporter ça, comprit-elle. À la fois le poids et le vent. Nous n'y arriverons pas. »

Elle tapota la tête d'Artemis de son index replié.

– Artemis ! cria-t-elle.

– Je sais, répondit le jeune Irlandais, criant lui aussi. Trop lourd.

S'ils tombaient maintenant, la bombe exploserait en plein milieu de Taipei. C'était impensable. Il n'y avait qu'une seule chose à faire. Artemis n'avait même pas évoqué cette hypothèse devant Butler car il savait que son garde du corps l'aurait rejetée, quelle que fût la solidité du raisonnement.

Avant qu'il n'ait eu le temps de mettre en pratique sa théorie, les ailes de Holly eurent des ratés, s'étouffèrent et finirent par s'arrêter. Tous quatre tombèrent en chute libre, tel un sac d'ancres, cul par-dessus tête, dangereusement proches de la façade du gratte-ciel.

Les yeux d'Artemis étaient brûlés par le vent, ses membres rejetés en arrière par la force de l'air menaçaient de se rompre et ses joues se gonflaient dans des proportions comiques, bien qu'il n'y eût rien de drôle dans le fait de tomber de plusieurs centaines de mètres de hauteur vers une mort certaine.

« Non ! s'écria en lui son être le plus profond. Je n'accepterai pas une telle fin. »

Avec une détermination physique implacable qu'il avait dû prendre chez Butler, Artemis tendit les mains et saisit le bras de N° 1. L'objet qu'il cherchait était juste là, presque devant son nez, et pourtant il paraissait inaccessible.

« Inaccessible ou pas, je dois l'attraper. »

C'était comme s'il avait essayé d'enfoncer l'enveloppe d'un immense ballon en poussant les mains contre sa surface, mais Artemis était décidé à pousser.

Le sol se précipitait vers eux, des gratte-ciel moins hauts que la tour pointant comme des lances. Artemis poussait, poussait.

Enfin, ses doigts se refermèrent autour du bracelet en argent de N° 1.

« Adieu, monde, pensa-t-il. D'une manière ou d'une autre. »

Et il arracha le bracelet, le lançant dans les airs. À présent, les démons n'étaient plus ancrés dans cette dimension. Pendant une seconde, il n'y eut aucune réaction notable, mais au moment où ils passaient devant le premier des gratte-ciel qui s'élevaient à côté de la tour, un trapèze violet tournant sur lui-même s'ouvrit dans le ciel et les engloutit aussi facilement qu'un enfant avalant une céréale.

À reculons, Butler s'éloigna de la fenêtre d'un pas trébuchant, essayant de comprendre ce qu'il venait de voir. Les ailes de Holly n'avaient pas tenu le choc, voilà qui était certain, mais après ? Que s'était-il passé ?

Soudain, l'idée lui vint qu'Artemis devait avoir un plan de secours – c'était toujours le cas, avec ce garçon. Il ne se rendait jamais aux toilettes sans avoir prévu une échappatoire. Ils n'étaient donc pas morts. Il y avait de bonnes chances pour cela. Ils avaient simplement disparu dans la dimension des démons. Butler n'avait plus qu'à se le répéter jusqu'à ce qu'il finisse par y croire.

Il remarqua alors que Minerva pleurait.

– Ils sont tous morts, n'est-ce pas ? À cause de moi.

Butler posa une main sur son épaule.

– S'ils étaient tous morts, ce serait à cause de vous mais ils ne sont pas morts – Artemis contrôle parfaitement la situation. Et maintenant, relevez la tête, il faut que nous convainquions la police de nous laisser partir, ma fille chérie.

Minerva fronça les sourcils.

– Votre fille chérie ?

Butler lui adressa un clin d'œil amusé, bien qu'il se sentît tout sauf joyeux.

– Oui, ma fille à moi.

Quelques secondes plus tard, une escouade de policiers taïwanais poussa la porte et envahit la salle dans un déploiement d'uniformes gris et bleu. Butler se retrouva face aux canons d'une douzaine de pistolets spécial police. La plupart de ces canons tremblaient légèrement.

– Non, bande d'imbéciles, couina Mr Lin qui se faufilait parmi les policiers en leur donnant des tapes sur le poignet pour qu'ils baissent leurs armes. Pas celui-là. C'est l'un de mes meilleurs amis. Il faut vous en prendre aux autres, ceux qui sont évanouis. Ils sont entrés ici par effraction. Ils m'ont assommé. Cela tient du miracle si mon ami et sa...

– Fille, souffla Butler.

– Et sa fille n'ont pas été blessés.

Le directeur remarqua alors que la pièce maîtresse de son exposition était démolie et fit mine de s'évanouir. Voyant que personne ne se précipitait sur lui pour le secourir, il se reprit, s'éloigna dans un coin de la salle et fondit en larmes.

Un inspecteur, qui portait son pistolet comme un cow-boy, s'avança vers Butler.

– C'est vous qui avez fait ça ?

– Non. Pas moi. Nous étions cachés derrière une caisse. Ils ont fracassé la sculpture puis se sont battus entre eux.

– Avez-vous une idée de la raison pour laquelle ces gens ont voulu détruire une sculpture ?

Butler haussa les épaules.

– Je crois qu'ils se prennent pour des anarchistes. Qui peut savoir avec ce genre de personnages ?

– Ils n'ont pas de papiers d'identité, dit l'inspecteur. Aucun d'eux. Je trouve ça bizarre.

Butler eut un sourire amer. Après tout ce que Billy Kong avait fait, il ne serait poursuivi que pour atteinte à la propriété d'autrui. Bien sûr, ils pourraient parler du kidnapping mais cela les condamnerait à des semaines, voire des mois, de tracasseries administratives à Taïwan. Et Butler ne tenait pas particulièrement à ce que quiconque fouille trop profondément dans son passé ou dans la collection de faux passeports rangés dans la poche de sa veste.

Quelque chose lui revint alors en tête. Quelque chose qui concernait Kong et que Foaly avait mentionné au cours de leur conversation à Nice : « Kong a tué son ami avec un couteau de cuisine, avait dit le centaure. Il y a toujours là-bas un mandat d'arrêt contre lui, sous le nom de Jonah Lee. »

Butler se souvint ainsi que Kong était recherché pour meurtre à Taïwan. Et il n'y avait pas de prescription pour meurtre.

– Je les ai entendus parler à celui-là, dit-il en montrant Billy Kong étendu par terre. Ils l'appelaient Mr Lee ou Jonah. C'était lui le chef.

L'inspecteur se montra intéressé.

– Vraiment ? Avez-vous entendu autre chose ? Parfois, le plus petit détail peut avoir son importance.

Butler réfléchit en fronçant les sourcils.

– L'un d'eux a dit quelque chose, je n'ai même pas compris ce que cela signifiait...

– Allez-y, le pressa l'inspecteur.

– Il a dit... Laissez-moi réfléchir. Il a dit : « Tu n'es pas si dur que ça, Jonah. Il y a des années que tu n'as plus fait d'encoche sur ta crosse. » Faire des encoches sur sa crosse... Je ne connais pas cette expression.

L'inspecteur sortit un téléphone portable.

– Ça signifie que cet homme est soupçonné de meurtre.

Il appuya sur la touche 1 qui composa un numéro en mémoire.

– Allô ? Ici, Chan. Je voudrais que vous cherchiez le nom de Jonah Lee dans les sommiers – remontez à quelques années.

Il referma son téléphone.

– Merci, Mr heu...

– Arnott, dit Butler. Franklin Arnott, de New York.

Il avait utilisé pendant des années un passeport à ce nom. Les pages en étaient authentiquement froissées.

– Merci, Mr Arnott, vous nous avez peut-être aidés à capturer un assassin.

Butler cligna des yeux.

– Un assassin ? Eh bien ! Tu entends ça, Eloïse ? Papa a attrapé un assassin.

– Bravo, papa, répondit *Eloïse*, qui semblait fâchée contre son père pour une raison inconnue.

L'inspecteur se retourna pour continuer ses investigations, puis se ravisa.

– Le directeur de la galerie dit qu'il y avait quelqu'un d'autre avec vous. Un jeune homme. C'est un de vos amis ?

– Oui. Et non. Il s'agit de mon fils, Arty.

– Je ne le vois pas.

– Il vient de sortir mais il va revenir.

– Vous êtes sûr ?

Le regard de Butler se troubla.

– Oui, j'en suis sûr. Il me l'a promis.

Chapitre 13

Hors du temps

Le voyage entre les dimensions fut plus violent que dans le souvenir qu'en avait gardé Artemis. Il n'eut pas le temps de méditer sur les divers paysages qui défilèrent devant lui, ses sens pouvaient tout juste enregistrer les visions, les sons ou les changements de température. Ils furent arrachés de leur propre dimension et entraînés à travers ces passages de l'espace-temps qu'on appelle « trous de ver », dans une course qui ne laissait que leur conscience intacte. Une seule fois, ils se matérialisèrent pendant un très bref instant.

Le paysage était gris, désolé, criblé de cratères. Au loin, Artemis voyait une planète bleue dissimulée par une enveloppe de nuages.

« Je suis sur la lune », songea Artemis, puis ils repartirent, attirés par le charme de Hybras.

Ce voyage hors du corps, hors de l'esprit, procurait une sensation surnaturelle.

« Comment puis-je conserver ma conscience ? pensa Artemis. Comment tout cela est-il possible ? »

Plus étrange encore, lorsqu'il se concentrait, Artemis sentait les pensées des autres tournoyer autour de lui. Il s'agissait principalement d'émotions globales, telles la peur ou l'excitation. Mais quelques efforts mentaux lui permettaient de détecter des pensées plus précises.

Holly s'inquiétait de savoir si son arme arriverait intacte. Typique du soldat. N° 1 se tracassait sans cesse, non pas à cause du voyage lui-même, mais au sujet de quelqu'un qui l'attendrait à Hybras. Abbot. Un démon du nom d'Abbot.

Artemis élargit sa perception et sentit Qwan qui flottait dans l'éther. Ses pensées étaient étourdissantes, il jonglait avec des calculs complexes et des énigmes philosophiques.

« Je vois que tu gardes ton esprit actif, jeune humain. »

La conscience d'Artemis comprit que cette réflexion lui était destinée. Le sorcier avait perçu sa tentative maladroite de sonder ce qu'il y avait en chacun.

Artemis ressentait une différence entre son esprit et celui des autres. Ils avaient quelque chose de particulier. Une énergie venue d'ailleurs. Il était difficile d'expliquer une telle impression sans l'aide de ses sens, mais pour une mystérieuse raison, il la voyait bleue. Un plasma bleu, électrique et vivant. Artemis laissa cette riche sensation se déverser dans son esprit et fut aussitôt ébranlé par sa puissance.

« La magie, comprit-il. La magie est dans l'esprit. » Voilà quelque chose qu'il valait la peine de savoir. Artemis se retira dans son propre espace mental mais il emporta avec lui un échantillon de ce plasma bleu. On ne sait jamais, une petite touche de magie peut parfois se révéler utile.

Ils se matérialisèrent sur Hybras, à l'intérieur du cratère lui-même. Leur arrivée fut accompagnée d'un flash de déplacement d'énergie. Tous les quatre se retrouvèrent, haletant, bouillonnant, sur les pentes noircies de cendres. Ils étaient étendus sur un sol tiède au toucher et une odeur âcre de soufre leur piquait les narines. L'euphorie de la matérialisation se dissipa bientôt.

Artemis se risqua à respirer pour voir ce qui se passerait. L'air sortit de sa bouche en soufflant des remous de poussière. Les gaz volcaniques lui faisaient venir les larmes aux yeux et des flocons de cendre recouvraient instantanément chaque parcelle de peau exposée.

– Ce pourrait bien être l'enfer, commenta-t-il.

– L'enfer ou Hybras, répliqua N° 1 en se redressant sur ses genoux. J'ai une tunique qui a été tachée par cette cendre. Impossible de la nettoyer.

Holly s'était relevée, elle aussi, et procéda à une vérification des systèmes de son équipement.

– Mon Neutrino n'a pas souffert. Mais je n'arrive pas à établir de communication. Nous devrons nous débrouiller seuls. Et apparemment, j'ai perdu la bombe.

Artemis se redressa à son tour, ses genoux craquant à travers la croûte de cendres. La chaleur retenue au-dessous s'exhala. Il regarda sa montre et distingua le reflet de son visage. Ses cheveux étaient gris cendré et, pendant un instant, il crut voir l'image de son père.

Une pensée le frappa : « Je ressemble à mon père, un père que je ne reverrai peut-être jamais. Ma mère. Butler. Je n'ai plus qu'une seule amie. »

– Holly, dit-il, je voudrais vous regarder.

Holly ne leva pas les yeux de l'ordinateur qu'elle portait au poignet.

– Pas le temps pour le moment, Artemis.

Il s'approcha d'elle à pas feutrés, avançant précautionneusement sur la mince croûte.

– Holly, je voudrais vous regarder, répéta-t-il en la tenant par les épaules.

Quelque chose dans la voix d'Artemis incita Holly à interrompre ce qu'elle faisait et à lui accorder son attention. Ce n'était pas un ton qu'Artemis Fowl employait très souvent. On aurait presque pu y déceler de la tendresse.

– Je veux simplement m'assurer que vous êtes toujours vous-même. Les choses se mélangent quand on passe d'une dimension à une autre. Lors de mon dernier voyage, deux de mes doigts ont échangé leur place.

Il leva la main pour lui montrer.

– Étrange, je sais. Mais vous semblez parfaite. Bien présente et intacte.

Du coin de l'œil, Artemis aperçut un reflet. Un peu plus haut sur la paroi du cratère, une valise en métal était à moitié ensevelie sous la cendre.

– La bombe, soupira Artemis. Je pensais que nous l'avions perdue en route. Il y a eu un éclat lorsque nous avons atterri.

Qwan se précipita vers la bombe.

– Non, c'était un déplacement d'énergie. De la mienne surtout. La magie est presque un être à part entière. Elle se déverse où elle veut. Une partie de la mienne n'est pas revenue en moi à temps et s'est embrasée au cours de la rentrée dans l'atmosphère. Mais je suis content de pouvoir vous dire que le reste de ma puissance magique est à son maximum et prête pour la mise à feu.

Artemis fut frappé de constater qu'une bonne partie de ce langage préhistorique était semblable au jargon de la NASA. « Pas étonnant que nous n'ayons aucune chance contre les fées, pensa-t-il. Elles résolvaient déjà des équations dimensionnelles quand nous en étions encore à taper deux pierres l'une contre l'autre. »

Artemis aida le sorcier à arracher la bombe des cendres. Le minuteur avait été complètement détraqué par le saut dans le temps et indiquait à présent cinq mille heures. Enfin un coup de chance.

Artemis utilisa les outils que lui avait confiés Butler pour examiner le mécanisme de l'engin. Il pourrait peut-être le désamorcer s'il disposait de quelques mois, de deux ordinateurs et de quelques appareils à laser. Sans ce matériel, il avait autant de chance de le neutraliser qu'un écureuil de fabriquer un avion en papier.

– Cette bombe est parfaitement opérationnelle, dit-il à Qwan. Seul le minuteur a été affecté.

Le sorcier se caressa la barbe.

– C'est logique. Ce dispositif est relativement simple comparé à la complexité de nos corps. Le tunnel dimensionnel n'a eu aucune difficulté à le réassembler. Le minuteur, c'est une autre affaire. Il va être sensible à toutes les éruptions temporelles qui se manifesteront ici. Il peut provoquer l'explosion à chaque seconde ou jamais.

« Jamais, certainement pas, pensa Artemis. Je ne suis peut-être pas capable de désamorcer cette chose mais je peux certainement la faire exploser quand je le jugerai bon. »

Holly regarda l'engin mortel.

– Y a-t-il un moyen de s'en débarrasser ?

Qwan hocha la tête.

– Les objets inanimés ne peuvent voyager dans le tunnel temporel sans être accompagnés. Nous, en revanche, nous pourrions être aspirés à tout moment. Nous devons tout de suite trouver un objet en argent à fixer sur nous.

Holly jeta un coup d'œil à Artemis.

– Mais peut-être que certains d'entre nous ont envie de revenir en arrière.

– Peut-être, dit Qwan. Cela ne peut toutefois se produire que sous certaines conditions. Si vous vous laissez simplement emporter, qui sait où vous arriverez. Ou quand. Votre temps et votre espace naturels vous attireront sans doute, mais étant donné la détérioration du sortilège, vous pourriez tout aussi bien vous retrouver incrustés dans de la roche à deux kilomètres sous la surface de la terre ou échoués sur la lune.

Cette pensée n'avait rien d'encourageant. Avoir une brève vision de la lune, tel un touriste de passage, était une chose, mais s'y retrouver coincé à jamais en était une autre. Même si on ne se rendait plus compte de rien après quelques minutes passées sans air à respirer.

– Nous sommes donc bloqués ici ? dit Holly. Allons, Artemis, vous devez bien avoir un plan. Vous avez toujours un plan.

Les autres se rassemblèrent autour de lui. Quelque chose incitait les gens à penser qu'il était le chef. Peut-être le fait qu'il le pensait lui-même. Il faut dire aussi qu'en l'occurrence, il était le plus grand du groupe.

Il eut un bref sourire. « Voilà donc l'impression qu'on a en permanence lorsqu'on est Butler. »

– Nous avons tous nos raisons de vouloir revenir, commença-t-il. Holly et moi avons laissé derrière nous des êtres chers. Des amis, une famille que nous avons très envie de revoir. Quant à vous, N° 1 et Qwan, vous devez sortir votre peuple de cette dimension. Le sortilège se dégrade et bientôt vous ne serez plus nulle part en sécurité sur cette île. Si mes calculs sont exacts, et je suis certain qu'ils le sont, aucun objet en argent ne pourra plus vous ancrer ici très longtemps. Vous pouvez partir quand le sortilège l'imposera ou alors nous pouvons décider du moment où *nous* ferons le grand saut.

Qwan calcula dans sa tête.

– Impossible. Il a fallu sept sorciers et un volcan pour amener cette île ici. Pour revenir en arrière, j'aurais besoin de sept êtres magiques. Des sorciers de préférence. Et bien sûr d'un volcan en activité, ce que nous n'avons pas.

– Faut-il vraiment que ce soit un volcan ? Est-ce qu'une autre source d'énergie ne pourrait pas le remplacer ?

– Théoriquement, si, approuva Qwan. Vous voulez dire que nous pourrions utiliser la bombe ?

– Possible.

– Très improbable, mais possible, en effet. Il me faudra toujours, cependant, sept êtres magiques.

– Mais le sortilège a déjà été lancé, objecta Artemis. L'infrastructure est là. Ne pourriez-vous y parvenir avec un nombre inférieur de sorciers ?

Qwan agita l'index en direction d'Artemis.

– Vous êtes un Garçon de Boue intelligent. Oui, je pourrais y arriver avec un moins grand nombre de sorciers. Mais bien sûr, nous ne le saurons qu'à l'arrivée.

– Combien ?

– Cinq. Cinq au strict minimum.

Holly serra les dents.

– Nous n'en avons que trois et encore, N° 1 est un novice. Il nous reste à trouver sur cette île deux démons doués de magie.

– Impossible, répliqua Qwan. Dès qu'un démon s'est distordu, il n'y a plus aucune magie en lui. Seuls les sorciers comme moi ou N° 1 ne se distordent pas. C'est ainsi que nous conservons notre pouvoir magique.

Artemis épousseta de la cendre sur son veston.

– Notre première priorité est de sortir de ce cratère et de trouver des objets en argent. Je suggère de laisser la bombe ici. La température n'est pas suffisamment élevée pour la mettre à feu et si elle explose, le volcan absorbera une partie de sa puissance. Si nous voulons découvrir d'autres créatures magiques, nous aurons sans nul doute une meilleure chance d'y parvenir hors de ce cratère. D'ailleurs, le soufre me donne mal à la tête.

Artemis n'attendit pas que les autres l'approuvent. Il fit volte-face et se dirigea vers le bord du cratère. Au bout d'un moment, les autres le suivirent, luttant à chaque pas contre la couche de cendres. C'était un peu comme le jour où Artemis avait escaladé avec son père une dune de sable géante. Mais ici, une chute aurait des conséquences beaucoup plus fâcheuses.

Le chemin était difficile et parsemé de pièges. La cendre cachait des creux dans la roche et de petites crevasses laissaient échapper de l'air chaud qui montait des profondeurs du volcan. Des champignons colorés poussaient en grappes autour de ces crevasses et luisaient dans les ombres du cratère, telles des lumières de corail.

Personne ne parla beaucoup pendant la montée. N° 1 marmonnait des pages entières de dictionnaire et les autres comprirent que c'était sa manière de garder le moral.

De temps à autre, Artemis levait les yeux. Le ciel était d'une couleur rouge d'aurore et brillait au-dessus de lui comme un lac de sang.

« Voilà une joyeuse métaphore, songea-t-il. Peut-être est-il révélateur de mon caractère qu'un lac de sang soit la seule image qui me vienne en tête. »

La constitution de N° 1 était mieux adaptée à la partie la plus escarpée de l'escalade. Son centre de gravité était situé plus bas et il pouvait prendre appui sur son moignon de queue en cas de besoin. Ses pieds épais lui assuraient un bon équilibre et les écailles qui recouvraient son corps le protégeraient des étincelles et des contusions s'il venait à tomber.

À l'évidence, Qwan souffrait davantage. Le vieux sorcier avait passé les dix mille dernières années sous forme de statue et avait du mal à oublier les contractures qu'il ressentait jusque dans ses os. La magie facilitait un peu le processus, mais elle ne parvenait pas à effacer complètement la douleur. Il grimaçait chaque fois que son pied transperçait la couche de cendres.

Enfin, le groupe atteignit le sommet. Si du temps avait passé, il était impossible de le mesurer avec précision. Le ciel avait la même teinte rouge et toutes les montres s'étaient pratiquement arrêtées.

Holly parcourut les derniers mètres au pas de course puis leva la main droite en serrant le poing.

– Ça veut dire « Halte », expliqua Artemis aux autres. C'est un signal militaire. Les soldats humains utilisent exactement le même.

Holly passa la tête quelques instants par-dessus le bord du cratère puis revint vers le groupe.

– Qu'est-ce que ça signifie quand un grand nombre de démons escaladent le volcan ?

Qwan sourit.

– Ça signifie que nos frères démons ont vu l'éclair qui a accompagné notre arrivée et qu'ils viennent nous accueillir.

– Et qu'est-ce que ça signifie quand ils sont armés d'arbalètes ?

– Mmmm, murmura Qwan d'un air songeur. Ce pourrait être un peu plus fâcheux.

– Sont-ils vraiment dangereux ? demanda Artemis. Nous avons affronté des trolls ensemble.

– Ne vous inquiétez pas, répondit Holly en armant son pistolet. Ils ne sont pas si grands. Tout devrait bien se passer. Croyez-moi.

Artemis fronça les sourcils. Holly ne prenait la peine de le rassurer que lorsqu'ils avaient de sérieux ennuis.

– C'est si grave que ça ? dit-il.

Holly laissa échapper un sifflement en hochant la tête.

– Vous ne pouvez pas imaginer.

Chapitre 14
Le chef de la horde

ÎLE DE HYBRAS

Pendant qu'Artemis et compagnie filaient dans le tunnel temporel, Léon Abbot et les aînés de la horde étaient réunis en conseil. C'était au cours de ces séances que toutes les grandes décisions étaient prises, ou plus exactement, qu'Abbot prenait toutes les grandes décisions. Les autres avaient l'impression de participer, mais Léon Abbot possédait l'art et la manière de les amener à penser comme lui.

« Si seulement ils savaient, songea-t-il en se mordant l'intérieur de la joue pour empêcher un sourire hautain et satisfait de s'étaler sur son visage. Ils me mangeraient tout cru. Mais ils ne peuvent pas savoir car il n'y a plus personne pour le leur révéler. Cet idiot de N° 1 était le dernier et il est parti. Quel dommage. »

Aujourd'hui, Abbot avait prévu de leur annoncer quelque chose de grandiose. Un nouveau départ pour la horde, l'aube d'une ère nouvelle. L'ère de Léon Abbot.

Il regarda autour de la table ses congénères sucer des os provenant d'un seau rempli de lapins, encore vivants quelques instants auparavant, qu'il avait apportés spécialement pour la réunion. Il méprisait les autres membres du Conseil. Chacun d'eux sans exception. C'étaient des créatures faibles et stupides, soumises à leurs appétits les plus vils. Ils avaient besoin avant tout d'obéir à un chef. Pas de discussions, pas de débats, seule *sa* parole faisait loi, rien d'autre.

Bien sûr, dans des circonstances normales, les autres démons auraient pu ne pas partager sa vision de l'avenir. Et dans ce cas, s'il en avait fait état, peut-être lui auraient-ils réservé le même sort qu'aux lapins. Mais les circonstances n'étaient pas normales. Il disposait de certains *avantages* lorsqu'il négociait avec le Conseil.

À l'autre bout de la table, Hadley Shrivelington Basset, récemment admis comme membre du Conseil, s'était levé et poussait des grognements sonores. Ce qui signifiait qu'il souhaitait prendre la parole. En vérité, Basset inquiétait un peu Abbot. Il manifestait une certaine résistance face à son habituel pouvoir de persuasion et d'autres commençaient à l'écouter. Il faudrait s'en occuper bientôt.

Basset grogna à nouveau, entourant sa bouche de ses deux mains ouvertes pour s'assurer que le son portcrait jusqu'à l'autre bout de la table.

– Je voudrais parler, Léon Abbot. Et je voudrais que vous m'écoutiez.

Abbot poussa un profond soupir et fit signe au démon qu'il avait la parole. Les jeunes adoraient les formalités.

– Il y a des choses qui me tracassent, Abbot. Des choses qui ne devraient pas se passer de cette façon, dans la horde.

Des murmures d'assentiment s'élevèrent autour de la table. Inutile de s'inquiéter. Les autres changeraient bientôt de ton.

– Nous portons des noms humains. Nous vénérons un livre humain. Je trouve cela révoltant. Allons-nous finir par devenir entièrement humains ?

– Je vous l'ai déjà expliqué, Basset. Sans doute un million de fois. Avez-vous donc l'esprit si obtus que mes discours ne pénètrent pas dans votre crâne ?

Basset émit un grognement grave. Ces paroles exprimaient une certaine agressivité. Et chef de la horde ou pas, il les ferait rentrer dans la gorge d'Abbot.

– Je vais essayer une fois de plus, poursuivit Abbot en mettant brusquement les pieds sur la table, une insulte de plus pour Basset. Nous apprenons les manières de vivre des humains pour pouvoir mieux les comprendre et donc, mieux les vaincre. Nous lisons le livre, nous nous entraînons au tir à l'arbalète, nous portons leurs noms.

Basset ne se laissa pas intimider.

– J'ai entendu ces mots-là un million de fois et, à chaque fois, ils m'ont paru ridicules. Nous ne nous donnons pas des noms de lapin lorsque nous partons à la chasse aux lapins. Nous ne vivons pas dans des terriers de renard pour chasser le renard. Nous pouvons apprendre ce qu'il y a dans le livre, nous pouvons apprendre à tirer à l'arbalète, mais nous sommes des démons, pas des humains. Le nom de ma famille est Cartilage. Voilà un vrai nom de démon ! Bien différent de ce stupide Hadley Shrivelington Basset.

C'était un bon argument, bien présenté. En d'autres circonstances, Abbot aurait peut-être applaudi et recruté le jeune démon comme lieutenant. Mais les lieutenants deviennent vite des rivaux et Abbot ne voulait surtout pas qu'une chose pareille se produise.

Léon Abbot se leva et marcha lentement le long de la table, regardant tour à tour chaque membre du Conseil dans les yeux. Au début, une lueur de défi brillait dans leurs pupilles mais, lorsque Abbot commença à parler, l'éclat de cette lueur laissa place à l'ombre terne de l'obéissance.

– Vous avez raison, bien sûr, dit Abbot en passant une griffe le long d'une de ses cornes recourbées.

Un arc d'étincelles suivit le mouvement de son ongle.

– Tout ce que vous nous avez exposé est parfaitement exact. Les noms, ce livre ridicule, les arbalètes. Apprendre l'anglais, tout cela est une plaisanterie.

Les lèvres de Basset se retroussèrent sur ses dents blanches et pointues, et ses yeux couleur fauve se plissèrent.

– Vous le reconnaissez, Abbot ? Vous avez entendu ? Il le reconnaît.

Quelques instants auparavant, les autres avaient grogné leur approbation devant le défi du jeune démon mais, à présent, le combat semblait leur échapper. Ils ne purent que contempler la table, comme si les réponses aux questions fondamentales de l'existence étaient gravées à la surface du bois.

– La vérité, Basset, continua Abbot en s'approchant de plus en plus, c'est que nous ne reviendrons jamais chez nous. Chez nous, c'est ici, maintenant.

– Mais vous avez dit…

– Je sais. J'ai dit que le sortilège prendrait fin et que nous serions aspirés vers la dimension d'où nous venons. Et qui sait, peut-être est-ce vrai ? Mais je n'ai aucune idée de ce qui se passera vraiment. Tout ce que je sais, c'est que, aussi longtemps que nous resterons ici, c'est moi qui commanderai.

Basset en fut abasourdi.

– La grande bataille n'aura pas lieu ? Mais nous nous entraînons depuis si longtemps !

– Pour distraire l'attention, répliqua Abbot en agitant les doigts à la manière d'un magicien. Tout est poudre aux yeux. Il faut donner aux troupes un objectif sur lequel se concentrer.

– Se *quoi* ? demanda Basset, déconcerté.

– Se concentrer, espèce de crétin. Réfléchissez un peu. Tant que nous préparons la guerre, les démons sont contents. Je leur ai fourni la guerre et je leur ai montré comment la gagner. Je suis donc tout naturellement le sauveur.

– Vous nous avez donné l'arbalète.

Abbot s'arrêta et éclata de rire. Ce Basset méritait décidément un prix de bêtise. Il aurait presque pu se faire passer pour un gnome.

– L'arbalète ! s'exclama-t-il, la respiration haletante, lorsque son hilarité se fut apaisée. L'arbalète ! Mais les Hommes de Boue ont des armes qui crachent la mort ! Ils ont des oiseaux de métal qui volent et laissent tomber des œufs explosifs. Et ils sont des millions. Des millions ! Il leur suffirait de lancer un seul de leurs œufs sur notre petite île pour nous anéantir. Et *cette* fois, il ne serait plus question de retour.

Basset ne savait plus s'il devait contre-attaquer ou s'enfuir. Toutes ces révélations lui mettaient le cerveau à la torture et les autres membres du Conseil ne trouvaient rien d'autre à faire que d'écouter d'un air hébété. On aurait dit qu'ils étaient sous le coup d'un sortilège...

– Allons, reprit Abbot d'un ton moqueur. Vous commencez à comprendre. Pressez un peu l'éponge qui vous tient lieu de cerveau.

– Vous avez ensorcelé le Conseil.

– Dix sur dix ! croassa Abbot. Vous avez droit à un lapin cru !

– M... mais ce n'est pas possible, balbutia Basset. Les démons ne sont pas des créatures magiques, à part les sorciers. Et les sorciers ne se distordent pas.

Abbot ouvrit grand les bras.

– Or, je suis si magnifiquement distordu. Votre cerveau ne peut en supporter davantage ? C'en est trop pour vous, Basset ?

Ce dernier tira une longue épée de son fourreau.

– Mon nom est Cartilage ! rugit-il en se ruant sur le chef de la horde.

Abbot détourna la lame d'un geste du bras, puis frappa violemment son adversaire. Abbot était peut-être un menteur et un manipulateur mais c'était aussi un redoutable guerrier. Basset ressemblait à une colombe qui s'en serait prise à un aigle.

Abbot projeta le petit démon sur le sol de pierre et s'assit sur sa poitrine, indifférent aux coups que Basset portait sur ses écailles protectrices.

– C'est tout ce que tu sais faire, petit ? Mon chien me résiste mieux quand je joue avec lui.

Il saisit la tête de Basset entre ses mains et la serra jusqu'à ce que les yeux du jeune démon sortent de leurs orbites.

– Je pourrais te tuer, à présent, dit-il, et de toute évidence, il se réjouissait à cette pensée. Mais tu es très aimé des diablotins et ils n'arrêteraient pas de me harceler de questions. Je vais donc t'épargner. Après un petit traitement. Ton libre arbitre m'appartiendra, désormais.

Dans sa situation, Basset n'aurait pas dû pouvoir parler mais il parvint à marmonner un seul mot :

– Jamais.

Abbot serra plus fort.

– Jamais ? Jamais, dis-tu ? Ne sais-tu donc pas que *jamais* peut arriver très vite, à Hybras ?

Abbot fit alors ce qu'aucun démon ayant subi sa distorsion n'aurait pu normalement faire : il concentra la magie qui était en lui et la laissa flamboyer dans ses yeux.

– Tu es à moi, dit-il à Basset d'une voix que les accents magiques rendaient irrésistible.

Les autres étaient tellement conditionnés qu'une pointe de mesmer suffisait à les soumettre, mais pour dominer l'esprit encore frais et jeune de Basset, Abbot rassembla jusqu'à la moindre étincelle de magie qui circulait dans son corps. La magie qu'il avait volée. Une magie qui, selon les lois du monde des fées, n'aurait jamais dû être employée pour mesmériser une autre fée.

Le visage de Basset devint cramoisi et l'écaille de son front émit un craquement.

– Tu es à moi ! répéta Abbot en le regardant droit dans les yeux. Jamais plus tu ne me contesteras.

Il faut dire en faveur de Basset qu'il résista à l'enchantement pendant plusieurs secondes, jusqu'à ce que le pouvoir magique provoque dans son œil l'éclatement d'un vaisseau sanguin. Tandis que le sang se répandait dans la sclérotique orangée de son globe oculaire, la détermination de Basset faiblit et laissa place à une docilité passive.

– Je suis à vous, dit-il d'une voix machinale. Jamais plus je ne vous contesterai.

Abbot ferma les yeux pendant un moment, ramenant la magie à l'intérieur de son corps. Lorsqu'il les rouvrit, il était tout sourire.

– Très bien. Je suis si content d'entendre cela, Basset. Votre seul autre choix était une mort rapide et douloureuse, vous êtes tellement mieux en petit chien écervelé et obéissant.

Il se releva et, d'un geste courtois, aida Basset à en faire autant.

– Vous êtes tombé, expliqua-t-il de la voix d'un médecin s'adressant à son patient. Et je vous aide à vous relever.

Basset cligna des yeux d'un air rêveur.

– Jamais plus je ne vous contesterai.

– Oh, oublions tout cela. Vous n'avez qu'à vous asseoir et m'obéir.

– Je suis à vous, assura Basset.

Abbot lui tapota doucement la joue.

– Et les autres qui disaient que nous n'allions pas nous entendre...

Abbot retourna s'asseoir dans son propre fauteuil en bout de table. Le siège au dossier haut était constitué de différentes parties d'animaux. Il s'y installa et caressa les accoudoirs de la paume de ses mains.

– J'aime beaucoup ce fauteuil, dit-il. C'est d'ailleurs plus un trône qu'un fauteuil, ce qui m'amène à l'affaire que j'ai mise à l'ordre du jour.

Abbot tendit le bras et sortit de sous un rabat de cuir du fauteuil une couronne de bronze grossièrement façonnée.

– Je pense qu'il est temps pour le Conseil de me déclarer roi à vie, poursuivit-il en posant la couronne sur sa tête.

Cette nouvelle idée de règne à vie serait difficile à faire passer. Une horde de démons était toujours commandée par le plus apte et c'était là une position temporaire. Abbot n'avait survécu dans cette fonction qu'en mesmérisant quiconque osait s'opposer à lui.

La plupart des membres du Conseil avaient été soumis au sortilège d'Abbot depuis si longtemps qu'ils acceptèrent la suggestion comme s'il s'agissait d'un décret royal, mais quelques-uns parmi les plus jeunes furent parcourus de spasmes violents, leurs convictions profondes s'insurgeant contre cette idée exécrable.

Leurs luttes intérieures ne durèrent pas longtemps, cependant. La proposition d'Abbot se répandit comme un virus dans leur conscience et leur inconscient, écrasant toute velléité de révolte.

Abbot rajusta légèrement sa couronne.

– Les débats sont clos. Que ceux qui se prononcent en faveur de cette mesure crient : « Graaargh ! »

– GRAAARGH ! hurlèrent les démons en frappant la table de leurs épées et de leurs gantelets.

– Vive le roi Léon, souffla Abbot.

– VIVE LE ROI LÉON ! répétèrent les membres du Conseil, tels des perroquets bien dressés.

L'adulation collective fut interrompue par un démon soldat qui fit irruption dans la salle.

– Il y a un… Il y a eu un grand…

Abbot ôta prestement sa couronne. La population n'était pas encore prête à recevoir la nouvelle.

– Il y a quoi ? demanda-t-il d'un ton impérieux. Un grand quoi ?

Le soldat se tut, reprenant son souffle. Il comprit qu'il avait intérêt à souligner la « grandeur » de ce qui s'était passé sur la montagne, sinon Abbot pourrait bien lui couper la tête pour avoir interrompu la réunion.

– Il y a eu un grand éclair.

Un grand éclair ? Cela ne paraissait pas assez « grand ».

– Je vais recommencer. Un *immense* éclair a jailli du volcan. Deux chasseurs se trouvaient pas très loin. Ils disent que quelqu'un est venu. Un groupe. Quatre créatures.

Abbot fronça les sourcils.

– Des créatures ?

– Deux démons, sans doute. Mais les deux autres, les chasseurs ne savent pas qui ils sont.

C'était grave. Abbot le savait. Ces créatures pouvaient être des humains ou, pire encore, des sorciers survivants. S'il y avait un sorcier parmi elles, il devinerait sûrement son secret. Il suffisait d'un démon doté de pouvoirs réels pour anéantir son emprise sur la horde. Il fallait contrôler la situation.

– Très bien. Le Conseil va enquêter. Personne d'autre ne doit monter là-haut.

La pomme d'Adam du soldat tressauta fébrilement, comme s'il s'apprêtait à annoncer de mauvaises nouvelles.

– Il est trop tard, maître Abbot. Toute la horde escalade le volcan.

Avant que le soldat ait terminé sa phrase, Abbot s'était déjà précipité vers la porte.

– Suivez-moi ! cria-t-il aux autres démons. Et emportez vos armes.

– GRAAARGH ! rugirent les membres du Conseil ensorcelés.

Artemis fut surpris de se sentir si calme. On aurait pu penser qu'un adolescent humain éprouverait de la terreur à la vue d'une horde de démons montant vers lui, mais Artemis était plus nerveux que terrifié et plus curieux que nerveux.

Il jeta un coup d'œil par-dessus son épaule, vers le cratère qu'ils venaient de quitter.

– Nous avions pourtant fait une remontée extra... horde... inaire... dit-il à voix basse, souriant de sa propre plaisanterie.

Holly l'entendit.

– Le moment est bien choisi pour cultiver votre sens de l'humour.

– En temps normal, j'aurais un plan, mais la situation me dépasse. C'est à Qwan de jouer, à présent.

N° 1 les mena le long du cratère, jusqu'à une corniche rocheuse. À côté du rebord, fichée dans le sol, il y avait une baguette de bois autour de laquelle une douzaine de bracelets en argent avaient été passés. La plupart étaient ternis et recouverts de suie.

N° 1 en retira plusieurs en les faisant glisser par-dessus la baguette.

– Des voyageurs dimensionnels les ont laissés ici, expliqua-t-il en les distribuant. Au cas où ils parviendraient à revenir. Jusqu'à présent, personne n'a réussi. Sauf Léon Abbot, bien sûr.

Qwan glissa un bracelet autour de son poignet.

– Les voyages dimensionnels sont un véritable suicide. Sans argent, un démon ne peut rester au même endroit plus de quelques secondes. Il est condamné à dériver entre des temps et des espaces différents jusqu'à ce qu'il succombe à l'environnement ou à la faim. Ce n'est que grâce à la magie que nous sommes ici. Je suis stupéfait que ce dénommé Abbot ait pu revenir. Quel est son nom de démon ?

N° 1 scruta le chemin qui descendait à flanc de montagne.

– Vous pourrez le lui demander vous-même. Le voilà, là-bas, celui qui se fraye un chemin à coups de coudes pour prendre la tête du groupe.

Holly plissa les yeux pour apercevoir le chef de la horde.

– Avec des cornes recourbées et une grande épée ? demanda-t-elle.

– Est-ce qu'il sourit ?

– Non.

– Alors, c'est bien Abbot.

Ce furent d'étranges retrouvailles. Il n'y eut pas d'étreintes, pas de champagne, pas de souvenirs émus évoqués la larme à l'œil. En revanche, on montra les dents, on tira les épées, on menaça. Les plus jeunes diablotins étaient particulièrement désireux d'embrocher les nouveaux venus pour montrer leur valeur. Artemis constituait la cible privilégiée du groupe. Qu'on imagine : un véritable être humain, ici, à Hybras ! Et en plus, il n'avait pas l'air si redoutable.

Artemis et compagnie étaient restés immobiles au bord du volcan, attendant que les démons viennent jusqu'à eux. Ils n'eurent pas à attendre longtemps. Les diablotins arrivèrent les premiers, essoufflés par l'escalade, avides de tuer quelqu'un. Sans l'intervention de Qwan, Artemis aurait été coupé en morceaux sur-le-champ. En toute justice, Holly contribua également à maintenir Artemis en vie. Elle tira sur la première demi-douzaine de diablotins une décharge de Neutrino suffisamment puissante pour qu'ils s'empressent de reculer à bonne distance. Ensuite, Qwan parvint à capter leur attention en faisant apparaître un singe multicolore qui dansait dans les airs.

Bientôt, tous les démons capables d'escalader le flanc du volcan furent arrivés au sommet et contemplèrent le singe magique.

Même N° 1 était fasciné.

– Qu'est-ce que c'est ?

Qwan remua les doigts et le singe exécuta un saut périlleux.

– Il s'agit d'une simple construction magique. Au

lieu de laisser les étincelles circuler à leur guise, je les rassemble en une forme reconnaissable. Cela exige du temps et des efforts, mais peu à peu, toi aussi, tu sauras exercer ce microcontrôle.

– Non, reprit N° 1, je voulais dire : qu'est-ce que c'est que ça ?

Qwan soupira.

– C'est un singe.

À mesure que leur nombre grandissait, les démons étaient de plus en plus agités. Les guerriers se donnaient des coups de cornes dans une démonstration de force. Ils se frappaient les uns les autres, tapant du poing sur les écailles de leur poitrine, et aiguisaient leurs épées sur des pierres avec des gestes ostentatoires.

– Butler me manque, dit Artemis.

– À moi aussi, ajouta Holly, scrutant la foule pour repérer les plus manaçants.

Ce n'était pas facile à déterminer. Chacun des démons paraissait sur le point de se jeter sur eux. Bien sûr, Holly avait déjà eu l'occasion de voir des représentations de démons en trois dimensions, mais elle ne s'était jamais retrouvée face à eux dans la réalité. Aussi ressemblantes que soient ces représentations, elles ne pouvaient reproduire la lueur sanguinaire de leur regard, ni les gémissements à donner la chair de poule qui s'échappaient de leurs narines tandis que la fièvre du combat s'emparait d'eux.

Abbot fendit la foule et leur fit face. Holly pointa aussitôt le canon de son arme sur sa poitrine.

– Qwan ! s'exclama Abbot, visiblement stupéfait. Tu es vivant ? Je croyais que tous les sorciers étaient morts.

– Sauf celui qui vous a aidé, ne put s'empêcher de dire N° 1.

Abbot recula d'un pas.

– Oui, en effet. Sauf celui-là.

Qwan ferma le poing et le singe disparut.

– Je te connais, dit-il lentement, cherchant dans ses souvenirs. Tu étais à Taillte. Tu étais un réfractaire.

Abbot se redressa de toute sa hauteur.

– C'est vrai. Je suis Abbot le réfractaire. Nous n'aurions jamais dû venir ici. Nous aurions dû affronter les humains. Les sorciers nous ont trahis !

Il menaça Qwan de son épée.

– Tu nous as trahis !

Les démons grognèrent et brandirent leurs armes.

Abbot prit le temps d'observer les autres membres du groupe qui accompagnait Artemis.

– Un humain ! C'est un humain. Tu as amené l'ennemi à notre porte. Combien de temps faudra-t-il avant que ses congénères suivent dans leurs oiseaux de métal ?

– Des oiseaux de métal ? dit Artemis en gnomique. Quels oiseaux de métal ? Tout ce que nous avons, ce sont des arbalètes, vous le savez bien.

Un « oooh » collectif s'ensuivit quand les démons s'aperçurent que cet humain parlait leur langue, bien qu'il eût un accent.

Abbot décida de changer de sujet. Ce garçon mettait à mal son enseignement.

– Et tu as aussi amené une elfe, sorcier. Équipée d'une arme magique. Les elfes nous ont trahis à Taillte !

Qwan commençait à se fatiguer de ces rodomontades.

– Je sais, tout le monde vous a trahis à Taillte. Pourquoi ne donnes-tu pas l'ordre auquel tu penses ? Tu nous préfères morts. Alors, donne-le, cet ordre, et nous verrons bien si tes frères démons attaqueront le seul être qui peut les sauver.

Abbot se rendit compte qu'il était sur un terrain glissant. Il fallait régler son compte à cette dangereuse petite bande. Très vite et définitivement.

– Tu veux vraiment mourir ? Qu'il en soit ainsi, puisque tu y tiens.

Il pointa son épée sur le petit groupe, prêt à rugir « Tuez-les ! » ou peut-être « Mort aux traîtres ! » lorsque Qwan claqua ses doigts courts. Il exécuta le geste d'une manière bien visible, déclenchant une mini-explosion magique.

– Je me souviens de toi, maintenant. Tu ne t'appelles pas Abbot. Tu es N'zall, l'idiot qui a fait rater le sortilège temporel. Mais tu as changé d'apparence. Ces marques rouges.

Abbot eut un mouvement de recul, comme s'il venait de prendre un coup. Quelques démons, parmi les plus âgés, ricanèrent. Le nom de démon d'Abbot n'était pas souvent prononcé. Il était un peu gêné de le porter, ce qui n'avait rien de surprenant car N'zall, dans l'ancien dialecte des démons, signifiait « petite corne ».

– C'est *toi*, N'zall. Je me souviens de tout, maintenant. Toi et cet autre crétin, Bludwin – vous étiez opposés au sortilège temporel. Vous vouliez vous battre contre les humains.

– Je le veux toujours, gronda Abbot qui en rajoutait pour faire oublier le ridicule de son vrai nom. Il y en a un devant nous. Nous pouvons commencer par lui.

Qwan était en colère, à présent, pour la première fois depuis son retour à la vie.

– Nous avions tout préparé. Nous étions sept sorciers en cercle dans le volcan, la lave montait et nous avions une parfaite maîtrise de la situation. Et puis toi et Bludwin, vous avez surgi de derrière un rocher et vous avez brisé le cercle.

Abbot eut un rire caverneux.

– Ce n'est pas du tout ce qui s'est passé. Tu as été absent trop longtemps, sorcier. Tu es devenu fou.

Des étincelles bleues flamboyaient dans le regard de Qwan et des ondes d'énergie magique lui parcouraient les bras.

– À cause de toi, j'ai passé dix mille ans sous forme de statue.

– Personne ne croit un mot de ce que tu dis, sorcier.

– Moi, je le crois, intervint N° 1.

D'autres, dans le camp des démons, le croyaient aussi. On le voyait dans leur regard.

– Tu as essayé d'assassiner les sorciers ! poursuivit Qwan d'un ton accusateur. Il y a eu un certain désordre et Bludwin est tombé dans le volcan. Son énergie a faussé le sortilège. Tu as alors traîné Qweffor, mon apprenti, dans la lave. Vous vous y êtes enfoncés tous les deux. Je l'ai vu.

Qwan fronça les sourcils, essayant de reconstituer les faits.

– Mais tu n'es pas mort. Tu n'es pas mort parce que le sortilège était déjà à l'œuvre. La magie t'a expédié ailleurs avant que la lave n'ait pu t'engloutir. Mais où est allé Qweffor ? Et toi, où es-tu allé ?

N° 1 connaissait la réponse à cette question.

– Il est allé dans le futur. Il a révélé nos secrets aux humains en échange d'un de leurs livres et d'une arme ancienne en provenance d'un musée.

Abbot pointa son épée sur lui.

– *J'avais* l'intention de te laisser la vie sauve, diablounet.

N° 1 sentit la rage lui nouer l'estomac.

– Comme si vous m'aviez *laissé la vie sauve*, la dernière

fois ! Vous m'avez conseillé de sauter dans le cratère. Vous m'avez mesmérisé !

Abbot était en mauvaise posture. Il pouvait donner l'ordre au Conseil de passer à l'attaque mais de nombreuses questions resteraient sans réponse et il ne pouvait mesmériser tout le monde. D'un autre côté, s'il laissait Qwan parler, tous ses secrets risquaient d'être percés à jour. Il lui fallait un peu de temps pour réfléchir. Malheureusement, du temps, il n'en avait pas. Il devrait utiliser son astuce et ses armes pour se sortir de cette situation.

– Je t'ai mesmérisé ? Ne sois pas ridicule. Les démons n'ont pas de pouvoirs magiques. Nous détestons la magie.

Abbot hocha la tête d'un air incrédule.

– Pourquoi perdre mon temps à m'expliquer devant un nabot pareil ? Ferme ta bouche, N° 1, sinon, je vais te coudre les lèvres et te jeter dans le volcan.

Qwan n'apprécia pas de voir menacer son nouvel apprenti.

– J'en ai assez de toi, N'zall. Tu te permets de menacer des sorciers ? N° 1, comme tu l'appelles, a plus de pouvoir en lui que tu n'en auras jamais.

Abbot éclata de rire.

– Pour une fois, tu as raison, vieux sorcier. Je n'ai pas de pouvoir en moi. Pas la moindre étincelle de magie. Le seul pouvoir que je possède, c'est celui de mes poings et la force de la horde qui me suit.

Artemis commençait à se fatiguer de ces querelles.

– Nous n'avons pas de temps à consacrer à cela, dit-il en s'écartant de Qwan derrière lequel il était resté. Le sortilège temporel se dégrade et nous devons préparer le voyage de retour. Pour ce voyage, nous aurons besoin de toute la magie que nous pourrons rassembler. Y compris la vôtre, N'zall ou Abbot, ou quel que soit votre nom.

– Je ne discute pas avec les humains, grogna Abbot. Mais si j'acceptais de leur parler, je vous répéterais que je ne possède aucun pouvoir magique.

– Allons, voyons, répliqua Artemis d'un ton railleur. Je connais les effets secondaires du mesmer. Y compris les pupilles ravagées et les yeux injectés de sang. Certains de vos amis, ici, ont été mesmérisés à tel point qu'ils n'ont quasiment plus de pupilles du tout.

– Et où aurais-je été chercher cette magie ?

– Vous l'avez volée dans le tunnel temporel. J'imagine que Qweffor et vous, vous avez été littéralement mélangés l'un à l'autre par l'action conjuguée de la lave et de la magie. Lorsque vous avez émergé à la surface de la terre dans un passé récent, vous avez réussi à retenir en vous un peu de la magie des sorciers.

L'hypothèse parut un peu exagérée à tous ceux qui l'entendirent. Abbot comprit qu'il n'aurait pas besoin de recourir au mesmer pour les convaincre que cette théorie était ridicule. Il pourrait facilement détruire l'argument de l'humain avant de détruire l'humain lui-même.

Abbot se moqua ostensiblement d'Artemis. Il fit son grand numéro de chef de la tribu, caressant du bout des ongles les courbes de ses cornes et lançant de petits éclats de rire semblables à des aboiements. Bientôt, presque tout le monde se mit à rire également.

– Alors, l'humain, dit Abbot lorsque l'hilarité se fut apaisée, j'aurais donc *volé* de la magie dans le tunnel temporel. Tu dois avoir perdu l'esprit, Bonhomme de Boue. Peut-être est-ce parce que je m'apprête à donner l'ordre à mes diablotins de t'écorcher vif et de te mettre les os à nu pour en sucer la moelle. Même si ce que tu racontes était possible, comment pourrais-tu le savoir ? Comment un humain pourrait-il savoir ?

Abbot eut un sourire supérieur, certain qu'aucune réponse satisfaisante ne pourrait être donnée.

Artemis Fowl lui rendit son sourire et pointa l'index vers le ciel. En fait, c'était son majeur, en raison de l'échange qui s'était produit lors de son premier voyage temporel. Du bout de son doigt jaillit une petite étincelle bleue qui explosa à la manière d'un minuscule feu d'artifice.

– Je sais qu'on peut voler de la magie, dit-il. Car j'en ai volé moi-même.

Cette déclaration théâtrale fut accueillie par un silence stupéfait. Puis Qwan éclata d'un grand rire aigu.

– J'ai dit que tu étais intelligent, Bonhomme de Boue. J'avais tort. Tu es exceptionnel. Même dans le tunnel temporel, tu manigançais quelque chose. Ainsi donc, tu as volé un peu de magie ?

Artemis haussa les épaules, refermant les doigts sur les étincelles.

– Elle flottait autour de moi. Je me suis demandé ce qui se passerait si je la saisissais.

Qwan le regarda en plissant les yeux.

– À présent, tu sais. Tu t'es transformé. Tu es devenu une créature magique, comme nous. J'espère que tu sauras utiliser ce don avec sagesse.

– Il ne manquait plus que ça, gémit Holly. Artemis Fowl doté de pouvoirs magiques !

– Je pense que si nous comptons Mr N'zall ici présent, nous arrivons à un total de cinq créatures magiques. C'est suffisant pour renverser le sortilège temporel.

Abbot était pris au piège et il le savait. Les autres démons le regardaient d'un air curieux. Se demandant s'il les avait manipulés grâce à la magie. Quelques membres du Conseil, qui avaient été mesmérisés, s'efforçaient même de se libérer de leurs chaînes mentales. Dans quelques minutes, ses rêves de monarchie se seraient envolés à tout jamais.

Il n'avait plus qu'une seule possibilité.

– Tuez-les tous ! rugit-il, d'un ton qui n'était pas aussi féroce qu'il l'aurait souhaité. Diablotins, vous pouvez y aller !

Les membres du Conseil mesmérisés passèrent à l'action en se montrant beaucoup moins habiles au combat qu'ils n'auraient dû l'être en temps normal. Quant aux diablotins, ils étaient tellement ravis de pouvoir tuer une créature à deux jambes, au lieu de leur habituel gibier à quatre pattes, qu'ils se ruèrent à l'attaque avec une joie sans partage.

– Du sang et des tripes ! hurla l'un d'eux et tous répétèrent le cri.

Ce n'étaient pas des paroles d'une grande éloquence mais elles suffirent à transmettre le message.

Holly n'était pas particulièrement inquiète. Son Neutrino tirait aussi vite qu'elle visait et, en réglant le rayon sur son champ d'action maximum, elle pouvait neutraliser tout un rang de démons et de diablotins avant qu'ils n'aient eu le temps de leur infliger le moindre dommage. En théorie.

D'un coup de coude, elle repoussa Artemis, se mit en position et commença à tirer. Les rayons jaillissaient du pistolet en balayant comme un éventail les démons qui étaient projetés à terre et restaient assommés au moins dix minutes. Sauf ceux qui se relevaient aussitôt. Ce qui semblait être le cas de la plupart d'entre eux. Même les diablotins s'ébrouaient sous les décharges comme s'il s'était agi de simples rafales de vent.

Holly fronça les sourcils. Ce n'était pas normal. Mais elle n'osait pas augmenter la puissance des rayons de peur de provoquer des dégâts permanents. Un risque qu'elle ne prendrait en aucune circonstance.

– Qwan ? dit-elle. Mes rayons n'ont pas beaucoup d'effet. Vous avez une idée ?

Holly savait que les sorciers n'étaient pas d'un grand secours dans les situations de combat. Faire du mal était contraire à leurs convictions et ils ne s'y résolvaient que dans des cas extrêmes. Le temps que Qwan surmonte sa nature pacifiste, il serait trop tard.

Tandis qu'il se grattait le menton, Holly continuait à tirer. Chaque décharge jetait à terre un bon nombre de démons mais ils se relevaient en quelques secondes.

– Si les membres du Conseil ont été mesmérisés, je peux les guérir, conclut Qwan. Mais le cerveau est délicat. J'aurais besoin d'un contact direct.

– Pas le temps, répliqua Holly, lâchant une nouvelle décharge. Artemis, vous avez une proposition ?

Artemis se tenait la main sur le ventre.

– Il faut absolument que j'aille aux toilettes. Il y a une seconde, tout allait bien. Mais maintenant...

Holly aurait vraiment souhaité que ses ailes soient en état de marche. Si seulement il lui était possible d'avoir une vue générale de ses cibles, sa tâche en serait facilitée.

– Des toilettes, Artemis ? Est-ce vraiment le moment ?

Un démon parvint à s'avancer vers eux malgré les tirs de laser. Suffisamment près pour qu'ils sentent son odeur. Holly se baissa pour éviter la massue dont il essaya de la frapper et lui donna un coup de pied dans la poitrine. Ses poumons se vidèrent soudain, il poussa un « whoof » de surprise et s'effondra en essayant de reprendre son souffle.

– Je dois aller aux toilettes et votre Neutrino n'a pas grand effet. Le temps presse. Nous sommes dans un flux temporel.

Artemis saisit Holly par l'épaule, déviant un tir de laser qui jaillit vers le ciel en un large rayon.

– Il faut que j'accède à la bombe. Elle peut exploser d'un moment à l'autre.

Holly secoua l'épaule pour se débarrasser de lui.

– Un petit conseil de prudence, Artemis. Ne me secouez pas pendant que je suis en train de tirer. Qwan, pouvez-vous gagner un peu de temps ?

– Du temps, répondit Qwan avec un sourire. Le fait que nous ayons besoin de temps est assez ironique car...

Holly serra les dents. Pourquoi fallait-il toujours qu'elle se retrouve avec des intellectuels ?

Au cours de l'assaut, N° 1 avait été à parts égales terrifié et pensif. Terrifié pour des raisons évidentes : risques de mutilation, de mort douloureuse, etc. Mais également pensif. Il était un sorcier. Il devait pouvoir faire quelque chose. Avant son départ de l'île, la brusquerie et la férocité de l'attaque l'auraient paralysé.

Mais maintenant, ce n'était même pas la pire situation qu'il ait connue. Ces Hommes de Boue chargés de la sécurité dans le château, très grands, avec leurs uniformes et leurs bâtons à cracher le feu, N° 1 les revoyait dans sa tête, aussi nettement que s'ils avaient été là.

« Au lieu de laisser les étincelles circuler à leur guise, je les rassemble en une forme reconnaissable. »

N° 1 se concentra sur les silhouettes humaines présentes dans sa mémoire et les enveloppa de magie pour leur donner corps. Il les sentit se matérialiser comme si le sang qui circulait dans sa tête se figeait. Lorsque la pression fut trop forte pour que son front puisse la supporter davantage, il l'expulsa dans la réalité extérieure, créant l'image fantomatique d'une douzaine de mercenaires humains qui tiraient des coups de pistolet automatique. La vision était spectaculaire. Abbot lui-même recula. Les autres firent plus que reculer : ils tournèrent les talons et s'enfuirent en courant.

– Bravo, Qwan, c'était bien pensé, dit Artemis.

Qwan parut déconcerté.

– Vous lisez mes pensées, maintenant ? Ah, vous voulez dire les soldats ? Je n'y suis pour rien. N° 1 est un petit sorcier aux dons très puissants. Dans dix ans, il sera capable de déplacer cette île par lui-même.

Abbot se retrouva tout seul à dix pas du groupe, son épée à la main, une grêle de projectiles bleus pleuvant autour de lui. Il faut reconnaître que, face à une mort certaine, le chef de la horde se battait comme un démon : l'épée à la main, montrant les dents dans un grognement.

Qwan hocha la tête.

– Regardez-moi ça. Voilà le genre d'idiotie à l'origine de tous nos ennuis.

Abbot avait une certaine expérience de la magie et il comprit bientôt que ces nouveaux humains avec leurs armes à feu n'étaient qu'une illusion.

– Revenez, bande d'imbéciles, cria-t-il à ses troupes. Ils ne peuvent rien contre vous.

Artemis tapota l'épaule de Holly.

– Désolé de vous secouer à nouveau, mais il faut que nous revenions auprès de la bombe. Tous. Et si possible en emmenant Abbot avec nous.

Holly tira plusieurs décharges sur Abbot pour gagner deux minutes. Le chef de la horde fut projeté en arrière, comme si un géant lui avait frappé la poitrine à coups de marteau.

– D'accord, allons-y, Artemis. Passez devant, je fermerai la marche pour les retenir.

Ils redescendirent précipitamment dans le cratère, glissant sur leurs talons à travers la croûte de cendres. Ils avançaient plus vite dans ce sens-là, mais le terrain était aussi traître. C'était encore plus difficile pour Holly qui se déplaçait à reculons, prête à tirer en rafales sur quiconque montrerait ne serait-ce qu'un cheveu par-dessus le bord du cratère.

La scène semblait issue du cauchemar d'un enfant de cinq ans. Des fumées âcres leur brûlaient les yeux et la gorge, la surface du sol leur aspirait les pieds, ils entendaient le son des halètements et des battements de cœur, la rougeur du ciel flamboyait au-dessus de leur tête. Sans parler de la peur constante de voir surgir les démons.

Les choses allaient encore empirer. Le déplacement d'énergie magique de Qwan au moment de leur arrivée avait accéléré la détérioration du sortilège temporel qui était sur le point d'être totalement anéanti. Malheureusement, le phénomène se produirait en sens inverse, en commençant sur Hybras. Artemis le savait mais il n'avait pas même une seconde pour essayer d'établir un calcul. Cela arriverait bientôt, devina-t-il – bientôt. Et qui pouvait dire ce que signifiait « bientôt » lorsqu'un flux temporel menaçait de déferler ?

Artemis ne se contentait pas de deviner. Il savait que l'effondrement du tunnel était imminent. Il le sentait. Il était en contact avec la magie, à présent. Il en faisait partie et elle faisait partie de lui.

Il prit le bras de Qwan et le passa autour de son épaule, le poussant en avant.

– Vite. Nous devons nous dépêcher.

Le vieux sorcier approuva d'un signe de tête.

– Vous le sentez ? Il y a du chaos dans l'air. Regardez N° 1.

Artemis jeta un coup d'œil derrière lui. N° 1 était sur leurs talons et frappait les jointures de ses doigts contre son front plissé de douleur.

– Il est très sensible, haleta Qwan. La puberté.

Tout à coup, la puberté humaine ne paraissait pas si terrible.

Holly avait des ennuis. Ses années d'entraînement et d'expérience ne l'avaient pas préparée au jour où il lui faudrait s'enfuir *dans* un volcan pendant un flux temporel, tout en protégeant un humain et deux représentants d'une espèce considérée comme disparue.

Le flux semait le désordre dans ses fonctions physiologiques mais il avait aussi un effet sur son arme. Elle tirait des rafales vers le bord du cratère mais une série de décharges se volatilisa dans l'atmosphère.

« Où vont ces coups de feu ? se demanda Holly en un éclair. Dans le passé ? »

Pendant de brefs instants, des images fantomatiques lui apparaissaient dans un tremblement, donnant l'illusion que les démons étaient deux fois plus nombreux. En plus, la faim lui crispait l'estomac et elle aurait juré que ses ongles étaient en train de pousser.

Les démons d'Abbot arrivaient vite et pas du tout en un groupe compact, comme Holly l'avait espéré. Ils s'étaient déployés le long du bord qu'ils franchirent en une vague bien coordonnée. Le spectacle était effrayant – des douzaines de guerriers sautant dans le volcan, les marques de leurs corps luisant dans la lumière rouge du ciel, leurs lèvres retroussées sur leurs dents, leurs cornes frémissantes, des cris de guerre à glacer le sang résonnant en écho contre les parois du cratère. Ce n'était pas comme un combat contre des trolls. Les trolls avaient quelques rudiments d'intelligence, mais les démons, eux, étaient organisés et préparés au combat. Ils avaient déjà appris à se disperser pour éviter les décharges de laser.

Holly repéra le chef de la horde.

« Salut, Abbot, pensa-t-elle. Quoi qu'il arrive, tu rentreras chez toi avec un bon mal de tête. »

Elle tira sur lui à trois reprises. Deux décharges disparurent avant d'avoir atteint leur cible mais la troisième fit mouche, expédiant Abbot dans la poussière.

Holly fit de son mieux, élargissant ses rayons au maximum, réglant la détente sur tir automatique. Si elle avait disposé de son équipement de combat au complet, il n'y aurait pas eu de problèmes. Quelques grenades foudroyantes, lancées au bon moment, auraient neutralisé la vague des démons tout entière et un fusil d'assaut à impulsions les aurait retenus pendant quelques centaines d'années si nécessaire. Mais elle n'avait qu'une seule arme de poing, aucun renfort, et le flux temporel engloutissait la moitié de ses rayons.

Il semblait impossible de ralentir l'avancée d'Abbot et de ses brutes suffisamment longtemps pour permettre à Artemis d'atteindre la bombe. Et même s'il y arrivait, que pourrait-il faire ?

Les démons poursuivaient leur marche, penchés en avant, progressant par petits sauts. En même temps, ils tiraient des carreaux d'arbalète, dont aucun n'était affecté par le flux temporel. Ce qui était logique. Les rayons de son Neutrino étaient calculés pour avoir une vie très brève : une fois qu'ils entraient en contact avec l'atmosphère, ils se dissipaient au bout de cinq secondes, à moins de subir de nouveaux réglages spécifiques pour durer plus longtemps.

Fort heureusement, les carreaux d'arbalète avaient une trop courte portée pour les atteindre, moins courte toutefois que quelques instants auparavant. Le temps s'épuisait à plus d'un titre.

Un groupe de diablotins particulièrement téméraires parvint à franchir la ligne de feu de Holly. Leur méthode de déplacement était dangereuse et même suicidaire. Seule la chance qui sourit aux imbéciles les empêcha de se fracasser le crâne. Utilisant un bouclier en peau à la manière d'une luge, trois d'entre eux glissaient le long de la pente du cratère, rebondissant d'un rocher à l'autre, ballottés par les différences d'inclinaison de la paroi.

Lorsque Holly les repéra, ils étaient à une cinquantaine de mètres mais un instant plus tard, ils arrivèrent si près qu'elle sentit l'odeur de la sueur qui luisait sur les écailles de leur front. Elle brandit le canon de son arme dans leur direction mais il était trop tard, elle ne parviendrait jamais à les arrêter. Et même si elle y arrivait, les autres profiteraient de cette diversion pour gagner du terrain.

Les diablotins la lorgnaient d'un air sournois, leurs lèvres retroussées sur des dents pointues. L'un d'eux était particulièrement agité et une substance visqueuse suintait par les pores de sa peau.

Les créatures semblèrent suspendues en l'air pendant un temps qui parut interminable, puis *quelque chose* se produisit. L'air se mit à palpiter et la réalité se fragmenta momentanément en pixels colorés, comme sur l'écran d'un ordinateur défectueux. Holly sentit une nausée se répandre dans son estomac et les diablotins disparurent, emportant avec eux un morceau du cratère en forme de tube de deux mètres de diamètre.

Holly tomba en arrière, s'écartant du trou qui se referma sur lui-même.

N° 1 s'affaissa sur ses genoux et se mit à vomir.

– La magie, haleta-t-il. Elle cède. L'attraction de la terre est plus forte que l'argent, désormais. Plus personne n'est à l'abri.

Artemis et Qwan étaient dans une forme un peu meilleure, mais un peu seulement.

– Je suis plus vieux et je contrôle mieux mon empathie, dit Qwan. C'est pourquoi je n'ai pas vomi.

À peine avait-il fini de parler qu'il vomit à son tour.

Artemis ne donna pas le temps au vieux sorcier de reprendre ses esprits. Du temps, ils n'en avaient pas. Le temps affluait et se décomposait simultanément.

– Venez, dit-il. En avant.

Holly se redressa en reculant et tira N° 1 pour le relever à son tour. Derrière eux, sur les pentes du cratère, les démons s'étaient figés sur place en voyant les diablotins se volatiliser mais, à présent, ils reprenaient leur avancée avec une détermination renouvelée. Sans aucun doute, ils étaient persuadés que Holly était responsable de la disparition de leurs jeunes frères.

Des grondements temporels résonnaient tout autour de l'île tandis que des morceaux de Hybras s'engouffraient en tournoyant dans le tunnel du temps. Certains de ces morceaux se rematérialiseraient sur la terre, d'autres dans l'espace. Il était très peu probable que les démons suffisamment malchanceux pour avoir été emportés avec eux puissent survivre sans disposer d'une puissance magique assez forte pour leur créer une boussole.

Artemis se traîna sur les derniers mètres qui le séparaient de la bombe, se laissant tomber à genoux à côté de l'engin. Il essuya avec sa manche la cendre qui s'était déposée sur le cadran puis l'examina un moment, hochant la tête en observant les chiffres tremblotants qui s'affichaient sur le minuteur.

Les chiffres se suivaient d'une manière apparemment incohérente, passant d'un coup à un nombre plus élevé, puis ralentissant leur progression et même revenant légèrement en arrière. Mais Artemis savait qu'il y avait une logique derrière tout cela. La magie était simplement une autre forme d'énergie et l'énergie se conformait à certaines règles. Il fallait simplement regarder le voyant et compter. L'opération lui prit un peu plus de temps qu'ils ne pouvaient se le permettre mais Artemis finit par repérer le principe de base. Il fit rapidement quelques calculs mentaux.

– J'ai compris ! cria-t-il à Qwan, agenouillé à côté de lui. C'est en gros un mouvement croissant. Une heure par seconde pendant quarante secondes, ensuite une décélération à trente minutes par seconde pendant dix-huit secondes, puis un léger retour en arrière, une minute par seconde pendant deux secondes. Après, on répète.

Qwan eut un pâle sourire.

– Ça commençait par quoi, déjà ?

Artemis se leva en arrachant la bombe aux cendres et aux moisissures.

– Peu importe. Vous devez préparer le transfert de cette île. Je me chargerai de déplacer la bombe à l'endroit que vous m'indiquerez.

– Très bien, cher Bonhomme de Boue si intelligent. Mais nous ne disposons toujours que de quatre êtres magiques. Nous avons besoin de N'zall.

Holly s'approcha d'eux à reculons sans cesser de tirer.

– Je vais voir ce que je peux faire, dit-elle.

Qwan hocha la tête.

– J'ai foi en vous, capitaine. Il faut dire que je suis d'une nature confiante et regardez où cela m'a mené.

– Où voulez-vous mettre cet engin ?

Qwan réfléchit.

– Nous devons former un cercle tout autour, il est donc nécessaire d'avoir un endroit plat. Regardez, là-bas, cette surface plane. C'est cela qu'il nous faut.

Artemis entreprit de traîner la bombe dans cette direction. Ce n'était pas très loin. Ils se placeraient alors tout autour et la regarderaient exploser.

Chacun avait une tâche à accomplir, à présent. Et leurs chances de la mener à bien étaient légèrement supérieures à celles qu'on pouvait avoir d'assister un jour au mariage d'un nain et d'une gobeline. Une gobeline aurait encore préféré se manger les pieds plutôt que d'épouser un nain.

Artemis devait mettre la bombe en place. N° 1 et Qwan étaient chargés de jeter le sortilège et Holly avait la mission peu enviable de les maintenir en vie tout en persuadant Abbot de se joindre à leur groupe. Pendant ce temps, l'île continuait de se désintégrer autour d'eux.

Le volcan était littéralement démantelé. D'immenses morceaux de roche disparaissaient dans l'espace comme les pièces d'un gigantesque puzzle en trois dimensions. Dans quelques minutes, il n'y aurait plus rien à transporter.

Qwan prit la main de N° 1 dans la sienne et l'amena jusqu'à la surface plate.

– Écoute-moi bien, petit. Ce que tu as fait là-haut, en créant l'image de ces soldats, était très bien. J'ai été impressionné. Mais ceci est d'une autre envergure. Je sais que tu as mal. C'est parce que tu es sensible à la détérioration du sortilège. Mais tu ne dois pas y prêter attention. Nous avons une île à transporter.

N° 1 sentit des frémissements nerveux parcourir son moignon de queue.

– Une île ? Une île tout entière ?

Qwan cligna de l'œil.

– Et tous ceux qui sont dessus. Sans vouloir te mettre la pression.

– Que devons-nous faire ?

– Je ne te demande qu'une seule chose. Rassemble toute ta magie, jusqu'à la dernière goutte. Laisse-la passer en moi et je m'occupe du reste.

Cela *paraissait* relativement facile. Mais rassembler toute sa magie lorsque des flèches sifflent dans l'air et que des morceaux de paysage se volatilisent subitement est à peu près aussi facile que d'aller aux toilettes sur commande sous les yeux d'une douzaine de personnes. Qui vous haïraient, par surcroît.

N° 1 ferma les yeux et pensa à la magie.

« Magie. Viens, magie. »

Il s'efforça d'ouvrir dans son esprit les mêmes portes que lorsqu'il avait fait apparaître les soldats humains. À sa grande surprise, il s'aperçut que la magie lui venait plus facilement, maintenant, comme si elle était prête à sortir. La cage était ouverte, la bête devenait libre. N° 1 sentit le pouvoir se répandre dans ses bras, l'animant comme une marionnette.

– Holà, mon grand, dit Qwan. Inutile de me faire exploser la tête. Retiens-toi un peu jusqu'au moment du départ.

Le vieux sorcier se tourna vers Artemis et cria, sa voix frêle presque balayée par les détonations soniques :

– Combien de temps ?

Artemis avait du mal à traîner la bombe, enfonçant ses talons dans la croûte de cendres et la hissant de toutes ses forces. Il ne pouvait s'empêcher de penser que Butler aurait simplement jeté l'engin sur son épaule avant de le porter sans effort à l'endroit indiqué.

– Comptez jusqu'à trois cents. Peut-être deux cent quatre-vingt-dix-neuf. En admettant que la détérioration demeure constante, ce qui devrait être le cas.

Qwan avait cessé d'écouter après les mots « trois cents ». Il serra fermement les mains de N° 1.

– Encore cinq minutes et nous retournons chez nous. Le moment est venu de commencer le mantra.

Qwan ferma les yeux et balança la tête de droite à gauche en marmonnant des paroles dans l'ancienne langue des démons.

N° 1 sentait le pouvoir des mots. Ils donnaient à la magie la forme de cercles de flammes bleues qui s'élevaient autour d'eux. Tenant les mains de son nouveau mentor, il se joignit à lui et répéta le mantra comme si sa vie en dépendait. Ce qui, bien sûr, était vrai.

Holly avait à présent une nouvelle mission. Elle devait se débrouiller pour attirer Abbot dans leur petit groupe et le convaincre de participer au cercle magique. À en juger par la façon dont il brandissait son épée ouvragée, il semblait très peu probable qu'il accepte de le faire volontairement.

L'assaut des démons était devenu très désordonné depuis que des pans entiers de leur environnement disparaissaient dans une autre dimension, mais Abbot et les autres membres du Conseil, toujours aussi obstinés, continuaient d'avancer en marquant à peine une pause lorsque l'un d'eux se volatilisait.

Holly cessa le feu, se demandant quel était le meilleur moyen de communiquer avec le chef de la horde. C'était une négociatrice expérimentée et elle soupçonnait, d'après ses propres observations et les indications de N° 1, qu'Abbot était un pervers narcissique. Il était amoureux fou de lui-même et se délectait de sa propre importance dans la communauté. Les narcissiques préféraient souvent mourir plutôt que de perdre leur pouvoir. Abbot était persuadé que Holly voulait le renverser comme chef de la horde et il devait donc se débarrasser d'elle le plus vite possible.

« Formidable, songea Holly. Quelle que soit la dimension dans laquelle on se trouve, il y a toujours un mâle à grosse tête qui essaye d'être le maître du monde. »

Les démons avançaient en une ligne brisée. Abbot était à leur tête, agitant son épée flamboyante, pressant ses troupes mesmérisées de le suivre. Derrière lui, le ciel rouge s'effilochait dans un entrelacs de longs filaments entortillés. Le monde tel qu'Abbot l'avait connu prenait fin mais il refusait d'abandonner sa position. La mort pour tous avant la disgrâce pour lui.

– Retenez vos guerriers, Abbot, cria Holly. Nous pouvons discuter.

Abbot ne répondit pas vraiment. À moins que pousser un grognement et brandir une épée puisse être considéré comme une réponse.

Les démons se déployaient encore plus largement, à présent. Ils attaquaient sur chaque flanc, évitant par leur dispersion d'être aspirés collectivement dans une autre dimension. Abbot glissait sur la pente du cratère, les talons plantés dans la couche de cendres, le torse rejeté en arrière pour éviter de tomber. Il était entièrement recouvert de cendres. Même ses cornes de bélier avaient pris une couleur grise. Des tourbillons grisâtres s'élevaient dans son sillage, chacun de ses pas projetant derrière lui des nuages de poussière carbonisée.

« Je ne peux rien faire, pensa Holly. Ce personnage n'écouterait même pas sa propre mère. Si toutefois il savait qui est sa mère. »

Il y avait un moyen de s'en sortir. Il fallait augmenter la puissance de ses rayons et l'assommer pour au moins deux heures. Qwan pourrait alors l'inclure dans le cercle magique en état d'inconscience.

– Désolée, dit-elle avant de relever d'un mouvement du pouce le cran de réglage de son pistolet.

Holly visa avec une précision d'experte. Le rayon qui jaillit du Neutrino, d'un rouge plus menaçant à présent, enverrait Abbot rouler à terre.

« Je vais essayer de ne pas me réjouir du spectacle », pensa Holly.

Mais elle n'eut aucune occasion de réjouissance car, à cet instant précis, le flux temporel s'inversa pendant deux secondes. Le rayon disparut dans le passé et Holly eut envie de vomir tandis que les atomes de son corps étaient à nouveau bouleversés par les contradictions du temps. Elle vit à moins d'un mètre d'elle sa propre silhouette fantomatique resurgir d'un moment antérieur.

Les démons s'étaient eux-mêmes dédoublés, leur passé réapparaissant en images floues qui s'agitaient derrière eux, tel un sillage virtuel. Puis le passé disparut pendant encore une minute.

Abbot continuait sa marche. Il était dangereusement près, maintenant. Holly estima qu'elle avait le temps de tirer à nouveau. Avec de la chance, le Conseil des démons perdrait un peu de vue son objectif lorsque son chef ne serait plus dans la course.

Elle visa soigneusement mais, au même moment, le monde se fracassa comme un miroir brisé. Un morceau de terre arrondi s'éleva devant elle à la manière d'un raz-de-marée puis se dématérialisa en une gerbe d'étincelles scintillantes. En un instant, Holly vit apparaître d'autres dimensions dans les interstices. Elle aperçut le soleil, l'espace et d'immenses créatures dotées de multiples tentacules.

La simple quantité de magie présente autour d'elle serrait la tête de Holly comme dans un étau. Elle entendit un vague gémissement derrière elle, tandis qu'Artemis et les autres succombaient à ce déferlement de magie.

Elle-même, cependant, ne pouvait se permettre de succomber. Des démons avaient dû être aspirés par le tunnel temporel mais il en restait encore. L'atmosphère fut parcourue de tremblements puis se stabilisa. Des ruisselets de poussière et de roches se déversaient dans les airs. D'immenses précipices bâillaient tout autour, ne laissant voir qu'un espace vide et rougeâtre. Le néant, à présent, était plus vaste que la matière.

Presque tous les démons avaient disparu. Presque, mais pas tous. Abbot était toujours là. L'épée tendue devant lui, il souriait comme un dément.

– Salut, elfe, lança-t-il.

Et il plongea sa lame dans la poitrine de Holly.

Holly sentit l'acier transpercer la délicate membrane qui tient lieu de peau chez les elfes et glisser entre la huitième et la neuvième côte, à un millimètre sous son cœur. La lame était glacée, la douleur indicible. Holly tomba en arrière, s'arrachant de l'épée, et s'écrasa dans la croûte de cendres. Le sang jaillissait d'elle comme l'eau d'un récipient brisé. Son propre cœur accentuait l'effet de la gravitation universelle, vidant ses veines à chaque battement.

– De la magie, haleta-t-elle, à travers sa douleur.

Abbot jubilait.

– La magie ne pourra pas t'aider, elfe. Il y a longtemps que je travaille sur cette épée, au cas où les sorciers reviendraient. Il y a suffisamment d'enchantements dans sa lame pour neutraliser tout un cercle magique.

Il agitait son arme en parlant. Sa bouche projetait des gouttes de salive et le sang de Holly ruisselait de l'acier, traçant des lignes sur la cendre.

Holly toussa et eut l'impression que son corps se déchirait. La magie ne lui était plus d'aucune aide. Une seule personne pouvait venir à son secours.

– Artemis, murmura-t-elle, la voix faible. Artemis, aidez-moi.

Artemis Fowl lui jeta un bref coup d'œil puis reporta son regard sur le minuteur de la bombe, abandonnant Holly à la mort. Et Holly mourut.

Chapitre 15
On rentre

Artemis traînait péniblement la bombe lorsque survint le grand bouleversement. Le débordement de magie le frappa de plein fouet, comme si on l'avait plaqué sur un terrain de rugby, et il tomba à genoux. Pendant un moment, ses sens furent totalement submergés, il se retrouva haletant dans une sorte de vide. Sa vue fut la première à revenir, déformée par les larmes et la clarté des étoiles.

Il vérifia le minuteur de la bombe. Encore trois minutes, à condition que le mode de calcul ne soit pas désintégré. Il jeta un coup d'œil à sa gauche où Qwan et N° 1 étaient occupés à faire apparaître des figures magiques tandis que derrière lui, à sa droite, Holly maintenait à distance ce qui restait de démons. Tout autour, le monde, parcouru de vibrations, quittait son existence présente. Le vacarme était infernal et l'odeur qui se dégageait se déposait à l'intérieur de ses narines.

La bombe était si lourde que les jointures d'Artemis craquaient sous son poids et il regretta encore une fois que Butler ne soit pas à son côté pour lui épargner cet effort. Mais le fait est qu'il n'y était pas et qu'il n'y serait plus jamais si Artemis n'allait pas jusqu'au bout. Le plan était simple : déplacer la bombe jusqu'à l'endroit convenu. Amener l'objet A au point B. Il était inutile de réfléchir davantage.

Puis Holly reçut un coup d'épée et le plan se compliqua.

Du coin de l'œil, Artemis vit la lame s'enfoncer dans sa poitrine. Pire encore, il entendit le son qu'elle produisit. Un claquement bien net, comme une clé qu'on glisse dans une serrure.

« Ce ne peut être vrai, pensa-t-il. Nous avons traversé trop de choses ensemble pour que Holly s'en aille aussi vite. »

Le bruit de l'épée quand elle s'arracha de la blessure de Holly fut si atroce qu'il dépassait l'imagination. Artemis savait que ce bruit le suivrait jusqu'à sa propre tombe.

Abbot se réjouissait.

– La magie ne pourra pas t'aider, elfe. Il y a longtemps que je travaille sur cette épée.

Artemis se laissa tomber sur ses talons, résistant à l'envie de ramper jusqu'à Holly. Sans doute la magie ne pouvait-elle pas l'aider à elle seule, mais peut-être une combinaison de magie et de science aurait-elle plus de chance d'obtenir un résultat. Il se força à ne pas prêter attention aux jaillissements de sang d'un rouge foncé que laissait échapper la blessure. Holly n'avait d'autre avenir que sa mort.

D'avenir actuel, en tout cas. Mais on pouvait changer l'avenir.

N° 1 et Qwan n'avaient pas vu l'attaque dont elle avait été victime. Ils étaient profondément concentrés, occupés à faire apparaître les cercles bleus. Abbot se dirigeait vers eux, à présent. Le bout de son épée laissait tomber des gouttes de sang sur la cendre, tel un stylo qui aurait fui, traçant une ligne jusqu'à sa prochaine victime.

Holly prononça ses derniers mots :

– Artemis, murmura-t-elle. Artemis, aidez-moi.

Artemis lui jeta un coup d'œil. Un seul. Très bref. Il n'aurait pas dû. La vue de son amie mourante faillit lui faire perdre le fil de son compte à rebours. Et pour l'instant, ce compte était plus important que tout.

Holly mourut sans un ami pour lui tenir la main. Artemis la sentit partir – un autre don de la magie. Il continua de compter, essuyant d'un geste les larmes qui coulaient sur ses joues.

« N'arrête surtout pas de compter, c'est la seule chose importante. »

Artemis se releva, s'approchant rapidement de son amie tombée à terre. Abbot le vit et pointa son épée sur lui.

– Tu seras le prochain, Bonhomme de Boue. D'abord, les sorciers, puis toi. Une fois que vous ne serez plus là, les choses redeviendront comme avant.

Artemis ne lui accorda aucune attention. Il continuait de compter, marquant chaque seconde d'un hochement de tête, veillant à ne pas aller trop vite. Le compte devait être exact ou tout était perdu.

Abbot écarta Qwan et N° 1 d'un coup de coude. Ils étaient si concentrés qu'ils s'aperçurent à peine de sa présence. En deux coups de son épée maudite, l'affaire fut terminée. N° 1 tomba à la renverse, des traînées de magie bleue s'échappant de ses doigts. Qwan resta debout, retenu par l'extrémité de la lame d'Abbot.

Artemis ne regarda pas Holly dans les yeux. Il ne le pouvait pas. Il lui prit simplement son pistolet des mains et le pointa loin de lui.

« Attention, maintenant. Tout est une question de secondes. »

Abbot arracha son épée de la poitrine de Qwan et le corps frêle du sorcier s'effondra sans vie sur le sol. Trois morts en moins de temps qu'il n'en faut pour lacer une chaussure.

Artemis resta indifférent à leurs derniers souffles et au craquement régulier de la cendre qui lui indiquait qu'Abbot s'approchait de lui. Le démon ne cherchait même pas à étouffer le bruit de ses pas.

– Me voici, l'humain. Pourquoi n'essayes-tu pas de retourner le temps ?

Artemis chercha autour de Holly des traces de pas. Il y en avait beaucoup mais seulement deux côte à côte, là où Abbot se tenait quand il avait porté le coup d'épée. Pendant tout ce temps, il ne cessait de compter, se souvenant de ses propres calculs.

« Une heure par seconde pendant quarante secondes, ensuite une décélération à trente minutes par seconde pendant dix-huit secondes, puis un léger retour en arrière, une minute par seconde pendant deux secondes. Après, on répète. »

– Je vais peut-être te garder, dit Abbot avec un petit rire en piquant le dos d'Artemis du bout de son épée. Ce serait amusant d'avoir un humain comme animal familier. Je pourrais t'apprendre à faire des tours.

– En voici déjà un, répliqua Artemis qui tira une unique décharge de pistolet.

Le rayon jaillit du canon puis fut ramené d'une minute dans le passé, exactement selon le calcul d'Artemis. Il s'effaça de l'instant présent et réapparut juste à temps pour atteindre l'image fantomatique d'Abbot au moment où il levait son épée pour l'enfoncer dans la poitrine de Holly.

L'Abbot qui s'était trouvé là une minute auparavant fut projeté en l'air et précipité contre la paroi du cratère.

L'Abbot de l'instant présent eut à peine le temps de dire : « Que s'est-il passé ? », avant de se volatiliser. Il n'était plus un être de chair, mais une potentialité sans existence matérielle.

– Vous n'avez pas tué mes amis, répondit Artemis, qui se parlait en fait à lui-même. Cela ne s'est jamais produit.

Artemis regarda par terre avec inquiétude. Holly n'était plus là. « Dieu merci. »

Un autre bref coup d'œil lui confirma que Qwan et N° 1 continuaient de construire leur cercle magique, comme s'il ne s'était rien passé.

« Normal. Il ne s'est rien passé. »

Artemis se concentra sur le souvenir. Se représentant dans sa tête l'image d'Abbot qui tournoyait dans les airs. Il enveloppa cette vision de magie pour la préserver telle quelle.

« Souviens-toi », se dit-il. Tout ce qu'il venait de faire, il n'avait à présent jamais été nécessaire de le faire, et donc, il ne l'avait pas fait. Sauf que, bien sûr, il l'avait *bel et bien* fait. Il valait mieux oublier ces contradictions du temps si l'on ne voulait pas devenir fou, mais Artemis répugnait à effacer l'un de ses souvenirs, quel qu'il fût.

– Hé, lança une voix familière, n'auriez-vous pas un travail à accomplir, Artemis ?

C'était Holly. Elle était occupée à ligoter Abbot avec ses propres lacets.

Artemis ne put que la regarder et sourire. Il ressentait encore la douleur de sa mort mais il s'en remettrait vite, maintenant qu'elle était revenue à la vie.

Holly remarqua son sourire.

– Artemis, pourriez-vous transporter cette bombe à l'endroit indiqué ? C'est pourtant un plan très simple.

Artemis continua de sourire un instant, puis il se reprit.

– Oui, bien sûr, je vais la porter là-bas.

Holly avait été morte et maintenant, elle était vivante.

Artemis ressentait des fourmillements dans la main, comme le souvenir fantôme d'un pistolet qu'il avait peut-être tenu – ou pas – quelques instants auparavant.

« Il y aura des conséquences, pensa-t-il. On ne peut altérer les événements dans le cours du temps sans en être affecté. Mais quelles que soient ces conséquences, je les assumerai, car l'autre hypothèse était trop atroce. »

Il reporta son attention sur sa tâche, traînant la bombe sur les derniers mètres qui le séparaient de la surface plate. Il s'agenouilla et poussa l'engin d'un coup d'épaule pour le glisser entre les jambes de Qwan et de N° 1. Celui-ci ne remarqua même pas la présence d'Artemis. Les yeux du petit apprenti sorcier étaient entièrement bleus, remplis de magie. Les runes de sa poitrine brillèrent puis se mirent à bouger, ondulant comme des serpents en direction de son cou. Elles tournoyèrent alors sur son front, à la manière d'un soleil de feu d'artifice.

– Artemis ! Aidez-moi !

Holly se démenait pour essayer de rouler le corps inconscient d'Abbot sur le sol accidenté du cratère. À chaque fois que le démon faisait un tour sur lui-même, ses cornes s'enfonçaient dans le sol, y traçant un petit sillon.

Artemis la rejoignit en pataugeant dans la cendre. Ses efforts pour escalader et redescendre les parois du cratère avaient rendu les muscles de ses jambes douloureux. Ils saisirent Abbot chacun par une corne et le soulevèrent.

– Vous lui avez tiré dessus ? demanda Artemis.

Holly haussa les épaules.

– Je ne sais pas. Peut-être. Les choses se sont un peu embrouillées pendant une minute. Sans doute les effets du sortilège temporel.

– Sûrement, approuva Artemis, soulagé que Holly n'ait conservé aucun souvenir de ce qui s'était produit.

Personne ne devrait avoir à se rappeler sa propre mort, bien que lui-même eût envie de savoir exactement ce qui se passait après.

Le temps se déroulait dans tous les sens, il déferlait et s'épuisait tout à la fois. D'une manière ou d'une autre, l'île de Hybras ne resterait plus ici bien longtemps. Ou bien le sortilège temporel la réduirait en morceaux ou bien Qwan parviendrait à maîtriser l'énergie de la bombe et les ramènerait sur terre. Artemis et Holly traînèrent Abbot jusqu'au cercle, le laissant tomber aux pieds de Qwan.

– Désolée, il est évanoui, dit Holly. C'était cela ou le tuer.

– Le choix n'est pas facile avec celui-là, répondit Qwan en saisissant Abbot par une corne.

Artemis prit l'autre et tous deux soulevèrent Abbot pour le mettre à genoux. Ils étaient à présent cinq dans le cercle.

– J'avais espéré cinq sorciers, grommela Qwan. Un sorcier, un apprenti, un elfe, un humain et un égocentriste endormi ne correspondent pas exactement à l'idée que j'avais en tête. Les choses vont devenir un peu plus compliquées.

– Que pouvons-nous faire ? demanda Artemis.

Qwan fut parcouru d'un frisson et une pellicule bleue recouvrit un instant ses yeux.

– Nom de nom, jura-t-il. Ce jeune a des pouvoirs puissants. Je ne pourrai pas le retenir beaucoup plus longtemps. Encore deux minutes comme ça et il va nous liquéfier le cerveau à l'intérieur du crâne. J'ai vu cela un jour. Un fluide qui sortait par les oreilles. Horrible.

– Qwan ! Que pouvons-nous faire ?

– Désolé, je suis un peu sous pression. Bon. Voici ce qui devrait se passer. Avec l'aide de Junior je vais nous soulever dans les airs. Lorsque l'engin explosera, je transformerai son énergie en magie. Capitaine Short, je vous charge du « où ». Artemis, vous vous occuperez du « quand ».

– Où ? dit Holly.

– Quand ? dit Artemis au même instant.

Qwan serra si étroitement la corne d'Abbot qu'elle craqua.

– À vous de savoir où cette île doit aller, Holly. Représentez-vous l'endroit. Artemis, écoutez l'appel de votre temps. Laissez-le vous emporter. Nous ne pouvons retourner dans notre temps à nous. Cela entraînerait de telles contradictions que la planète tomberait sans doute dans une orbite plus proche du soleil, et tout ce qu'il y a à sa surface serait grillé.

– Je l'admets, répondit Artemis. Mais laisser le temps m'emporter ? Je préférerais des faits et des chiffres. Pourriez-vous m'indiquer une trajectoire ? Des adresses spatiales ?

Qwan s'apprêtait à entrer en transe.

– Pas de science. Rien que de la magie. Vous devrez sentir les choses pour retrouver le chemin du retour, Artemis Fowl.

Artemis, mécontent, fronça les sourcils. *Sentir les choses* n'était pas dans ses habitudes. Les gens qui *sentaient les choses* sans se référer à des faits scientifiques précis finissaient généralement ruinés ou morts. Mais quel autre choix avait-il ?

C'était plus facile pour Holly. La magie avait toujours fait partic dc sa vic. Ellc l'avait prise en option à l'université et tous les officiers des FAR devaient régulièrement suivre des cours de mise à niveau. En quelques secondes, ses yeux furent constellés d'étincelles bleues et son pouvoir intérieur avait ajouté un cercle bleu à ceux qui scintillaient déjà autour d'eux.

« Visualise, songea Artemis. Vois où tu veux aller, ou plutôt quand tu veux arriver. »

Il essaya, mais bien que la magie fût en lui, elle n'était pas dans sa *nature*. Les fées étaient absorbées dans l'action de jeter le sortilège tandis qu'Artemis Fowl ne pouvait que contempler la bombe posée à leurs pieds et s'émerveiller de voir tout le monde attendre l'explosion qu'il avait prévue.

« Un peu tard pour avoir des doutes. Après tout, cette histoire de "maîtriser la puissance de la bombe" était ton idée. »

Bien sûr, il avait réussi un peu auparavant à faire apparaître une étincelle. Mais c'était différent, il y était parvenu sans y penser. L'étincelle n'avait fait que souligner son affirmation. À présent, la vie de chacun, sur cette île, dépendait peut-être de son pouvoir magique.

Artemis observa tour à tour chaque membre du cercle magique. Qwan et N° 1 étaient parcourus de vibrations surnaturelles et les marques de leur front tournoyaient comme des minitornades. La magie de

Holly s'écoulait de ses doigts, enveloppant sa main d'une lumière bleue d'un aspect presque liquide. Abbot n'avait toujours pas repris conscience mais ses cornes étaient baignées d'un scintillement bleu et des jets d'étincelles en jaillissaient en cascade, comme un effet spécial sur la scène d'un concert de rock. L'image n'aurait pas été déplacée dans un clip vidéo.

De toutes parts, l'île subissait sa propre destruction. L'effondrement continu du tunnel temporel arrachait des morceaux de plus en plus grands, les expédiant dans d'autres dimensions. Les cercles électriques qui craquaient autour d'eux fusionnèrent pour former un hémisphère magique. Il n'était pas parfait, cependant – des espaces vides trouaient sa surface, menaçant l'intégrité de la structure tout entière.

« Le problème, c'est moi, songea Artemis. Je n'arrive pas à jouer mon rôle. »

Artemis était au bord de la panique. Chaque fois qu'une telle impression s'emparait de lui, il ordonnait à son esprit de changer de registre et d'entrer dans le mode de la méditation. C'est ce qu'il fit : son rythme cardiaque ralentit et il sentit s'estomper la folie qui se déchaînait autour de lui.

Il ne se concentra plus que sur une chose : la main de Holly dans la sienne. Il serra ses propres doigts et laissa s'écouler un flot de vie et d'énergie. Les doigts de Holly se convulsèrent, envoyant des flux de magie qui se ramifiaient le long des bras d'Artemis. Dans son état de relaxation, sa réceptivité était totale, et la magic de Holly déclenchait la sienne, la puisant aux sources de son cerveau. Il sentit la puissance magique s'animer dans ses terminaisons nerveuses, le remplir entièrement et élever sa conscience à un niveau supérieur. L'expérience était euphorique. Il se rendit compte que s'ouvraient des parties de son cerveau que les humains n'avaient plus utilisées depuis des millénaires. Il comprit aussi que les humains avaient dû disposer de leur propre magie jadis, mais qu'ils en avaient oublié l'usage.

« Prêts ? » demanda Qwan, sans faire usage de sa voix. Ils partageaient leurs pensées, à présent, comme ils l'avaient fait dans le tunnel. Mais cette fois, la communication était plus claire, comme un son digital par rapport à une onde radio.

« Prêts », répondirent les autres, leurs pensées se superposant en une harmonie mentale. Mais la disharmonie et l'hostilité étaient également présentes.

« Ce n'est pas suffisant, pensa Qwan. Je ne parviens pas à sceller l'hémisphère. J'ai besoin d'une plus grande énergie de la part d'Abbot. »

Les autres poussaient leurs efforts au maximum mais ils n'avaient plus aucune réserve de magie. Abbot allait tous les tuer dans son sommeil.

« Oui ? Qui est là ? » demanda une nouvelle voix, ce qui peut paraître surprenant dans un cercle magique fermé, même s'il s'agit du premier auquel on participe.

La voix fut accompagnée d'une série de souvenirs. De grandes batailles, une trahison et une plongée dans un volcan en éruption.

« Qweffor ? dit Qwan. C'est toi, mon garçon ? »

« Qwan ? Est-ce possible ? Êtes-vous également coincé ici ? »

Qweffor. L'apprenti qu'Abbot avait entraîné dans le volcan, là-bas, sur terre. Qwan comprit aussitôt ce qui avait dû se passer.

« Non, nous sommes à nouveau dans le cercle magique. J'ai besoin de ton pouvoir. Tout de suite ! »

« Oh, par tous les dieux. Maître Qwan. Il y a si longtemps. Vous ne croiriez pas ce que mange ce démon. »

« Ton pouvoir, Qweffor ! Tout de suite ! Nous parlerons lorsque nous serons de l'autre côté. »

« D'accord. Désolé. Cela fait tellement de bien d'entendre à nouveau les pensées d'un sorcier. Après si longtemps, je croyais... »

« Ton pouvoir ! »

« Excusez-moi. Il arrive. »

Quelques instants plus tard, une puissante impulsion fit bourdonner le cercle. L'hémisphère se scella, transformé en un bouclier de lumière solide. Qwan dévia une parcelle de magie pour entourer la bombe elle-même. Un sifflement aigu s'éleva de la petite sphère dorée.

« Contre-ut », pensa machinalement Artemis.

« Concentrez-vous ! répliqua Qwan sur le ton de la réprimande. Emmenez-nous dans votre temps. »

Artemis se concentra alors sur tout ce qu'il avait laissé d'important derrière lui et se rendit compte qu'il s'agissait uniquement de personnes. Sa mère, son père, Butler, Foaly et Mulch. Des objets qu'il avait crus essentiels ne signifiaient plus rien. Sauf peut-être sa collection de tableaux impressionnistes.

« Laissez l'art de côté, avertit Holly, sinon, nous arriverons au XXe siècle. »

« Au XIXe, répliqua Artemis. Mais vous avez raison. »

Cette petite discussion peut sembler une perte de temps précieux, mais elle eut lieu instantanément. Un million de messages multisensoriels s'échangèrent en empruntant des chemins magiques qui auraient fait apparaître les câbles à fibre optique comme un moyen de transmission aussi efficace que deux boîtes de conserve reliées par un fil. Les souvenirs, les opinions, les secrets étaient mis à nu et chacun dans le cercle pouvait les percevoir.

« Intéressant, songea Artemis. Si je parvenais à recréer ce processus, ce serait une révolution dans le domaine des communications. »

« Vous étiez une statue ? s'étonna Qweffor. Ai-je bien lu ? »

Au centre du cercle, le minuteur égrenait son compte à rebours. En une seule seconde, il passa à la dernière heure du cadran. Lorsqu'il afficha zéro, une charge fut envoyée dans plusieurs détonateurs, dont trois factices, jusqu'à un bloc de plastic de la taille d'un petit téléviseur.

« Ça y est », pensa Qwan.

La bombe explosa, transformant son enveloppe de métal en un million de fléchettes supersoniques. Le bouclier intérieur arrêta net les projectiles mais absorba leur énergie cinétique, l'ajoutant à celle qui s'exerçait sur le bouclier extérieur.

« J'ai vu, pensa Artemis, impressionné. Très habile. »

D'une certaine manière, il l'avait vu, en effet. Grâce à une sorte de vision latérale qui permettait à chacun de distinguer les événements à son propre rythme et du point de vue qu'il privilégiait. Cette faculté autorisait également son esprit à se concentrer sur son propre temps tout en appréciant le spectacle. Artemis décida de projeter ce troisième œil à l'extérieur du cercle. Ce qui se passait sur l'île devait être spectaculaire.

L'explosion libéra la puissance électrique d'un orage dans un espace de la taille d'une tente de camping à quatre places. Tout aurait dû être vaporisé mais la flamme et les ondes de choc restèrent contenues par la petite sphère dorée. Elles tourbillonnèrent à l'intérieur, traversant la surface en divers endroits. Chaque fois que cela se produisait, la force errante qui se dégageait était attirée par les cercles bleus du pouvoir magique et s'y collait à la manière d'un éclair frappant la terre.

Artemis vit certains de ces éclairs traverser son corps et ressortir de l'autre côté. Mais il ne fut pas blessé. Au contraire, il se sentait plus fort, plus énergique.

« Le sortilège de Qwan me protège, pensa-t-il. C'est de la simple physique – l'énergie ne peut être détruite, il la convertit sous une autre forme : la magie. »

Le spectacle était impressionnant. L'énergie de la bombe alimentait la magie à l'intérieur du cercle jusqu'à ce que les flammes orange qui roulaient en tous sens soient enfin maîtrisées par les étincelles bleues. Progressivement, la puissance de la bombe se consuma et se transforma sous l'effet de la sorcellerie. Les anneaux brillèrent d'une lumière bleue aveuglante et les silhouettes qui constituaient le cercle semblèrent composées d'énergie pure. Elles scintillaient, comme privées de substance, tandis que le sortilège temporel inversé s'emparait d'eux.

Soudain, les anneaux bleus palpitèrent, injectant une onde de choc magique dans l'île elle-même. Le phénomène de transparence se répandit comme de l'eau, à la surface d'abord, puis au-dessous. Les pulsations se succédèrent jusqu'à ce que la transparence s'étende au-delà du cratère. Aux yeux des démons dans leur village, le volcan devait donner l'impression d'être dévoré par la magie. Le vide grandissait à chaque pulsation, ne laissant que des étincelles dorées et scintillantes là où une terre compacte existait quelques instants auparavant.

La dématérialisation atteignit le rivage et s'enfonça dans les dix mètres d'océan qui avaient été transportés en même temps que l'île. Bientôt, il ne resta plus que le cercle de magie bleue qui flottait dans les ondulations rougeoyantes des limbes.

Qwan s'adressa à eux : « Concentrez-vous, maintenant, Artemis et Holly, ramenez-nous à la maison. »

Artemis serra étroitement la main de Holly. Ils n'auraient pu être plus proches. Leurs esprits ne faisaient plus qu'un.

Artemis tourna la tête et regarda son amie de ses yeux bleus. Holly lui rendit son regard. Elle souriait.

– Je me souviens, dit-elle à haute voix. Vous m'avez sauvé la vie.

Artemis sourit à son tour.

– Cela ne s'est jamais produit, répondit-il.

À ce moment, leur esprit et leur corps se fragmentèrent en particules subatomiques et filèrent à travers les galaxies et les millénaires.

L'espace et le temps n'avaient plus de forme reconnaissable. Ce n'était pas comme s'ils avaient volé en ballon au-dessus d'une ligne temporelle en disant : « Regardez, voici le XXIe siècle. Atterrissons ici. »

Tout n'était qu'impressions et sensations. Artemis dut se fermer aux désirs des centaines de démons qui l'entouraient et se concentrer sur sa propre boussole interne. Son esprit aspirerait à retrouver son temps naturel et il lui faudrait simplement le suivre.

Cette aspiration ressemblait vaguement à une lumière qui lui procurait une légère chaleur lorsqu'il se tournait vers elle.

« Bien, pensa Qwan. Entrez donc, il y a de la lumière. »

« C'est une plaisanterie ? » demanda Artemis.

« Non, répondit Qwan. Je ne plaisante jamais quand des centaines de vies sont en jeu. »

« Bonne politique », songea Artemis et il se tourna vers cette lumière.

Holly se concentra sur l'endroit où faire atterrir l'île. La tâche lui parut d'une incroyable facilité. Elle avait toujours chéri les souvenirs de ses voyages en surface et parvenait à présent à les évoquer avec une précision étonnante. Elle se souvenait d'une excursion avec l'école, là où se trouvait jadis l'île de Hybras. Dans son esprit, elle revit la plage au sable doré qui ondulait en étincelant sous la clarté du soleil d'été. Elle aperçut à nouveau l'éclat bleu-gris sur le dos d'un dauphin qui avait surgi d'une vague pour accueillir ses visiteurs féeriques. Elle revoyait également la surface sombre de l'eau, parsemée d'argent, dans ce que les humains appelaient le canal Saint-Georges. La lumière de tous ces souvenirs la réchauffa.

« Bien, pensa Qwan. Entrez donc... »

« Je sais. Il y a de la lumière. »

Artemis essayait de transcrire en mots l'expérience qu'il était en train de vivre, afin de l'écrire dans son journal intime. Mais il trouva cela difficile – une situation inédite pour lui.

« Je crois que je vais simplement m'occuper de retrouver mon propre temps », pensa-t-il.

« Bonne idée », approuva Qwan.

« Alors, comme ça, vous vous êtes transformé en statue ? »

C'était à nouveau Qweffor qui mourait d'envie de connaître l'histoire.

« Pour l'amour du ciel, marmonna Qwan. Regarde toi-même. »

Et il envoya à son ancien apprenti le souvenir de l'épisode.

Tout le monde put ainsi assister à la reconstitution animée de la création originelle du tunnel temporel, dix mille ans auparavant.

Ils virent en pensée sept sorciers suspendus juste au-dessus du cratère d'un volcan en activité, protégés de la chaleur par un cercle magique. Le spectacle était plus impressionnant que le cercle improvisé observé par Artemis quelques instants auparavant. Ces sorciers-là étaient sûrs d'eux, imposants, vêtus de robes ornées de motifs contournés. Leur cercle magique était en fait une sphère de lumière multicolore. Ils n'avaient pas à patauger dans la cendre – ils restaient en vol stationnaire à sept mètres au-dessus de la gueule du volcan. Scandant de mystérieuses formules d'une voix profonde, ils déversaient des éclairs de magie dans le magma jusqu'à ce qu'il se mette à bouillonner, à se convulser. Tandis que les sorciers se concentraient pour transmettre leur énergie au volcan, Abbot et son acolyte, Bludwin, sortaient subrepticement de leur cachette, derrière un amas rocheux situé un peu plus haut. Et bien que la peau des démons puisse supporter une chaleur intense, tous deux transpiraient abondamment.

Sans prendre le temps de penser à quel point leur plan était sot et à courte vue, les saboteurs bondissaient de l'amas rocheux vers le cercle qui se trouvait au-dessous. Bludwin, qui avait reçu en partage le double don d'idiotie et de malchance, manquait sa cible et plongeait en gesticulant vainement dans le magma bouillonnant. La combustion de son corps provoquait à la surface de la lave une légère augmentation de température, peu significative, mais suffisante pour fausser le sortilège. Abbot, quant à lui, parvenait à s'accrocher à Qweffor, l'entraînant hors du cercle magique jusqu'au bord du cratère. La peau d'Abbot se mettait à fumer et le malheureux Qweffor, toujours plongé dans son hébétude magique, était sous son poids aussi impuissant qu'un nouveau-né.

Tout s'était passé au pire moment possible. Le sortilège était à présent lâché sans contrôle dans le volcan et les sorciers ne pouvaient pas l'arrêter davantage qu'une souris n'aurait pu contenir la mer.

Une colonne magique de lave épaisse jaillissait du volcan, magnifique dans ses couleurs rouges et orangées, et pointait droit vers la demi-sphère de magie bleue semblable à un chaudron renversé. Grimaçant, visiblement désorientés, les sorciers transformaient alors la roche fondue en pouvoir pur, renvoyant l'énergie vers le sol.

Abbot et Qweffor se trouvaient emportés tous les deux par le mouvement d'éruption et de reflux de la lave. Qweffor, que la magie avait déjà plongé dans un état insubstantiel, se muait en un amas d'étoiles qui épousait la forme de sa silhouette et finissait par être absorbé dans le corps d'Abbot. Abbot se convulsait de douleur, déchirant pendant un bref instant sa propre peau, puis disparaissait, étouffé sous un déluge de magie.

Les sorciers maintenaient le sortilège aussi longtemps qu'ils le pouvaient jusqu'à ce que la plus grande partie de l'île ait été transportée dans une autre dimension.

Mais la lave continuait d'affluer des profondeurs du sol et, à présent que le cercle était rompu, ils ne parvenaient plus à maîtriser le déchaînement de sa puissance. L'éruption les projetait alors violemment dans l'espace, comme un ours écarte à coups de patte des insectes importuns.

Les sorciers malmenés tournoyaient dans les airs en une ligne brisée, leurs robes enflammées laissant dans leur sillage une traînée de fumée. Leur île avait disparu, leur magie était épuisée et la mer qui s'étendait au-dessous d'eux s'apprêtait à les engloutir en leur fracassant les os. Ils n'avaient plus qu'une seule chance de salut. Dans un dernier effort, Qwan rassemblait ses ultimes étincelles de magie et jetait le sortilège de la gargouille. Le plus élémentaire des talents de sorcier. Au milieu de leur chute, les sorciers étaient ainsi pétrifiés et précipités dans les eaux écumantes. L'un d'eux mourait sur le coup, la tête tranchée net, deux autres perdaient bras et jambes et les derniers ne survivaient pas aux effets du choc. À part Qwan, qui avait eu le temps de se préparer. Ils sombraient alors au fond du canal Saint-Georges où ils allaient servir d'abri pendant plusieurs milliers d'années à d'innombrables générations d'araignées de mer.

« Pendant plusieurs milliers d'années, songea Qweffor. Peut-être que rester coincé dans le corps d'Abbot n'était pas si mal, après tout. »

« Où est Abbot, à présent ? » demanda Artemis.

« Il est en moi, répondit l'apprenti sorcier. Il essaye de sortir. »

« Très bien, pensa Qwan. J'ai deux mots à lui dire. »

Chapitre 16
Point d'impact

Cette fois, la matérialisation se révéla douloureuse. Devoir se séparer de mille états de conscience différents donna l'impression à Artemis de perdre quelque chose d'essentiel. Pour la première fois de sa vie, il avait éprouvé un sentiment d'appartenance profonde. Il connaissait chacun et chacun le connaissait. Il y aurait toujours, entre eux tous, un lien qui les unirait étroitement, même si les détails des souvenirs des autres s'effaçaient déjà.

Artemis eut la sensation d'être un morceau de sparadrap qu'on aurait arraché à un membre gigantesque et jeté par terre. Il resta étendu sur le sol, le corps parcouru de tremblements. Partager la conscience d'autrui lui avait procuré un tel bien-être qu'à présent il lui semblait avoir perdu l'usage de plusieurs sens, y compris celui de l'équilibre.

Il ouvrit les yeux et les plissa pour se protéger du soleil.

Le soleil ! Ils étaient sur la terre ! Restait à savoir où et quand.

Artemis roula sur le ventre puis se souleva lentement pour se mettre à quatre pattes. Les autres étaient étendus dans le cratère, désorientés comme lui, mais vivants, à en juger par les grognements et les gémissements qu'il entendait. Lui-même se sentait très bien, à part une douleur cuisante dans l'œil gauche. Sa vision était précise mais légèrement jaunie, comme s'il avait porté des lunettes de soleil à peine teintées. Holly, en bon soldat, était déjà debout, toussant pour chasser la cendre de ses poumons. Lorsque ses voies respiratoires furent dégagées, elle aida Artemis à se relever.

Elle lui lança un clin d'œil.

– Du ciel bleu. Nous avons réussi.

Artemis hocha la tête.

– Peut-être.

Le clin d'œil attira son attention sur l'iris gauche de Holly. Apparemment, ils n'étaient pas sortis intacts du long tunnel.

– Regardez-moi, Holly. Vous notez une différence ?

– Ça n'a rien à voir avec la puberté, n'est-ce pas ? demanda Holly avec un sourire.

Puis elle remarqua...

– Vos yeux. Ils ont changé. L'un est bleu, l'autre noisette.

Artemis sourit.

– Même chose pour vous. Nous avons fait l'échange pendant le transfert. Ça se limite à un œil, d'après ce que je peux voir.

Holly resta songeuse un moment, puis passa les mains sur sa tête et son corps.

– Tout est à sa place, Dieu merci. Sauf que maintenant, j'ai un œil humain.

– Cela aurait pu être pire, répondit Artemis. Imaginez que vous ayez voyagé avec Mulch.

Holly fit la grimace.

– Maintenant que vous me le dites...

Un unique point de magie bleue étincela dans le nouvel œil de Holly, réduisant légèrement la taille du globe oculaire.

– Voilà qui est mieux, soupira-t-elle. J'avais un terrible mal de tête. Votre nouvel œil doit être trop petit. Pourquoi ne pas faire usage de votre magie mal acquise pour arranger ça ?

Artemis essaya, ferma les paupières, se concentra. Mais rien ne se produisit.

– Il semble que la greffe n'ait pas pris. J'ai dû épuiser tout ce que j'avais de magie pendant le voyage.

Holly lui donna un petit coup de poing sur l'épaule.

– Peut-être que vous me l'avez passée. Je me sens en pleine forme. Ce tunnel temporel m'a fait l'effet d'un bain de boue magique. Après tout, sans doute vaut-il mieux que vous ayez perdu vos réserves. Le Peuple n'a vraiment pas besoin qu'un délinquant de génie doté de pouvoirs magiques se promène en liberté à la surface de la terre.

– Dommage, regretta Artemis. Les possibilités étaient infinies.

– Venez, dit Holly en lui prenant la tête entre ses mains. Je vais vous remettre en état.

Le bout de ses doigts brilla d'une lumière bleue et Artemis sentit son nouvel œil s'enfler légèrement dans son orbite. Une larme unique coula sur sa joue et le mal de tête disparut.

– Dommage que je n'aie pu y arriver moi-même. Être doué de pouvoirs surnaturels, ne serait-ce que pendant quelque temps, aurait été tout simplement…

– Magique ?

Artemis sourit.

– Exactement. Merci, Holly.

Holly sourit à son tour.

– C'est le moins que je puisse faire pour quelqu'un qui m'a ramenée à la vie.

Qwan et N° 1 étaient debout. Le vieux sorcier s'efforçait de ne pas paraître trop content de lui et N° 1 remuait la queue pour vérifier si tout allait bien.

– On ne peut jamais savoir quel effet le tunnel aura sur vous, expliqua-t-il. La dernière fois, j'ai perdu la moitié d'un doigt, et c'était mon doigt préféré.

– Cela arrive rarement dans mes tunnels, assura Qwan. Mes tunnels sont des œuvres d'art. Si les autres sorciers étaient encore vivants, ils me décerneraient une médaille. Au fait, où est Qweffor ?

L'apprenti sorcier était enfoncé jusqu'à la taille dans un tas de cendres. Tête la première. Qwan et N° 1 le hissèrent par les pieds et l'allongèrent par terre où il se mit à tousser et à cracher.

– Vous voulez un mouchoir ? demanda N° 1. Toute cette cendre et ces mucosités qui vous sortent du nez sont abominables.

Qweffor s'essuya les yeux d'un revers de main.

– Ferme-la, Nabot !

N° 1 fit un pas en arrière, ce qui devait se révéler insuffisant.

– Nabot ? couina-t-il. Vous n'êtes pas Qweffor, vous êtes N'zall !

– Abbot ! rugit le démon qui tendit les mains et saisit N° 1 à la gorge. Je m'appelle Abbot.

Avant même qu'Abbot eût fini sa phrase, Holly avait sorti son pistolet, prête à tirer.

– Lâchez-le, Abbot ! cria-t-elle. Vous ne pouvez vous échapper. Il n'y a aucun endroit où vous enfuir. Votre monde est fini.

L'ex-chef de la horde pleurait véritablement.

– Je sais qu'il est fini. Ce nabot me l'a enlevé ! Et maintenant, c'est moi qui vais lui enlever la vie.

Holly tira un coup de semonce au-dessus de la tête d'Abbot.

– La prochaine fois, ce sera entre les deux yeux, démon.

Abbot souleva N° 1 en l'utilisant comme bouclier.

– Vas-y, tire, elfe. Soulage-nous tous les deux de nos misères.

Un changement s'était produit en N° 1. Au début, il s'était mis à pleurnicher – son comportement habituel – mais à présent, ses larmes séchaient sur ses joues et son regard s'était durci.

« Chaque fois que les choses commencent à s'arranger pour moi, Abbot vient tout gâcher, pensa-t-il. J'en ai assez de ce démon. Je voudrais qu'il disparaisse. »

C'était un grand bouleversement pour N° 1. D'habitude, lorsqu'il se trouvait dans une mauvaise situation, il souhaitait que ce soit lui qui disparaisse. Cette fois, il voulait que ce soit quelqu'un d'autre. Il en avait eu plus qu'assez et, brisant le conditionnemment d'une vie entière, il osa répondre à Abbot :

– Je veux parler à Qweffor, dit-il d'une voix tremblante.

– Qweffor est fini ! hurla Abbot en postillonnant dans la nuque de N° 1. Tout ce qui reste, c'est sa magie. Ma magie !

– Je veux parler à Qweffor, répéta son otage d'une voix un peu plus forte.

Pour Abbot, cette dernière manifestation d'insubordination fut comme le vent de trop qui fait craquer le rabat postérieur d'un nain. Bien qu'il n'eût plus ni territoire ni laquais, Abbot ne pouvait se résoudre à supporter l'impudence d'un diablotin. Il lança N° 1 en l'air en le faisant tourner sur lui-même puis le rattrapa par les épaules. N° 1 se retrouva face à face avec Abbot, les cornes du démon lui effleurant les oreilles. Abbot avait les yeux écarquillés, le regard fou, et ses dents luisaient de bave.

– Tu ne vivras plus très longtemps, petit nabot !

Si Abbot avait prêté plus d'attention à son prisonnier, il aurait remarqué que les yeux de N° 1 se recouvraient d'une pellicule bleue et que ses marques scintillaient. Mais, comme d'habitude, Abbot ne s'intéressait qu'à lui-même.

N° 1 leva les mains vers la tête de son adversaire et parvint à le saisir par les cornes.

– Comment oses-tu ! s'exclama Abbot, incrédule.

Toucher les cornes d'un démon équivalait à le défier en combat singulier.

N° 1 le regarda dans les yeux.

– J'ai dit que je voulais parler à Qweffor.

Abbot l'entendit, cette fois, car la voix n'était pas celle de N° 1. C'était une voix de pure magie, chargée d'un pouvoir indéniable.

Abbot cligna des yeux.

– Je… heu… Je vais voir s'il est là.

Il était trop tard pour se montrer conciliant. N° 1 n'allait plus retenir son pouvoir, à présent. Il sonda

Abbot, envoyant sa force magique dans le cerveau du démon à travers ses cornes qui brillèrent d'un éclat bleu puis commencèrent à s'effriter.

– Attention, dit Abbot, le regard vitreux. (Puis ses yeux roulèrent dans leurs orbites.) Les dames adorent les cornes.

N° 1 fouilla quelques instants dans la tête du démon jusqu'à ce qu'il découvre Qweffor qui dormait dans un coin sombre, une région du cerveau que les spécialistes appelleraient le système limbique.

« Le problème, comprit N° 1, c'est qu'il n'y a de la place dans la tête de chacun que pour une seule conscience. Abbot doit partir ailleurs. »

Et ainsi, fort de ce savoir instinctif, et sans aucune expertise, N° 1 alimenta en énergie la conscience de Qweffor jusqu'à ce qu'elle se dilate et occupe le cerveau tout entier. L'opération ne fut pas parfaite et le malheureux Qweffor allait souffrir de tics et de brusques relâchements intestinaux lors de réceptions mondaines, un syndrome qui deviendrait connu sous le nom de « revanche d'Abbot ». Mais au moins, la plupart du temps, il aurait le contrôle d'un corps.

Au bout de plusieurs années, et au terme de trois audiences, les sorciers du Peuple des fées finiraient par réintroduire la conscience d'Abbot dans une forme de vie inférieure. Un cochon d'Inde, pour être précis. La propre conscience de l'animal serait bientôt dominée par celle d'Abbot. Des sorciers stagiaires s'amuseraient bien souvent à jeter de minuscules épées dans l'enclos du cochon d'Inde et riraient beaucoup en regardant le petit mammifère essayer de les ramasser.

Qweffor cligna les yeux d'Abbot.

– Merci, N° 1, dit-il en reposant le petit sorcier par terre. Il a toujours été trop fort pour moi mais maintenant, il est parti, je suis libre...

Qweffor examina ses nouveaux bras.

– Et j'ai des muscles, désormais.

Holly abaissa son pistolet, sa main sur la cuisse.

– C'est sans doute fini, à présent. Nos ennuis sont sûrement terminés, non ?

Artemis sentit la terre basculer légèrement sous eux. Il se laissa tomber sur un genou et tâta le sol du plat de la main.

– Je suis vraiment désolé de vous dire ça, Holly, mais je crois que nous sombrons.

Cette histoire de naufrage se révéla moins grave qu'on ne pouvait le redouter. Bien sûr, *c'était* grave – l'île était bel et bien en train de couler. Mais les secours n'étaient pas loin.

Holly s'en rendit compte lorsque, à son poignet, le petit ordinateur qui ne fonctionnait presque plus se mit à crachoter des bribes de conversation des FAR.

« Le ciel est une projection, pensa-t-elle. Ils nous attendaient. »

Soudain, là où tout était désert un instant auparavant, des centaines de véhicules féeriques apparurent dans les airs, au-dessus de l'île. Les ambulances aériennes des services d'urgence volaient en cercles de plus en plus rapprochés, cherchant des terrains d'atterrissage. D'immenses plateformes de démolition étaient guidées par des capsules de remorquage et une navette des FAR descendit droit sur le volcan.

Le vaisseau avait les lignes effilées d'une goutte d'eau et une surface antireflets qui le rendait difficile à repérer, même quand son bouclier n'était pas activé.

– Ils nous attendaient, dit à son tour Artemis sans paraître surpris. Je m'en doutais.

N° 1 éternua.

– Dieu merci. J'en ai plus qu'assez de ce volcan. Il me faudra des mois pour débarrasser mes écailles de son horrible odeur.

– Non, non, assura Qwan en prenant le bras de son nouvel apprenti. Tu peux dégager tes pores par la magie. C'est un procédé très pratique.

Holly agita les bras pour attirer la navette, bien que ce fût inutile. Les scanners du vaisseau devaient déjà avoir procédé à toutes les analyses, catégorisations et vérifications des bases de données des FAR permettant d'établir l'identité de chacun d'eux.

La navette tourna sur elle-même puis recula vers eux. Ses réacteurs creusaient des sillons mouvants dans la cendre.

– Waouh, dit Qwan. Ces vaisseaux sont fabuleux. Le Peuple a beaucoup travaillé pendant tout ce temps.

– Il s'est passé beaucoup de choses depuis dix mille ans, répondit Holly en levant ses mains ouvertes pour montrer au pilote qu'elle ne tenait pas d'arme.

Cette fois encore, ce n'était sans doute pas nécessaire mais, avec Ark Sool à la tête des FAR, il ne fallait jurer de rien.

Quatre grappins jaillirent des quatre coins de la navette, transperçant la croûte du cratère pour s'enfoncer dans le roc. Lorsque l'engin fut solidement amarré, le vaisseau atterrit en enroulant les câbles des grappins. La porte arrière coulissa et Foaly descendit la rampe au petit trot, vêtu d'un survêtement des FAR taillé sur mesure pour quatre jambes. Il glissa le long de la pente jusqu'à Holly et planta ses sabots arrière dans la croûte de cendres.

– Holly ! s'écria-t-il en la serrant contre lui. Vous avez réussi. Je savais que vous y arriveriez.

Holly étreignit à son tour le centaure.

– Et je savais que vous seriez ici à nous attendre.

Foaly passa un bras autour des épaules d'Artemis.

– Vous voyez, quand Artemis Fowl dit qu'il va revenir, on sait qu'il faudra plus que le temps et l'espace pour l'arrêter.

Foaly serra la main de N° 1 et de Qwan.

– Je vois que vous avez amené un bon nombre d'invités.

Holly sourit, ses dents blanches contrastant avec la couleur de son visage maculé de cendres.

– Des centaines.

– Y en a-t-il qui peuvent nous créer des ennuis ?

– Non. Quelques-uns ont été mesmérisés mais une ou deux séances de thérapie devraient arranger cela.

– OK, je transmettrai, répondit le centaure. À présent, il faut abréger la réunion et monter immédiatement à bord. Nous avons trente minutes pour faire couler l'île et démonter toute cette machinerie.

« Cette machinerie ? pensa Artemis. Ils ont eu le temps de mettre en place une machinerie ? Depuis combien de temps sommes-nous partis ? »

Ils montèrent la rampe et s'attachèrent dans leurs sièges baquets à gel, à l'arrière de la navette sobrement aménagée. Ici, le confort était réduit au minimum. Il n'y avait que les sièges et un râtelier d'armes. Un médecin-fée les passa tour à tour au scanner puis leur fit une piqûre dans le bras avec un cocktail de vaccins et d'antigermes, au cas où des maladies mutantes se seraient développées sur Hybras au cours des dix mille dernières années. En véritable professionnel, le médecin resta impassible lorsqu'il examina Qwan et N° 1, bien qu'il n'eût encore jamais vu de créatures semblables.

Foaly s'assit à côté de Holly.

– Je ne saurais vous dire à quel point je suis heureux de vous voir, Holly. J'ai demandé cette mission. Je suis détaché de la Section Huit. Ce dispositif a été conçu par moi. Le plus gros projet auquel j'aie travaillé, prévu pour disparaître entièrement en trente minutes. Je savais que vous reviendriez.

Holly réfléchit un instant. Elle était donc l'objet d'une mission ?

La navette remonta les grappins et décolla du cratère. En quelques secondes, ils surgirent au-dessus du volcan comme un boulet de canon. Au début, la vibration les fit grincer des dents, puis les ailerons stabilisateurs se déployèrent sur les flancs du vaisseau et ils furent beaucoup moins secoués.

– Je suis content de voir la fin de ce volcan, dit N° 1 en s'efforçant de paraître décontracté, bien qu'il fût en train de voler dans une goutte d'eau métallique.

Après tout, ce n'était pas son premier vol.

S'appuyant d'une main contre l'encadrement du hublot, Foaly regarda au-dehors.

– Vous assistez à ses derniers instants. Dès que l'île aura été entièrement évacuée, ces plateformes de démolition dirigeront sur elle leurs rayons laser. Nous allons la découper en morceaux puis nous dégonflerons à distance les bouées qui la soutiennent. Elle sombrera lentement. Ainsi, pas de risques de raz-de-marée. Le déplacement d'eau à lui seul aurait suffi à envoyer quelques énormes rouleaux vers Dublin mais nous avons provoqué leur évaporation depuis l'espace. Une fois l'île au fond de la mer, nous démonterons le bouclier d'invisibilité et nous rentrerons à la maison.

– Oh, dit N° 1 qui n'avait pas compris grand-chose à ces explications.

Artemis regarda par le hublot, à côté de lui. Sur l'île, les démons étaient amenés dans des navettes par des équipes de secours. Dès qu'ils avaient décollé, les vaisseaux activaient leurs boucliers et disparaissaient dans un scintillement.

– Vous nous avez fait une belle peur, Holly, reprit Foaly dans un grand éclat de rire. En débarquant à trente kilomètres de la cible prévue. Nous avons dû mettre la pression sur nos pilotes pour qu'ils arrivent ici à temps et installent la projection de camouflage. Heureusement, il est tôt et la marée est basse. Nous avons environ une demi-heure avant l'arrivée des premiers bateaux de pêche.

– Je vois, dit lentement Holly. Une opération à gros budget. Sool devait cracher des flammes.

Foaly eut un petit ricanement.

– Sool ? Il peut bien cracher ce qu'il veut d'où il veut. Il a été renvoyé des FAR il y a deux ans. Rendez-vous compte, ce traître voulait laisser mourir la huitième famille tout entière. Ce crétin l'a même écrit dans une note de service.

Holly serra les bras de son siège.

– Il y a deux ans ? Combien de temps sommes-nous partis ?

Foaly claqua des doigts.

– Ah, heu, oui, c'est vrai. Je n'étais pas censé vous l'annoncer comme ça, de but en blanc. Désolé. Enfin, rassurez-vous, ce n'est pas très grave, il ne s'agit pas d'un millier d'années.

– Combien de temps, Foaly ? insista Holly.

Le centaure réfléchit un instant.

– Eh bien, voilà, vous êtes partis depuis presque trois ans.

Qwan tendit la main et donna une tape sur l'épaule d'Artemis.

– Trois ans ! Beau travail, Bonhomme de Boue. Vous devez avoir un sacré cerveau pour être arrivé aussi près. Je ne m'attendais pas à voir ce côté-ci du siècle.

Artemis était abasourdi. Trois ans ! Ses parents ne l'avaient pas revu depuis trois ans. Quelle torture leur avait-il fait subir ! Comment pourrait-il jamais les en consoler ?

Foaly essaya de remplir ce silence effaré en leur donnant diverses informations :

– Mulch a fait tourner l'agence de détective privé. Il a même fait beaucoup mieux – l'affaire est florissante. Il a pris un nouvel associé. Vous ne devinerez jamais qui. Doudadais. Encore un délinquant revenu dans le droit chemin. Attendez qu'il apprenne la nouvelle de votre retour. Il m'appelle chaque jour. Je m'arrache les crins à essayer d'expliquer la mécanique quantique à ce nain.

Holly prit la main d'Artemis.

– Il n'y a qu'une façon de voir les choses, Artemis. Pensez à toutes les vies que vous avez sauvées. Ça vaut bien de sacrifier quelques années.

Artemis ne put que regarder fixement devant lui. Mourir pendant le transfert aurait été un désastre de niveau un ; mais celui-là était, à n'en pas douter, de niveau deux. Que pourrait-il dire ? Comment pourrait-il s'expliquer ?

– Il faut que je rentre, dit-il d'un ton qui était, pour une fois, celui d'un garçon de quatorze ans. Foaly, pourriez-vous donner mon adresse au pilote ?

Le centaure eut un petit rire.

– Comme s'il existait un seul agent de la force publique, dans le monde souterrain, qui ne sache pas où habite Artemis Fowl. De toute façon, pas la peine d'aller si loin. Quelqu'un vous attend sur la côte. Il est là depuis un certain temps.

Artemis appuya son front contre le hublot. Il se sentait soudain très fatigué, comme s'il était véritablement resté éveillé pendant trois ans. Comment pourrait-il ne serait-ce que commencer à expliquer à ses parents ce qui s'était passé ? Il savait ce qu'ils devaient éprouver

– exactement ce que lui-même avait éprouvé lorsque son père avait été porté disparu. Peut-être l'avait-on déjà déclaré mort, comme cela s'était produit pour son père ? Et même si son retour leur rendait la joie de vivre, cette douleur serait toujours présente, sous la surface.

Foaly parlait aux démons :

– Qui est ce petit personnage ? demanda-t-il en chatouillant N° 1 sous le menton.

– Ce petit personnage s'appelle N° 1, répondit Qwan. Et c'est le sorcier le plus puissant de la planète. Il pourrait vous faire frire le cerveau sans le vouloir si on le chatouillait sous le menton et qu'il finisse par s'énerver.

Le centaure s'empressa de retirer son doigt.

– Je vois. Je le trouve sympathique. Je crois que nous allons bien nous entendre, lui et moi. Pourquoi t'appelle-t-on N° 1 ? C'est un surnom ?

N° 1 sentait la magie circuler en lui et il en éprouvait une sensation de confort comme si on lui avait chauffé les veines.

– C'était mon nom de diablotin. Mais finalement, je crois que je vais le garder.

Qwan se montra surpris.

– Quoi ? Tu ne veux pas un nom qui commence par Qw ? C'est pourtant une tradition. Il y a bien longtemps que nous n'avons plus eu de Qwandri, par exemple. Et pourquoi pas Qwerty ?

N° 1 hocha la tête.

– Je suis N° 1. On m'avait donné ce nom parce que j'étais différent, maintenant, il fera de moi quelqu'un d'unique. Je ne sais pas où nous nous trouvons, je ne sais pas où nous allons, mais jamais je ne m'étais senti autant chez moi.

Foaly leva les yeux au ciel.

– Excusez-moi, le temps de prendre un mouchoir. Franchement, je croyais que vous, les démons, vous étiez des guerriers stoïques. Mais ce petit être a l'air de sortir d'un de ces romans sentimentaux à trois sous.

– Un petit être capable de vous faire frire le cerveau, rappela Qwan.

– Un de ces romans sentimentaux que j'adore, figurez-vous, reprit Foaly, battant lentement en retraite.

N° 1 eut un sourire satisfait. Il était vivant et il avait aidé à sauver l'île. Il avait enfin découvert sa place dans l'univers et à présent qu'Abbot était en de bonnes mains, il pouvait vivre sa vie comme il le voulait. Quand toute cette agitation aurait pris fin, la première chose qu'il ferait serait de chercher la démone aux marques rouges semblables aux siennes pour essayer de partager un repas avec elle. Avec des aliments cuits. Peut-être qu'ils auraient beaucoup à se dire.

La navette traversa le bouclier de camouflage du dispositif de récupération et émergea dans le ciel matinal. Les rochers déchiquetés de la côte irlandaise surgissaient d'entre les vagues, tachetés de soleil par la lumière de l'aube. Ce serait une belle journée. Il y avait quelques traînées nuageuses en direction du nord, mais rien qui puisse empêcher longtemps les gens de sortir.

Des maisons s'alignaient le long d'une crique et dans le port en forme de fer à cheval, des pêcheurs étaient déjà en train de préparer leurs filets sur le sable.

– C'est là que vous descendez, Artemis, dit Foaly. Nous allons vous laisser derrière le quai. Je vous appellerai dans quelques jours pour vous tenir au courant.

Le centaure lui posa une main sur l'épaule.

– Le Peuple vous remercie de vos efforts mais n'oubliez pas que tout ce que vous avez appris reste confidentiel. Personne ne doit le savoir, pas même vos parents. Vous devrez leur raconter quelque chose qui ne soit pas la vérité, pensez-y.

– Bien sûr, répondit Artemis.

– Parfait. Je sais que je n'avais même pas besoin de le préciser. En tout cas, l'homme que vous cherchez vous attend dans la maisonnette avec les bacs à fleurs devant les fenêtres. Dites-lui bonjour de ma part.

Artemis hocha machinalement la tête.

– Je n'y manquerai pas.

Le pilote réduisit son altitude, posant sa navette hors de vue, derrière une maison de pierre déserte et délabrée. Lorsqu'il fut certain qu'il n'y avait personne dans son champ de vision, il appuya sur une lumière verte au-dessus de la porte arrière.

Holly aida Artemis à se détacher de son siège.

– Nous n'avons jamais le temps de nous promener, dit-elle.

Artemis eut un demi-rire.

– Je sais. Nous sommes toujours en situation de crise.

– Quand ce n'est pas une bande de gobelins, ce sont des démons qui voyagent dans le temps.

Holly l'embrassa sur la joue.

– Voilà qui est dangereux. La puberté a fait de vous un vrai volcan.

– J'arrive à le contrôler. À peu près.

Holly montra son œil bleu.

– Désormais, il y aura toujours une part de l'autre en chacun de nous.

Artemis se tapota la joue au-dessous de son œil noisette.

– Je vous aurai à l'œil.

– Était-ce une plaisanterie ? Mon Dieu, comme vous avez changé.

Artemis était un peu désorienté.

– J'ai presque dix-huit ans, maintenant.

– Que Dieu nous aide ! Artemis Fowl en âge de voter.

Le jeune Irlandais pouffa de rire.

– Il y a des années que je vote.

Il tapota le téléphone fixé à son doigt.

– Je vous appellerai plus tard.

– J'ai l'impression que nous allons avoir beaucoup de choses à nous dire.

Ils s'étreignirent brièvement mais en se serrant très fort, puis Artemis descendit la rampe de la navette. Il fit trois pas et se retourna mais ne vit plus que la mer et le ciel.

Artemis Fowl offrait un spectacle étrange dans le petit matin du village de Duncade. Un adolescent seul, vêtu d'un costume en lambeaux, laissant derrière lui des traces de cendre tandis qu'il franchissait l'échalier d'une clôture et longeait le quai en trébuchant.

Un peu plus loin devant lui, un petit groupe de villageois se tenait autour d'un bollard en béton. Un pêcheur à la barbe hirsute racontait une histoire incroyable, prétendant avoir vu la nuit précédente une vague de six mètres de haut qui s'était tout simplement évaporée avant d'avoir atteint le rivage. Il racontait très bien, ponctuant son récit de grands gestes et de bruits éloquents. Devant lui, les autres hochaient la tête d'un air grave, mais derrière son dos ils échangeaient des clins d'œil et tournaient le poing devant leur nez, laissant entendre qu'il ne devait pas être à jeun.

Artemis ne leur prêta aucune attention, continuant d'avancer le long du quai en direction de la maisonnette ornée de bacs à fleurs.

« Des bacs à fleurs ? Qui s'en serait douté ? »

Il y avait sur la porte un pavé numérique – apparemment déplacé dans un environnement aussi rustique, mais Artemis n'en attendait pas moins. Il composa la date de son anniversaire, zéro un zéro un, désactivant la serrure et l'alarme.

Il faisait sombre à l'intérieur, les rideaux étaient fermés, les lumières éteintes. Artemis pénétra dans un espace à l'aménagement spartiate, avec une cuisine fonctionnelle, une chaise et une table de bois brut. Il n'y avait pas de télévision, mais sur des étagères rudimentaires étaient rangés des centaines de livres sur divers sujets. À mesure que les yeux d'Artemis s'habituaient à l'obscurité, il parvint à distinguer certains titres, parmi lesquels *Gormenghast* de Mervyn Peake, *L'Art de la guerre* de Sun Tzu et *Autant en emporte le vent*.

– Vous êtes plein de surprises, vieux frère, murmura Artemis en tendant la main vers le dos de couverture de *Moby Dick*.

Tandis qu'il caressait le titre en relief, un petit point de lumière rouge apparut au bout de son doigt.

– Vous savez ce que c'est ? dit derrière lui une voix grave comme un grondement.

Si le tonnerre avait pu parler, il aurait eu cette voix-là.

Artemis acquiesça d'un signe de tête. Le moment n'était pas venu de se laisser aller à des débordements d'émotion ou à des mouvements brusques.

– Bien. Donc, vous savez aussi ce qui va se passer si vous faites quoi que ce soit qui me contrarie.

Nouveau signe de tête.

– Excellent, vous réagissez à merveille. Maintenant, croisez les mains derrière la tête et tournez-vous.

Artemis s'exécuta et se retrouva face à un homme de très haute taille avec une barbe et de longs cheveux noués en catogan. L'une et les autres étaient parsemés de gris. Le visage de l'homme lui était familier, mais différent. Il y avait davantage de rides autour des yeux et un sillon profond entre les sourcils.

– Butler ? dit Artemis. C'est vous, derrière cette barbe ?

Butler fit un pas en arrière, comme si on venait de le frapper. Ses yeux s'écarquillèrent et il déglutit rapidement à plusieurs reprises, la gorge soudain sèche.

– Artemis ? C'est... Votre âge ne correspond pas ! J'ai toujours pensé que...

– Le tunnel temporel, vieux frère, expliqua Artemis. La dernière fois que je vous ai vu, c'était hier.

Butler n'était pas encore convaincu. Il se précipita vers les rideaux et, dans sa hâte de les ouvrir, les arracha du mur, tringle comprise. La lueur rougeâtre de l'aube envahit la petite pièce. Butler se tourna vers son jeune visiteur et lui prit le visage entre les mains. De ses pouces massifs, il essuya les traces de cendre autour des yeux d'Artemis.

Ce qu'il vit dans ces yeux faillit lui faire perdre l'équilibre.

– Artemis, c'est vous. Je commençais à penser… Non, non. Je savais que vous reviendriez.

Puis, avec plus de conviction encore, il ajouta :

– Je le *savais*. Je l'ai toujours su.

Le garde du corps étreignit Artemis de ses bras suffisamment puissants pour briser les reins d'un ours. Artemis aurait juré avoir entendu des sanglots mais lorsque Butler le relâcha, il avait retrouvé l'apparence stoïque qui lui était coutumière.

– Désolé pour la barbe et les cheveux, Artemis, je voulais passer inaperçu parmi les gens du coin. Comment s'est passé votre… heu… voyage ?

Artemis sentit lui aussi les larmes lui picoter les yeux.

– Hum… mouvementé. Sans Holly, nous n'en serions jamais revenus.

Butler observa son visage.

– Il y a quelque chose de différent. Mon Dieu, vos yeux !

– Ah oui. J'ai un de ceux de Holly, maintenant. C'est compliqué.

Butler hocha la tête.

– Nous échangerons nos histoires plus tard. Nous avons d'abord des coups de téléphone à donner.

– *Des* coups de téléphone ? Plus d'un ?

Butler décrocha un téléphone sans fil de son support.

– Il y a vos parents, bien sûr, mais je devrais aussi appeler Minerva.

Artemis fut surpris. Agréablement.

– Minerva ?

– Oui. Elle est venue ici plusieurs fois. Presque à toutes les vacances scolaires, en fait. Nous sommes devenus de bons amis. C'est elle qui a commencé à me lire des romans.

– Je vois.

Butler pointa l'antenne du téléphone vers Artemis.

– Avec elle, c'est toujours Artemis ceci, Artemis cela. Elle s'est mis en tête que vous étiez quelqu'un d'exceptionnel. Vous aurez beaucoup d'efforts à faire pour ne pas la décevoir.

Artemis déglutit. Il avait espéré un peu de repos, pas de nouveaux défis.

– Bien sûr, elle a un peu grandi, alors que vous êtes resté le même, poursuivit Butler. Et c'est une beauté. L'esprit aussi aiguisé qu'une épée de samouraï. Cette jeune personne pourrait bien vous donner du fil à retordre aux échecs.

« Encore, songea Artemis. Rien ne vaut un bon défi à relever pour maintenir son cerveau actif. Mais cela pourrait attendre. »

– Mes parents ?

– Vous les avez ratés de peu. Ils étaient ici hier, pour le week-end. Ils ont pris une chambre dans la pension de famille locale et viennent chaque fois qu'ils le peuvent.

Butler posa une main sur l'épaule d'Artemis.

– Ces dernières années... Elles ont été terribles pour eux. Je leur ai tout raconté, Artemis. Il le fallait.

– Ils vous ont cru ?

Butler haussa les épaules.

– Certains jours, oui. Mais généralement, mes histoires de fées ne font qu'ajouter à leur douleur. Ils pensent que mon sentiment de culpabilité m'a rendu fou. Et bien que vous soyez de retour, les choses ne seront plus jamais les mêmes. Il faudrait un miracle pour effacer mes récits, et les souffrances qu'ils ont endurées.

Artemis hocha lentement la tête. Un *miracle*. Il leva la main. Sur sa paume, il y avait une légère écorchure qu'il s'était faite en montant sur l'échalier de la clôture, près du quai. Artemis se concentra et cinq étincelles de magie bleues jaillirent à l'extrémité de ses doigts pour se concentrer sur l'égratignure et l'effacer à la manière d'un torchon essuyant une tache. Il restait en lui plus de réserves magiques qu'il ne l'avait prétendu.

– Peut-être pourrons-nous l'organiser, ce miracle.

La stupéfaction de Butler était à son comble.

– Encore un nouveau tour, dit-il, laconique.

– J'ai rapporté un peu plus qu'un œil du tunnel temporel.

– Je vois. Mais ne faites pas cela devant les jumeaux.
– Ne vous inquiétez pas. Je n'essaierai pas.
Son cerveau enregistra alors les paroles de Butler.
– Quels jumeaux ?
Avec un sourire, le garde du corps composa le numéro de téléphone du manoir des Fowl.
– Le temps s'est peut-être arrêté pour vous, grand frère, mais pas pour les autres.
Artemis s'avança d'un pas vacillant vers l'unique chaise de la pièce et s'y laissa tomber.
« Grand frère ? » pensa-t-il, puis…
« Des jumeaux ! »

Table des matières

Chapitre 1. Passé dans le passé, *7*

Chapitre 2. Doudadais, *27*

Chapitre 3. Monde de démons, *75*

Chapitre 4. Mission diablement impossible, *113*

Chapitre 5. Diablement prisonnier, *153*

Chapitre 6. C'est l'histoire d'un nain qui entre dans un bar, *175*

Chapitre 7. La fuite de Bobo, *185*

Chapitre 8. Soudaine démonstration, *221*

Chapitre 9. Renversement de situation , *273*

Chapitre 10. Kong le King, *293*

Chapitre 11. Un long voyage, *315*

Chapitre 12. Cœur de pierre, *339*

Chapitre 13. Hors du temps, *375*

Chapitre 14. Le chef de la horde, *387*

Chapitre 15. On rentre, *433*

Chapitre 16. Point d'impact, *457*

Eoin Colfer

L'auteur

Eoin (prononcer Owen) **Colfer** est né en 1965 à Wexford, en Irlande. Enseignant, comme l'étaient ses parents, il vit avec sa femme Jackie et ses deux fils dans sa ville natale, où sont également installés son père, sa mère et ses quatre frères. Tout jeune, il s'essaie à l'écriture et compose une pièce de théâtre pour sa classe, une histoire dans laquelle, comme il l'explique, « tout le monde mourait à la fin, sauf moi ». Grand voyageur, il a travaillé en Arabie Saoudite, en Tunisie et en Italie, puis est revenu en Irlande. Avant la publication d'*Artemis Fowl*, Eoin Colfer avait déjà publié plusieurs livres pour les moins de dix ans et c'était un auteur pour la jeunesse reconnu dans son pays. *Artemis Fowl*, qui forme le premier volume de la série, est un livre événement que se sont arraché les éditeurs du monde entier et qui a propulsé son auteur au rang d'écrivain vedette de la littérature pour la jeunesse. Mais ce soudain succès international n'a pas ébranlé Eoin Colfer, qui se reconnaît simplement chanceux. Et, même s'il a interrompu un temps ses activités d'enseignant pour se consacrer à l'écriture des aventures d'Artemis, ce qu'il souhaite avant tout, c'est rester entouré de sa famille et de ses amis qui « l'aident à rester humble ». Et lorsqu'il a reçu les premiers exemplaires de son livre, il s'est précipité pour voir ses élèves, à qui il avait promis de lire l'histoire en priorité. Doté d'un grand sens de l'humour, il a également prouvé ses talents de comédien dans un *one man show*.

Mise en pages : Karine Benoit

Loi n° 49-956 du 16 juillet 1949
sur les publications destinées à la jeunesse
ISBN : 978-2-07-061972-6
Numéro d'édition : 243777
Numéro d'impression : 110254
Premier dépôt légal : novembre 2008
Dépôt légal : mai 2012

Imprimé en France par CPI Firmin Didot